Don't Cry For Me Argentina

아르헨티나여, 나를 위해 울지마오!

에비타

폴 L. 몽고메리 지음 · 유성인 옮김

명문당

페론 대통령과 영부인 에비타 1951년 대통령에 재선되었을 당시의 후안 페론과 나란히 포즈를 취하고 있는 에비타 페론. 그들은 재선되면서 독재 정치를 더욱 강행하였다[上]. 1950년 10월 헌법 개정 이후 대통령 재선을 위해 정략을 꾸밀 때의 페론 대통령과 에비타[下]. 대통령 관저의 발코니에서 군중들에게 손을 흔들어 답하고 있다.

에비타 페론 퍼스트 레이디 당시의 에비타. 아르헨티나 시골에서 태어나 초등학교밖에 나오지 못한 그녀는 무명 댄서에서 출발하여 퍼스트 레이디가 되었다. 노동 계급을 다독거리는 한편 반대파를 무참히 탄압한 에비타는 죽은 후에도 아르헨티나의 국모(國母)로 추앙받았다.

[上] 이사벨 페론 실각했던 후안 페론을 1973년 9월, 대통령으로 부활시킨 이사벨. 본인은 부통령에 취임했다.
[下] 후안 페론 대통령 후보와 이사벨 후안 페론의 러닝 메이트가 된 이사벨이 지지자들 앞에서 손을 흔들어 보이고 있다(1973년 8월 5일).

아르헨티나여, 나를 위해 울지마오!

머리말

울지 마오 아르헨티나여!
남미 대륙은 우리들이 동경하는 꿈과 낭만이 있는 정열의 나라이다. 더욱이 스페인의 후예가 살고 있는 아르헨티나는 우리의 마음을 사로잡는 곳이기도 하다. 또한 그 넘치는 정열만큼이나 풍운에 시달려야 하는 것도 이 나라가 지녀야 하는 숙명인지도 모른다.
페론 대통령과 에바 페론, 이사벨 페론은 이미 사라져 갔지만, 지금까지도 페론 세력의 잔재는 뿌리깊게 남아 있다.
페론 대령을 아르헨티나의 대통령으로 추대하기까지, 그 뒤에는 신하 이상으로, 스캔들 이상으로 20세기 여인 중에서 가장 아름다운 악녀이자, 압제자이며, 성녀처럼 추앙을 받았던 에바[에비타]란 한 시골 소녀가 있었음을 알 수 있다.
그녀는 14세 때, 무명의 탱고 가수와의 얼룩진 사랑에서 비롯하여 부둣가의 숱한 선술집에서 무릎 위로 익힌 성적 기교로써 아르헨티나 정부의 강자 페론과 결혼하여 그를 대통령으로 길들였던 여인이다.
스페인과 파리에서 사랑과 축배를 받는 동안에도 아르헨티나 본국

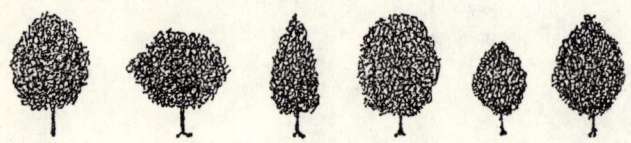

의 귀족들에게 채찍을 들어 공포를 불러일으켰으며, 또한 퍼스트 레이디로서 세계에서 가장 아름다운 고아원을 세웠으며, 벽촌 아낙네들에게 투표권을 주었고, 가난한 자들을 따뜻하게 보살폈으며, 스위스 은행 비밀 구좌로 빼돌린 2억 달러의 기금과 더불어 최고의 영화를 누리면서 죽어간 여인이다.

어떤 전기 평론가는 '여러 면에서 신화를 꿈꾸는 어떤 야심가라도 결코 에바의 역사를 능가하지는 못할 것'이라고 했다. 20세기의 가장 아름다운 악녀이자 성녀인 에바의 전기 속에서 우리는 악마와 천사의 그 인간 본성의 실상을 읽을 수 있을 것이다. 과연 페로니스트들의 슬로건 '결코 에바 페론이 죽었다고 말하지 말라'라는 외침을 그대로 믿어야 할 것인가.

1919년 아르헨티나의 한 시골에서 태어나, 14세에 가출, 1940년대 권력의 울타리를 넘나들던 거대한 독수리 페론을 움켜잡아 길들인 후 초등학교만 졸업한 학력으로 에바는 20대에 퍼스트 레이디가 되었다.

에바 페론이 죽은 후 페론의 장기 집권과 실정은 독재자라는 비극

　을 몰고 와 그로 하여금 조국을 잃게 하였고 결국은 세계의 떠돌이 망명객이 되었다. 파나마에서 실의에 빠진 노년의 정객 페론에게, 새로운 집권의 욕망과 생의 보람과 긍지를 불어넣어 준 아름다운 젊은 요화가 그 앞에 나타났다. 역시 페론은 여복이 있는 사나이였는지도 모른다. 그녀는 20대의 꽃다운 세르반데스 무용단의 일원으로 무대에서는 플라멩코 춤으로 관객을 압도했고, 왕년의 아르헨티나의 독재자 후안 도밍고 페론을 한눈에 매혹시켰다. 이국 땅 파나마의 해피랜드 나이트 클럽에서.
　그리하여 페론은 이사벨을 자신의 비서로 특채했고, 결국 에바 여사에 이어 페론의 세 번째 부인이 된다. 페론은 결국 제2의 에바인 이사벨의 끈질긴 노력과 아르헨티나 내의 페론을 신앙처럼 숭배하는 수백만 페론 지지자들에 의해 실로 17년 만의 망명 생활을 청산하고 다시 아르헨티나의 대통령에, 이사벨은 부통령의 권좌에 오른다.
　에바 페론과 이사벨 페론, 이 두 여인의 숨은 이야기들이 이 한 권의 책 속에 적나라하게 파헤쳐져 있다.

차 례

7 ◉ 머리말
13 ◉ 전설 속의 여인
20 ◉ 14세의 시골 소녀
31 ◉ 부에노스아이레스
44 ◉ 뻬론 대령과 에바
56 ◉ 아메리카의 에비타
74 ◉ 무지개 여행
84 ◉ 뻬로니스트
94 ◉ 영원한 잠 속으로
102 ◉ 토요일 밤
111 ◉ 불멸의 에비타
129 ◉ 아라 박사
137 ◉ 12세짜리 소녀
151 ◉ 또 하나의 죽음
164 ◉ 침몰하는 뻬로니즘

차 례

사라져 가는 역사 ◎ 181
또 하나의 에비타 ◎ 190
귀 국 ◎ 200

— 이사벨 페론 —

행운의 별 ◎ 217
에비타와 이사벨 ◎ 236
고독한 승자(勝者) ◎ 254
에비타의 추억 ◎ 273
외로운 길, 젊음을 바쳐 ◎ 292
제 2의 에바 ◎ 320
사랑스러운 대변인 ◎ 336
마지막 탱고 ◎ 347

미국의 여성들에게 ◎ 364

전설 속의 여인

그렇습니다. 나는 한 가지 커다란 나 자신의 야심이 있음을 고백합니다.
　내 조국의 역사 속 어딘가에 나의 이름 에비타(에바의 애칭)가 기록되기를 바라는 것입니다.

에바 페론

　올해의 부에노스아이레스는 완전히 피폐한 모습이다. 한때 '아메리카의 파리'라고 불려졌던 도시가 지금은 때묻고 찌들어 그 우아함이 파멸로 50년간을 치달아 마지막 밑바닥에 와 있는 것이다. 플라타(Plata) 강가에 있는 퇴색한 거리에는 게릴라들의 낙서가 마맛자국처럼 남아 있다.
　골목길에서 땀을 흘리며 환전상들이 최근 시세를 분필로 적는 것을 군중들은 아무 희망도 없이 지켜보고 있다. 상점을 보호하는 강철 셔터는 굳게 내려져 있고 한길의 쇼윈도에는 먼지가 뽀얗다. 어두운 문간에서 껴안고 있는 연인들은 비밀 경찰의 아무 표시 없는 세단들이 안개 낀 거리를 천천히 위 아래로 기어가는 모습을 지켜보고 있다.

아르헨티나는 사(死)자가 통치한다는 말도 있다.

그러나 안개 낀 저녁, 매춘부들이 매끄러운 자갈길을 향해 부드럽게 부르는 소리가 들리거나 한밤중 카페에서 탱고 가수들이 흐느끼며 노래할 때, 사람들은 제2차 세계 대전 직후의 호박단(琥珀緞)이 스쳐 가는 소리며, 하이힐의 딸가닥거리는 소리가 나며, 흥청거리던 시절이 다시 왔다고 말하곤 한다.

그때의 아르헨티나는 달러가 쏟아져 들어왔고, 에바 페론(Eva Perón)은 디오르(Dior) 드레스를 입고 반 클리프(Van Cleef) 다이아몬드를 달고 정부(政府) 위에 우아하게 걸터앉아 있었다. 그때는 오늘날 도처에 깔린 비밀 경찰의 세단처럼 전국 방방곡곡에서 파리의 향수 냄새가 났었다.

에바 페론이 권력을 쥐고 있던 1945년에서 1952년 사이, 그녀는 세계에서 가장 중요한 인물은 못 되었지만, 가장 악명 높은 여인 중의 하나였다. 대체로 그녀의 경력은 거의 믿을 수가 없었다. 그녀는 사생아로서 다 떨어진 구두와 여기저기 꿰맨 스타킹을 신고, 마분지로 만든 슈트케이스를 들고, 초등학교만 졸업한 학력으로, 14세 때 혼자 시골에서 무작정 상경한 것이다.

그녀의 꿈은 배우가 되는 것이었다. 비록 재능은 없었지만 강철 같은 야심과 의지적인 육체를 담보로 25세가 되던 해에는 주급 1만 5천 달러를 받게 되었다. 이 보호자에서 저 보호자로 옮겨 다닌 것처럼 이 직업 저 직업으로 바꾸면서 능란한 솜씨로 남자들을 다뤘다. 그녀가 마지막으로 정복한 사나이는 후안 페론(Juan Perón)이었고, 그는 그녀를 대통령 관저에 들여앉힘으로써 라틴 아메리카에서 가장 강력한 국가의 최고 권력자가 되었다.

일자리를 구걸하던 10대 소녀인 그녀를 타락시켰던 부유층에 폭언을 퍼부었고, 아르헨티나의 사회 구조를 바꾸어, 근로 계급의 성녀(聖女)가 되기도 하였다. 2년 동안 병고에 시달리다가 33세의 젊은 나이에 암으로 사망하였으나, 그녀의 이야기는 거기서 끝나지 않았다. 그 후 20년 동안이나 한 병리학자가 늘 그녀의 속옷을 염려하며 지키고 있었던 방부(防腐)된 그녀의 유해는, 그녀가 아르헨티나 정치 속에서 창조해 낸 극렬 분자들에게는 격전지가 되어 버렸다.

라틴 아메리카에서는 질서나 이성은 제쳐두고 험난한 성공과 갑작스런 몰락의 수를 놓은 신화들이 꼬리를 물었다. 여러 면에서, 신화를 꿈꾸는 그 어떤 야심가라도 에바 페론의 역사를 능가할 수는 없을 것이다.

그녀에 대한 이야기 중에는 그것을 파헤치는 사람들이 쉽게 설득되는 점이 있다. 어떤 이들에겐 군주답게 수집해 놓은 보석류라든지, 모피, 드레스, 구두, 모자가 가득 찬 방으로 유명해진 파리의 에바로 보인다. 또한 어떤 사람들에겐 비천한 에비타로 보이기도 하며, 가난한 사람들에게 페니실린을 주고, 악어 상자 속에서 빳빳한 지폐를 나눠 주고, 그들을 먹이고, 돌봐 주는 소박한 여인이기도 하다.

그녀는 채찍을 든 여인으로, 나치스의 고문(顧問)을 통해 배운 방식대로 온 나라를 공포에 떨게 하며 고문(拷問)하는가 하면, 아르헨티나 여성들에게 참정권과 새로운 신분을 마련해 준 여걸인 마마 에바(Mama Eva)이기도 했다. 언론계, 특히 그녀의 생활에 대한 영문(英文) 기사에는 그녀의 눈부신 성생활에 대한 추측이 많았다. 이런 견지에서 그녀는 원한 맺힌 고급 창부이자 정치가들의 재미있는 뉴스거리로서, 부둣가의 숱한 선술집에서 무릎 위로 배운 기교로 대통령을 녹였다는 데…… 아르헨티나 남자들이 허풍떨기를,

"그녀가 내게 키스를 해주었다."

또는,
"그녀가 내게 궁둥이를 내밀었었다."
는 식으로 야유를 듣는 류의 여자였다.

에바 페론이 죽은 지 반 세기 정도가 되었지만 그녀에 대한 전설은 해가 지남에 따라 터무니없이 과장되어 타올랐다. 1973년 국제 금 시장에 커다란 동요가 일어났을 때, 에바의 불법적인 스위스 재산 중 8억 달러의 정리가 그 혼란을 야기시켰다는 억측이 금융계 신문에 났다. 그 전해에는 히틀러의 서리인 마르틴 보르만(Martin Bormann)을 찾아냈다고 주장한 한 작가가 에바 페론이 마르틴 보르만을 아르헨티나로 비밀리에 끌어들인 장본인이라고 말하기도 했다(그 어느 것도 사실 무근이다).

후안 페론은 에바가 그를 지지해 준 공동의 통치 기간에는 고함 잘 치는 약골로서 그의 출현에 의해 상황은 복잡해진다. 그는 근시적이고 실천력 없는 계획이나 세우는 타락한 폭군으로, 발코니에서 거드름을 피우는 사이 그의 부하들은 국고를 빼돌렸고, 자동차 공장을 세울 계획으로 수개월을 허비하면서도 자동차가 다닐 도로를 건설할 생각은 추호도 할 줄 모르는 류의 행정가였다.

에바가 죽은 후, 그는 전대미문의 호색한으로 변신하여, 침실에 끌어들일 12세짜리 소녀들을 끊임없이 공급해 줄 수 있는 국립 여자 고등학교를 세우는 데 정부 재산을 무려 2천만 달러나 써 버렸다. 그의 정부는 게슈타포(Gestapo) 훈련을 받은 비밀 경찰이 자행하는 테러에 의존하였으며, 그의 옆에 서 있을 때의 에바는 이 체제에서 인간성이 있는 영향력자로 생각되었다.

에바 페론은 자신의 실제의 인생 기록에는 관심이 없었다. 그녀가 통치하는 동안 그녀의 어린 시절에 대해 이야기를 하거나 글로 쓰는 것은 아르헨티나에선 중죄(重罪)가 되었다. 그녀는 자신의 과거 흔적을 감추기 위해 출생 증명서나 다른 서류를 위조하였으며, 그리고, 자신에 대해 너무 많은 것을 아는 자들을 모조리 없애 버렸다.

그녀의 전기적(傳記的)인 이상형은 아르헨티나 정부가 출판한 4권짜리 전기로, 그녀에 대한 이야기는 있어도 날짜나 이름은 페론을 제외하고는 한 사람도 없었다. 대작(代作)한 그녀의 걸쭉한 자서전에 나오는 한 구절은 페론 통치 때의 아르헨티나에 여러 가지 형태의 진실이 우선했었음을 잘 보여주고 있다.

"페론 장군은 말씀하시기를 자신의 운동은 교역 조합이 없었더라면 성공하지 못했을 것이라고 하셨는데, 이것은 사실이다. 첫째, 페론 장군이 그렇게 말씀하셨기 때문이며, 둘째, 실제로 그것은 진실이었기 때문이다."

아르헨티나의 퍼스트 레이디는 여러 가지 역할을 했는데, 어떤 일들은 의식적(意識的)이었다.

"나는 페론의 이중 인격에 어울리도록 이중의 인물이 되어야 했다. 1년 중 며칠은 에바 페론 역(役)을 한다. 대부분의 날은 '에비타'로서 민중의 희망과 임무를 수행하는 페론의 손 사이에 연결된 고리의 역할이었다. 내가 에비타일 때는 포즈를 취할 필요가 전혀 없다. 한편 에바 페론의 역할은 쉬워 보인다. 무대에서의 역할이 실제 사는 것보다 항상 더 쉬운 것은 아니잖을까?"

그녀는 자기 이야기가 신데렐라라든지, 또는 상처입고 공격받기 쉬우나 계속 버티어 나가는 후디 가를란드(Judy Garland) 이야기와 같은 체 했다. 이런 가면보다 우선하는 것은 그녀의 재산이었다. 믿을 수 없을 정도로 썩어 버린 체제하에서 에바는 그 누구보다도 타락했으며, 자기의 보석 상자나 스위스의 무한정한 예금을 위해 마지막 남은 돈까지 쥐어짜는 여자였다. 페론 일파는 부자들에게서 빼앗아 가난한 이들에게 주었고, 그 다음 가난한 자들에게서 훔쳤다는 말이 맞는 것 같다.

아르헨티나는 항상 무서운 현실이 그들의 꿈을 압도하고 있는 나라였다. 이름조차 하나의 속임수이다. 아르헨티나는 '은으로 된 땅'이라는 뜻이지만 은이라고는 전혀 없다. 이 나라를 발견한 스페인 탐험가는 후안 디아스 데 솔리즈(Juan Diaz de Solis)라는 왕실 항해사로서 이 교훈을 터득한 최초의 유럽인이었다. 그는 1516년 1월, 이 땅에 처음 내려 희망에 부풀어 내륙으로 배를 저어갔다. 그는 식인종에게 잡아먹히고 말았다.

페론 일파는 아르헨티나에 가장 지독한 속임수를 썼다. 그들은 새로운 세상, 새로운 질서를 약속하고 살인과 비참함을 주었던 것이다. 1920년대, 페론이 무명의 군인 대위였고, 에바가 명예를 꿈꾸는 슬픈 눈의 어린 소녀였을 때, 아르헨티나는 라틴 아메리카에서 유일한 개발국으로 과학과 예술이 꽃피고 누구에게나 가능성 있는 장래가 펼쳐져 있었다.

페론 일파는 마치 처음부터 그렇게 하려고 했던 것처럼 조직적으로 이 나라를 좀먹어갔다. 정치 대신 비밀 경찰과 암살을, 토론 대신 폭행을, 언론 대신 허위를, 공적인 행정 대신 도둑질을, 교육 대신 페론 찬양을 일삼았던 것이다. 이 나라의 일류급 인사들이 보다 온전한 나라에서 풍요롭게 살기 위해 떠났으며, 영사관이나 공항은 넉넉히 가진 자들로 여전히 붐비고 있었다. 에세이사(Ezeiza) 국제 공항에는 이민 탑승 지점에 다음과 같은 표시판이 있었다고 전해진다.

'이 나라를 마지막으로 떠나는 분이 전등을 좀 꺼주시겠습니까?'

에바 페론의 현상과 유사한 역사적 현상을 찾기 위해 많은 에너지가 소모되었다. 콘스탄티노플 동물원의 곰 사육사 딸인 고급 창부 데오도라(Theodora)는 로마 황실의 후손의 황후가 되었는데, 그녀가 종종 인용되곤 했다. 러시아의 캐더린(Catherine) 1세는 리투아니아의 농부 딸로 피터(Peter) 대제의 애인이 되었고, 피터 대제가 죽은 후 2년간 통치했다.

또한 히틀러를 권좌에 오르게 한 배우 출신 부인 헤르만 괴링 (Hermann Göring)이 있다. 아르헨티나에도 선구자가 있는데, 19세기의 독재자 후안 마누엘 데 로사스(Juan Manuel de Rosas)의 아내로 그녀는 남편이 부에노스아이레스의 지도급 시민들을 자신의 마차에 묶어 거리를 지나면서 매질할 때 갈채를 보낸 여자였다.

그러나 에바 페론은 그 시대, 그 고장이 산출해 낸 유별난 존재였다. 그녀는 파시즘의 창조자이며 1930년대에 독일과 이탈리아로부터 퍼진 전체주의의 완전한 히로인이었다. 몇몇 사람을 제외하고 모든 사람들로 하여금 자신을 섬기도록 만든 고문(拷問)과 고의적인 치욕이 없었더라면 그녀는 아마도 야망과 우연에 의해 부상(浮上)하게 된 한 예능인에 지나지 못했을 것이다.

모든 사람에게는 자선을 요구하면서도 자신을 위해서는 강탈을 했던 것이다.

사랑에 충만한 인생을 인용하면서도 자신은 단지 증오와 비난에 의해 움직였다.

그녀는 조국의 미래에 대하여 임무를 완수하도록 부르짖으면서도 자신은 모든 희망에 불을 질러 자신의 손이 그 불길에 의해 따뜻해지도록 했던 것이다.

14세의 시골 소녀

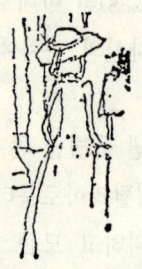

> 오늘날의 나를 만들어 낸 그 환경을 많은 사람들이 이해하지 못할 것입니다.
>
> 에바 페론

금세기 초 아르헨티나에서 일어난 많은 사건들처럼, 그건 팜파스(Pampas)에서 시작되었다.

수도를 둘러싼, 수백 마일이나 계속 펼쳐져 있는 굽이치는 그 초원은 바로 이 나라에 부(富)를 가져온 가축과 밀의 터전이었고, 또한 곧 도시를 메우게 될 인간들의 근거지이기도 하였다. 마리아 에바 이바르구렌(Maria Eva Ibarguren), 후일의 에바 페론도 바로 이 마을에서 태어난 것이다.

에바의 서류상 첫 기록은 175면으로 된 2절판 제2권에 화려하게 증명되어 있는데, 후닌(Junin)이라는 팜파스시의 민사 등기소에 그녀의 출생 신고가 1922년으로 되어 있다.

후아나 이바르구렌 데 두아르테(Juana Ibarguren de Duarte), 32세, 기혼, 산 마르틴(San Martin) 70번지에 사는 아르헨티나 시민, 호아퀸 이바르구렌(Joaquin Ibarguren)과 페트로나 누네스(Petrona Nunez)의 딸이 다음과 같이 신고함. 금년 5월 7일 아침 5시 신고인의 집에서 여아를 낳아 마리아 에바(Maria Eva)라고 이름 짓고, 이 아이는 신고인과 그녀의 남편인 후안 두아르테(Juan Duarte), 33세, 기혼, 아르헨티나 시민, 지주, 프란시스코 두아르테(Francisco Duarte)와 후아나 에체고엔(Juana Echegoyen) 사이의 아들과의 법적인 딸임. 증인 리차르도 로메로(Richardo Romero), 40세, 산 마르틴 40번지 거주, 프루덴시오 이바르구렌(Prudencio Ibarguren), 24세, 산 마르틴 70번지 거주. 이 양자(兩者)에 의해 확인됨.

에바 페론의 생애 가운데 여러 가지 다른 것들과 마찬가지로, 이것 또한 허위로 만들어진 서류이다. 아르헨티나의 대통령직을 향해 나아가고 있던 남자와 결혼했을 때, 후닌 등기소에 끼워 넣은 것으로, 목적은 자신이 합법적인 자식으로 보이도록 만드는 것이었는데 우연히도 실제 그녀의 나이보다 3년이 줄어들게 되어 버렸다.

에바의 진짜 출생지는 로스 톨도스(Los Toldos)에 있는 한 판잣집으로 이곳은 영국인 회사가 19세기 말, 팜파스에 널리 펼쳐 놓은 철로망에 있는 한 작은 읍이었다. 그녀는 1919년 5월 7일, 후안 두아르테와 후아나 이바르구렌 사이에서 태어난 다섯 아이 중의 네째였다. 두아르테는 그 가까이에 있는 농장에 법적인 본가가 있었기 때문에 이 커플은 결혼을 하지 않았다. 그 해 아르헨티나에서 출생한 아이들 중의 27%가 불법적이었던 것에 비해 볼 때 에바의 출생 환경이 이례적인 것은 아니었다.

후안 두아르테는 보통 말하는 농부였는데, 당시 팜파스에 땅을 소유한다는 것은 일종의 승리였다. 에바가 태어난 지역은 거의 모든 땅을 주민의 1% 되는 사람들이 차지하고 있었고, 좋은 땅은 그저 몇몇 가문이 쥐고 있었다.

후아나 이바르구렌은 수수하고 친절한 여자였으며, 둥근 테의 안경은 예쁜 얼굴과 정숙한 자태에 면학적인 분위기를 더해 주었다. 그녀는 마부의 딸로 소녀 때 후안 두아르테의 농장에서 요리사로 일했다. 그는 치빌코이(Chivilcoy)에 있는 본가로부터 40마일 떨어진 로스 톨도스에 그녀를 정착시켜 주었다.

로스 톨도스는 또한 제너럴 비아몬테(General Viamonte)라고 알려지기도 했는데, 수백 명이 사는 먼지 낀 마을이었다. 이곳은 동쪽으로 150마일 떨어진 부에노스아이레스로부터 뻗어 나간 2개의 철도 사이에 있는 지맥(地脈)이었다.

에바가 태어난 집은 스페인어로 '란초(rancho)'라 불리지만 목장은 아니었다. 그것은 진흙과 윗가지[樞枝]로 엮어서 맨땅 위에 세운 방이 2개 있는 집으로, 한쪽 끝에는 취사용 풍로가 있고 다른 끝에는 침대가 갈대 칸막이로 가려져 있었다. 집 안팎 진흙 구덩이에서 병아리들이 벌레를 쪼아먹고 있었다.

엘리사(Elisa)는 다섯 아이들 중의 장녀로 날카로운 목소리와 둥근 발꿈치를 가진 여자로 아버지가 보수당과 연줄이 있음으로 해서 로스 톨도스 우체국에 곧 근무하게 되었고, 다음이 블랑카(Blanca)로 다섯 명의 자녀 중 유일하게 공부에 흥미를 느낀 딸로 나중에 교사 자격증을 얻게 된다. 후안(Juan)은 누이들이나 친구들에게 꼬마 후안시토로 알려졌는데, 그의 짧은 생애 중 잘 해낸 것이라곤 아무것도 없었다. 제일 어린애가 헤르민다(Herminda)로 에바가 태어난 지 1년 뒤에 출생하였다(대부분의 참고 문헌들은 에바가 가장 어린 것으로 되어 있는데 그녀가 출생일을 1919년에서 1922년으로 바꿨을 때 그녀가 헤르민다 대신 들어선 것을 잊었기 때문이다).

자신의 자의로 절대적인 권좌에 오르려 애쓰는 동안, 에바는 결코 자기 가족을 잊지 않았다. 그녀가 죽었을 때, 어머니나 언니들과 남동생은 모두 부유했다. 그들이 로스 톨도스의 먼지 낀 판잣집에서 꿈꿨을지도 모르는 그런 꿈 이상으로 부유했었다.

1922년 후안 두아르테의 본부인이 죽자, 에바의 가족은 로스 톨도스에서 떠나게 되었다(에바가 1922년을 출생 연도로 선택한 것은 분명히 기술적으로 자기 부모가 결혼할 수 있었기 때문인 것 같으나 실제는 하지 않았다). 후아나 이바르구렌은 아이들과 함께 후닌으로 이사하였는데, 그곳은 한창 번창하는 도시였다. 큰딸 엘리사만은 로스 톨도스에 남아 일을 계속했다. 후아나의 애인이 새 집으로 여러 차례 방문하고 그녀가 연락하는 것을 도와 준 증거가 있다. 그러나 1924년 이후의 그에 대한 자취가 없는 것으로 보아 그는 죽었음이 확실하다.

후닌은 부에노스아이레스만큼의 번창한 세련미와는 견줄 수 없지만, 그래도 팜파스에서는 중심지 역할을 했다. 후닌에는 약 5만 명의 주민이 살았고, 대부분의 사람들이 농산물을 취급하는 상업에 종사하고 있었다. 또한 포장된 도로, 공원, 학교, 극장이 있었고 근면성과 아름다운 여자가 많기로 유명하기도 했다.

후아나 이바르구렌은 말수가 적은 여인으로 두아르테라는 성을 빌어 후안 두아르테가 남겨 준 적은 수입으로 아이들을 양육하기 시작했다. 처음에는 훌리오 에이 로카(Julio A Roca)에서 하숙을 치면서 퀴니엘라(quiniela)에서 불법의 티켓을 팔아 수입을 보충했다. 이것은 아르헨티나 말로는 숫자 게임이라는 뜻이다. 수년 후에는 원티 90번지에 —— 영국인이 지배하던 팜파스에는 자연히 영국식 이름의 거리가 많았다 —— 빌딩을 살 만큼 유복해져서 참으로 훌륭한 하숙을 차렸다. 육군 소령과 후닌 공립 중학교 교장 등은 오래 머물곤 하는 단골 손님들이었다.

늘 그렇지만, 당시의 아르헨티나에서 혼자 사는 여자에게 생활 안정을 위한 유일한 희망은 남성 보호자를 찾는 것이었는데, 험한 세상에서 상냥하게 순결을 지키며 남성 보호자를 찾는다는 것은 그렇게 쉬운 일이 아니었다. 궁극적으로 한 가지 천연 자원이 있을 뿐이었는데, 이 천연 자원을 잘못 쓴 여인들이 골목마다 넘쳐흘렀다. 후아나 두아르테는 일찍이 이 게임을 마스터하여 이 규칙을 딸들에게 가르쳐 주었다. 두 딸은 하숙인 중에 상당한 인물들이 데려갔고, 에바는 결국 세계 챔피언급이 된 셈이다.

에바는 검은 눈의 창백한 소녀로 자신이 꿈꾸는 영광을 아무에게도 고백하지 않았다. 학교는 충실하게 다녔지만 아무것도 배운 것이라곤 없었다.

"나는 평생 내 감정대로 살아 왔고 내 감정에 지배된 것이 사실이다. 나의 이성(理性)은 자주 감정에 굴복하고 말았다."

그녀는 자서전에서 이렇게 술회했다.

에바는 나이에 비해 키가 컸고 별로 먹지도 않았다. 그녀의 별명은 '라 플라카((La Flaca)' 즉 빼빼라는 뜻이다. 매주 꼬박꼬박 수정궁(Crystal Palace)이라는 영국식 이름의 극장에 갔었고, 하숙집에는 다 떨어진 통속 잡지가 있었는데, 이 〈파르 티(Par Ti : 당신을 위하여)〉에는 성공을 쟁취한 가난한 소녀들의 신데렐라 같은 이야기가 실려 있었다.

또 예능계 잡지도 있었는데 〈카라스 이 카레타스(Caras y Caretas : 얼굴과 마스크)〉, 그리고 〈엘 호가르(El Hogar : 고향)〉라는 것이 있었다. 에바 프랑코, 파울리나 싱헤르만, 루이스타 베힐 같은 영화 배우들의 기호(嗜好)도 지엽적으로 실려 있었다. 해수욕장에서 찍은 부호들의 사진도 있었다. 여름에는 지방 명사들도 나오는데, 특히 그때는 후닌 부근의 농지를 가진 몇몇의 부호들이 파리나, 부에노스아이레스의 번잡함을 피해 시골 영지에서 쉬는 때였다. 당시 후닌의 정치인들의 이름——비델라 도르나(Videla Dorna), 산타마리아(Santamaria), 두간(Duggan), 해링턴(Harrington)——등이 그라비어 사진판으로 된 표제에 두각을 나타내었다. 에바는 그들을 모두 간접적으로 알고 있었다.

훨씬 뒤에, 그녀의 일이 근로 계급에 동조하는 일이었을 때, 에바는 후닌 시절에 사회적 도의심에 고무되었노라고 주장했다. 그녀는 다음과 같이 말했다.

어린 시절 이래 빈부의 문제가 나의 명상의 주제가 되어 왔다. 이런 이야기는 나의 어머니에게조차 말한 적이 없지만, 나로서는 종종 생각한 것이었다. 11세까지는 풀이 존재하는 것처럼 가난이 있고 나무가 있는 것처럼 부도 존재한다고 믿었다. 어느 날, 어떤 근로자한테서 부자가 너무 많이 가졌기 때문에 가난한 사람들이 있다는 것을 배웠다. 그것은 내게는 인상적인 발견이었다. 비록 어리기는 했지만 부자가 말한 것보다 가난한 이들이 말한 것을 믿게끔 된 것은 가난한 이들이 보다 성실하고 솔직하고 우수한 것처럼 보이기 때문이었다. 11세 이후로 나는 사회의 불공평에 대해 익숙해질 수가 없었다. 마치 독약에 익숙할 수 없듯이······.

에바가 성장한 팜파스를 생각할 때, 거칠고 불만족스러운 점이 있긴 하겠지만 사회적 정의와는 아무런 관계가 없었다. 아르헨티나 신화에서 추진력이 되었던 영웅이 바로 가우초(Gaucho)인데, 19세기 팜파스를 길들이느라 고생한 혼혈아 목동이었다. 가우초가 나타나기 이전에는 끝이 보이지 않는 초원은 야생마나 소떼와 들돼지들이 무한정으로 살고 있었으며, 이들은 1500년대에 정복자들이 도착한 후 달아난 몇몇 동물의 자손이었다.

대부분의 문화사가들이 볼 때, 가우초의 정신(자급자족하며, 독립적이며, 거칠은 점)이 아르헨티나를 변신시켰으며, 계속적으로 이 나라에 영향을 끼쳤다고 본다.

1868년에서 1874년까지 대통령을 지낸 도밍고 사르미엔토(Domingo F. Sarmiento)는 그의 유명한 책인 《파쿤도(Facundo)》에서 가우초의 정신을 요약하기를, '앉아서 책을 많이 읽을지 모르나 황소 한 마리 던지거나 죽일 줄 모르고, 말 한 마리 잡을 줄도, 광야에서 혼자 살 줄도 모르는 도시인을 가우초는 동정어린 경멸에 차서 볼 뿐이다.'라고 했다.

허드슨(W. H. Hudson)은 영국 소설가로 1874년에 고국으로 돌아가기 전 32년간 팜파스에서 살았다. 그는 '광대한 팜파스의 농장에서 만나는 사람들의 생활 습성이나 성격이, 문명국에서 볼 때는 너무나 이상하고 거의 믿을 수 없는 정도임을 알 것이다.'라고 쓰고 있다.

팜파스를 변화시키고, 아르헨티나를 바꾼 실제 요인은 이민과 기계화된 농업이다. 1869년에 1백80만이던 인구가 1914년에는 8백만이 되었다. 당시 이민의 숫자는 5백만 명이나 되었다. 50% 이상이 이탈리아에서 온 사람, 18%가 스페인 사람, 나머지가 독일인, 영국인, 스코틀랜드인, 아일랜드인, 폴란드인이었다.

대부분의 이민들은 아르헨티나를 정류장으로만 생각하여 돈을 벌어 유럽으로 가져갈 생각만 하였다. 비록 극소수가 고국에 돌아가긴 했지만, 그런 생각은 정치나 사회 문제에 가장 우선적으로 떠올랐다. 어떤 의미로, 아르헨티나는 후아나 두아르테의 하숙집의 연장(延長)으로 여겨 뿌리를 내리려 하지 않고, 항상 돈을 가지고 달아나기만을 꿈꾸는 사람들로 들끓고 있었다.

부에노스아이레스는 아르헨티나에서 유일하게 중요한 도시로서 유럽의 연장이었으며, 서반구에 있는 그 어느 도시보다 정신적으로 파리나 런던, 로마에 보다 가까웠다. 1914년에는 부에노스아이레스의 75%가 외국인이었다. 이 도시는 라틴 아메리카의 지적인 중심지가 되었고 시인, 과학자들이 연구와 학위를 받으러 오는 곳이었다. 제1차 세계 대전 때는 콜론(Colón) 오페라 하우스가 비엔나나 밀라노에 있는 오페라 하우스와 대등할 정도였다. 지루한 여름철에는 유럽의 모든 위대한 예술가들이 부에노스아이레스로 휴양하러 왔다. 이 나라의 부를 장악하고 있는 몇몇 가문은 대부분 유럽에서 지냈다. '아르헨티나 사람들만큼 부유한'이라는 말이 상트 페테르부르크에서 마드리드까지 유행하였다.

영국인들이 차지하는 인구 비례는 비록 적었지만, 그들은 철도, 가축, 소맥 회사, 선박 회사를 장악함으로써 대단한 부를 누렸다. 영어는 아르헨티나에서 태어난 부자들의 제2 외국어가 되었고, 상점의 영국식 이름이나 상표는 상류 계급을 나타내는 표시로 쓰여졌다. 후일 에드워드 3세로 잠깐 통치하게 되는 웨일스 왕태자는 왕위에 오르기 전인 1936년에 아르헨티나를 방문하여 이 상상만의 독립국에서 폴로 게임, 칵테일, 개인 화랑 등에서 대접을 받았다. 왕태자는 말하기를,

"우리 식민지를 양도해야만 할 것이라고 말하는 사람들도 있지만, 바라건대 아르헨티나를 포기하고 싶지는 않다."

라고 했다.

1930년, 마리아 에바가 사춘기에 접어들었을 때, 팜파스는 대단위 농장지로 정착되었고, 콤바인, 비료, 개량 씨앗, 사료 재배지, 냉동 공장 등이 가우초의 힘든 노고를 대신하게 되었다.

후닌에서의 두아르테 가문은 현명치는 않았으나 노력하며 사는 중하 계급 정도의 집안이었다. 비록 도시의 상류 사회의 몇 사람이 서자라고 멸시는 했지만 일반적으로는 인정을 받았다. 그들의 어머니는 아들과 딸들이 얻을 수 있는 기회를 열심히 포착하려 애썼으며, 이득이 있게 될 때에는 그녀의 비위를 맞추는 말단 관리들이 늘어나는 것을 허락했다.

맏딸 엘리사는 어머니에게 실망을 안겨 준 것이 틀림없는 듯하다.

그녀는 감각적이며, 배우지 못했고, 관심을 조금이라도 보이기만 하면 기꺼이 스커트를 걷어올리는 여자였다.

그녀는 1929년, 부도덕하다는 이유로 로스 톨도스 우체국에서 쫓겨났으나 그녀의 친구가 되는 국회 의원인 레터에리(Letteri)라는 사람이 해고를 전근으로 바꾸어 후닌으로 전근시켜 주었다. 엘리사는 가족과 합류하였고, 알프레도 아리에타(Alfredo Arrieta)라는 이름의 육군 소령을 하숙집에서 사귀게 되었다. 아리에타 소령은 뚱뚱하고 귀가 멀고, 군무중 대부분의 시간을 술 마시고 친구들과 도박하는 데 허비하는 사람으로 기혼자였다.

나중에 엘리사는 스스로 아리에타 부인이라 자처했지만, 사실 결혼한 적은 없다. 카톨릭 국가에서는 본부인에게 이혼을 얻어낼 수가 없기 때문이다(수년 뒤, 에바는 이 소령과 엘리사를 후닌의 페론파 중심 세력으로 만들었다. 아리에타 소령은 아리아스(Arias)라는 번화가를 아리에타라고 부르도록 했으며, 이 도시의 2개의 병원에도 자기 이름을 붙였다. "소령은 엘리사만 제외하고 무엇이든지 자기 이름을 붙인다." 라고 후닌 시민들은 비웃어 말하곤 했다).

후안 두아르테는 잘생기고 악의 없는 젊은이로 대부분 친구들과 거리에서 여자 아이들에게 휘파람이나 부는 일로 소일했다. 때때로 블라씨(Blassi) 약국에서 일하기도 했고 잿빛 사무원 재킷을 입고 집에 오기도 했으나, 용돈은 거의 어머니가 대 주었다. 후안시토의 주된 관심은 멋쟁이로 보이는 것이었다. 사람들은 항상 차분하게 기른 그의 콧수염과 반지르르한 머리, 어머니가 다려 준 구김살 하나 없는 셔츠, 에나멜 가죽 구두, 납작한 소프트 모자 등을 기억했다.

후안시토 역시 에바의 세력 덕분에, 그리고 자신의 도둑질 덕분에 남미에서 가장 부유한 미혼자가 되었다. 그러나 여동생이 지닌 것과 같은 복수에 대한 취향은 그에겐 없었다. 그는 후닌 사교 클럽의 가입에 스페인식 표현으로 '경력이 없다'는 이유로 거절당했다.

그가 가장 세도 있는 유명인으로 현역 유명 여배우 중의 한 사람을 여행 동반자로 이끌고 고향에 돌아왔을 때, 사교 클럽은 그 두 사람을 만찬에 초대 손님으로 초청했다. 후안시토는 사양하며 홀 맨 뒤에 앉아 누구하고도 말을 나누지 않았다. 에바라면 아마도 클럽을 나환자 수용소로 바꿔 놓고 모든 회원을 감옥에 집어 처넣거나 추방했을지도 모른다.

후안시토는 후닌 시에는 비교적 친절한 편이었다. 어렸을 때 자기 머리를 깎아 준 이발사를 시종으로 삼아 부에노스아이레스로 데려갔다. 또한 후닌 시 사르미엔토(Sarmiento) 축구팀의 열렬한 후원자가 되어 새 경기장을 짓기 위한 돈을 기부하기도 했다.

블랑카는 가족 중에서 유일하게 초등 교육 이상의 교육을 받은 사람이었는데, 사실 아르헨티나에선 초등 교육 정도가 대부분이었다 (1930년대 아르헨티나는 교육을 받은 비율이 92%였는데, 이는 거의 미국과 맞먹는 수준이었다). 그녀는 정규 과정을 거쳐 교사 자격증을 얻었으나 가르친 적은 한 번도 없었다. 에바가 권좌에 오르자 1년 내에 아르헨티나에 있는 모든 학교를 감독하는 총장학관이 되었다. 그녀는 하숙 손님이었던 교장의 동생이며 후닌 시의 변호사인 후스토 루카스 알바레스 로드리게스(Justo Lucas Alvarez Rodriguez)와 결혼했다. 에바의 집권 당시 알바레스는 대법원 원장이 되었다.

막내인 헤르민다는 항상 소박하고 순종적인 소녀로, 자기 가족이 부유해지고 권력이 있을 때도 한결같이 살며, 늘 하숙집에서 어머니를 돕다가 오란도 베르톨리니(Orando Bertolini)와 나중에 결혼했다. 그는 엘리베이터 기사로 후닌 시에 있는 비센테 로페스(Vicente López) 타운 홀에서 일했다. 에바는 그를 아르헨티나 세관 관장이자 정부 소유의 수산 회사 사장으로 임명하였다.

에바는 초등 교육 6년을 마치고 하숙집에 그냥 있었다(나중에 그녀는 고등학교에 다녔다고 주장했지만, 후닌 시의 그 어느 학교 명단에도 이름은 없었다). 수줍고 꿈많은 틴에이저로 창백한 살결과 가느다란 팔다리는 그녀를 허약하게 보이게 했다. 거의 자기 방에서 혼자 있거나, 하숙집 응접실에서 몸을 웅크리고 예능계 잡지를 뒤적거리거나, 가난뱅이가 부자되는 스토리나 읽고 있었다.

에바의 시골 생활이 처음으로 깨진 것은 1934년 초, 14세가 되던 해였다. 언니인 블랑카와 처음으로 후닌에서 춤을 추었는데, 그곳에서 부에노스아이레스에서 온 2류 탱고 가수를 만났다. 그의 이름은 호세 아르마니(José Armani)였다. 아르마니는 눈이 크고 감정적이며 세심한 틴에이저인 에바에게 수도(首都)에서의 쇼비즈니스에 대한 찬사와 자기가 알고 있는 중요 인물에 대한 얘기를 늘어놓았다. 자기의 연줄과 그녀의 아름다운 용모라면 충분히 스타가 될 수 있다고 했다.

에바는 그에게 완전히 홀려서 자신의 기회를 계산해 보며 집으로 돌아왔다(후일의 전설은 아르마니 대신 좀더 유명한 가수 오거스틴 마갈디(Agustín Magaldi)가 맡았는데, 반페론주의자들이 이것을 사실로 받아들였다. 그들의 표현에 의하면 에바가 이 스타의 분장실에 가서 모든 방문객이 돌아갈 때까지 기다렸다가 긴의자에 누워 만일 마갈디가 자기를 데려가 준다면 자기의 엉덩이를 바치겠노라고 했다고 한다. 현실은 값싼 드라마는 아니겠지만, 똑같은 결과일 뿐이다).

훨씬 뒤에 블랑카는 회상하기를, 춤추고 돌아오던 날은 남쪽에서 찬 바람이 불어와 머리카락을 흐트렸는데, 에바는 깊은 생각에 잠겨 베르나르디노 리바다비아 거리를 천천히 걸어왔다고 했다.

며칠 후에 열네 살짜리 소녀는 어머니의 축복을 받으며 행운을 찾으려고 부에노스아이레스행 열차에 올랐다.

부에노스아이레스

> 어린 시절을 보낸 곳은 부자보다 가난뱅이가 더 많았지만 대도시는 오직 부자만이 사는 멋진 곳이라고 생각했었다.
> 어느 날 그곳에 왔을 때, 내가 상상했던 그런 도시가 아님을 깨닫게 되었다.
>
> **에바 페론**

레티로(Retiro) 철도역은 부에노스아이레스 부둣가에 있는, 유리와 검은 돌로 만들어진 거대한 건물로 1930년대에는 아르헨티나의 모든 열차들이 정차하는 곳이었다.

1934년 어느 상쾌한 가을 오후, 에바 두아르테는 이곳에 내렸다. 가죽처럼 보이도록 만든 마분지 슈트케이스를 들었고, 팔에는 낡은 겨울 코트가 걸쳐 있었다. 커다란 눈, 멋없는 구두, 인파 속에서 어정거리는 모습이 시골에서 갓 올라온 것을 나타내 주었다. 인파에 밀려 허우적

거리는 말라깽이 소녀는 당시의 레티로역에서는 흔한 모습이었다. 1930년대에는 수십만의 아르헨티나인들이 과거의 시골에서 현재의 도시로 이주했는데, 거의 모두가 레티로역을 지나가게 되었기 때문이다. 2년 후, 레티로역은 페론 대통령역이라 개명되었고, 그 시골 소녀는 이 나라의 퍼스트 레이디가 되었다.

호세 아르마니는 출세하려 애쓰는 탱고 가수로, 그날 에바를 만나기로 하였는데 늦었다. 낯선 도시에서 대부분의 열네 살짜리 소녀들은 아마도 울었을 것이지만, 에바는 결코 울지 않았다. 아르마니가 그녀를 뒤따라갔을 때, 그녀는 이미 어머니가 소개해 준 하숙집을 찾으러 나선 길이었다. 아르마니는 앞으로 거의 6년간이나 살게 될 그녀의 방으로 가기 위해 번잡한 중심지를 안내해 주었다.

이 방은 플라사 델 콩그레쏘(Plaza del Congresso) 근처에 있는 하숙집으로 지오반노네(Giovannone)라는 남자가 경영하고 있었으며, 그는 후닌에 자주 여행했으므로 에바의 어머니와 친한 사이였다. 장래의 여배우 방은 2층에 있었는데, 그런 수준에 알맞은 평범한 가구가 있었다. 놋쇠 침대, 전등, 테이블, 두 개의 의자, 그리고 옷장, 앞마당이 보이고, 홀 아래 목욕실이 있었다. 에바는 짐을 정리하고 부에노스아이레스를 점령할 힘찬 출발을 하였다.

부에노스아이레스의 명성은 라틴 아메리카에 제한되어 있긴 했지만 결코 작은 중심지가 아니었다. 시카고, 로마, 북경보다 훨씬 크며, 사실 적도 남쪽에선 이보다 큰 수도는 없을 것이다. 이곳은 인구가 9백만이 넘으며 아르헨티나 전 인구의 40% 이상인 셈으로, 세계에서 일곱 번째로 큰 수도이다(도쿄, 요코하마가 제일 크고 다음이 뉴욕, 오사카, 고베, 런던, 모스크바, 파리의 순서가 된다).

이 도시는 파리 스타일의 거대한 빌딩들이 밀집해 있고, 교외로 뻗어 나간 교외선이 여기저기 산재한 슬럼가(街)가 있고, 북으로는 흙탕

물의 플라타강이 흐르고 있으며, 동쪽으로는 대서양이, 남쪽과 서쪽으로는 팜파스가 둘러싸고 있다.

부에노스아이레스는 처음부터 불운했다. 1536년, 정복자들에 의해 설립되었으나, 5년 뒤에는 인디안 습격으로 포기되어야 했다. 1580년까지 재개발이 안 되었고, 그 다음 2백 년 동안이나 스페인 제국의 노리개였으며, 리마나 멕시코시티 같은 중요한 도시들과는 고립되어 있었다. 이 도시의 18세기 초의 주요 교역품은 금제품이었고, 서쪽에 있는 볼리비아의 쇠퇴해 가는 은광에 노새와 창녀를 댐으로써 보충하고 있었다. 1700년에는 스페인 군인들과 본토박이 구아라니(Guarani) 여인들 사이의 자손들이 이 도시 인구의 60%를 차지하고 있었다.

1750년경에는 제국 도시인 리마가 빛을 잃었다. 볼리비아의 광산들이 폐쇄되거나 파나마와 카리브해를 통해 오는 은 수송로가 너무 위험해졌기 때문이었다. 미국이 독립하던 1776년에는 스페인 제국의 총독이 부에노스아이레스를 세우게 되었다.

1810년에 시작된 스페인으로부터의 힘든 독립 전쟁을 치른 후에 아르헨티나는 막대한 자원인 소떼를 이용하기 시작하여, 고기를 수출용으로 소금에 절여 얼음 밑에 넣어 유럽으로 선적시켰다. 부에노스아이레스는 거대한 도살장이 돼 버렸고, 동쪽에 있는 도살장 주위에는 마른 피가 반 피트 정도나 쌓였다. 농장들은 수마일 둘레에 소 두개골로 담을 쌓았는데, 깊이는 8, 9피트로 쌓고 높이는 사람 키만큼이나 되었으며, 뿔은 앞을 향했는데, 그 눈구멍에선 담쟁이덩굴이 자라나고 있었다.

1900년대 초쯤의 부에노스아이레스는 라틴 아메리카의 지성적인 수도였고, 축산업으로 번성하며 팜파스에 양이나 목화를 도입하기도 했지만 이상하게도 여전히 구식이었다. 가문 있는 집안의 숙녀들은 샤프롱없이 밖에 나가지 못하게 했으며, 남자들이 셔츠 바람으로 거리를 나다니면 체포할 수 있다는 법(사실 이것은 1940년대까지 철회되지 않았다)까지 있었다.

에바가 처음 도착했을 때, 이 도시는 변화하고 있는 중이었다. 불황으로 인하여 부호들은 커다란 대저택을 팔고 보다 간소한 아파트로 옮기게 되었고, 부호들이 상속에 의해 받은 재산을 신흥 중산 계급이 산업화로 인해 취득하게 되었다. 부유하든 가난하든 함께 가까이 산다는 것은 서로에게 영향이 미치는 일이었다. 가난한 자들은 야심이 커지고 부유한 이들은 여유가 생겼다. 대저택의 거실은 나이트 클럽이 되었고, 여자들 그룹이 샤프롱없이 극장에 가는 것이 이제는 어려운 일이 아니게 되었다.

1934년, 아르헨티나와 해외에서의 불황이 끝나 고기와 빵의 수요가 크게 증가하게 되자, 이곳은 급격히 회복되기 시작했다. 무엇보다 연예계가 가장 성장했을 것이다. 코리엔테스(Corrientes)는 한때 조용한 뒷골목이었는데, 이젠 이곳이 수도의 브로드웨이가 되었다. 극장이 세워지면 만원이 되어 버리고, 일꾼들은 밤에도 광고판과 새 네온사인을 만드느라 바빴다. 시즌마다 피란델로(Pirandello), 가르시아 로르카(García Lorca)의 새 연극들이 상연되고, 뉴욕이나 런던에서 번역물이 들어오고, 아르헨티나인들이 그토록 좋아하는 탱고를 주축으로 만든 풍자극도 공연되었다.

연극 이외의 싹이 트기 시작한 영화 산업은 모든 라틴 아메리카 나라들에 공급되었다. 라디오가 1930년 멤피시 피르포(Mempsy Firpo) 현상 권투 경기로 인하여 인기 절정에 오르자 매주마다 새로운 백만장자를 만들어 냈다(피르포는 '팜파스의 난폭한 황소'라는 뜻이다).

에바 두아르테는 14세의 나이로 신경 쇠약과 병에 자주 걸렸다. 게다가 어떤 형태든 예능계의 경험이 전혀 없었다. 연극에 나간 적도, 라디오 방송을 해 본 적도 없었다. 피아노 솜씨는 다른 여느 소녀들이 받은 레슨 수준에 지나지 않았고, 노래도 전혀 못 불렀다. 그녀의 목소리는 시작할 땐 거칠고 신경 과민으로 점점 높아지는데, 약해지면서 날카로워 거의 조절할 수가 없었다. 또한 춤도 출 줄 모르고 무대 위에서 우아하게 움직일 줄도 몰랐다. 그녀가 받은 최소의 교육이 줄곧 드러났다.

아무리 많은 연습을 해도 거친 지방 악센트가 애써 익힌 부에노스아이레스 언어를 압도해 버렸다. 즉흥적으로 말할 때는 문법이나 발음이 틀리기 일쑤였고, 글씨는 여전히 어린이 필체였다. 유일한 재능이라곤 불타는 의지와 아름다운 육체, 자신의 장래를 밀어 줄 수 있는 사람들을 기쁘게 해주고자 하는 의욕뿐이었다.

호세 아르마니는 별 도움이 못 되었으므로 곧 떨구어 버렸다. 초기 오디션은 형편없었고, 잠시 후닌에 돌아가 야망을 버릴까 하는 생각조차 하기도 했다. 그러나, 견뎌내기로 결심했으며, 그것이 바로 흥행 업자들의 응접실에 몰려드는 다른 숱한 시골 처녀들과 다른 점이었다. 그녀는 끝내 남아 있었고 다른 처녀들은 시골의 고향으로 되돌아갔다.

14세밖에 되지 않았지만, 사회 적응에 대한 인식을 어렴풋이나마 가졌던 점이 후에 에바를 선전의 명수로 만든 것이다. 대중 오락의 허튼 말을 통해 중요한 진실을 직시하게 되었으니…… 좋다고 자주 일컬어지는 것은 그것이 실제로 아무리 나쁘더라도 성공하게 되리라는 것이다. 그녀는 이 개념에 의지하여 출세하였고, 그 노력은 결코 헛되지 않았다.

에바가 처음으로 정복한 사람 중에는 라디오 주간지인〈신토니아(Sintonia)〉에서 일하는 동료 하숙생이 있었다. 그녀는 거리의 사진사에게서 1페소(약 25센트)에 사진 6장을 찍어 친구에게 주었다. 한 장이 즉시 이 잡지에 실렸는데, 그녀를 유망한 신인 여배우라 칭했다. 거기서 그녀는〈신토니아〉의 소유주인 에밀리오 카르스툴로빅(Emilio Karstulovic)에게로 옮겨 갔다. 그는 유명한 자동차 경주자로 한량이었다. 한동안 15세 소녀는 카르스툴로빅의 애인으로 지냈고, 대중 신문에서는 그를 카르툴로(Kartulo)라고 불렀다. 한 번은 그녀를 후닌까지 여행시켜 주었는데, 그녀는 명사의 팔에 안겨 금의환향한 셈이 되었다.

그녀의 섹스 재능이 계속 적들의 화젯거리가 되어 왔다. 반페론주의자들에 의하면, 틴에이저였을 때 부두의 창녀로서 요구하는 대로 몸을 주었다고 한다. 이런 해석대로 본다면, 사실 후아나 두아르테의 하숙집은 후닌의 매음굴이었고, 에바는 그런 속에서 자랐던 창부인 것이다.

그러나 이런 주장에 대한 증거는 없다. 후에 그녀를 알게 된 사람들은 항상 그녀를 무성(無性)이라 하며, 애정보다 권력에 더 야심이 있는 차가운 여자라고 했다. 젊었을 때 이득이 있으면 몸을 허락했었다는 건 확실하다.

그러나 그녀의 특이성이 매춘부 범주에 드는 것을 피해 왔던 것 같다. 그녀는 자신의 상처를 잊지 않았다. 낡은 스커트 속으로 손을 쑤셔 넣는 프로듀서들, 멋진 자동차 밖으로 차버리던 부자 소년들, 단지 창피만을 주려 했던 약아빠진 사람들, 권력을 잡는다는 것이 에바에겐 그 배고프던 날에 대한 보상을 가지는 의미였을 뿐이다.

카르스툴로빅 같은 남자들과 유대를 맺는 것은 항상 간단했고 늘 유리했다. 몇 달 이상이나 함께 지낸 남자는 그녀의 평생에 후안 페론밖에 없었다. 그녀는 자기 인생의 목표를 확실히 했으므로 언젠가 어떻게든 제작자, 감독이 되어 자기를 원했던 모든 사람들을 자신 앞에서 굽실거리도록 만들려고 했다.

열다섯에 낯선 도시에서 낯선 이들에게 몸을 내맡기고 살아간다는 것에 때때로 겁이 났던 것은 틀림없다. 작은 가슴을 풍만하게 보이기 위해 브래지어 속에 스타킹을 집어넣었다는 이야기도 있고, 늘 우울했다고 한다. 하숙집 주인인 지오반노네는 참을성이 많아 그녀가 돈 있는 애인을 못 구하고 여러 달씩 세가 밀려도 그것을 탕감해 주었다고 한다. 그녀는 계속 출연 계약 사무소에 나갔으며, 모든 난관에도 불구하고 성공하리라는 것을 확신했다.

몸이 약하기는 했지만 유명인이나, 거물 연예인들이 모이는 술집 테이블 사이에서 밤을 지샜다. 즉 엘 아테네오(El Ateneo), 엘 텔레그라포(El Telégrafo), 콘피테리아 레알(Confitería Real) 같은 곳에서 아무 일이나 잡아 보려고 애쓰는 사이, 점차로 그녀의 끈질긴 참을성이 보상을 받기 시작하였다. 후안시토에게서 격려를 받기도 했는데 그는 향수 비누를 팔러 자주 부에노스아이레스에 왔었다.

16세 때, 한 번은 가문 좋은 집 자제 두 사람이 주말에 마르 델 플라타(Mar del Plata)에서 지내자고 그녀와 다른 여배우 한 사람을 초대했다. 마르 델 플라타는 세계에서 가장 큰 도박장이 있는 곳으로 룰렛 테이블이 56개나 되며, 휘황찬란한 샹들리에가 빛나고, 대서양과 면한 해안에는 해수욕장도 있었다. 이 소년들은 돈을 잃고는 에바와 그녀 친구한테서 그걸 벌충하려 했다. 항상 그렇듯이 힘이 이기게 마련이다. 에바는 부에노스아이레스까지 자동차를 얻어 타기도 하며 걸어서 돌아왔다.

부에노스아이레스의 연극 시즌은 3월에서 10월까지 계속된다. 1936년 11월에 에바는 본격적인 연극에서 처음으로 역을 맡게 되었다. 릴리안 헬만의 〈어린이들의 시간(The Children's Hour)〉으로 1934년 11월 20일, 뉴욕의 막신 엘리엇(Maxine Eliot) 극장에서 첫 공연을 했을 때 성공을 거두었던 작품이었다. 프란시스코 마드리드와 여름 극단 단장인 파블로 수에로에 의해 스페인어로 번역되었다. 이 극단 이름은 '로스 이노센테스(Los Inocentes)'로 결백한 사람들이라는 뜻이다. 전에는 누에보(Nuevo)라는 이름이었던 코리엔테스(Corientes)라는 극장에서 공연되었다.

이 극단의 스타들은 모두 유명한 배우들, 글로리아 페란디스(Gloria

Ferandiz), 마리아 에스터 포데스타(María Ester Podesta), 마르가리타 코로나(Margarita Corona)였다. 에바는 수에로를 유혹하여 캐더린(Catherine) 역을 따냈다. 뉴욕에서 바바라 리드즈(Barbara Leeds)가 한 역이었다.

이 극은 여학생 기숙사에서 일어나는 레즈비언 스캔들에 대한 것으로, 캐더린은 1막에 나오는 여학생들 중의 하나였다. 이 인물의 대사는 고작 여섯 줄이 전부였는데, 처음 몇 분 동안 나오게 된다. 이 연극에선 가장 짧은 역인 셈이었다.

다른 여학생들 역할은 국립 연극 학교의 상급생들에게 주어졌는데, 이 학교는 있는 집 딸들이 데뷔하고 결혼하는 사이 1, 2년 머무는 곳이었다. 에바는 당시 17세로 그 중 제일 키가 크고, 마르고, 창백하며, 단발머리였다. 그녀의 의상은 첫 무대에 나서는 다른 사람과 구별되었다. 하나뿐인 푸른 드레스와 기운 양말, 유행에 뒤진 굽 낮은 구두는 다른 부자 소녀들이 가진 많은 의상과는 대조를 이루었다.

에바는 자기가 맡은 역을 잘 해내지 못했다. 무경험에다가 억양이 없는 무뚝뚝함이 그녀의 몇 마디 대사조차 다른 소녀들에게 빼앗기게 만들었다.

에바는 예명을 에바 두란테(Eva Durante)라고 하였다. 강을 건너 1백 마일 떨어져 있는 몬테비데오에 1주일간 순회 공연을 갔을 때, 다른 소녀들의 비난을 샀다. 모든 여학생들이 어머니나 아주머니나 언니들을 샤프롱으로 데려갔는데 에바는 혼자였고, 호텔선 독방을 썼다. 어느 날 분장실에 도착했을 때, 그녀는 자신에게 보낸 꽃다발을 보게 되었다. 그녀는 새 옷을 입었으며, 실크 속내의에 파리풍(風)의 모자를 썼다. 그녀에게 새 남자 친구가 생긴 것이다.

무대 위에서 굳어져 버리는 자세 때문에 에바는 맡은 배역을 전혀 연기해 낼 수가 없었다. 배우에겐 비극이 되겠지만 나중에 정치에서는 이득이 되었다. 그녀에게 연극이란 카페에서의 속삭임, 빛을 받는 이름, 보석 추앙자로부터 꽃다발을 받고 잡지에 실리는 것을 의미했다. 연극적 재능과는 아무 관계가 없는 것이었다.

연극계에서의 활동은 항상 얼룩투성이였다. 〈어린이들의 시간〉에서 데뷔한 이래 겨울 공연에선 일이 없었다. 1937년이 저물 무렵 버라이어티 쇼에 잠시 출연했는데, 무도회 장면에서 미뉴에트를 추어 한 달에 1백 페소(약 25달러)를 받았다.

이 쇼는 '라 피에스타 데 후안 마누엘(La Fiesta de Juan Manuel)'이라는 쇼로 부에노스아이레스 교외에 있는 팔레르모의 소시에 다 루럴(Socie da Rural)에서 공연했다. 이 루럴 소사이어티란 지주 계급의 중요한 사회 조직으로 대개 상업이나 여우 사냥 모임과 맞먹는 종류였다. 이 루럴 소사이어티가 에바의 가장 쓰라린 상대자가 되었다.

1938년, 에바는 리세오(Liceo) 극장 주인인 라파엘 피르투오소(Rafael Firtuoso)에게 접근했다. 그에게 극단이 있었는데, 피에리나 데알레씨(Pierina Dealessi)와 넬리 아일론(Nelly Ayllon)이 이끌어 나갔으며, 에바도 몇 개의 단역을 받았다.

그러나, 넬리 아일론은 피르투오소의 고정된 애인이었다. 그래서 곧, 이 프로듀서의 애정을 얻기 위해 라이벌간의 갈등이 일어났다. 넬리는 에바의 뺨을 갈기고 싸웠으며 에바는 다시 일자리를 찾으러 차가운 거리로 나서야 하는 처지가 되었다. 넬리는 자신의 이름을 에바의 기다란 적수 목록표에서 보게 되었다.

그러나, 피에리나 데알레씨는 계속 친구가 되어 주었고 몇 개의 단역도 맡겼다. 1939년 시즌에 〈피란델로〉 연극에 출연했고, 이것이 부에노스아이레스 무대에 출연한 마지막 작품이었다. 에바는 보호자를 찾아 이 남자 저 남자에게로 옮겨 다니며 결코 오래 머물지 않았고, 성숙해 가는 육체의 장래 희망을 몇 주일간의 일로 바꾸어 나갔다.

1940년에 잡은 남자들 중에는 몰락한 배우인 호세 프랑코(José Franco)와 엘로이 보라스(Eloy Borrás)가 있었고, 그들은 유랑 극단을 이끌고 지방으로 다니면서 지루해하고 야유하는 군중 앞에서 공연했다. 스무 살에는 상처받기 쉬운 무경험인 여자인 체 하는 교묘한 술책을 배웠다. 사실 그녀는 자기가 뭘 원하는지 정확히 깨닫고 있었다. 그러나 항상 다음 진전을 기대하고 있었다.

연줄이 없을 때는 어렵게 살거나 움직여야만 했다. 여러 번 연극계에 있는 친구에게 식대를 구걸하기도 했다. 데알레씨야말로 그녀가 손을 내밀 때마다 계속 보태 준 사람이었고, 디토마소(Di Tomaso)라는 이름의 후견자 역시 마찬가지였다(나중에 그를 우체국의 월급 4백 페소의 자리에 앉혔다).

때때로 일이 생기기도 했다. 그녀가 싫어한 일은 놋쇠 단추를 단 벨보이의 제복을 입고 플로리다(Flórida) 거리에서 캔디 샘플을 내미는 일이었는데, 이곳은 가장 유행에 민감한 상가였다. 또 어떤 때는 무일푼이 되어 치즈케이크 엽서를 파는 사진사에게 포즈를 취해 주기도 했다(1947년, 루럴 소사이어티의 연례 가축 쇼에서는 오렌지를 빨며 수영복 차림을 한 에바의 엽서 복사판이 장난삼아 나누어졌다. 한 시간 내로 경찰이 떼를 지어 몰려왔고, 관련된 자들은 모두 망명하는 것이 현명하다고 생각되었다).

1939년, 에바는 라디오 방송에 나가기 시작했는데, 이것이야말로 한창 발전하는 연예 산업이었다. 처음에는 작은 역으로 빠른 대사를 외우며 제2 방송국의 매니저의 지시에 재빨리 맞춰야 했다. 종종 스폰서의 상품인 비누, 식용유, 고데기, 립스틱으로 급료를 받았다. 방송을 끝낸 후에는 식대를 얻기 위해 그 상품을 되팔곤 했다. 목소리는 여전히 시골풍의 거친 감이 남았지만, 세련된 연극 팬보다 방송 청취자에게 더 어울리는 목소리였다.

에바는 엠바씨(Embassy)나 트로페손(Tropezón), 판타지오(Fantasio) 같은 나이트 클럽에서 각고 끝에 이룩해 놓은 사교 생활을 소홀히 하지 않았다. 저녁마다 밥을 구걸해 먹고는 몇 가지 안 되는 옷가지 중 유행되는 옷을 골라 새로운 콤비를 이루기 위해 빨간 립스틱을 바르고 하숙집을 기운차게 나서는 것이었다.

그녀가 자주 드나들던 곳에서는 사업가들이 정치가들과 어울리고, 사교계 남성들이 신인 여배우를 찾아내고, 신흥 부르주아층의 사람들은 지배 계급이 되려고 애썼다.

1940년대 초기에는 군(軍)이 점점 정치에서 활발하게 움직이고 사교계에도 새로이 등장하게 되었다. 에바는 호기심을 끄는 여자였다. 외모와 저속한 언어로 쉽게 정복할 수 있는 여자이기도 했지만, 그녀는 이득이 없는 남자들에게는 시간을 낭비하지 않았다. 유머는 없어도 쇼비즈니스계의 루머와 어휘를 알고 있어서 즐겁고 원하기만 하면 매력적인 여자가 될 수도 있었다.

그녀에게 걸린 남자는 꼼짝없이 오직 한 가지, 에바 두아르테의 명예를 위한 음모와 모략에 빠지게 된다는 것을 알게 되었다.

당시의 친구들이 말하기를, 그녀는 운이 좋지 않을 때면 손에 머리를 파묻고는,

"나는 딴 사람이 될 거야. 나는 할 수 있어. 언젠가는 딴 사람이 될 테야."

라고 되뇌이곤 했다는 것이다. 참으로 무서운 여자이다.

그녀는 에바 두란테라는 예명을 버리고 다시 에바 두아르테로 돌아왔다. 순진한 것이 좋을 듯할 때는 '작은 에비타(꼬마 에바)'라고도 했다. 1941년에 처음으로 〈용감한 사람들만이(Only the Valiant)〉라는 영화에서 하찮은 배역을 맡았다. 층층으로 된 무도복을 입은 어색한 모습이었는데, 그것이 당시의 아르헨티나 영화계의 스타일이었다.

연극 배우들이 영화에 나갈 기회는 드물었다. 경험이 별로 없는 인기 연예인에게 좋은 배역이 돌아갔다.

그때부터 계속 에바 두아르테의 라디오 방송 경력과 영화배역이 서로 보조를 맞춰 나란히 나아가기 시작했다. 그녀의 이름이 오락물을 잘 보는 이들에게 알려지기 시작했고 바로 그것이 명성을 얻는 길이었다.

1942년 초에 엘 문도(El Mundo)라는 영국인 소유의 방송국에서는 정규 출연자가 되었다. 월급은 40달러로, 이것이 그녀에게 있어 최초의 고정 수입이었다. 그 해 연말에는 일류 방송국인 벨그라노로 옮겨 처음에는 45달러의 월급을 받았다.

이 방송국 소유주는 뚱뚱하고 홍분하기 쉬운, 루마니아 태생의 자이메 양켈레비치(Jaime Yankelevich)라는 사람이었는데, 그의 권력욕도 에바에 못지않게 대단했다.

그 이듬해, 에바의 모든 노력은 보상받기 시작했다. 에바는 벨그라노 방송국의 연속극 〈사랑의 왕국〉의 스타가 되었다. 이 드라마는 과거 유명 여인들의 생애에 대해 저널리스트인 무뇨스 아스피리(Munõz Aspiri)가 쓴 멜로 드라마였다. 아르헨티나의 수십만 애청자인 주부들은 에바 두아르테의 이름을 듣게 되었고, 그녀의 소박한 말씨와 그들이 꿈꾸는 영광을 연관짓게 되었다.

이때부터 대 영화 회사인 시네 아르헨티노(Cine Argentino)가 펴낸 광고 책자에는 인기 스타인 에비타 두아르테와 베르나르도 간둘라의 이야기가 계속 실렸다.

표지에는 축구복을 입고 활짝 웃으며 함께 축구공을 차는 모습도 실렸다. 에비타는 검은 머리에 작은 가슴을 지녔으나, 다리와 얼굴은 애띤 모습에서 성숙한 여인으로 바뀌었으며, 카르멘 미란다(Carmen Miranda) 구두를 신고, 아랫도리는 V자를 이루도록 꼭 죄는 바지를 입었다.

1943년의 아르헨티나는 전쟁중의 세상과는 딴판이었다. 공적으로는 중립이었지만, 서반구에서는 주축국인 독일이나 이탈리아에 호의를 보낸 유일한 국가였다. 침략자들에 대한 친화 정책을 쓴 것은 육군에 있는 에바의 친구들이었다. 이들은 이 해에 쿠데타로 정권을 이양받았다. 그때, 에바는 시사 문제를 토론하는 벨그라노 방송국의 한 좌담회에 참석했는데, 그 방송중에 언급된 이름이란 오직 한 사람, 새 정부의 실력자인 후안 페론이었다.

에바는 마지막으로 자기 목표를 향한 기회를 보게 되었다.

페론 대령과 에바

> 나는 과거에나 현재에나 비천한 여자에 지나지 않으며, 수많은 참새 떼 속의 한 마리 참새에 불과하다. 그러나 페론은 거의 신(神) 가까이 실로 정상 부근을 높이 나는 거대한 독수리다.
> 현재의 나, 내가 지닌 모든 것, 내가 생각하는 모든 것, 느끼는 것은 모두 페론에게 속한 것이다.
>
> 에바 페론

라틴 아메리카에서의 많은 전제 군주 중에 후안 도밍고 페론은 가장 뛰어났다. 도미니카 공화국의 라파엘 트루히요(Rafael Trujillo) 같은 전제 군주들은 완전한 통치권을 발휘했지만 페론보다 더 개발되고 복잡한 나라를 지배한 건 아니었다. 그 누구도 그만큼 완고하고 변화무쌍하지도 않았다.

집권하는 동안 후안 페론은 아돌프 히틀러나 체 게바라(Ché Guevara), 가축왕, 철도 노무자, 자유 경제 학자, 상습적인 절도범 등에게 충성을 요구할 수 있었다. 에바 두아르테가 없었더라면 그는 아마도 라틴 아메리카의 또 하나의 허풍쟁이가 되었을 것임에 틀림없다. 그녀가 있음으로써 그는 어쩔 수 없는 권력에의 길을 찾게 된 것이다.

그는 무뚝뚝하고 단순한 사람으로, 기분 전환을 위해 결코 이루어지지도 않을 거대한 계획을 세웠다. 그의 유일한 재주란 좋은 기회가 될 때는 진지(陣地)를 지키고 있다가 어쩔 수 없이 실패하게 되면 포기하는 것이었다.

페론의 정치적 성공을 위해 필요로 하는 대중적 기반을 마련해 준 사람은 바로 에바였으며, 또한 그녀의 인간 관계나 영향력이 직접적인 도움이 되었다.

1943년, 에바와 후안 페론이 알게 되었을 때, 그들은 서로 보완해 주기 위해 태어난 것처럼 보였다.

1895년 10월 8일, 후안 페론은 부에노스아이레스에서 남쪽으로 60마일 떨어진 로보스(Lobos)라는 팜파스에서 태어났다. 25년 후에 에바가 태어난 같은 지역인 평원이었다. 아버지는 이탈리아계로 노동이나 지방 법원 간수로 불규칙적인 일을 했으며, 어머니는 인디언과 스페인 조상을 가진 소박한 여인이었다.

5세에서 15세까지 후안 페론과 그의 가족은 파타고니아(Patagonia)라는 남쪽 지방의 거칠고 추운 목양지(牧羊地)에서 살았다. 절약하여 산 덕분에 나중에 팜파스로 다시 이사할 수 있었다.

초등, 중등학교 시절의 페론은 뛰어난 성적은 받지 못했지만, 스포츠, 특히 권투나 경마에는 뛰어났다. 그는 6척의 장신으로 모호한 미소와 자상한 태도를 가져 친구들에게 인기 있는 청년이었다. 1911년에 입학한 사관 학교에서는 펜싱 챔피언이었고, 1913년 겨울에 소위로 임관됐다. 육군 군도(軍刀) 챔피언이었고 소총 사격술이 뛰어나긴 했지만, 그의 보병 시절은 거의 빛이 나지 않았다. 1924년, 그는 지방 연대의 이름 없는 대위였다.

페론 대위는 일반 참모에 임명된 1926년에 고된 훈련을 받기 시작했다. 그러나, 육군 장관의 비서로서의 직책은 만족스럽지 못했으며, 1927년에는 육군 고급 훈련 기관의 군대 역사 교수가 되었다. 군대 역사에 대해 공저(共著)로 몇 권의 책도 썼고, 1929년에는 관례적인 진급을 하여 소령이 되었는데, 거기서 끝날 것처럼 보였었다.

1930년에, 군부가 선거에 의해서 구성된 히폴리토 이리고옌(Hipólito Yrigoyen) 정부를 전복시켰다. 이리고옌은 아르헨티나 자유주의의 영웅이었으며, 1912년에 남성 보통 선거권을 마련한 급진파 운동의 계승자였다. 그는 제1차 세계 대전 당시 대통령이었고, 중립을 지켜 연합국들과의 무역으로 번성을 누렸다. 1928년, 재선된 당시 76세나 되었고 노쇠했다. 개인적으로는 정직했지만, 그의 부패한 보좌관들은 국고를 탕진했고, 국민도 그의 행정부에 반기를 들었다.

1930년 쿠데타 후, 13년 동안 아르헨티나는 장군, 지주, 은행가, 카톨릭 성직자들의 보수적인 연립 정부에 의해 통치되었다. 허위 투표와 암살이 정치적 수단이 되었고, 점차 파시스트의 영향력이 커졌다. 1930년대의 군대 고급 훈련은 독일이나 이탈리아에서 받은 것이다.

페론 소령은 1936년부터 1939년, 유럽에 대한 적의가 일기 시작할 때까지 로마에 무관으로 있으면서 새로운 목적을 과격한 국수주의(國粹主義)에서 찾아냈다. 경찰 국가로서의 강력한 독재 정치를 노동자들이 요구할 때 그것을 지지했다. 그는 GOU(합동 공직자 그룹)의 발기인이 되었고, 아르헨티나 현역 공직자 3천6백 명 중 4분의 3의 충성을 요구했다. 1942년, 아메리카 국가 간의 리우 회담에선 아르헨티나만이 전쟁 도발국과의 관계를 청산하는 것을 거절하였다.

1946년 6월 4일, 철저한 군부 쿠데타가 일어나 GOU가 완전히 국가를 장악하도록 만들었다. 페론은(당시 대령) 처음에 육군성에서 일하다가 노동부 장관이 되어 모든 교역 조합을 맡게 되었다. 그 권좌 덕분에 그는 이 체제의 유력 인사로 알려지게 되었고, 이 나라에 무솔리니 사상인 국가 통제 조합을 적용했다. 독일 대사관과 나치스의 비밀 원조로 페론 대령은 외부 모험을 해 보기도 했다.

전후 압수된 서류나 죄수 심문을 통해 밝힌 미국의 보고에 따르면, 대령은 독일로부터 무기를 입수하는 데 군·정부의 중개인이었다고 한다. 또한 나치스 독일의 중요한 해외 정책 중의 하나인, 남미에서 반미 체제를 만드는 일에 이웃 국가들의 정치인들과 협력하기도 했다.

노동부 장관인 그의 수수한 사무실을 방문했던 사람들은 나중에 볼리비아의 대통령이 된 빅토르 파스 에스텐쏘로(Victor Paz Estenssoro)와 브라질, 칠레에서 온 우익파들이었다.

독일 대사관은 아르헨티나의 독일인 실업가들이 헌금한 돈으로 우호적인 신문이나 라디오 방송국에다 수백만 달러씩 뿌렸다. 그들의 목적은 가능한 한 페론이나 정부 내의 다른 친(親)나치스파에게 좋은 평판을 얻어 주려는 속셈이었다.

페론이 친구들의 도움으로 정상을 오르고 있는 동안, 에바 두아르테 역시 군부와의 연줄로 벨그라노 방송국에서 잘 해내고 있었다. 그녀는 새 정부 내의 모든 관리들을 알고 있었다. 임시 내통령인 페드로 라미레즈(Pedro Ramírez) 장군에서부터 방송 산업을 관장하고 있던 아니발 임베르토(Aníbal Imbert) 대령에 이르기까지. 방송국 소유주인 자이메 양켈레비치는 에바가 점점 더 오만해져서 모든 사람들이 싫어했지만, 그녀에게 좋은 프로만 맡겼다.

배우로서의 성공도 점차 이루게 되었다. 군부가 원자재의 공급을 통제하고 있었는데, 그녀는 자기가 좋아하는 프로듀서에게는 충분히 얻어 줄 수 있었기 때문이었다. 그녀는 세 영화에 계약을 했는데 개봉하려 했을 때는 쇼비즈니스보다는 성공했지만 상영이 중단되어 버렸다.

1943년 중엽, 에바의 월급은 1천 달러라는 상당한 금액이었고, 극장과 번화가 호텔이 있는 근처의 유행가인 포사다스가(Posadas街)로 아파트를 옮겼다. 당시 그녀의 아파트를 가 본 사람이 기억하기를, 중요한 장식품은 벽 위의 커다란 청동 독수리였다고 한다. 이 독수리는 적의에 찬, 당시 활동하던 셈당에 대한 반대파 및 친파시스트의 상징이었다(독일이 뇌물을 주어 라디오에 페론에 대해 방송하기를 사주하였고, 또한 에바도 둘이 만나기 이전에 대령을 승진시키는 데에 전력을 다했지만, 조사가들은 이 두 사실에 직접적 연관이 있는지는 알아내지 못하고 있다).

부에노스아이레스의 거리 사진사의 딸이었던 페론의 첫째 부인은 1938년 암으로 죽었다. 이 홀아비는 계속 10대의 애인들을 데리고 잤으며, 이것은 그의 취미이기도 했다(페론의 애인이나 세 부인 모두 아이를 낳지 못했으므로 그가 무능력자라고 추정하기는 쉽다). 권력을 쥔 대령과 권력을 좇는 에바 두아르테의 만남은 필연적이었다. 그것은 1943년 10월, 라디오 방송국 벨그라노가 군부 지도자들에게 베푼 파티에서 일어났다.

그들은 즉석에서 사이가 좋아졌지만, 에바가 10년 전 이곳에 도착한 이래 흔히 그랬던 것처럼 잠정적인 관계처럼 보인다. 그녀는 24세이고 그는 48세였다. 몇 달 안 되어 페론은 억세게 말하는 이 젊은 여배우가 섹스 이상의 것을 줄 수 있다는 것을 알아차렸다. 그래서 당시의 16세 애인을 걷어차 버리고 포사다스가의 에바가 사는 아파트로 이사했다. 이후 9년 동안 그들은 사실 떨어질 수 없었다.

자신의 공식 기록에서 에바는 자신의 짙은 로맨스에 대해 말하기를, 1944년 2월, 지진 희생자를 위한 자선 음악회에서 페론을 만났으며, 첫

눈에 반했다고 했다.

　　우리는 모두, 거의 모두가 우리 생애 중에 기적적인 날이 있게 되지요. 내게는 내 운명이 페론의 운명과 만난 바로 그날이었습니다. 나는 그의 옆에 가서 있었는데, 이것이 그의 관심을 끌었던 것 같아요. 그가 내 말을 들을 순간이 왔을 때, 나는 가장 훌륭한 말로 감히 이렇게 말했습니다. '만일 당신이 말하신 대로 국민의 목적이 내 자신의 목적이라면, 아무리 커다란 희생일지라도 죽는 날까지 당신 곁을 떠나지 않겠습니다.' 그는 내 제의를 수락하였고, 그날이 바로 나의 기적의 날인 것입니다.

이렇게 그녀는 자서전에서 쓰고 있다.

이중으로 방을 쓰면서 자기 방에서는 음모꾼들을 만났고, 그녀의 향기로운 내실에서는 휴식을 취할 수 있도록 배려했다. 페론의 애인은 정치나 전략을 토의하는 자리에 열심히 참석하면서 몇몇 요원을 추천해 주기도 했다.

그녀의 친구이며, 아파트의 문지기인 호세 에스페호는 페론 정책에 대한 노동자의 반응을 토론하기 위해 초대되기도 했다. 에스페호는 페론 정부에서 노동 운동의 지도자가 되었다.

정권은 반드시 민간인들에게 이양되어야 하며, 아르헨티나는 미국과 굳은 동맹을 맺어 자유 민주주의 노선으로 나가야 한다는 일부 군부 세력을 페론은 억압할 수가 없었다. 그러나 군인 봉급을 올리고 자신의 지지자들을 승진시켜 줌으로써 이 야망에 찬 대령은 균형을 이룰 수가 있게 되었다. 그에겐 귀중한 협력자가 있으니, 바로 연방 경찰국장인 필로미노 벨라스코(Filomino Velazco)였다. 이 세력은 군부가 통치하던 첫해에 13,912명에서 18,394명으로 늘어났다.

페론의 정부에 대한 아이디어는 이탈리아나 독일식의 국가 사회주의였다. 국가는 노동, 경영 사이의 분쟁을 조정하는 중재자로서 노동자들 편에 서서 다수의 지지를 얻는다는 것이다. 경제는 중앙부 경제 계획하에 놓이게 되었고, 자유 언론의 전통적인 수단으로써 신문, 방송, 출판 등이 정부에 대한 전폭적인 지지를 위해 테러와 검열에 의해 유도되는 것이다.

초등 교육은 군과 새 체제에 대한 찬사로 일관되며, 전통적인 반대파인 대학(大學)은 반정부적 요인들이 모두 제거되도록 하는 것이었다 (의학 부문에서 노벨상을 받은 베르나르드 호쎄이(Bernard Houssay)는 이런 말을 남기고 교수직을 떠났다. "이것이 나의 마지막 수업입니다. 내일 여러분은 대령님한테서 강의를 받게 될 것입니다.").

1944년, 독일이 전쟁에 패할 것이 분명해졌을 때, 페론과 그 동료들의 친주축국 정책은 군부 내와 민간 정치 세력 내에 상당히 많은 불만들을 일으켰다. 라마레스 대통령은 주축국과의 관계를 끊었지만 결국 물러났고 에델미로 파렐(Edelmiro Farrell) 장군이 대신하게 되어 페론이 그의 부통령으로 앉게 되었다. 아르헨티나는 1945년 3월까지 독일과 일본에 선전 포고를 하지 않았다. 그때까지도 이런 행위는 자국 내의 친연합국 세력의 감정을 누르기 위한 궁색한 구실로써 이용되었던 것이다.

피지배자의 일치를 위해 테러와 폭력 수단이 대신 쓰이게 되었고, 반대 세력에 공포를 일으키기 위해 페론파 자객들이 용의주도하게 계획한 '자발적인 데모'가 일어났다. 경찰은 법적 보장이 공중에 떠버린 상태에서 마음대로 모든 반체제 인사를 체포했고 또 그렇게 자유롭게 행동했다. 감옥에서 고문은 흔한 일이었다. 탄압에 드는 비용도 엄청났다. 전체 예산 가운데 국방비가 1941년의 12%에서 1945년에는 50%에 이르게 되었다.

페론이 권력을 추구하는 마지막 단계에서 에바의 도움은 귀중한 것이었다. 다른 사람들이 머뭇거릴 때, 그녀는 용기와 활력을 주는 대단한 내조를 했다. 회합마다 동반해 다녀도 지칠 줄 몰랐다. 페론만큼 노조 지도자들을 잘 알게 되었고, 페론이 노동부 장관이었을 때는 그의 후원으로 라디오 극예술가 조합을 결성하고, 자칭 회장이 되었다. 이것은 정부가 인정한 유일한 방송 조합이었고, 이 한 번의 공로로 에바는 이 분야에서 가장 강력한 실권자요 유명인이 되었다.

그녀는 일을 못하게 할 사람들의 블랙 리스트를 작성하였는데, 대부분 그녀가 고투하며 살 때 비난을 했던 사람들의 명단이었다. 앞으로 닥쳐올 미래에 전국에 걸쳐 적용할 조직적인 원한이었다. 당연히 방송위원들에게서는 미움을 받았고, 그녀가 좋아하는 사람들에게서는 숭배를 받았다.

항상 순탄한 길만 있는 것은 아니었다. 어느 날 밤, 라디오 벨그라노에서 영국의 엘리자베스 1세로 출연하고 있는 에바가 〈사랑의 왕국〉에 나갈 준비를 하고 있었다. 통제실에 있던 누군가가 스위치를 미리 틀어 놓았기 때문에 아나운서가 다음과 같이 말하는 것을 모든 국민들이 다 듣게 되었다.

"저기 더러운 매춘부가 나타났군."

이 일로 인해 48시간 동안 광고 중지를 명령하는 법석을 떨었고, 그 이유를, 오늘날 정신적, 사회적, 도덕적 문화를 전파하는 가장 큰 매개체가 되는 방송국에서 국가의 문화를 모독하는 표현을 했기 때문이라고 밝혔다.

고의적이 아닐지라도 에바를 모욕해선 안 된다는 것을 사람들은 깊이 깨닫게 되었다.

권력만이 아니라, 그녀의 임금도 올랐다. 1944년 말에는 주당 5천 달러를 받았다(개봉된 적도 없는 영화로부터 수입이 들어오고, 1945년에는 주당 1만 5천 달러의 봉급에 이르렀다). 1944년 6월, 타임지(紙)는 이런 사실에 대해 언급했는데 외국 언론에는 처음 언급된 에바의 험담이었다.

　　무명 예술인으로서 최고의 월급을 받는 인물로의 숨가쁜 8개월간의 부상(浮上)은 부에노스아이레스의 화제가 되고 있다. 에비타 두아르테는 키가 큰, 날씬한 몸에 갈색 머리, 석고같이 흰 피부를 가진 26세의 여인이다(그녀는 25세였다). 그녀는 또한 아르헨티나의 육군 장관이자 실권자이기도 한 페론 대령의 참사랑하는 애인이다.

　　선거나 입후보를 발표하지는 않았지만, 페론 대령은 1945년 대통령에 출마했다. 그는 자신의 신조를 밝히면서 노동자들에게 연설하는 데 많은 시간을 보냈다.
　　"자연은 우리에게 너무나 풍부했으므로 우리는 이 세상에서 가장 행복한 국민이 되어야 하며 감히 되고자 한다."
　　임금 인상을 요구하러 그의 보좌관에게 왔던 조합은 모두 원하는 대로 되었고, 대신 페론의 이름을 기억하라는 부탁을 받았다. 대령이 원하는 것은 근본적으로 민중당원이었지만, 그는 국수주의자들의 환심도 끌었다. 그들은 아르헨티나의 외국인 소유의 기업체를 인수하겠다는 그의 공약을 좋아했고, 새로운 중산 계급은 정부 지원의 산업화로 인해 이득을 보게 될 것이라는 생각을 가졌다.
　　페론과 에바는 시골에서 부에노스아이레스로 몰리는, 대이동으로 인한 사회적 혼란 덕분에 이득을 얻었다. 시골에서의 전통적인 정치 패턴은 수령(首領)에 대한 애착심이었는데 이 수령이란 국회 의원만큼 그들의 치유자도 되고 고백자도 되는, 개인주의자인 리더를 말하는 것이다. 도시에서는 시골에서 올라온 직공들이 시골 고향에서 본 수령

페론 대령과 에바 53

대신으로 페론을 받아들인 것이다.

에바는 노동 계급의 대중에게는 아주 유능한 연사였다. 지배층에 대한 진심의 증오는 그들에게 기쁨을 주었고, 거친 목소리는 그들의 아내나 어머니의 목소리와 매우 유사했으므로 그들을 감동시켰다. 에바의 단도직입적인 방법이나 단순한 생각은 페론의 허세라든가 대규모 계획에 잘 어울리는 보조 역할이 되기에 충분했다.

에바가 자신이 사랑하는 사람의 정치에 끼어든 것은, 보다 착실한 군부층에게는 다소간의 스캔들을 일으켰다. 사람들은 군 내부에서 지지 세력이 약화되고 있다고 말했다. 페론은 성명서를 발표했다.

"나의 적들은 내가 여자들과 접촉이 있다고 비난한다. 물론 그렇다. 그들은 내가 어떻게 하기를 원하는가? 꼭 남자들과 어울리기만을 바라는 것인가?"

주축 세력의 파기로서, 반페론주의자들도 더욱 대담해졌다. 1945년 6월, 3백 개가 넘는 농상업계 기업들이 정부가 탄압 정치를 하는 것을 탄핵했다. 특히 부통령 페론을 언급하며 합세했다. 그 해 8월, 파렐 대통령은 탄압 정치 4년간의 정권을 내놓게 되었고, 다음달에는 50만이 넘는 군중들이 페론을 반대하며, '자유롭고 합법적인 행진'을 감행했다.

페론은, 데모가 군사력을 약화시키고 있음을 집권층에게 확신시켰고, 그런 다음엔 새로운 탄압이 시작되었다. 9월 26일에 다시 조이는 상태가 일어나기 시작했고, 다음 주엔 적어도 천 명의 정치인들과 2천 명의 학생들이 체포되었다.

조사자들이 알아낸 바에 의하면, 넓이 38피트, 길이 75피트 되는 방 하나에 450여 명이나 감금되어 있었다고 한다. 매질이나 전기 고문이 행해졌고, 이러한 일들이 UN 창설 회원국인 아르헨티나가 인권 선언에 서명했던 바로 그 해에 일어났던 것이다.

미국은 이런 사태에 대한 보도를 다음과 같이 하였다.

나치스 지도자들, 그룹, 조직이 나치스-파시스트 국가를 세우기 위해 아르헨티나 전체주의자들과 결탁하고 있다. 아르헨티나 국민들의 반대를 종식시키기 위해 잔인한 무력 행위와 테러 분자들의 방법을 써서 인간의 가치와 존엄성, 성인권에 대한 서약을 재확인한다라고 UN에서 행한 선서를 군부가 웃음거리로 만들었다.

새로운 탄압의 물결은 정부 내의 반페론주의자들에겐 너무나도 크나큰 시련이었다. 10월 6일, 대령과 에바가 수도에서 40마일 떨어진 어선에 머물고 있는 동안 페론은 체포되었고 모든 공직에서 물러나게 되었다.

같은 날, 연방 경찰국의 벨라스코 대령과 페론의 테러 전술의 보루들이 잡히게 되었고, 페론은 마르틴 가르시아(Martín Garcia)섬에 있는 감옥에 연금되었다.

연설할 때마다 페론은 자신의 반대자를 용감하게 위압하겠다고 떠벌렸었다. 시험의 기회가 왔을 때 그는 비틀거리며 굽실거렸고, 도시에 있는 그의 지지자들을 규합하는 일이 에바에게 남겨진 일이었다.

그 후 열흘 동안 밤낮으로 부에노스아이레스의 집집마다 문을 두드리며 그녀와 페론이 키운 노동자들은 사주했다. 후일 그녀는 이렇게 술회했다.

"그것이 이 위대한 도시에 대한 나의 십자가였다. 나는 그의 어둠을 밝히는 램프를 들고 내가 아는 최선의 방법으로 그것을 계속 타오르게 했다. 나의 사랑과 신념으로 그의 곁을 지키면서."

라고…….

경찰에 사주된 페론파 폭도들이 떼를 지어서 10월 16일에 총파업을 하도록 업계에 강요했다. 에바의 적들도 그에 대한 조치를 강구했다. 벨그라노 방송국은 더 이상 출연할 필요가 없다고 그녀에게 통보했다

(나중에 그녀는 먼저 봉급의 두 배로 재채용할 것을 강요했다). 그리고 라 프렌사 신문사는 그녀를 경멸하는 기사를 썼다(그녀는 권력을 쥐자, 이 신문을 폐간시키고 조합에 넘겨버렸다).

총파업은 성공이었고, 정부는 부드러워졌다. 다음날 밤, 수십만 군중이 울부짖는 가운데, 페론은 석방되었고 모든 직위에 복직되었다. 그 위기 동안에 지갑에다 수류탄을 넣어 가지고 거리를 돌아다니던 에바는 바로 그의 옆자리에 서 있었다.

"나는 나의 어머니를 껴안듯 여러분을 포옹합니다. 왜냐하면 여러분은 내가 감옥에 투옥된 동안 나의 어머니가 겪었던 고통과 마음을 똑같이 가졌었기 때문입니다."

페론은 군중에게 말했다.

이리하여 페로니즘이 탄생하였고, 에바가 그 산파역을 한 것이다.

아메리카의 에비타

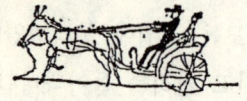

> 내가 평범한 아르헨티나 소녀일 적부터 나를 아는 사람은 과두 정치가들의 거실에서 냉혹한 코미디를 연출할 수 있는 여자로 나를 생각할 수는 결코 없었을 것이다.
> 나는 그런 여자로 태어나지 못했다.
> 에바 페론

1945년 10월 17일, 후안 페론이 감옥에서 출감하고 다시 권력을 잡은 뒤, 그는 에바에 대한 커다란 빚을 먼저 갚았다.

닷새 후인 10월 22일, 페론은 후닌 시에 있는 시청에서 에바 두아르테와 결혼을 하였다. 증인은 페론의 가장 오래된 친구인 도밍고 메르칸테(Domingo Mercante) 대령과 에바의 오빠인 후안시토였다. 에바는 혼인 증명서에 어린애 같은 필체로 갈겨 썼다. 11월 9일, 두 사람은 메르칸테를 들러리로 세우고 라 플라타에서 카톨릭식으로 성대한 결혼식을 올렸다. 이와 동시에 페론의 부하들이 후닌 시 등기소에 출생 증명서를 허위로 만들어 넣었다.

그때부터 에바의 유년 시절이나 부에노스아이레스의 거리에서 불행했던 10년간에 대한 이야기는 아르헨티나에서 일체 금지되었고, 체포, 구타, 추방을 당할지도 모르는 화제가 되었다. 일종의 페론주의자 신화가 생겨난 것이다. 즉 에바는 페론의 면전에서 갑자기 도약하게 된 민중의 종이라는 것이었다.

결혼을 공식적으로 발표한 사실은 없었지만, 두 사람이 2년 동안 결혼 생활을 해 왔다는 소문을 암암리에 퍼뜨렸다. 전형적으로 그녀는 설명도 없이 그 소문을 퍼뜨린 것이다. 어느 날 오후, 벨그라노 방송국에 전화를 걸었는데, '미스'로 불리우자,

"나를 미세스라고 부르세요."

라면서 에바는 딱딱거렸다.

1946년 2월 24일, 18년만에 처음으로 국민 투표가 실시되었고 민간인들만이 입후보가 허락되었다. 노동 운동으로 복귀한 페론은 군대에서 예편하고, 에바 덕분에 예전의 대령은 대통령 후보로서 가장 강력한 인물이 되었다. 페론 도당들과 우호적인 연방 경찰은 그가 선두주자가 되도록 협력했다.

전형적으로 반대당인 민주 연합은 부에노스아이레스에서 대회를 열었는데 페론파 총잡이들에게 총격을 받았다. 경찰은 공격자들은 무시해 버리고 공격받는 사람들에게 발포하여 네 사람을 죽였고 35명에게 부상을 입혔다.

스승인 나치스 분자들에게서 배운 대로 페론은 군중을 사주하여 유태인 거주지를 약탈하게 했다. 유태인들은 모두 그에게 반대했다(나중에 그는 반셈족 봉기에 대한 책임을 훌륭하게 부인하였지만 그러한 시위는 민주적인 입장을 넘어서는 일로 그런 범죄자들이 아르헨티나의 경찰 대원일 리가 없다고 그는 말했다). 선거 유세 기간 동안 도시 지

역에서 페론에 반대하는 정치적 모임은 무엇이든지 곤봉과 총으로 해체되곤 했음이 사실이었다.

선거 운동 때에 페론파들은 파시즘이 개발해 낸 대량 선전 히스토리를 완전하게 만들어 냈다. 집합과 햇불, 행진이 용의주도하게 짜여졌고 참가인들은 몇 푼 받았지만 사이다 한 병이거나 또는 어린애들 장난감이었을 것이다. 그리고 몇 시간씩 노래와 강연, 또 정치 찬가를 배웠다. 모임마다 진정한 추종자들로만 이루어져 있었고, 의심을 나타내는 것은 절대 금지되어 있었다.

에바는 남편 뒤에서 언론이나 방송을 동조자로 만들기 위해 채찍질했다. 그리고 항상 기차나 자동차로 전국을 유세하는 페론과 동반해 다녔다. 그의 가장 가까운 동료로서 모든 회의에 참석하고, 그의 부하들에게 관직을 나눠 주는 일도 도왔다. 그녀의 전 생애는 정치의 에센스를 포착하는 본능을 준 셈이었다.

많은 사람들이 오직 한 사람만이 가질 수 있는 직업을 얻기 위해 경쟁한다. 집회마다 남편을 소개하는 연설을 하면 군중들은,

"페론! 페론!"

하며 천둥치듯 우렁찬 소리를 냈고, 곁들여 '에비타'라고 외쳤다. 아르헨티나에선 남자들이 밖에서 일하고 있는 동안, 여자들은 대개 집에 있는 생활 양식이 일반적인 데 반하여 여자로서는 새로운 위치였다. 전통적으로 여자들이 참여할 수 없는 다른 분야에선 영향력이 훨씬 약하기는 했지만, 에바는 이 나라의 혁명적인 정치를 일으키는 앞잡이였다. 에바 페론은 여성 해방론자는 아니었지만 다음과 같은 이야기를 하기도 했다.

여권주의는 여자의 본성과 구분될 수 없다는 점이 논리적이고 이성적인 진실이다. 여자가 사랑에 자신을 맡기고 포기하는 것은 당연

하다. 왜냐하면 그러한 포기가 바로 여자의 영광이요 구원이요 영원이기 때문이다. 여자의 운동이 남자를 위해 바쳐진 것이 아니라면 아마도 영광스럽다거나 지속적인 것이 되지 못할 것이라고 나는 생각한다.──이것은 에바의 자서전에서 인용된 것이며, 보수적인 스페인 저널리스트인 마누엘 파넬라 데 실바(Manuel Panella de Silva)가 쓴 것인데, 아마도 에바가 구술한 노트에 근거한 것일 것이다.

그녀가 죽을 때까지 계속되었던 특별 임무는 페로니즘 중의 근로계급에 대한 것이었다. 노동 운동 중에 이들은 '데스카미사도스(descamisados)'라고 알려지게 되었는데, 문자 그대로 '셔츠 없는 사람들'이라는 뜻이다. 그러나, 페론당 대회에 셔츠 바람으로 간다는 점에 대해 사실대로 말을 하지만 전통적인 파티가 있을 때는 정장을 더 좋아했다.

10월 17일──매년 페론파의 중요한 축일로 경축됨──에바가 노동 운동에서 성공을 거둔 뒤, 페론은 이 운동을 그녀에게 내맡겼고, 이후부터 수많은 연설 가운데 에바는 항상 근로자들을 '나의 데스카미사도스'라고 불렀다. 권력 이동을 축하하는 연회까지도 있었다.

"내가 살아 있는 한, 페론이 그의 생애 중 가장 어려운 때에 그의 데스카미사도스를 내게 맡겨 준 점에 대해 결코 잊지 못할 것이다."라고 그녀는 말했다.

선거 결과가 3월 28일에 공표되었는데, 페론의 대승리였다. 보통 선거에서 후안 페론의 마진은 1,527,231대 1,207,155로 압도적인 것은 아니었지만, 날림으로 만든 노동당은 15개 지방에서 모두 지사(知事)를 내었고, 상원의 30석을 모두 차지했으며 109대 49로 국회를 지배하게 되었다. 에바 페론은 아르헨티나의 퍼스트 레이디가 되었고, 그녀를 비난했던 사람들에겐 고난의 회오리바람이 닥쳐오기 시작했다.

5월에 거행된 대통령 취임식은 나라 최고의 화려한 행사였다. 마치 전쟁 동안 습한 동굴에서 견디다가 햇볕에 나와 온 국민이 춤추기를 원하는 것 같았다. 에바는 외교 사절단들과의 교제를 위해(그녀에겐 낯선 분야이므로) 외교관 부인들에게 금팔찌를 하나씩 주었다. 취임식 연회에서 그녀는 반짝이가 달리고, 한쪽 어깨가 드러나는 대담한 이브닝 드레스를 입었다.

그러나 정치인들은 그녀를 경멸하여 단지 '그녀'라고 부를 뿐이었다. 아르헨티나의 대주교인 코펠로(Copello) 추기경은 그녀 옆에 앉아 눈길을 돌리고 식사를 하고 있었다.

선거 유세 때에도 에바는 끊임없이 유행하는 옷차림과 번쩍이는 보석을 달고 다녀 눈길을 끌었으며, 그녀는 모든 아르헨티나인들에게 개방된 기회 균등을 보여 주는 완전한 모범이 바로 자신이라고 말했다.

에바는 거의 평생, 여자 친구를 사귀지 못하였고 남자들하고만 지낸 여인이었다. 극소수 중의 한 친구가 바로 베티 선드마크 도데로(Betty Sundmark Dodero)인데, 몬테카를로 폴리에스(Monte Carlo Follies)의 댄서였던 미국 태생의 미인이었다. 이곳에 있는 동안 선박왕 알베르토 도데로(Alberto Dodero)를 만나 7년간 애인 노릇을 하다가 1943년에 그와 결혼했다. 도데로는 후안 페론과의 친분으로 어마어마한 부자가 되었으며, 포사다스 아파트에 자주 초대받았다.

베티와 에바는 유사한 배경과 부에노스아이레스 상류 사회로부터 외면당하는 같은 처지로서 친구가 되었다. 에바는 베티의 미국인다운 무관심과 멋진 의상과 보석 선물 공세에 매혹되어 베티를 자신의 사적 생활 속에 받아들이게 되었다.

베티와 그녀 남편은 취임 연회에 참석했다가 그날 밤에 페론 부처와 함께 대통령 관저로 갔다.

"그들은 마치 어린애들 같았다. 에바는 통로를 뛰어다니며 소리치기를, '여기 식당이 또 있어요!' 또는 '응접실이 너무 많아요. 그런데 우린 어디서 자지요?'라고 지껄여 댔다."

이 미국인은 2년 후의 인터뷰에서 이렇게 회상했다. 베티에겐 아르헨티나의 다른 사람들이 본받을 만한 버릇이 있었다.

에바가 그녀가 지닌 어떤 것을 칭찬하면 그것을 에바에게 주는 것이었다.

"내가 에바에게 줘 버린 건 뭐든지 알베르토가 더 큰 것으로 마련해 주었지요. 그녀를 처음 만났을 땐 그녀의 보석류 중 대부분은 뇌물로 받은 것이었어요. 대개 잡동사니였죠. 그러나, 전부 화장대 위에 있는 케이스에 넣어 두고 좋은 물건이 그 잡동사니 중 어디에 놓여 있는지 정확히 알고 있었어요."

관저에서 에바는 남자 하인들을 모두 '미 히조(나의 아들이란 뜻)'라고 불렀다.

이것은 부유층 가문에서 수십 년 동안 고용해 온 하인들에게나 쓰는 표현이었다. 이것으로 인해 영부인이 세상일을 모른다는 사실을 인정하는 꼴이 된 셈이다.

27세에 에바 페론은 뛰어난 존재가 되었다. 키는 5피트 5인치로 아르헨티나 여인 중에는 큰 편이며 살이 쪄 가고는 있었지만, 몸매는 여전히 34·24·36이었다. 영화계에서 미용사를 데려다가 머리를 꿀빛깔의 블론드로 물들이고 라나 터너(Lana Turner)나 그리어 가르슨(Greer Garson) 같은 모델들이 좋아했던, 위로 틀어올린 머리형을 만들었다. 항상 대기중인 미조사(美爪師)가 있었고, 자신의 투명하고 창백한 피부에 악센트를 주는 화장술과 언제나 반쯤 미소짓는 얼굴도 배우게 되었다.

의상에 대한 취향은 우아함보다 오히려 야한 편이었다. 당시에는 모자가 유행이었는데, 어떤 경우에도 쓸 수 있는 몇 다스나 되는 모자가 있었다. 경험을 쌓음에 따라 드레스 선택도 발전해 갔다. 그녀는 엘리자베스 여왕의 디자이너인 노만 하트넬(Norman Hartnell)의 작품을 주문하게 된 최초의 아르헨티나 여인이기도 했다.

그녀는 곧 파리의 우수한 의상실에서 철따라 4만 달러어치씩이나 소비하게 되었다. 베티 도데로는 처음으로 에바에게 모피 코트를 갖게 해주었다. 갈색 담비와 모피류가 퍼스트 레이디의 열정적인 기호가 되었고, 대통령 관저에 있는 두둑한 장 안에서 가장 자랑스러운 물건 중의 하나는 세계에 둘밖에 없는 아주르(Azur) 밍크 코트였다.

에바가 보석류를 모으며 게다가 야한 취향을 가졌다는 것은 잘 알려진 사실이다. 그 중에서도 잘 알려진 보석은 거대한 다이아몬드 브로치로 난초 모양이었는데, 그녀가 달고 있는 것이 무엇이든지 압도해 버렸다. 그녀는 자기 물건을 과시하기를 좋아했다.

"나도 한때는 지금의 당신과 같았어요. 당신을 위해, 여러분들을 위해, 부유층으로부터 이 보석을 받은 것입니다. 언젠가 이 모든 재물은 당신이 물려받게 될 것이며 여러분 모두가 이와 같은 의상을 갖게 될 거예요. 우리의 전투는 당신과 당신 보스의 부인 사이에 놓인 불평등을 없애기 위한 것입니다."

그녀는 근로 계급의 한 사람에게 이런 이야기를 떠벌렸다.

사실 에바가 가진 보석들 중 극소수만이 부유층에서 온 것이며, 대부분은 뇌물로 국고에 헌납되었어야 할 정부 거래물 중에서 거둬들인 것이었다.

한 벨기에 선장은 어떻게 당했는지 설명했다. 그의 배에는 정부가 이미 지급한 아르헨티나 밀을 실었었는데, 출항 허가서 때문에 페론을 만나 보도록 충고를 받았다. 그는 관저로 가 페론을 만났는데, 에바를 소개했다. 에바가 말하기를, 보석 상인이 다이아몬드 브로치를 보여주러 거기 와 있노라면서 상인을 그 방으로 불러들였다. 그녀는 5천 달러짜리 브로치를 고르고는 그것을 살 여유가 없노라고 투덜거렸다.
 에바는 그 브로치를 이 선장에게 건네주고 어떤지 물었다. 선장은 조서의 불이행을 두려워하면서도 힌트를 알아차리지 못했다. 그러자, 그녀는 등을 돌려 나가 버렸고, 다음날 항구에서 이 벨기에 선장은 밀이 실수로 배에 실리게 되었다는 통보를 받게 되었으며, 뱃짐은 모두 내려져 버렸다.

 가정에서의 페론 부처는 서로 헌신적인 커플로 보였다.
 "그들은 서로 재미있어 했어요. 서로 몹시 사랑하며 함께 있는 것을 좋아했지요."
라고 베티 도데로가 말했다.
 페로니즘을 몹시 싫어했던 코코 아르타네타(Coco Artaneta)라는 한량은 이렇게 말했다.
 "페론은 분명히 그녀에게 홀딱 빠졌음이 틀림없어요. 왜냐하면 그런 식으로 부인을 속이기란 쉽지 않을 테니까요."
 제임스 브루스(James Bruce)는 미국 대사로 에바가 훌륭한 호스테스라는 것을 알았다고 했다.
 "그녀는 매력이 넘치며 굉장한 미인이다. 그녀는 만찬의 동반자로서는 훌륭하다."
라고 이 외교관은 말했다.
 도시에서는 상류 디너 파티가 10시 30분에 열리는데, 페론 부처는 농사(農事)에 보다 적합한 일과를 지켰다. 대개 10시에 취침하여 6시에 깨어 함께 아침을 들고 8시에 각각 사무실로 떠났다. 선거 때 페론 대통령은 장군 칭호를 얻게 되었는데, 대통령 관저인 카사 로사다에서 열변을 토했다.
 에바는 독일인 비서와 실무자 하나를 데리고 노동부 안에 있는 페론의 옛 사무실을 자신의 잡다한 활동을 위해 사용했다. 페론 부처는 점심을 함께 들고 시에스터(낮잠)를 즐기고 오후 늦게 리셉션이나 공식적인 일을 수행하러 함께 나타나곤 했다.

페론은 경제 계획과 아울러 다루기 힘든 군부를 평정하기 위한 노력을 하는 데 바빴다. 전시(戰時) 동안 무역으로 20억 달러를 적립금으로 받았다. 유럽은 밀과 고기 때문에 아우성이었다. 페론은 국가 소유의 수출입 대행 회사를 만들어 농부들에게는 최저 가격으로 사들였고, 유럽에는 4배의 가격을 받고 농작물을 팔았다. 나머지는 페론과 그의 부하들이 각자의 몫을 떼고 나서 아르헨티나의 산업화를 위해 쓰여졌다.

군대는 계속 늘어나면서도 봉급이 인상되었다. 페론 정권 때 처음 3년간 소위 월급이 3배가 되고 대령은 연봉 7천 달러였는데, 당시 미국의 4천4백 달러와 좋은 대조가 된다. 백 년 동안 전쟁을 해 본 적이 없는 나라에서 병력이 1943년에 4만 명에서 1949년에는 10만 5천 명으로 불어났다. 무기는 제트기, 엔진이 4개 있는 폭격기, 탱크 등 라틴 아메리카에서 가장 최신 무기였다.

전체주의에 필수적인 경찰력 또한 증강되었다. 선거 때 페론에 반대했었던 공산당이 특히 잔인하게 다른 불만자와 함께 분쇄되었다. 적어도 독일에서 탈출한 전 게슈타포 장교 셋이 연방 경찰의 고문으로 일했으며, 아르헨티나에서 지도적인 나치스 당원인 루드빅 프로이테 (Ludwing Freude)의 아들은 불어나는 페론의 비밀 경찰의 지휘관이었다(비토리오 무솔리니는 일 두스의 아들로 페론의 나라에서 살면서 공공연하게 자기 아버지의 기일에 매년 추도식을 올렸다).

에바의 손길은 새 체제 내에서 구석구석 안 뻗친 데가 없었다. 오빠인 후안시토를 페론의 개인 비서로 삼아 대통령을 만나는 모든 약속을 그녀가 승인할 수 있도록 했다. 그녀는 관리들을 지명하는 데 늘 간섭하며, 독립적이고자 하기만 하면 그들을 내쫓아 버리고, 무력하고 아첨하는, 자신들이 좋아하는 무능력자들은 진급을 시켜 주었다.

처음 통치 기간에 에바는 페론이 택한 임명자들을 논의하는 상원 회의에 불쑥 들어갔다. 이러한 회의는 법적으로 비밀이었으며 상원 의원들은 에바가 나타난 것을 항의했다. 그녀는 분노에 얼어붙은 표정으로 쏜살같이 나가 버렸다. 한 시간 내에 상원 의원들은 페론 앞에 불려가 상원의 이름으로 영부인에게 사과하는 비굴한 대표단을 보내게 되었다.

노동 총연맹의 산하 기관이 교역 조합이었는데, 연맹에서 최초의 두 서기장을 해임시켰다. 그 두 사람은 일찍부터 페론의 골수 분자였는데, 그녀가 주장하고 있는 거짓말을 옮기려 하지 않고 그녀 앞에서 아첨하려 하지 않았기 때문이었다.

연맹의 실행 위원회는 새로운 지도자를 선택하기 위해 혼란중에 있었다. 에바가 전화했다.

"에스페호가 벌써 선출되었나요?"

그녀는 퉁명스럽게 물었다. 10분 후에 호세 에스페호(에바의 옛 아파트 문지기)는 이 연맹의 새로운 회장이 되었으며, 그는 에바가 죽을 때까지 그 지위에 있었다. 그는 긴장하지도 않고 공적 연설을 할 때나 사적인 인터뷰중에 노래 부르듯 에바가 가르쳐 준대로 그녀에 대한 찬사에 한 시간씩 열을 올렸다고 한다.

후안 브라무글리아(Jnan Bramuglia)는 근로 계급 변호사였는데, 페로니즘을 옹호한 중요한 인물이었으며, 페론이 외무부 장관으로 임명하였다. 그는 세계적으로 유명한 정치가가 되어 중대한 베를린 봉쇄 때에 UN 총회를 인솔했다.

그가 노벨상 후보로 추천되었을 때, 믿을 수 없겠지만, 에바는 그 상을 자신이 받아야 한다고 생각했다. 브라무글리아의 명성은 영부인에게 견딜 수 없는 것이 돼 버렸다. 아르헨티나의 보도 기관은 완전히 에바의 손아귀에 있었는데, 브라무글리아의 이름은 전혀 언급되지 않았다. 그의 업적에도 불구하고 그는 무명인이 되었다. 그는 사임하고 조용히 부에노스아이레스에서 변호사 개업을 했다.

에바가 생각하기에 자기를 반대한다고 느낀 모든 관리들은 그렇게 운이 좋지는 않았다. 몇 사람은 새롭게 만든 법인 '불손'이라는 죄명으로 투옥되었는데, 즉 대통령이나 영부인에게 비판적인 언동을 하면 3년이나 투옥될 수도 있었다. 에바의 초상 앞에서 모자 벗는 걸 깜빡 잊었기 때문에 3년이나 감옥 생활을 한 사람들도 있었다.

브라무글리아의 후임인 무경험의 젊은이가 선서하고 취임했을 때, 에바의 악의에 찬 행동이 나왔다. 리셉션에서 에바는 아양떠는 보좌관들에게 둘러싸여 있다가 웨이터가 주는 커피잔을 거절하였다. 그리고는 신임 외무부 장관에게 그의 적당한 지위를 가르쳐 주었다.

"닥터, 미안하지만, 제가 지금 커피를 마시고 싶은데요."

그녀는 마치 바 여급이 낯모르는 신사에게 쓸 수 있는 어조로 이 정치가에게 말하는 것이었다.

"이봐요, 나리, 커피 한 잔 갖다 주세요."

이 외무부 장관은 항상 영부인 주위에서 배회하는 한 떼의 신하들이 지켜보는 가운데 그렇게 말하였다.

페론과 막강한 장군들을 제외하고는 누구든지 에바의 비난을 받지 않을 수 없었다. 호세 마리아 프레이레(José María Freire)는 노동부를 이끌도록 에바가 선택했을 때는 줏대 없는, 유리를 부는 직공이었다. 한 번은 그녀와 함께 수백 명의 기자들과 관리들이 참석한 회의에 참가하게 되었다. 어떤 문제에선가 그가 경솔한 의견을 피력하자, 에바는 그에게 소리질렀다.

"닥쳐요! 누가 당신에게 이 직책을 맡겼지요?"

유명한 이야기는 너무도 많다. 에바에 대한 험담으로 조작된 것이

틀림없긴 하지만, 어떤 사람은 모트리코(Motrico) 백작을 걱정했는데, 그는 스페인 대사로 어떤 만찬회에서 떠벌리기를, 단지 메달을 주고 페론과 에바를 추켜올리는 편법을 썼더니 3억 5천만 달러의 무역 계약이 성립됐노라고 말했다. 파티에 있던 하인들은 페론의 비밀 경찰의 정보 제공자로서 부유층의 가십을 전하곤 했는데, 이 대화도 제보했다.

에바는 격노하여 그 백작을 호출하여 대기실에서 몇 시간이나 기다리도록 만들었다. 그리고, 문을 열어 두어 스페인 대사가 들을 수 있게 해 놓고, 그 똥 같은 스페인 녀석에 대한 장황한 욕을 해댔다. 백작은 참을 수가 없어 비서에게 메시지를 남겨 놓고 떠났다.

'그녀에게 말하시오. 스페인 사람은 가 버렸고 똥 같은 건 그녀의 사무실에 있다고.'

모트리코 백작은 곧 본국으로 송환되었다.

이런 와중에서, 페론은 남을 못살게 구는 일을 하지는 않았지만 묵인하고 있었다. 자기 부인이 좋아하는 악의에 찬 공격에 대항할 배짱이나 용기가 없었던 것 같다. 비록 그가 그런 데서 이득을 보긴 했지만, 에바를 사로잡고 있는 야망은, 아마도 그녀의 성적 능력도 같겠지만, 페로니즘을 계속 유지하는 것으로 승화되었다.

전에 일자리를 얻기 위해 카페에서 한 말들이나 자신의 약속이 지금은 그녀 앞에 엎드린 모든 권력을 원하게 하는 것이었다. 소녀 시절에는 무릎을 꿇고 한참씩 있곤 했다. 그녀의 노력이 이 역할을 거꾸로 되게 만든 것이다.

에바는 뇌물로 얻은 돈이나 그녀의 '자선회'에서 강요해 받은 기부금을 사용하여 중요한 신문, 잡지, 라디오 방송국, 그리고 뉴스 영화 회사들을 조금씩조금씩 지배하게 되었다. 에바에 대해 많은 사진과 기사를 싣지 않은 신문사나, 활동하는 에바의 필름을 보도하고 영화를 상영하지 않은 극장은, 즉시 사업을 계속하지 않겠다는 통보를 하는 터였다.

언제나 배우였던 에바는 거의 항상 대중 앞에 나서기 위해 연설문 작성자들을 고용했다. 즉흥적으로 연설할 때는 정말 두려워했다.
"한 번은 그녀가 말하는 걸 듣게 되었는데, 비록 싫어하기는 했지만 마음속으로 안됐다는 생각이 들었고, 당혹스러울 정도로 너무나도 못했다. 그녀는 조직적인 생각을 할 줄 몰라서 몹시 더듬거렸다."
라고 코코 아르타네타는 말했다.

모든 방송국에서 동시에 방송하기로 되어 있는 수요일 저녁 라디오 쇼를 위해, 그녀는 주제를 정하고 그것을 연설 작성자들에게 맡기는 것이다. 그리하여 미리 원고를 공부하고 마치 방송 시간에는 자기 말을 하는 것처럼 기술을 쌓는 것이었다.

자주 갖는 집회에서 그녀는 늘 페론의 옆에 있으면서 자신을 데스카미사도스라고 열렬하게 연설하였고, 군중들이 페론 반대자들에 대해 '교수대로, 교수대로'라고 노래할 때는 기꺼워하면서 듣는 것이었다. 점차로 페론파는 실시하지도 않으면서 하고 있는 것처럼 정책을 꾸며 댔고, 어떠한 반대도 투옥으로 처리되었다.

1946년 8월, 몇몇 해군 사관생들이 에바의 뉴스 영화가 상연되고 있을 때 기침을 크게 했다 하여 20명이나 퇴학을 당하기도 했다. 날마다 이민 갈 수 있는 사람들은 플라타강을 건너 몬테비데오에 있는 1백 마일되는 망명객 거류단에 합류했다. 만일 페론파가 교역을 신장시킨 일을 했다면 몬테비데오로 가는 야간 선박이 그들의 가장 커다란 성공이 될 것이다.

군부 가운데 특히 해군과 공군이 에바가 근로자들에게 인기 있는 것을 주목하면서 싫어했다. 몇 차례나 페론을 협박하여 몇 주일 동안 대중에게 눈에 안 띄도록 강요했지만 그녀는 항상 자신의 세력을 규합하여 돌아왔다. 페로니즘이 득세하고 있으므로 페론을 강력하게 지지하는 집안 출신들 대부분의 사병들이 만일 장교단이 에바에게 지나치게 기울어진다면 반항하게 될지도 모른다는 것을 그들은 걱정하지 않을 수가 없었다.

항상 붐비는 에바의 사무실은 사실상의 아르헨티나 행정부가 되었는데, 언제나 예정보다 적어도 두 시간이나 늦게 운영이 되었다. 계약, 직업, 권력, 총애를 바라는 자들이 대통령이 아니라 에바에게 호소하는 것이었다. 대사나 회사 사장, 노조 대표들과 가난한 이들이 에바의 관심을 몇 분(分)간이라도 얻기 위해 떼를 지어 몇 시간이나 기다리곤 했다. 그녀는 이방 저방으로 짙은 향수를 뿌리며 걸쭉한 목소리로 명령을 내리거나 때에 따라선 매력적이고도 경의를 표할 줄 아는 태도로 변하기도 했다.

그녀는 경제계, 법조계, 인권 또는 아르헨티나 헌법 등을 좌우하는 힘은 보이지 않았지만 자신이 필요하다고 느낄 때는 어떠한 것이라도 해낼 수가 있었다. 에바가 사무실에 있는 동안 최고급 관리들은 그녀가 해결할 문제들이 즉시 처리되기 위해 자신들이 필요하게 될지도 모르기 때문에 항시 전화 옆에서 대기하지 않으면 안 되었다.

아르헨티나의 순탄한 장래를 위해 공업 계획을 세우고 있는 한 장관은 거지에게 한 켤레의 구두를 주기 위해 호출될지도 모른다고 했다. 국가의 관세율표를 구상하고 있는 외교관이 에바의 여동생 친구가 새 차를 구입하기 위한 수입 허가를 받도록 해주기 위해 그의 일을 중단해야만 했을지도 모른다. 무정부주의자들이 살아 보고 나야 알게끔 될 그런 정부 형태였다.

부유층과 세도가들이 원하는 대로 얻을 수 있던 전통적인 정부에 익숙해 있던 사람들에게는 에바의 하는 짓은 모두 조롱거리였다. 지주들의 대저택이나 사교 클럽의 살롱에서 전통 있는 가문들은 손을 가리고 '그녀'의 최근의 하는 일에 대해 킥킥거리며 웃었다. 그러나 에바가 종종 말하던 것과 같이 부자들의 웃음이 배고픈 자의 입 하나도 채우지 못하는 것은 사실이었다.

교역 조합에 대한 에바의 정책이란 너무나 단순한 것이었다. 만일 페로니즘이 10% 내지 15% 이득을 얻게 되면 그들이 원하는 것은 모두 해주었다. 만약 대표단이 와서 50%의 인상을 요구하면 그것을 허락해 주거나 60 내지 70%를 인상해 줄지도 몰랐다. 보답으로 노동자들은 올린 첫달분을 에바의 자선 기금에 바치도록 되어 있었다. 그리고 필요할 땐 일당보다 더 많은 선물을 내기도 했다. 고용주들에게서는 의뢰가 없었다. 고용주들은 팽창한 이윤에서 인상된 금액을 흡수해야만 했다. 과거에 알지도 못하게 늘어난 이윤에서나, 또는 가격 인상이라는 형식으로 전가시켜야 했다.

잇달아 최초의 인플레가 일어난 후에, 물가가 엄격하게 통제되었기 때문에 에바가 이룬 노동 정책의 대가는 일반적으로 부유층이 지게 되었다. 처음 5년간 국가 수입 중 노동자들의 몫은 거의 배가 되었고, 그들은 오두막 대신 안락한 집을, 콩 대신 스테이크를, 벽만 쳐다보는 대신 밤에 영화를 볼 수 있게 되었다. 좋아하는 노동자들에게는 결과적으로 대부분의 국내 조합이 통합된 페로니즘은 약속의 땅이 되었다. 다른 지지자들은 떨어져 나갔지만 노동자들은 여전히 충성스러웠고 에바는 그들의 훌륭한 지도자였다.

처음의 집권 당시에 에바의 지칠 줄 모르는 에너지를 독점한 두 가지 계획이 있었다. 하나는 여성 참정권으로서, 전통적인 정치 구조에 몸담은 많은 사람들과 군부에겐 그것은 몹시 언짢은 일이었다. 그들은 이 일을 선거민을 늘이려는 페로니스트의 계획이라고 생각했다. 에바는 끝없이 로비 활동을 벌이며, 협박도 했고, 여성 참정권에 반대하는 사람들을 반역자로 낙인을 찍으면서 이 법을 통과시켰다. 노동자들과 같이 여인들은 헌신적인 페로니스트의 계열에 들게 되었고, 에바는 그 두 계급의 성스러운 지도자가 되었다.

에바의 두 번째 활동은 아르헨티나의 중요한 자선 사업에 관한 것이었다. 그리고 그것은 사회적으로 저명한 여인들에 의해 운영되었다. 이 사회 단체는 카톨릭 교회의 비공식 지부로서 대부분의 수입이 연방과 지방 정부로부터 나왔고, 이 단체가 그것을 온건한 비평과 함께 고아원이나 수녀가 맡고 있는 몇몇 병원, 빈민을 위한 크리스마스 파티에 쓰도록 분배했다. 대통령의 부인이 명예 회장이 되는 것이 관례였다. 에바는 이를 기다리고 기다리다가 마침내 초대받지 못하자 몸소 질문을 했다. 답은, 28세의 그녀는 너무 어려서 그러한 중요한 지위를 맡을 수 없다는 것이었다. 에바는 자기 어머니를 대신 내세웠으나 다시 거절당했다.

에바는 무섭게 화가 나서 그 귀중한 단체를 해체시키기 시작했고, 그녀와 그녀의 가족을 아직까지도 창녀로 생각하고 있는 지식층 여자들을 모욕했다. 이 단체의 기금이 중단되었고, 정부의 조사로 인하여 활동하기에도 애를 먹게 되었다. 교회는 비록 페론은 믿지 않게 되었지만 아직 에바에게 호의적이었는데 이 자선 단체보다 자선을 베풀 수 있는 더 나은 길이 있다는 것을 그녀는 확인했다.

영부인의 노여움은 죽은 사람에게까지 뻗쳤다. 부에노스아이레스 사회의 리더이자 오랫동안 자선회 회장을 맡았던 사람이 죽었는데, 그녀의 마지막 소원은 그녀가 기금을 낸 성당에 묻히는 것이었다. 에바는 부하들을 시켜, 그러한 매장을 금지하는 보건법 조문을 애매모호하게 적용토록 하여, 이 부인은 보다 좋지 않은 곳에 안장되고 말았다.

이 단체 대신에 에바는 자기가 만든 자선 기금을 시작했다. 에바 페론 재단으로, 예의 자선 단체에 할당되었던 정부 기금을 받은 곳은 바로 이 재단이었으며, 에바가 노동자들에게 확보해 준 그 비율만큼의 인상을 요구했다. 이 재단은 1주일에 3백만 달러 정도의 수입으로 정부 내의 정부가 되었다.

재단 기금 중 일부의 돈이 군부에 저항할 수 있도록 민병대가 무기를 구입하는 데 쓰였다. 이 재단의 재산 중 상당 부분은 페론 부처와 그들 부하들의 스위스 은행 구좌로 들어갔다. 분배한 돈 가운데 남은 것은 빈민에게 갔다. 결국 에바 페론 재단은 국제적인 조직이 되었고, 지진(地震) 희생자들이나 굶어 죽는 어린이들을 위해 의류와 식량을 비행기에 가득 실어 보냈다. 비행기마다 '아메리카의 에비타' 전설이 채색되었다.

1주일에 세 번씩 자선을 베푸는 법정을 열었다. 어느 때는 청원자들이 몇 블록이나 줄줄이 꼬리를 물고 늘어서 있었으며 1주일 이상 기다려야 할 때도 있었다. 빈민들이 드디어 에바 앞에 나서게 될 때는 돈, 거처, 일자리 등 그들이 필요로 하는 건 무엇이든지 정부가 할 수 있는 것을 다 얻게 되었다.

에바에게는 사소하거나 하찮은 청원이란 있을 수 없었다. 어떤 나이트 클럽 댄서는 부에노스아이레스에 있는 타바리스(Tabaris) 클럽에서 인기 있는 댄서로 1주일에 5백 페소(125달러)를 받기로 하고 브라질에서 하던 좋은 일자리를 떠났다고 주장했다. 클럽에 와 보니 그녀의 일자리가 바 호스테스인데다가 주급이 2백 페소이며 그것도 시간외 잠자리까지 하며 벌 수 있는 일이라는 것을 알게 되었다고 말했다.

이 이야기를 듣고 난 후 에바는 부에노스아이레스 시장에게 전화를 걸었다.

"내일 밤까지 이 여자가 타바리스에서 최고 임금을 받도록 해주세요. 그리고, 1주일에 750페소가 되어야 해요."

그녀는 명령을 내렸다.

에바 페론 재단은 노인들을 위한 호스텔을 세워 곤궁한 사람들로 하여금 사치스런 숙박 시설과 집사, 웨이터가 들끓고 로비에 나이트 클럽까지 있는 곳에서 투숙하게 했다.

문제는 가난한 노인들이 너무도 많은 데 비해 호스텔에는 몇백 개의 방밖에 없다는 점이었다. 에바는 해결책을 찾아냈는데, 노인들은 최고 3일간의 호화로운 대접을 받기로 하고, 그 후는 그들이 살던 거리로 다시 되돌려보내는 것이었다.

에바가 가장 자랑스럽게 여기는 것은 여성 근로자의 집이었는데, 이것은 결국 부에노스아이레스에서 가장 좋은 호텔 중의 하나가 되었다. 자선을 받는 사람들은 새틴 침대보가 씌워지고 라디오 시설이 되어 있고, 화장대마다 향수 분무기가 놓인 헐리우드식 내실에서 지내게 되었다.

에바 자신이 1934년 이 도시에 도착했을 때, 머물 만한 좋은 곳을 찾던 당시의 소원을 성취시키고 있는 것 같았다.

무지개 여행

> 나는 부에노스아이레스-마드리드의 주축으로 온 것이
> 아니라, 우리 두 나라 사이에 걸린 무지개로 온 것입니다.
> 에바 페론

1947년 중반까지도 외부 세계에서는 에바 페론을 아메리카와 그 무질서한 정치 특성으로 나타난 이상한 인물로밖에 여기지 않았다. 아르헨티나에 체포와 고문이 난무하고 새 집권자들이 잘 살고 있다는 뉴스가 있긴 했지만, 안데스(Andes)에서 버스 충돌이 있었다는 정도의 관심밖에 안 됐다.

이것은 에바가 유럽을 순회하게 된 극적인 여행길에 오르기 전이었다. 이 여행은 1947년 말, 그녀를 세계에서 가장 유명한 여인들 중의 하나로 만들게 했다. 뉴욕 타임스의 1면에 기사가 나오기도 하고, 타임지의 커버에 실리기도 하며, 어디를 가나 화제의 대상이 되었다. 선전이라는 의미에서 볼 때, 에바가 항상 용의주도하게 노리는 것이지만,

여행은 그녀가 일으킨 여러 가지 일들에서 그녀를 분리시키는 좋은 기회를 마련해 준 셈이다. 아르헨티나 안의 혼란이나 그녀의 적들이 해외에서는 잊혀지고 즐겁기만 했고, 그녀는 권력을 쥔 사려 깊고 아름다운 젊은 여인이었을 뿐이었다.

아르헨티나와 유럽 국가 간의 회복되어가는 관계를 다지기 위해 3개월 동안 여행하기로 한 생각은 에바의 발상이었다. 그녀의 사무실은 계획 수립과 영부인의 의상 때문에 일이 넘쳐 밤늦도록 일해야 했다. 명령이나 거절을 하며 선풍적으로 돌아다니는 에바는 거의 전적으로 페론파에 쥐어 있는 형태인 정부의 모든 기관과 여행중에도 접촉이 잘 되도록 되어 있었다.

에바가 끝없이 요구하는 사항 중의 하나가 이루어지지 않았다. 위엄을 보이고 싶어서 아르헨티나의 가장 최신의 제일 큰 전함인 프레지던트 리바다비아(Presidente Rivadavia)를 타고 유럽을 여행할 것을 원했다. 해군 장관은 항의하기를, 전함은 말할 것도 없고 원양 여객선은 그녀가 동행하기를 원하는 수백 명의 인원을 태울 수 없다고 반대했다. 페론은 언제나 군부 내의 갈등을 염두에 두고 있었으므로, 그녀를 설득하여 비행기편으로 떠나도록 하였다.

페론파는 그녀가 가는 곳마다 우호적인 환대를 받게 될 것을 확실하게 하기 위해 모든 최선을 다했다. 식품과 90톤의 아르헨티나제 비스킷, 통조림 고기를 잔뜩 실은 배가 이탈리아의 도시로 보내졌다. 모든 꾸러미마다 에바의 미소짓는 사진과 친근한 메시지가 붙어 있었다. 이 짐꾸러기가 분배될 때, 군중의 숫자가 상상 외로 많고 무법 천지여서 밀라노에서만 3백 명이나 체포되기도 했다.

1947년 6월 7일, 에바의 출발은 페론파의 예술품이었다. 수십만 데스카미사도스가 이별 집회를 위해 팔레르모 공원에 꽉 차게 모였고, 새로 만든 행진곡인 〈아르헨티나 여인〉 즉 '희망의 여인이 바로 에바 두아르테 데 페론'이라는 노래를 불렀다. 에바는 출발 연설을 했다.

"나의 조국, 페론 장군, 그리고 나의 친애하는 데스카미사도스를 떠나게 되어 매우 섭섭합니다."

그리고 나서 2백 벌의 옷이 든 60개의 슈트케이스와 트렁크, 또 몇 사람의 신임받는 보좌관과 미용사를 데리고 특별히 개조한 마드리드행인 DC-4를 타고 떠났다.

다음날 마드리드 비행장에 도착했을 때, 그녀에게 경의를 표하기 위해 41대의 스페인 전투기들이 에스코트하는 소리가 요란한 가운데 그녀는 갈채와 아첨을 받았다. 이 나라의 독재자며 파시스트 동지인 프란시스코 프랑코(Francisco Franco)는 어디를 가나 그녀를 에스코트하며 그녀의 드레스 위에 스페인 최고의 훈장을 달아 주었다. 죄수들도 그녀의 이름으로 석방되었고, 스페인 왕이 늦었을 때는 떠들어 댔던 투우 군중들도 에바가 나타날 때까지 1시간 동안이나 즐겁게 기다려 주었다. 그녀는 고아들에게 키스하고, 손을 흔들었고, 지폐와 식량을 나누어 주었다.

스페인 언론은 아르헨티나에서와 마찬가지로 세밀하게 통제되었는데, 1면과 특별 기사를 이 방문객에게 할애했다. 프랑코는 1억 8천8백만 달러어치의 무역 협정을 체결해 준 대가로 그녀에게 스페인 각 지방의 대표적 의상을 56벌이나 주었고, 4천5백 달러에 해당하는 향수 종류를 주었다. 에바는 스페인에 보내는 마지막 선물로 배 하나 가득 실은 밀을 보냈다. 그리고, 18일간의 축하연을 끝내고 이탈리아로 가기 전 잠시 포르투갈에서 양국의 친선을 다짐했다.

아르헨티나에 있는 페로니즘 지지자들 중 과반수 이상이 이탈리아계였다. 로마에서의 한동안은 그녀가 스페인에서 받은 리셉션의 복사판이었다. 공항에는 열창하는 군중들이 있었고 곁들여 짐승 소리를 내는 미국 군인들도 있었다. 로마에서는 시가 행진을 대대적으로 벌이기도 했다. 아르헨티나 대사관은 에바가 머물 곳을 꾸미는 데 무려 20만 달러를 들였는데, 에바의 리무진이 굴러 들어오기 전까지 한 번도 사용한 적이 없는 녹색 대리석으로 만든 차도도 그 중 포함되었다.

교황 비오 12세에게는 의무적인 공식 회견이 있었다. 에바는 자기가 미워하던 자선 단체의 회장인 마리아 아델라하릴라오스 데 올모스가 교황청의 후작 부인이 된 것을 알고 있었다. 그래서 에바는 이보다 못한 것을 원치 않았다. 회견하기 위해 그녀는 꼭 달라붙는 검은 드레스를 입고, 몸가짐을 단정히 하고, 왼쪽 가슴에는 프랑코가 달아 준 훈장을 달았다. 그녀를 에스코트한 사람은 알레산드로 루스폴리(Alessandro Ruspoli) 황태자로 교황 회견을 하려는 저명한 인사들을 안내하는 임무를 맡은 외눈의 황족이었다.

에바는 습관적으로 공적인 생활에서 언제나 늦는 버릇이 있는데, 약속 시간보다 20분이나 지나 바티칸에 도착했다. 이 세심한 교황은 정확히 20분을 더 기다려야 했고, 그 다음 그녀를 맞았다. 페론 부처를 위한 예의적인 말들이 오고가면서 비오 12세는 아르헨티나를 '선의의 국민이 사는 관대한 나라'라고 칭하고 은과 수정으로 된 교황의 묵주를 선물했다. 이것은 에바가 가장 자랑스러워하는 소장물 중의 하나가 되었다. 그녀는 회견이 마음에 들었다. 나오면서 기다리는 기자들에게 말했다.

"교황은 훌륭한 분이십니다."
라고 ——. 그러나 훈장은 없었다.

다음날 바티칸은 아르헨티나 대사관에 통상의 메신저를 시켜 팔각의 다이아몬드가 달린 비오 9세 훈장의 그랜드 크로스를 보냈는데, 이것은 두 번째로 높은 훈장이었다. 또한 이것은 에바에게가 아니라, 후안 페론에게 증정된 것이었다. 이것조차도 이미 계산된 냉대였던 것이다. 아르헨티나의 몇몇 대통령, 바로 그 위의 전임자들 중의 한 사람도 가장 높은 훈장인 그리스도의 최고 훈장을 받았었기 때문이다.

에바가 교황을 알현한 밤, 아르헨티나 대사관에는 무질서한 몇백 명의 공산주의자들과 반파시스트들이 그녀가 이 나라에 머무는 것을 반대하기 위해 모여들었다. 그들은 유럽에서 분쇄된 전체주의를 그녀와 그녀의 남편이 영구화시키고 있는 점과 아르헨티나의 농산물 가격이 살인적이라는 데에 분노하고 있었다. 그들은 에바의 방 창문 아래에서, "매춘부, 매춘부! 우리는 배고프다!"
를 외쳐대며 행진했다. 경찰이 나서서 데모가 중지되긴 하였지만, 에바는 본국에서 감히 표현하지도 못하는 감정적인 소리를 듣게 되어 당황했었다.

이탈리아에서 보낸 에바의 나머지 시간은 적의와 그녀가 기대한 위로연이 교차했다. 로마에 있는 그랜드 호텔에서 그녀는 8명의 추기경을 대동하며 성대한 리셉션을 베풀었다. 손님들은 최고급 샴페인을 큰 술병으로 80병이나 소비했다. 임시 대통령인 엔리코 데 니콜라(Enrico de Nicola)와 차도 같이 마셨다.

그러나, 에바가 공식 석상에 나타날 때마다 반페론주의자들이 소리를 질렀다. 1억 6천6백만 달러의 무역 조인도 그들을 멈추게 할 수는 없었다. 밀라노에서는 반페론주의의 입김이 너무나 세어, 휴양을 위해 비아리츠(Biarritz)에 있는 알베르토 도데로의 별장에 가려던 여행도 취소했다.

그때부터 흔히 되풀이되는 이야기가 있는데, 이런 일은 아마 일어나지 않았을 것이지만 에바가 부에노스아이레스에 있을 때 시작된 것으로 그 후 외교관의 칵테일 파티 때마다 이야기되는 것이다. 이 소문에 의하면, 밀라노로 가는 불운한 여행길의 에스코트는 귀족 출신의 늙은 퇴역 제독이 했다. 그들이 탄 리무진에 데모대가 고함치며 돌과 토마토 세례를 퍼부었을 때, 에바는 당황하여 제독에게 말했다.

"저 소리가 들리세요? 그들이 나보고 매춘부라는군요."

그 귀족은 이 말을 잘 생각해 보고,
"전적으로 이해합니다. 저는 15년이나 바다에 가 본 적이 한 번도 없는데 여전히 나를 제독이라고 부르더군요."
라고 명답변을 했다는 것이다.

에바야말로 재치 있는 대답을 한 장본인이었다. 스페인에서 에바가 배 한 척에 가득한 밀을 선사했을 때, 프랑코는 불안해졌다. 그의 정부가 안고 있는 식량난을 생각하고,
"매우 감사합니다만 여기서는 모자라지 않는데요. 어떻게 처분할지 모를 밀가루가 쌓여 있거든요."
이 독재자는 그렇게 에바에게 말했다는 소문이다.

에바는 즉각적으로 응수하기를,
"장군님, 빵 만드는 데 넣는 것이 어떨까요?"
라고 상냥하게 물었다.

에바는 매일 뉴스 영화를 보냄으로써 아르헨티나와 연락을 취하고 있었다. 극장에서는 이것을 상영하도록 되어 있었고 방송국에서도 마찬가지였다. 다음은 어느 새벽에 방송된 것이다.
"나의 심장은 불멸의 스페인과 동시에 고동치기 시작했습니다. 나는 어머니 나라에 와서 내 자신을 깨달았습니다. 나는 사랑과 행복에 충만해 있음을 느끼고 있습니다."

영부인은 또한 매일 전화로 페론과 통화했다. 군부는 페론의 비밀 경찰이 모든 중요한 전화를 다 도청하는 보복으로 대통령 관저의 전화를 도청했고 몇몇 친구들에게 녹음을 틀어 주었다. 다음은 그 대화이다.

    페론 : 나는 무척 불안해요. 당신이 여기 있어야겠소, 여보!
    에바 : 저도 당신이 그리워요. 그러나, 사람들이 말하기를, '추수의 여왕'으로 뽑힌 소녀에게 당신이 빠져 버렸다고 하더군요.

이탈리아에서 일어난 중대한 항구 폭발 사고 후의 대화는 다음과 같다.

에바 : 여기 탄약을 실은 배의 폭발 사고로 인한 희생자들의 가족을 돕고 싶은데요.
페론 : 그래요, 좋아. 당신이 하고 싶은 대로 하구려.
에바 : 이것 봐요, 나는 걱정이 돼요.
페론 : 왜?
에바 : 프랑스에 가는 일에 대해서요. 사람들이 그곳은 안전하지 못하다고 하는데요.
페론 : 아니, 아니, 염려 말아요. 모든 것이 다 준비되어 있어요.
에바 : 하지만, 여기 있는 사람들은 그 일에 반대해요. 위험하다구요, 모르겠어요.
페론 : 모든 것이 다 잘 돼 있다고 내가 말하고 있지 않소. 직접 내가 확인도 해 봤어요. 만족스럽도록 다 좋아요. 계속 나아가도록 해요.
에바 : 글쎄요. 저 거기는 어떻대요, 모든 게 잘 돼 간대요?
페론 : 물론, 그렇구말구, 모든 게 잘 돼 가요.
에바 : 당신이 날 속이고 있군요. 당신은 모든 것이 좋다고 하지만 여기 사람들이 말하기를 일이 잘 안 돼 가고 있다는군요. 날 속이고 있어요.
페론 : 아니, 아니라니까. 나는 아무것도 당신에게 속이는 게 없어요. 근거 없는 어리석은 소문 때문에 당황해 할 것 없어요. 내가 사실대로 말하는 거니까. 모든 게 잘 되고 있어요.
에바 : 글쎄요. 그렇기를 바래요. 난 계속 무척 걱정이 되는군요. 왠지 불안스러워요.

퍼스트 레이디의 일거수 일투족이 아르헨티나 언론에 보도됐다. 에바가 이탈리아의 빈민들에게 1백만 리라를 주었고, 프랑스의 빈민들에게 1백만 프랑을 주었다는 것까지 보도되었다. 신문은 명령에 의해서 환율을 발표하지 않았다. 선물은 이탈리아에서 1,736달러였고 프랑스에서는 8,425달러에 다달았다.

1947년 7월 21일은 에바가 프랑스에 도착한 날로 지독스럽게 날씨가 무더웠다.

조지 비덜트(George Bidault) 프랑스 외무관이 오를리 공항에서 그녀를 영접하였고, 빈센트 어리올(Vincent Auriol) 대통령과 만찬이 있었다. 에바는 수백 명의 고아들에게 키스를 하여 선명한 립스틱 자국을 남겼다. 리츠 호텔에서 7백 명에게 리셉션을 베풀고 남은 시간에 발마인(Balmain)이나 디오르(Dior) 같은 드레스 메이커의 컬렉션을 둘러보았다. 그녀는 양손에 가득 물건을 샀다.

어느 나이트 클럽에서 코미디를 연출하는 장면에 에바는 난처한 입장에 처했다. 낙타 의상을 입은 두 남자가 그들의 의상 뒤쪽으로 부케를 그녀에게 선사했다. 에바는 급히 뛰쳐나왔다. 그러나, 놀라지도 않은 파리 신문은,

'그녀는 매일 말 궁둥이를 보는 데 익숙해 있다. 그녀는 왜 낙타 궁둥이를 보고 당황해야 했는가!'

라고 응수했다.

벰베르그(Bembergs)라는 아르헨티나의 유명한 가문이 중대한 실수를 저질렀다. 이 가족은 밀과 양조장으로 부유해졌는데, 파리가 제2의 고향이었다. 세뇨라 페데리코 벰베르그는 파리 사회에서 귀감이 되는 인물이었다. 에바는 자기를 위해 파티를 열어 줄 것으로 기대했지만, 파티는 없었다. 수주일 내에 아르헨티나에서 벰베르그가는 2백만 달러의 세금을 정부에 소급 징수당했고, 이 가족의 2억 달러 재산은 몰수당했다. 이 세금은 모두 에바 페론 재단에 돌아가게 되었다.

파리를 지쳐 버리게 한 후, 에바는 아르헨티나 상품을 소비하는 중요한 국가로, 그리고 아르헨티나의 국외 추방 산업을 받아들이는 주요 국가인 영국에 갈 계획을 세웠다. 그러나, 문제가 있었다. 과격한 영국 신문이 히틀러 친구의 부인을 이 나라에 받아들이는 것을 좋아하지 않았고, 귀족도 역시 마찬가지였다. 에바는 버킹엄 궁전에 손님이 되어 묵고 싶었지만 조지 왕은 그의 가족들이, 그녀가 방문하려는 그때에 스코틀랜드에서 휴가를 보낼 계획이라고 알렸다.

에바는 돌이킬 수 없는 모욕을 당하고 영국행을 취소해 버렸다(그 다음날 그 모욕에 대한 앙갚음으로 영국에 파는 밀과 쇠고기값을 다른 유럽 국가에 파는 가격보다 20%를 올렸다. 1948년 초에 아르헨티나는 영국 철로와 다른 영국 재산을 국유화해 버렸다. 에바는 자신을 위해 가장 좋은 재산만 싹 거두어 가진 것이다).

스위스에 잠시 머물 때, 에바의 차가 루체른(Lucerne)과 베른(Bern)에서 돌에 맞았다. 그리고, 라틴 아메리카로 돌아오는 비행기를 탔다. 승리의 귀향을 하기에 앞서 그녀는 브라질에 들를 일이 있었다.

그녀는 지쳐 버린 수행원들, 후안시토, 알베르토 도데로, 미용사, 하녀, 의전 담당이며 제수이트 고해 신부인 헤르난 베니테스를 데리고 브라질 북쪽 레시페(Recife) 공항에 내렸다. 이때에 에바는 사회적인 품위에 익숙해져 레시페가 속해 있는 페르남부코주(Pernambuco州) 주지사에게 전보를 보냈다.

'세뇨라 마리아 에바 두아르테 데 페론 각하께서 주지사님의 초대를 기꺼이 수락하여, 페르남부코에서 하룻밤을 지내시고 내일 아침 9시에 리우데자네이루로 여행을 계속하실 예정입니다. 우리 대표는 하인 6명을 별도로 하고 모두 8명으로 되어 있습니다.'

리우에서는 아르헨티나 대사관이 영부인의 도착을 알리기 위해 20개 일간 신문의 전면 광고를 샀다. 허버트 후버 2세(Herbert Hoover

Jr.)는 전 미국 대통령 아들로 에바에게 방을 내주기 위해 코파카바나 팔레스 호텔에서 쫓겨나는 신세가 되었다. 브라질 정부는 그녀에게 남쪽 십자 훈장을 주었는데, 이것은 최고 훈장으로 유럽 여행길에서 모은 훈장에 하나 더 첨가되는 셈이었다.

　카 퍼레이드를 벌이며 에바는 근처 산에 있는 휴양지 페트로폴리스(Petropolis)로 갔다. 그곳에서는 서반구 외상 회의가 진행되고 있었다. 그녀는 미국 외상인 조지 마셜(George C. Marshall)이 주요 연설을 하기 위해 준비하고 있는 중에 막 홀에 도착했다. 에바에 대한 갈채가 만족스럽게 미국 정치가 위에 긴 그림자를 던졌다. 나중에 리셉션에서 그는 용감하게도 그녀에게 샴페인으로 건배를 했고, 사진을 같이 찍기도 하였다.

　에바는 솟구치는 에너지에도 불구하고 항상 창백하고 불안했으며, 오랜 여행 때문에 지쳐 버렸다. 그녀는 될 수 있는 한 빨리 안락한 부에노스아이레스로 돌아갔다. 그녀의 배가 항구에 들어서자 모든 사이렌이 환영의 소리를 울렸다. 거리는 추종자들이 수십만이나 몰려들었고 그녀가 지나갈 길 위에는 장미꽃 잎이 뿌려져 있었다.

　페론 대통령이 트랩에서 그녀를 만나 껴안았을 때 군중들은 귀가 먹을 정도로 환호성을 질러댔다. 에바 페론은 그녀의 명예에 아메리카의 퍼스트 레이디라는 새로운 칭호를 받고 후안 페론과 함께 있기 위해, 그리고 그들의 정치적 실수를 계속하기 위해 대통령 관저로 돌아갔다.

페로니스트

> 나 자신이 마치 모든 비천한 사람들의 어머니인 것처럼 그들에 대한 책임감을 스스로 느끼고 있습니다.
>
> 에바 페론

1949년, 에바 페론 혼자만이 세계 지도자급 여인 중에 홀로 남은 셈이 되었다. 전후 라이벌 중에 엘레노아 루스벨트(Eleanor Roosevelt)는 백악관에서 물러났고, 장개석 부인은 남편과 함께 대만에 망명중이었다. 페론 부처의 권력은 거의 완벽했다. 그녀의 지위 역시 서반구에서는 견줄 자가 없었다. 세계 언론은 그녀의 일과 가정 생활을 기록했고, 보석과 모피에 둘러싸인 그녀의 화려한 사진이 잡지의 주요소(主要素)가 되었다.

대통령 관저에 있는 그녀의 방은 경이로웠다. 그녀의 커다란 세 방은 의상을 걸어 놓은 커다란 옷장들이 일렬로 줄지어 있었다. 모자 상자더미는 천장까지 닿았고, 나무 진열대 선반 위에는 가장 흔히 사용되는 디자인이 있었다. 그녀의 개인 하녀인 이르마(Irma)는 날마다 드레스 선반이나 검은 담비옷 중에서 옷 고르는 일만 했다. 그녀의 보석 수집품은 가죽 상자에 정리돼 있었고, 흰 새틴 침대 위의 가지런히 놓인 서랍 속엔 어마어마한 귀중품들이 들어 있었다. 어디에나 수정 분무기에는 프랑스 향수가 가득 차 있었다.

에바는 때때로 하루에 네 차례나 의상을 바꾸어 입었다. 근무 시간에 입는 수수한 정장에서부터 오후의 화려한 드레스, 리셉션에서 입는 간소한 칵테일 드레스, 그리고 페로니즘의 관심을 독점할 저녁 역사를 위한 공식적인 가운으로 이어졌다. 저녁 외출하기 전에 마지막 하는 일은 하녀로 하여금 그녀가 세계 정부로부터 받은, 방에 가득 찰 만큼의 훈장을 나타내는 작은 메달과 리본을 죽 달게 하는 일이었다.

호화로운 관저에서 페론 부처는 간소하게 살았다. 에바는 때로 샴페인을 한 잔 마시는 일을 제외하고는 거의 술도 담배도 하지 않았다. 방문객을 위해서 립스틱처럼 빨간 필터가 붙어 있고, 자신의 소인이 찍힌 담배를 내놓았다. 이 부부는 어린애도 없이 두 마리의 강아지와 놀기를 즐거워했다. 탐부르는 검은색이었고, 보니토는 흰색이었다. 이 개들은 주인이 집에 올 때까지 공식적인 리셉션 룸에 있는 상감(象嵌)의 그랜드 피아노 위에 앉아 있곤 했다.

페론 부처는 부에노스아이레스 밖 산 비센테(San Vicent)에 영지가 있었는데, 거기서 자주 주말을 보내며 전원 생활을 즐겼다. 대통령이 나무를 자르고 에바가 돌로 만든 벽난로에 아르헨티나 고기파이인 엠파나다스(Empanadas)를 굽기도 했다. 국가가 기증한 원숭이나 아메리카나타, 공작새가 있는 작은 동물원도 있었다. 에바는 또한 스페인어 발음이나 어휘를 늘리기 위해 고용한 어느 교수와도 시간을 보냈다.

에바의 집무 시간은 주로 페루가(Peru街)의 노동부에 있는 그녀의 방에서 보냈다. 군중들이 에바 페론 재단에서 베푸는 자선을 기다리기 위해 날마다 줄을 이었다. 또는 아마도, 그녀의 옷자락이나 만져 보고, 그녀의 구두에 무릎을 꿇고 키스하기 위함인지도 몰랐다. 이 재단은 모든 경제계의 강제적인 기부금으로 부풀어났고 에바의 우선적인 주된 임무가 되었다.

이 나라에서 사업 업무 중 가장 필수적이며 첫째 가는 일은 이 재단에 기부금을 내는 일이었다. 모든 봉급자들은 아르헨티나인이건 외국인이건 연중 이틀분의 임금을 에바에게 바치고, 무수히 많은 페로니스트 축일에는 특별 추징금을 따로 냈다. 나중에 이 재단의 수입은 1년에 적어도 1억 5천만 달러나 되었다. 이 기금의 용도에 대한 회계가 발표된 적이 결코 없었고, 적지 않은 돈이 에바나 그녀의 친구들이 가진 비밀 은행 창구로 흘러 들어갔다.

네덜란드의 베른하르트 왕자는 국유화된 아르헨티나 철도청에 네덜란드산 기차를 판매하기 위한 1억 달러의 계약을 체결했다. 그리고, 페론파와의 비즈니스 방법을 터득하게 된 것이다. 계약이 조인되기 전 왕자는 페론과 에바, 그리고 그 부하들 앞으로 된 40명분의 스위스 구좌에 1천2백만 달러를 넣도록 네덜란드 중앙 은행에 지시해야만 했다. 게다가 선물로 에바에게 1만 2천 달러어치의 보석을 주고 오렌지(Orange) 왕실의 그랜드 크로스까지 주었다.

존 도스 파소스(John Dos Passos)는 미국인 소설가로서 라이프 잡지의 기사 취재차 1949년 에바 페론 재단을 방문하고는 다음과 같이 상황을 묘사했다.

빨간 무늬 벽의 작은 사무실에는 그녀의 책상을 향해서 누더기를 입은 여인과 아이들이 여러 줄의 벤치에 꽉 차게 앉아 있었다. 아기들이 칭얼거리고 모든 사람들이 한꺼번에 떠들어댔다. 퍼스트 레이디의 책상에는 일광 조명등이 있었다. 그녀가 마침내 도착하게 되자 일광 조명등이 켜지고 그 좁은 방에서 수많은 카메라맨들이 분잡을 떨었다.
　눈물로 범벅이 된 어린애들을 데리고 온 가난한 여인의 고통을 듣기 위해 그녀가 책상 위로 몸을 굽혔을 때, 그녀의 멋진 블론드 머리 뒤에는 저명한 방문객들이 포즈를 취하고 있었다. '그녀는 너무 말랐어. 저 여자는 죽도록 일을 하고 있군.' 하며 한 여자가 크게 중얼거렸다.
　불행한 이야기가 끝날 때, 이 부인은 보석 반지를 낀 손으로 책상 위의 압지 밑에서 50페소 지폐를 두 장 꺼냈다. 그리고 나서 재단에서 필요로 하는 명령 —— 진찰을 받게 하든지, 모포, 여자 아이 인형 또는 임시 수용소에서 1주일을 보내도록 하는 —— 을 분홍 색종이 조각 위에 연필로 재빨리 흘려 썼다.
　이 재단에 사업가들의 대표가 다섯 자리의 수표를 갖고 나타나서 카메라맨들이 이를 촬영하는 동안 다른 모든 일을 제쳐놓게 되었다. 이 수표는 당연히 사진에 나오도록 되었다. 부인의 흰 손이 그것을 받기 위해 내밀어진 사진이었다.
　그녀는 상상할 수 있는 가장 아름다운 모습으로 퇴장했다. 통로를 꽉 메우고 잇는 한 떼의 관리들에게 싸인 그녀는 입술을 벌리고 손가락 끝으로 군중에게 키스를 보내는 것이었다.

이 재단엔 놀라울 정도로 여러 가지 계획이 있었다. 그 중 대부분이 절반도 끝나지 않은 상태이거나 이루어지지 않은 것들이었다. 새로 지은 병원이 개원한 지 한 달 만에 환자들을 내보내고 관리들의 여행을 위해 쓰이도록 비워졌다. 에바가 세운 노동자들의 주택도 일반적으로 봉급에 비해 너무 비용이 많이 들어 국가의 보조금을 받아야 할 지경이었다.
　에바가 자랑으로 여기는 업적 중의 하나는 어린이 마을로, 세계에서 가장 공들인 고아원이었다. 이것은 마치 오락장같이 만들어졌는데 어린이 크기에 걸맞는 거리와 집이 있고, 어린이용 극장도 있었다. 재단의 수입을 늘리기 위해, 또한 에바의 은행 저축을 늘리기 위해 그녀의 직영 식품점도 있었는데, 이것이 결국 많은 상인들을 파산하게끔 만들었다.

선전 기관을 장악하고 있는 에바의 솜씨는 완벽했다. 동조를 하지 않는 극소수의 신문들은 정부가 보급을 통제하거나 날조한 안전 검사로 폐간시켰다. 이 나라에서 가장 존경받는 라 프렌사(La prensa) 신문사까지도 건물 주위를 페로니스트 군중에 의해 1주간 포위당한 끝에 문을 닫고 말았다.

1학년 이상의 초등학교 아이들은 페론 부부를 찬양하는 에세이를 매주 숙제로 받았다. 그리고, 가장 훌륭한 아첨이 상을 받는 것이었다. 과학도 값을 치러야 했다. 국립 관측소의 천문학자들이 소혹성을 발견했을 때, 그 별을 에바 페론이라고 명명했다. 나중에 또 하나를 발견했을 땐 데스카미사도스라고 해야 했다. 에바 자신도 페로니즘을 찬양하는 데 조금도 인색하지 않았다.

"지금 아르헨티나에는 거의 2천 년 전 베들레헴에서 일어났던 일이 되풀이되고 있는 중입니다."

라고 그녀는 말했다.

에바는 자신의 특별 업무인 교역 조합의 일을 계속해 갔다. 페론 뒤에서 협박을 하거나 임금을 인상시켜도 근로자들이 동조하지 않을 때는 비밀 경찰을 개입시켰다. 다음은 소위 특수과(特殊課)가 체제 반대자 세 사람을 조사한 내용인데, 그들은 전화국 직원으로 페로니스트 산하 그룹에 들기를 거부한 사람들이었다.

(다음 인용문은 나중에 조사 위원회에 보고한 맹세의 진술이다)

니에베스 보쉬 데 블랑코(Nieves Bosch de Blanco), 25세, 전화교

환수 : 나는 아무 근거 없이 집에서 체포되어 특수과의 본부로 끌려가 매질을 당했다. 그들은 나를 팬티까지 벗기고 선풍기와 열린 창문 앞에 세웠다. 그들은 그 고문을 '과학적 폐렴'이라고 불렀다. 나중에 옷을 입고 눈을 가린 채 다른 방으로 끌려갔고, 간이 침대 위에 눕혀졌다. 그리고 나서 전기침을 사용하기 시작했다. 처음에는 옷 위에다 하더니 나중에는 옷을 벗기고 내 몸에 직접 댔다. 조직적으로 10분 동안 귀, 가슴, 배, 살, 생식기, 발에다 댔다. 5분 쉰 다음 그들은 다시 했다. 나의 비명이 들릴 수 없도록 레코드를 커다랗게 틀어 놓았다. 아모레사노(Amoresano : 고문자들 중의 하나)는 내게 말했다.

"소리지르지 마, 그렇지 않으면 전부 다시 시작할 테다."

그리고 내가 임신도 안했는데 애기를 가진 것처럼 보인다고 했다. 방에는 6 내지 8명이 있었는데, 웃고 떠들며 음란한 말들을 했다.

햄릿 파손느(Hemlet Fassone), 19세 : 그들은 나를 독방으로 데려갔고 거기서 14시간 있었다. 그리고 나서 눈을 가리고 어떤 방으로 데려가 간이 침대에다 손목을 전깃줄로 묶고 일종의 구속목으로 묶었다. 거기 있는 장교들이 웃는 가운데 그들은 내 바지를 벗기고 생식기에 침을 뱉었다. 그 후 내 국부에 50 내지 1백 볼트의 강도를 가진 전기침을 댔다. 목에 벨트를 묶어 독방으로 다시 끌고 가서 배를 때리고 발로 찼다.

넬리 카탈리나 갈라르디(Nelly Catalina Galardi), 22세 : 내 옷을 벗기고 심문을 시작했다. 가슴과 얼굴을 때리고 머리카락을 끌어당겼는데 내가 생리중이라고 아모레사노에게 말했지만, 소용 없었다. 이런 상황이 끝나자 한 장교가 내 눈 위에 손을 대고 눈을 가렸다. 나는 같은 층의 다른 방으로 옮겨졌는데, 떠드는 소리와 웃음소리를 들어 6 내지 8명이 있다고 판단했다. 그들은 다시 가슴을 치고 내가 의자에서 떨어지자 일으켜 세우고 앉게 했다. 이런 일이 몇 차례나 계속되었다. 내가 목마르다고 하자 장교 하나가 내 입에다가 오줌을 깔기고 또 다른 하나는 내가 삼킬 때까지 내 목을 잡았다. 그리고 나서 간이 침대에 눕혀지고, 그들은 15분 동안이나 전기침을 다리, 손, 살에다 댔다. 그들은 또 브래지어를 벗기고 젖꼭지에 직접 갖다 대기도 했다. 나의 울음소리가 들릴 수 없도록 레코드를 걸어 놓아 음악이 들리는 동안 이 '작업'이 진행되었던 것이다.

에바는 그녀의 하찮은 생각에 대한 반대도 견디지를 못했다.
"페론 장군에게 반대하는 사람들은 아르헨티나인처럼 느낄 수 없고, 아르헨티나인처럼 행동할 수 없으며, 아마도 아르헨티나인일 수도 없을 것입니다. 모든 정부의 각 부서는 정화되어야만 합니다. 아르헨티나 부흥을 일으키는 데 실패한 반역자들이 훌륭한 페로니스트들에게 양보할 수가 있도록 말입니다. 반페로니스트들을 탄핵하도록 근로자들에게 나는 요구합니다. 그리고, 모든 공직자들도 필요한 조처를 취하도록 요구합니다."

1950년 초, 에바의 의지를 보여주는 전형적인 예가 있었다. 그녀의 부하 중 하나인 미엘 아스퀴아(Miel Asquia)는 하원 내의 페론파 의장이었는데, 부에노스아이레스 대학에서 행정법 시험에 실패했다. 에바는 교육부 장관인 오스카 이바니쎄비치(Oscar Ivanissevich) 박사를 불러 말하기를,
"이 문제를 해결하라."
고 했다.

이바니쎄비치는 미국 대사로 부임한 적도 있는 사람으로 그를 위해 새 시험을 주선하겠다고 제의했다. 그러나 에바는 미엘이 그 자리에서 통과되어야 한다고 명령했다. 장관은 그건 불가능하다고 말하는 동시에 사임서를 내 버렸다. 새 장관이 임명되어 그 부하는 말썽없이 학위를 받게 되었다.

공공연히 페론에 반대하는 사람들은 극소수였다. 그 한 사람이 에르네스토 삼마르티노(Ernesto Sammartino)로 국회 의원인데 에바가 유

명해지고자 애쓰던 시절부터 그녀를 알고 있었다. 삼마르티노는 국회에서 일어나 에바가 정부에 관여하는 것에 항의했다.

"우리는 퐁파도르(Pompadour) 마담의 가락에 맞춰 춤추려고 여기에 모인 것이 아닙니다. 이곳은 사치스런 나이트 클럽이나 궁전 대기실도 아닙니다. 이곳은 자유 국민의 의회이며, 그렇기 때문에 그 어떤 지배자의 내실로부터 오는 향수 뿌린 종이에 적힌 명령서나 받는 그런 의회가 되어서는 결코 안 됨을 여기 바로 이 자리에서 분명하게 밝혀야 합니다."

그 다음날로 삼마르티노는 몬테비데오로 가는 망명길에 오르지 않으면 안 되었다. 거기서 그는 페론 체제를 최초로 폭로했다.

리카르도 발빈(Ricardo Balbín)은 급진당 당수로서 다음과 같은 말 때문에 3년간 투옥되기도 했다.

"사회 정의란, 대통령의 부인에게는 자기 나름의 경제적인 개선(改善)이라고 요약될 수 있다."

리산도 데 라 토레(Lisando de la Torre)는 자유당 출신으로 페론 부처에 대한 불경으로 유죄 선고를 받았다.

"나는 후회할 것이 없습니다. 내가 말했던 것을 다시 말하겠습니다. 아르헨티나 감옥 밖에 있는 사람들보다 나는 죄가 가벼운 죄수입니다."

페론을 둘러싸고 있는 사람들이 무능력했으므로 이 체제가 무너져 내릴 것은 자명한 일이었다. 때때로 에바가 근로자들이나 여성들을 강력하게 쥐고 있는 것이 페로니즘을 지탱하고 있는 유일한 원동력인 것처럼 보이기도 했다.

1950년, 아르헨티나에 인플레이션이 무섭게 몰아쳐서 페론 일파가 근로자들에게 가져다준 경제적인 모든 이득을 싹 쓸어가 버렸다. 스트라이크가 계속 일어났고, 에바는 몇 년 전만 해도, 어느 구석에 있는지도 모를 풍요에 대해서만 연설했으나, 이젠 주부들이 부엌에서 어떻게 절약하며 사느냐에 대한 연설을 했다. 군부는 결코 페론 일파에 이겨 본 적이 없지만, 다시금 동요하며 거칠어졌고 몇 번씩이나 쿠데타가 시도되기도 하였다.

1949년, 페론은 헌법을 개정하여 다시 출마할 수 있도록 만들었고, 에바도 새로운 여성의 참정권에 힘입어 부통령 후보가 되리라는 추측이 나돌았다. 1951년 초 내내, 대표단들이 그녀의 사무실로 제각기 찾아와 그 해 가을 선거에 입후보하라는 청원을 냈다.

6월 재선거에 페론의 입후보를 발표하는 집회는 페론파의 전형적인 광상극(狂想劇)으로 3일씩이나 전국을 마비시켰다. 정부 트럭까지 포함한 모든 차량은 군중을 부에노스아이레스로 수송하기 위해 징발되었다. 공원에서는 무료 연회가 베풀어졌고 무료 숙박과 어린애들에게 주는 장난감 선물, 의류가 있었다.

페론파 신문에선 참가자가 3백만 명이라고 했지만, 연방 경찰이 집계한 일급 비밀에 의하면 25만 명이었다고 한다. 이것만이 이 운동의 실망적인 요소가 아니다. 페론의 수락 연설과 군중들의 호응 찬사 속에 에바를 언급하는 표현은 전혀 없었다.

8월 31일, 에바는 긴장하여 눈물어린 목소리로 전국에 방송을 했다. "나는 나의 국민에게 돌이킬 수 없는 단호한 결심을 발표하고자 합니다. 페론 장군과 함께 출마하라고 제의한 명예를 거부하고자 스스로 결정을 내렸습니다. 나는 이런 결심을 누구에게도 의뢰하지 않고 완전히 혼자 내린 것입니다."

실은 매일 군부가 페론에게, 그의 부인이 출마한다면 심각한 쿠데타 기도가 생길 것이라는 점을 명백하게 해 두었던 것이다. 페론은 군부를 달래면서, 에바의 추종자들을 그대로 유지시키되 아내에게 그녀의 최선의 길은 지금까지 해 온 것처럼 계속하는 것이라는 점을 확신시켰던 것이다.

또 다른, 보다 더 중요할지도 모를 일이 있었다. 에바가 절망적인 병이 들었기 때문이다. 1년 동안 허약과 싸워 왔지만 모든 에너지가 고갈되었다. 기권을 한 후에 공식 석상에 나온 것은 불과 몇 번에 지나지 않았다. 11월 선거 때는 병상에서 투표를 했다. 예기한 바와 같이 페론과 그의 측근들이 압도적인 승리를 거두었다. 비록 유권자 대부분이 지지하기 때문이라기보다 두려움 때문인 것처럼 보이기도 했지만, 에바가 권력을 행사한 데서 오는 중압은 그녀의 부상(浮上) 만큼이나 신속했다.

핵심을 이루는 그녀의 지지자들은 계속 그녀를 숭배했지만, 행정부는 이제 그녀의 손아귀에 있지 않았다. 페론에게 넘어간 것이며, 그는 더욱더 방향을 잃고 평시보다 더 잘못되어가고 있었다. 대통령은 죽은 자들과 교통할 수 있다는 브라질의 무당과 함께 며칠씩이나 같이 있었다. 이 무당의 장래 예언이 페론의 기대와 일치하지 않자, 대통령은 분노로 날뛰며 이 영매(靈媒)를 사형시키겠다고 협박했다.

에바는 권력의 뒷전으로 물러난다는 생각을 결코 받아들일 수 없었던 것 같다. 1951년 말에 대작(代作)한 그녀의 자서전 초판이 50만 부 출판되었다. 그러나 미국의 출판 업자가 이 우스꽝스런 책을 맡겠다고 나서지 않자 에바의 희망은 좌절되었다(이것은 결국 뉴욕에 있는 어느 자비(自費) 출판물을 맡는 출판사에 의해 출판되었다). 이 경멸에 대한 앙갚음으로 페로니스트 폭도들이 부에노스아이레스에 있는 미국 정보국에 불을 질러 버리기까지 했다.

영원한 잠 속으로

　　　　　　나는 많은 고통을 받아 왔지만, 국민들의 행복이 나의
　　　　　　고통을 값어치 있게 해줍니다. 나의 고통이 한 사람의
　　　　　　상처를 낫게 하고, 한 사람의 눈물을 거두게 한다면 내
　　　　　　생명의 마지막 순간까지 그 고통을 감수하겠습니다.
　　　　　　　　　　　　　　　　　　　　　　　　에바 페론

　에바 페론은, 그녀의 힘이 절정에 달했을 때조차도, 결코 건강하지 못했었다. 그녀는 놀라울 정도로 창백하였으며, 종종 피곤해 하였고, 때때로 신경병의 증상을 보이며 기운을 잃어갔다. 1주일 정도가 지나자 그녀의 몸무게는 5 내지 10파운드가 늘어났으며, 얼굴에 살이 쪄 보였다. 그래서, 그녀는 파리나 로마로부터 수십 벌씩 수입된 옷에 몸이 맞을 때까지 규정식을 취하곤 했다.

　1950년 1월, 퍼스트 레이디가 공식적으로 맹장 수술이라고 기술된 것 때문에 병원에 입원했을 때, 심각한 사건의 첫조짐이 다가왔다. 국가는 그녀의 안전한 회복을 위해서, 여러 차례의 정부 후원 기도회와 종교 행사를 시작하였다. 운수 노조에서는, 그들의 뜻에 의해, 환자와의 결속을 보이는 뜻으로 하루를 휴업한다고 선언하기도 했다.

에바는 결코 완전하게 나은 것 같지 않았다. 나라가 성장해 온 같은 기간 동안 일을 하여 업무에 익숙해졌을지라도, 그녀는 더욱 창백해졌고, 더욱 신경이 과민해져 갔다. 그녀의 의사가 오랜 기간 동안 휴식을 취하도록 충고했고 페론도 그것을 지지했지만, 에바는 그녀의 여력이 불행한 사람들에게 주어질 선물이라고 말하고 일을 그치지 않았다.

한 번은 그녀가 대통령에게 자신의 허약함 때문에 걱정이 된다고 말했다. 그러나, 그는 외과 의사이며 페로니스트 추종자인 라울 멘데(Raul Mendé)가 그녀의 몸에 대해 걱정을 하지 않았으며, 그녀가 그렇게 되지 않을 것이라고 말하였다고 했다.

커다란 정치적 문제를 가지게 된 1951년까지, 에바가 아프다는 사실은 그녀의 측근자들에게는 명백한 것이었다. 그녀는, 눕게 되면 일어날 수 없을 것을 알았는지 휴식을 취하는 것에 대해 두려움을 가진 듯하였다. 한 저술에서 보면 그녀는 침대로 다가서서는 갑자기 침대에 쓰러지곤 했는데, 그것은 마치 전기에 충전된 종이와 같았다고 한다.

에바 자신과 그녀의 가족은 그녀가 페론에 의해서 이용되고 있다는 것을 불평하기 시작했다. 후안시토는 후닌을 방문했을 때, 페론이 자기 여동생을 항간의 흔한 표현으로 '공적인 3요인(three public hairs)'의 가치가 있는 것처럼 취급했었다고 친구들에게 말하였다. 에바는 휴식도 없이 일을 했고 격해졌으며, 시간을 남용하면서 전보다도 더 권위주의자가 되었으며 더욱 예측할 수 없는 상태가 되어갔다.

그녀는 매일 피곤하게 지친 몸을 이끌고 사무실에 나왔으며, 경찰의 정리하에 떼지어 줄 서 있는 불행한 사람들을 대면해야 했다. 에바가 실업자와 굶주린 자, 그리고 곤경에 빠진 자들에게 호의를 보이고 새로 찍은 지폐를 주면서 그들 사이를 지나갈 때, 때묻은 옷과 말라붙은 땀 냄새가 무리들을 뒤덮고 있었다.
 페론주의자들의 강탈과 무능이 국고를 바닥낸 이래, 에바는 정부 인쇄 기계들로 매일 아침 돈을 찍어내어, 그녀에게 소포로 보내게 하는 간단한 방법으로 그녀 앞에 새로운 돈을 계속 유치하였다.
 그녀는 사나운 소리로 크게 명령을 하면서, 페론주의자들이 된 약자와 바보들의 집단 사이를 무뚝뚝하게 움직여 갔다.
 1951년 중반까지 그녀의 건강은 매우 심각했고, 그녀가 병을 증오하는 만큼이나 오랜 기간을 병상에서 보내야 했다. 그녀의 피부는 회색빛이 되었으며, 거의 백지장처럼 창백해졌다. 그리고 야윈 얼굴의 그녀의 눈은 점점 커지고 슬픈 빛을 띠어가는 것처럼 보였다.
 선전 기관의 대행자들은 그녀의 병을 빈혈 혹은 피로라고 알리면서 사실을 감추려고 최선을 다했다. 전 세계로부터 전문 의사들이 그녀를 진찰하기 위해 초빙되었다. 비록 다행스럽고 간략한 소식들이 병상으로부터 계속 흘러나왔지만 희망이라고는 전혀 없었다.
 에바의 최후의 병에 대한 많은 추측들이 계속 떠돌았다. 진단 결과가 그 당시의 신문에 보도되었으며, 급성 척수백혈병에서부터 자궁암으로 변함으로써 그녀의 수명에 대한 카운트다운이 시작되었다. 영어로 씌어진 한 전기에서는 그녀가 반페로니스트에 의해 설치된 폭탄으로 인해 목욕탕에서 폭발로 얻은 후유증으로 죽었다고 기록되어 있다. 그러나, 그녀가 죽은 몇 년 후에 페론주의자를 조사하는 임무에 의해 작성된 한 보고서에서 사실이 드러났다. 그녀의 사인은 암의 중요한 위치를 제외하고는 그녀가 육체를 혹사하여 일어난 전이암(轉移癌)이었다.
 다음은 그녀가 죽은 후에 에바 페론을 X-레이 촬영한 방사선 학자의 보고서에 나타나 있는 구절이다.

간의 공동(空洞)에 전이된 심한 종양이 있고, 왼쪽 정강이 경골에 또 다른 것이 있다. 허파에 있어서는 오른쪽 부위가 커다랗게 상했고, 또 다른 쪽도 상한 부위가 있는 것으로 나타났다.

대개의 의학적인 견해로 판단한다면, 그 X-레이는 암이 전이될 때까지 치료하지 않고 방치해둔 유방암을 보여준다. 에바는 병이 악화된 단계에서 자궁 절제 수술을 받았으나, 그것은 아마도 근원적인 손상 부위의 제거라기보다는 암의 확산을 억제하려는 의미 없는 시도라고 보아야 할 것이다. 일반적으로 골반암은 폐와 다리로 퍼지지 않는 것이다.

에바는, 그녀 자신의 병으로 인한 고통 속에서조차도 정부를 이끌고 나가야만 했다.

1951년 9월 28일, 그 동안 수차례 시도되었던 군부 쿠데타가 또 한 번 있었다. 두려워한 페론은 그의 짐을 꾸리며, 국가를 버리고 달아날 준비를 했다. 한 방법으로, 그는 브라질 대사관에서 안전하게 3일간을 보냈었다. 격심한 고통과 싸우는 에바는 지지를 만회하려고 연합 지도자들과 친근한 장군들에게 전화를 하기 위해 병상에서 일어났다.

9월 29일, 그녀는 수혈을 하고 30분 뒤에 그녀의 데스카미사도스로 하여금 페론 곁에 머무르기를 권고하는 라디오 방송을 강행했다.

페로니즘의 기념일인 10월 17일에 카사 로사다(Casa Rosada) 궁전 앞에는 10만 명의 데스카미사도스가 운집했다. 바둑판 무늬의 부르군디 예복을 입은 왜소한 체구의 에바가, 페론의 옆 안락의자에 앉아서 몸을 지탱하고 있었다. 군중은 대통령이 그녀에게 아르헨티나 최고 훈장을 수여했을 때 환성을 질렀고, 10월 18일을 '성(聖) 에비타의 날'이라고 명명했다.

에바는 페론의 부축을 받으며 고통스럽게 의자에서 일어나 낮은 목소리로 연설문을 읽었다.
"나는 페론과 여러 근로자들에게 받은 감사의 빚을 갚기 위해 병상에서 일어날 것입니다. 나는 내가 그 빚을 갚을 만큼 내 생의 한 부분이라도 갖고 있는지 없는지에 대해서는 개의치 않습니다."
라고 그녀는 울부짖었다.

그 후 몇 분 동안 군중은 〈페론을 위해 우리의 생명을!〉이라는 노래를 합창했다.

다음날 페론은 세계적인 명성을 가진 암 외과 의사인 조지 팩(George Pack) 박사를 불러들이려고, 아르헨티나의 암 전문 의사인 아벨 카노니코(Abel Canonico)를 긴급히 뉴욕으로 보냈다.

11월 6일, 수술이 실시되었다. 페론의 마지막 행동은 미리 그의 아내에게 전국적으로 방송되는 속삭이는 듯한, 그리고 숨을 가쁘게 몰아쉬면서 15분간 하게 될, 그의 재선(再選)을 위한 연설을 녹음시키는 것이었다. 그녀가 들것에 실려 병원으로 옮겨질 때, 페론은 세 권의 괴기소설과 여행용 가방을 옮기면서 그의 아내 옆에서 걸었으며, 옆에 붙은 방으로 들어갔다.

수술은 팩 박사와 아르헨티나의 외과 의사인 리카르도 피노치에토(Ricardo Finochietto)에 의해 3시간 반 동안 계속되었다. 시간마다 짤막한 소식이 방송되었고, 병원 밖의 군중들은, 에비타가 회복될 때까지 단식할 것을 맹세하기도 했다.

얼마 동안은 희망이 있었다. 11월 초에 페론은 에바와의 짧은 드라이브를 가지기 위해 롤스로이스를 탔다. 국민들은 기뻐했고 에바는 자신이 다시 일을 시작할 준비를 하고 있다고 말했다.
"나는 병을 통해서, 참아야 할 육체적인 고통 때문에 다른 사람들의 매우 절박한 고통을 알게 되었다."
라고 했다.

그 당시 아르헨티나 주재 미국 대사인 엘스워드 벙커(Ellsworth Bunker)는 그녀에게 꽃과 카드를 보내왔다.

그녀의 회복은 환상적인 것이었다. 곧 회색 나무토막 같은 모습의 에바는 병상으로 되돌아갔고, 겨우 몇 차례 일어날 수 있었지만, 그녀가 자랑스러워하던 옷들은 텐트처럼 너무 커서 어울리지 않았다. 병이 악화됨에 따라 점차 그녀는 페론으로부터 소외되었다. 그녀는 그가 자기를 피한다고 친구들에게 불평했다. 그때까지 존경받는, 도냐 후아나로 알려진 그녀의 어머니가 말했던 것이 다음과 같이 인용되었다.

"만약 그가 나의 딸을 대하는 방법으로 가난한 사람을 대한다면, 그는 노동당의 서기장으로서 한 달도 견딜 수 없을 것이다."

한 번은, 에바는 페론이 산 비센테에 있는 스위스풍의 별장으로 큰 병에 포장되어 있는 그녀의 향수를 배편으로 보낸다는 것을 알았다. 아마 거기에 페론의 또 다른 관심거리가 있었을지도 모른다.

페론은 모든 병을 증오했으며, 그것에 관해 미신에 홀려 있었다. 에바의 침대 곁에 나타났을 때, 그는 향기 가득한 손수건으로 자신의 코를 막았다. 에바가 페론에게 베개를 바르게 해 달라고 부탁했을 때 그는 베개를 바르게 해주고는 곧 그 자신이 감염되지 않도록 씻으러 목욕탕으로 달려가곤 했다. 가끔 에바는 이혼을 원한다고 방문객들에게 말하기도 했었다.

"나는 그러한 고통을 견디기에는 너무 힘이 모자랍니다."

페론이 그녀를 필요로 할 때, 연설을 시키기 위해서 그는 그녀를 밖으로 옮겼다. 1952년 5월 1일, 군중들이 〈에비타, 카피타나(Evita Capitana : 에비타, 작은 군주)〉라는 노래를 부를 때, 그녀는 카사 로사다 관저의 발코니에 마지막으로 나타났다. 페론이 그녀의 옆에서 허리를 부축하고 서 있을 때, 그녀는 일반 시민들에게 충실한 마지막 연설을 하였다.

나의 사랑하는 데스카미사도스여, 주의하십시오. 적은 우리를 기습할 준비를 하고 있습니다. 만약 여러분과 함께 있는 페론의 곁에 여러분이 머물러 있다면, 우리는 결코 굴복하지 않을 것입니다. 왜냐하면, 우리는 진실로 아르헨티나 사람이기 때문입니다. 우리는 결코 배반자와 혼란한 독재와 그들의 외부 동맹국에 의해 지배되도록 우리 자신을 내버릴 수는 없을 것입니다. 그것이 일어나는 날, 국민 여러분, 나는 근로자와 부인들과 데스카미사도스와 함께 거리로 뛰쳐나갈 것입니다. 그리고 우리는 페론주의가 아닌 다른 것에 돌멩이 하나라도 내버려두어서는 안 될 것입니다.

6월 29일, 그녀는 글씨를 쓸 수 없을 정도로 떨리는 손으로 유언장을 썼다(그녀의 재산에 관심을 가진 페론은 나중에 몇 가지를 날조하여 첨가시켰다). 마지막 종결부는 이상하리만큼 슬펐다.

'끝으로 내가 잘못을 저질렀다면 내가 사랑으로써 그들에게 행하였다는 것을 모든 사람이 알아주기를 바라며, 신께서 나의 숱한 실수와 결점과 죄로써가 아니라 내 생애를 쏟았던 사랑으로써 심판하시기를 비옵니다. 나의 마지막 말은 처음과 똑같습니다. 나는 페론과 국민들과 영원히 함께 있기를 기원하는 바입니다.'

어느 날, 페론이 수술용 마스크를 쓰고 그녀의 침대 곁으로 찾아왔다.
"여보, 당신의 마스크를 벗어 보세요. 나는 아직 당신을 보고 싶어요." 그녀가 말했다.

페론은 냉담하게 돌아서서 나가 버렸다.

대통령은 관저에서 영화를 보든지 오후 낮잠을 즐기든지, 애완용 개들과 함께 쪽마루 위에서 놀든지 하면서 평상시의 시간을 보냈다. 그녀가 울부짖으며 그녀의 모든 가족을 찾는 광란으로부터 깨어났을 때, 비명을 지를 듯한 고통의 불길한 순간이 있었다. 후안시토는 받쳐 든 손수건에 대고 흐느끼며 기운이 빠져 긴의자에 앉아 있었다. 페론은

마루를 바라보며 한 쪽에 서 있었다. 에바는,
"당신을 제외한 모든 사람이 나를 위해 우는군요."
라고 말했다.

사다리 칸을 움켜쥐고 계속 기어오르듯이 생명을 연장했던 그녀가 그리 쉽게 숨을 거둘 리 만무했다. 7월 18일, 산소 호흡기와 마취제에 둘러싸여 그녀는 혼수 상태에 빠졌고, 그녀의 가족은 그녀의 죽음이 임박한 것을 알리는 거칠은 숨소리를 듣기 위해 침대로 모였다.

갑자기 그녀는 깨어났다. 산소 호흡기를 치우라는 시늉을 하며 커피 한 잔을 달라고 했다. 별안간 주름지고 늙어 보이는 그녀 얼굴에서 두 눈이 크게 빛났다. 그녀는 몇 가지 명령을 하고 그녀의 어머니에게 몇 마디의 말을 했다. 그리고는 베개 위에 풀석 쓰러지면서 마지막 숨을 거두었다.

1952년 7월 26일, 이날이 이 세상에서 에바 페론이 보낸 마지막 날이었다. 오후에 그녀의 고해 신부(告解神父)이며, 그때까지 부에노스아이레스 대학의 학장인 신부 베니테스(Father Benitez)가 두 명의 프란시스코 전도사의 도움을 받아 그녀에게 마지막 의식을 거행했다. 그녀의 어머니, 자매들, 오빠, 의사들, 내각의 아첨꾼들과 페론이 모두 둥글게 주위를 둘러싸고 있었다. 국민들은 매시마다 짧은 뉴스를 기다리며, 정돈 상태에 있었다. 급히 계속된 세 번의 방송은 임종이 임박했다는 것을 알렸다.

오후 8시 25분에 피노치에토 박사가 몸을 구부려, 크게 뜨고 있는 그녀의 눈을 감겼다. 아르헨티나의 모든 방송국은 마지막 전달 사항을 위해 그들의 프로를 중단하였다.

공보실은 8시 25분에 국민의 정신적 지주인 세뇨라 에바 페론이 영원히 잠들었음을 알리는 최고의 슬픈 임무를 행하는 바입니다.

토요일 밤

> 그들이 나를 잠들게 하기 전에, 내가 깨어나지 않는다면—페론 만세!
>
> 에바 페론

결국 모든 것이 끝이 난 것 같았다. 울고 있는 자매들, 기도하는 고해 신부, 겨울의 한길에서 무릎을 꿇고 있는 데스카미사도스들은 혜성이 사라져 버린 후에 남겨진 것들처럼 보였다. 사실 결코 끝난 것이 아니다. 마리아 에바 두아르테 데 페론(María Eva Duarte de Perón)의 역사는 지금도 계속되고 있다.

특별하게 처리하여 손상되지 않게 유지된 그녀의 시체는 최후의 장소에 도착하기 전에 열두 번의 휴식처를 거치게 되었다. 그녀의 육체는 부에노스아이레스의 실험실에서부터 군부 주둔지, 본(Born)의 더러운 저장실, 밀라노에 있는 비밀 묘지, 마드리드에 있는 고미다락, 본국에 돌아와서는 성당, 마지막으로 가족 묘지로의 여행을 했다.

그녀의 명성은 페론과 그의 동료들 사이에 줄다리기의 상(賞)이었다. 죽은 자가 살아 있는 자보다 더 자주 중요한 정치적인 중요성을 지니는 아르헨티나에서는, 에바 페론은 영원한 휴식을 취할 수가 없었다.

싸늘한 토요일 오후, 전국의 모든 라디오 방송국에서 장송곡이 울리고 거기에 덧붙여져 교회에서 느린 종소리가 울리는 순간 아르헨티나는 곧 애도의 마라톤이 시작되었다. 재산을 가진 지주들로부터 분리된 가난한 자들은 무척 쓸쓸하였다. 북쪽의 정글 경계선으로부터 남쪽의 남극 툰드라 변두리까지 국민들은 명복을 비는 장례 행렬에 줄을 잇기 시작했다.

페론 정부의 박제로서, 아첨꾼들과 약탈자들은 또다른 아첨을 나타내려고 끊임없는 소동을 벌였다. 일요일까지 아직 에바의 이름을 따서 명명하지 않은 모든 삼류 도시와 병원은 새롭게 명명된 것처럼 보였다. 그녀가 죽은 지 한 시간 후에 아첨하는 각료들은, 한 달에 걸친 광적인 시체 애호의 정신착란을 통하여, 아르헨티나를 이끌 계획에 마지막 마무리를 하는 특별 회의에 모여 있었다.

생의 마지막 고통스런 몇 달을 에바는 영혼의 불멸을 찾기 위해 많은 시간을 보냈다. 그녀는 가난한 자들에게 그녀의 보석을, 페론에게는 그녀의 믿음을 준다고 유서를 썼다. 그리고, 그것은 장례식에서 상세히 읽혀졌다. 그녀는 자신의 무덤에 대해 두 가지 조건을 제시하였다. 하나는 조각가가 페론주의자여야 한다는 것이고, 다른 하나는 그것이 자유의 여신상보다 더 높아야 한다는 것이었다.

그녀는 또한 절대자의 마지막 요구 앞에서 뒷걸음질을 쳤다. 그것은 그녀의 육체가 공개적으로 전시되어 에바의 옛 권력이 발휘될 수 있도록 생시의 모습대로 오랜 기간 방부 보존돼야 한다는 것이었다. 이집트와 옛 로마에서는 선택된 자들 가운데 그렇게 하는데, 이는 다른 영원한 낙원에 죽은 자들을 위한 곳이 있다고 믿는 친숙한 생각이었다.

20세기의 유일한 본보기는, 볼셰비키 세대들이 주시해 보고 있는, 크렘린에 고스란히 보존된, 국가 종교의 초점인 레닌이다. 그런 방법으로 유해를 보존하는 것은 지금이나 마찬가지로 1952년에도 원시 복귀적 작업이었다.

그 일에 대하여 완벽한 기술을 지닌 사람이 그 당시 부에노스아이레스에 있었다. 그는 페드로 아라 사리아(Pedro Ara Sarria) 박사였으며, 1938년 이래 스페인 대사관에서 문화 사무관으로 있었다. 그는 병리학자 및 해부학자로서 국제적인 명성을 얻기 전, 처음엔 스페인에, 그리고 나중에는 아르헨티나의 코르도바 대학에 있었다. 그는 둥근 테의 안경과 단발머리를 한 엄숙하고 자만스런 작은 체구의 사람이었다. 제1차 세계 대전 직후 젊었을 때 그는 독일어 공부를 했고, 그들의 외과용 칼을 만드는 세밀함으로부터 니체의 철학에 이르기까지 독일적인 모든 것을 사랑하게 되었다.

아라 박사는 내부 기관들과 두 눈까지, 주검의 구석구석을 무한히 보존할 수 있는 비밀 과정을 실험하는 데 그의 여가 시간을 보냈다. 그는 견본으로 가방 안에 시체의 머리와 허리를 넣어 운반했고, 의사의 작업이 살아 있는 것인가를 시험하기 위한 고객 참관자들이 많이 있었다. 아라 박사는 에바의 수행 의사인 리카르도 피노치에토뿐만 아니라, 아첨으로 그들의 지위를 얻은 두 페로니스트의 외과 의사인 헥토르 캄포라(Héctor Cámpora)와 라울 멘데를 알게 되었다. 그 스페인 사람은 앞으로의 어려운 문제에 대해서는 우선적으로 명백한 결정을 했다.

에바가 마지막 고통에 시달릴 때, 아라 박사는 죽은 뒤 몸이 굳기 시작하기 전에 그의 작업이 착수되어야 한다는 점 때문에 불려 갔다. 그녀가 죽었을 때, 그는 준비도 안 된 상태에서 당황하면서 즉시 관저로 안내되었다(오랜 뒤에 타임(Time)지가, 아라 박사는 약이 그의 방부(防腐) 처리에 방해가 되기 때문에 그녀로 하여금 죽음의 공포 속에서도 진통제를 복용하지 못하게 했다고 보도했다. 아라 박사는 그의 회고록 속에서 그 보도가 '기괴하고 거짓된 것'이라고 말했다. 그를 의심할 아무런 근거가 없는 것 같았다). 의사는 치밀하고 정확하지 않다면 아무것도 아니므로, 그의 첫 의문은 방부 작업의 자격을 갖춘 아르헨티나 사람을 찾을 수 있을지가 문제였다.

시간 여유가 없다는 설명을 듣고 그는 동의했다.

"우리는 그 작업에 대한 경제적인 조건에 있어서 한마디도 언급하지 않았다."

고 그는 나중에 서술했다.

그 뒤 3년 3개월 동안에 그가 에바의 육체를 위해 거의 매일을 보내야 한다는 것과, 20년 동안 축 늘어진 시체를 그의 아내와 딸들보다 더 가까운 것이 되도록 생활해야 한다는 것은 그 누구도 알 수가 없었다.

박사의 첫 임무는 그의 복잡한 절차를 위한 기구를 모으는 것과 믿을 수 있는 보조원을 찾는 일이었다. 그는 전쟁 말기에 매장을 위해 고국으로 수송되어야 할 아르헨티나 주재 이탈리아 대사의 시체를 방부했었던 적이 있다. 그때 제2차 세계 대전중에 그를 도와 주었던 카탈로니아(Catalonia)라는 스페인의 지방 태생 실험 기술자를 생각하였다. 도시가 애도를 위해 준비하고 있는 동안 아라 박사는 순수한 알코올과 글리세롤, 펌프와 다른 필수적인 것들을 찾다 말고 보조원을 구하기 위해 침울한 부에노스아이레스 교외로 차를 몰았다.

그가 관저로 돌아왔을 때, 후안 페론이 울지는 않았지만, 앞으로 아르헨티나와 세계에 친숙하게 될 애도의 표정을 짓고 그를 맞이했다. 아라 박사가 그의 보조원을 소개하자 페론은,

"나는 카탈로니아 사람에게 도타운 신뢰를 갖고 있소. 좋습니다."

라고 말했다. 박사는 페론에게 에바가 사망한 모습 그대로를 전시물이 되게 방부하고 싶지 않다고 말했다. 페론은 박사에게 모든 것을 전적

으로 맡긴다면서 아내의 아파트 열쇠를 주었다.
 아라 박사가 침대관 쪽으로 걸어갔을 때, 가족들은 침대 앞에 분잡하게 모여 있었고, 신부인 베니테스는 큰 목소리로 기도를 하고 있었다. 에바는 피노치에토 의사가 방치한 그대로 놓여 있었다.
 '관 속에는 진기하고 순결한 미(美)의 유령이 끝까지 조직을 침투하던 잔인한 고통으로부터, 그리고 기적을 바라면서 불안을 연장시켰던 과학에 의해 입은 정신적인 피해로부터 자유스러워진 채 영원히 잠들어 있었다.'
 아라 박사는 모든 일에 대해서 기술했던 방법대로 좋게 표현하고 있다.
 박사와 보조원이 들어왔을 때, 에바의 어머니가 제일 먼저 일어났다. 자매들과 나머지 사람들도 어머니를 따라 했다. 그리고, 곧 모두들 관저의 빈소로 마련된 방으로 몰려갔다. 에바의 고해 신부인 베니테스가 마지막으로 방에서 나갔다. 아라 박사와 카탈로니아인만이 시체와 함께 외로이 방 안에 남아 있었다.
 '우리 앞에 극도로 지친 채 누워 있는 것은 그녀의 시대에 가장 존경받고 또 두려워했고, 그리고 가장 사랑받고 또 증오를 받은 부인이었다. 그녀는 세계의 커다란 일들과 싸웠고 지금은 무한히 작은 것에 의해 패배하여 그곳에 누워 있었다.'
라고 아라 박사는 썼다.
 그녀의 시체는 33 kg(약 73파운드)밖에 되지 않았다.
 아라 박사는 에바 페론의 생존 때에 단 한 번 만난 적이 있었는데, 그의 환영 리셉션에서 농담을 주고받았던 것이다. 그러나, 그는 그의 외교적이고 문화적인 임무들을 수행하는 과정에서 수차례 '우아하고 자비스런 영상의 모습'을 보았었다고 말했다. 비록 그는 딱딱한 병리학자이지만, 암이 그녀의 아름다움에 끼친 결과에 대해 깜짝 놀랐다.

의사는 그의 방부 기술에 대해 말을 삼갔지만, 의학 전문지인 〈메디컬 뮤지엄〉 같은 잡지에 기고했다. 그의 처리 과정에는 피를 순수한 알코올로 대치하고, 얼마 후에 알코올을 140도로 가열한 글리세롤로 대치하는 과정이 포함되어 있음이 확실한 것 같다. 알코올은 조직으로부터 물을 빼내고 글리세롤은 육체에, 앞 과정에서 충만했던 물을 대치하는 것이다. 비록 약간의 수축이 있긴 하지만 그 과정은 내부 기관들조차 손상하지 않고 유지시켜 준다. 살결은 생전의 피부와 비슷하지만 왁스처럼 보였다.
　아라 박사의 기술에는 두 번의 절개 수술이 필요했다. 하나는 귀 바로 아래의 목이고 다른 하나는 발바닥이었다. 그는 매우 세심한 사람이었다. 그는 그 자신이나 혹은 그의 조수 누구도 에바 페론이 죽었을 때 입은 속옷을 어지럽혀서는 안 된다고 말하였다.
　근엄한 의사와 카탈로니아인은 밤새 일을 하였고, 반면에 아르헨티나의 가난한 사람들은 그들의 오두막집에서 소리내어 울었으며, 일반인들은 그들의 야영소에서 곤하게 잠을 잤다.
　'의무감과 벤제드린(Benzedrine)이 온 밤을 꼬박 견디게 해주었다. 나는 조금의 피로도 느끼지 못했다. 아침까지 에바 페론의 유해는 완전 무결하게 손상이 없어야만 했다.'
라고 아라 박사는 후술하였다.
　비록 믿을 수는 없으나 조금 다른 일이 그날 밤중에 일어났다. 그의 자서전에서 근사하게 스페인어로 쓰인 4백 페이지를 애써 읽은 사람에게는 명백한 것이겠지만 아라 박사는 사랑에 빠졌다. 그것은 불가피하게 결혼 생활에 막을 고하는 얼떨떨한 첫 데이트 중의 하나였다.

　싸늘한 아침 해가 커튼을 통해 비칠 때, 관저에서는 에바 없는 생활의 첫날을 맞이했다. 침대관 쪽으로 온 첫사람은 그녀의 특별 재단사였다. 그녀는 조수들과 함께 유해의 매장 때 쓸 비싼 상아빛 느슨한 수의(壽衣)를 밤새 지었다.
  재단사가 아라 박사의 걸작품을 보았을 때,
  "그녀는 잠든 것처럼 보였어요."
라고 말했다.
  의사와 침모가 함께 속옷 위에 옷을 입혔다. 재단사는 물러나기 전에 에바의 이마와 손에 키스할 것을 허락해 달라고 말했다. 아라는 비록 그 아닌 다른 사람이 시체를 만졌을 때는 신경질적으로 되곤 했지만, 그것만은 허락하였다.
  다음에 들어온 사람은, 에바가 영화 배우로서의 보는 눈이 확실한 인식 높은 지망생이 된 이래로 그녀의 미용사였던 돈 훌리오(Don Julio)였다. 아라는 자서전에서 화자(話者)의 말을 직접 옮기는 전형적인 방법을 썼는데, 에바의 시신을 보호하는 사람이 자기였으므로 훌리오가 자기에게 이렇게 말하였다고 썼다.
  "나는 해뜨기 전 매일 아침 그녀를 맨 처음 만나는 영광을 누렸습니다. 어느 누구도 그녀의 머리를 매만질 수 없었습니다. 나는 그녀가 여행을 할 때에도 항상 같이 갔습니다. 그녀는 비범한 부인이었어요. 나는 그 당시를 당신에게 말할 수 있어요······."
  아라가 말을 끊었다.
  "좋소 선생, 당신의 값진 예술적 임무를 마지막 순간을 위해 완성하시오. 사람들이 기다리고 있소."
  돈 훌리오는 수천 번에 이르는 매일 아침에, 수백 번 다른 머리 모양을 하던 똑같은 섬세한 솜씨로 빗질을 하여 부드럽게 하고, 머리를 땋는 작업을 하였다. 미용사가 일을 하고 있는 동안 후안 두아르테는 그들의 어머니를 위한 유품으로 에바의 머리를 한 줌 자르며 목이 메어 울었다.

아라 박사가 에바의 굳은 손에다 교황 비오 12세의 은 묵주와 자개를, 짝을 이루게 하는 마무리 작업을 하고 있었을 때 또 한 사람의 방해자가 있었는데, 에바의 생전에 손톱을 다듬던 여자였다. 그녀는 줄과 광내는 것과 빛깔을 여리게 하는 것들을 담은 쟁반을 들고 있었다.

"박사님, 어제 마지막 죽음의 고통이 있기 조금 전에 세뇨라가 저에게 명령을 했습니다. 그분은 내가 죽으면 빨간 손톱색을 벗기고 그 위에 투명한 래커를 입히라고 말했어요."

라며 두려운 듯이 여자는 말하였다. 아라 박사는 상복을 입은 후안 페론이 방으로 들어왔을 때, 항의하기 시작했다.

페론은,

"그것은 사실이오. 나도 그녀가 말하는 것을 들었소. 계속하시오. 그리고 세뇨리타, 재빨리 그 일을 끝내시오."

라고 말했다. 그 소녀는 울면서, 차가운 손가락 위에 맡은 일을 하기 위해 몸을 구부렸다.

아라 박사는 그의 습관대로 한쪽 구석에서 생각에 잠겨 서 있었다.

"나는, 암이 육체에 널리 퍼진 사람에게 있어서 맑고 고요한 마음을 지닌다는 것이 보통 있는 일인지에 대해서 생각했다. 죽기 전엔 사소한 일에까지 심미적인 중요성을 숙고할 수 있다면 결코 평범한 여자는 아니었다."

드디어, 일이 끝나고 장의사들이 그 순간을 위해 준비해 두었던 관속으로 유해를 옮겼다. 그 관은 윌톤 콘의 린치 제철 회사에서 3만 달러의 비용으로 만들어졌다. 그리고, 그 관에는 1톤의 청동제 틀 위에 1인치 두께의 수정판이 덮여 있었다. 린치 회사는 마더 카브리니(Mother Cabrini)의 유족을 위해 비슷한 관을 제작한 적이 있었다. 해를 거듭할수록 에바의 관에 대해서는 값비싼 보석이 박힌 순은으로 만들어졌다고까지 이야기가 과장되어갔다.

관의 납땜이 되어 닫혀지기 전에, 아라는 내부에 방부제를 뿌렸다. 후안 페론은 그 이상하고 떫은 냄새를 느꼈다. 이로부터 19년 후에, 똑같은 관 앞에서 후안 페론과 아라 박사는 다시 그 똑같은 냄새를 경험하게 된다.

관이 닫힌 때는 일요일 아침이었으며, 시내의 모든 교회종이 울리고 있었다. 거리에는 수만 명의 시민들이 유족들에게 조의를 표하기 위해 기다리고 있었다. 1주일이 채 되기도 전에 억눌린 자들과 엘리트들의 파도와 같은 순례 행렬에 아르헨티나 전역의 수백만 명이 참가했다. 일요일 아침, 경건함 속에서 에바의 유해는 노동부와 사회 복지부에 있는 첫 휴식처로 천천히 운구되어갔다.

에바가 오랫동안 압제를 했던 관저는, 단지 수많은 애도자들을 위한 좁다란 통로만을 남기고 꽃들로 뒤덮여 있었다. 각각의 화환은 페론주의자 시대에 돈을 축적한 단체나 사람의 명의로 장식되어 있었.

몇 시간 안에, 세계에서 일곱 번째로 큰 도시에는 꽃이라곤 한 송이도 살 수 없이 동이 났다. 특별 수송기들이 계속되는 요구를 충족시키기 위해 칠레에서 안데스 산맥을 넘어 카네이션을 운반하도록 고용되었다.

밤중에도 수마일에 걸친 애도자들의 행렬이 형성되기 시작했다. 모두들 부에노스아이레스에서 죽음이 없을 때조차도 즐겨 입는 우울한 빛깔의 옷을 입고 있었다. 에바의 관 주위에는 정장을 한 군인들이 서 있었고, 페로니스트의 공직자들이 무리를 지어 있었다. 페론은 에바의 수정관 앞에 서 있었다. 생계를 위해 줄을 타야 하는 페로니스트의 또 다른 광란이 계속되는 중이었다.

불멸의 에비타

> 결코 에바 페론이 죽었다고 말하지 말라.
> 페로니스트 슬로건

　에바와 대통령이, 더 많은 선전을 위해 끊임없이 요구함에 따라 수천 명 이상의 고용인으로 불어난 정부 언론 기관은, 대통령 부인의 마지막 의식(儀式)들이 모든 역사에서 가장 감명적인 장례가 될 것이라고 발표했다. 페론 부처가 조합 국가에 밀착시키려 애써 왔던 각양각색의 인물들이 그 행사를 성대히 치르는 데 최선을 다했다.
　그러한 의식을 가장 꺼리는 군부측에서는 어떠한 선택도 할 수 없었다. 페론이 7월 12일, 그의 아내에게 '해방자 산 마르틴(San Martín)의 훈위'를 수여했을 때, 그녀의 장례를 국장으로 훌륭히 치를 자격을 부여한 셈이었다.
　군부로서는 그들의 훈장이나 그들의 임시 수당이, 인상된 봉급만큼 중요했다. 에바의 관은 항상 존경심으로 완전히 보호되었으며 군부대 식당은, 기다리고 있는 수많은 사람들에게 배식을 하기 위해 밖으로 나와 있었다. 총검으로 장비된 여러 가지 행렬들을 전개하는 병사들이 있었고, 공군의 새로운 글로우세스테르 메테오르(Gloucester Meteor) 제트 전투기도 머리 위를 비행하고 있었다. 모든 군대기와 해군기들은 오랫동안 조기를 달도록 명령이 내려져 있었다.

그녀가 죽은 저녁에 모였던 각료들은 공식적인 애도의 날을 30일 동안으로 천명했고, 전 국민에게 마지막 미사 모임중에는 5분간의 묵념을 올릴 것을 요청했었다. 지방 의회들은 그날 저녁에 모두 경의의 표시로서 부에노스아이레스에 보낼 주지사를 수행하는 대표자들을 임명하는 모임을 가졌다. 계획에는 에바의 초상(肖像)을 박은 새로운 우표와 지폐를 만들려는 것도 있었다.

이때까지 무력하고, 법률 제정보다는 다소 혼란 쪽으로 빠지던 의회도 특별 회의를 열었다. 의원들이 찬사를 하려고 연단 위에 서로 먼저 올라가려고 경쟁을 함으로써 회의장 안은 거대한 혼잡으로 난장판이 되었다. 한 상원 의원의 연설은 그들 모두에게 이바지하였다. 그는 에바가 러시아 제국의 캐더린(Catherine)과(명백히 그녀의 연애 경험보다 디데로와 볼테르와의 계몽적인 교류에 대해 언급한 것임) 영국의 엘리자베스 1세 여왕, 아크(Arc)의 조안(Joan), 스페인의 이사벨라 여왕의 최고의 미덕을 모두 합쳐 무한히 많은 이러한 덕을 가지고 조화시켰다고 말했다.

그 나라 인구의 3분의 1이나 차지하던 노동 총연맹의 6백만 명의 회원들은 확실히 그들이 에바의 생전에 했던 만큼 사후에도 에바를 위해 용감한 자들이었다. 채 끝도 나기 전에 그들의 지도자들은 8월 22일을 휴업의 날로 선언했고, 노동 총연맹 회원들은 모든 지방이나 지역의 수도에 복사물을 가지고, 그 도시의 중앙에 에비타의 동상을 세우기 위해 그날의 임금을 포기하겠다고 선언하기조차 했다(대부분의 페로니스트의 계획과 마찬가지로 약 125만 달러의 돈을 모았으나 기념비는 세워지지 않았다).

그녀가 권력을 잡고 있을 때에 노동 총연맹의 비서관이었던, 옛날 에바가 살던 아파트 빌딩의 음란하고 뚱뚱한 문지기인 호세 에스페호가 그녀에게 존경을 표하는 첫사람이 되는 영광을 누렸다. 에바의 과찬이라는 썩은 고기를 잘 물어 올리던 욕심쟁이 에스페호는 그녀가 죽었다는 발표를 들은 후, 정확히 4분 뒤에,

"그녀의 찬란한 삶은 온 세상의 표본이다."
라고 하면서 그녀는,
"아메리카의 성 에바(Saint Eva)라고 칭해져야 한다."
고 방송을 하였다.

그들의 혁신적인 노동 휴업에 대해 이미 알고 있었던 노동 총연맹 회원들은 그녀가 죽은 후, 애도를 하기 위해 이틀 동안을, 그리고 그녀의 장례식을 위해 이틀 이상을 요구했다. 그 기간에는 어떠한 차와 기차도 다닐 수 없었고, 음식을 팔지도 못했으며, 짐도 싣지 못했고, 고기 냉동도 하지 않았다. 모든 남자들은 검은 넥타이와 팔에 검은 상장(喪章)을 두르고, 모든 여자는 검은 옷을 입을 것을 명령했다.

행동의 일치를 확인하기 위해, 특별 조사 감독관들이 그들에게 할당된 지역의 애도 상황을 감시하기 위해 편성되었다. 비동조자들은 학대를 받거나 얻어맞았다. 최소한 검은 테를 두른 그림이 진열되지 않은 가게들은 유리창이 깨어지거나 또는 방화를 당했다.

이미 페로니스트들에 의해 장악된 신문과 라디오는 특별 회고 기사와 특별 회고 방송을 열심히 내고 있었다. '에비타 페론' 혹은 '국가의 정신적인 지주'란 말이 포함되지 않은 문장을 보거나 읽는 것도 거의 불가능했다. 국가의 모든 방송들은 방송을 하기로 되었던 공식적인 정부 뉴스 시작 시간을 8시 30분에서 8시 25분으로 앞당겼으며,

"이 시각이 에바 페론께서 불멸로 들어간 순간입니다."
라는 말이 흘러나왔고, 그 방송은 거의 3년 동안이나 아르헨티나 사람들의 생활에서 매일같이 계속되었다.

모든 것 중에 가장 괴상한 것은 조그만 불빛으로부터 새로운 소유자들 치하의 페론주의의 넝마로 타락한 라 프렌사였다. 표제의 이니셜 아래 첫장의 사설에서 그 신문은 하늘조차 에바에게 경의를 표하기 위해 그들의 모습을 변화시켰다고 보도했다.

그녀가 불멸의 세계로 들어갈 때인 8시 25분 조금 후에 페론주의자들 모임의 큰 단체는 코리엔테스(Corrientes) 거리(에바가 젊었을 때 많은 밤을 서성거렸던 극장가)에서 은빛 원반의 달에 있는 세뇨라의 모습을 보았다.

정부 선전의 수뇌인 라울 아폴드(Raúl Apold)는 바쁜 사람이었다. 그의 임무는 모든 신문과 라디오뿐만 아니라 모든 극장가에서 의무적으로 요금을 치러야 하는 에바에 대한 모든 일련의 영화를 상영하는 것이었다. 그리고 '아르헨티나의 심장은 멈추었다'라는 제목의 반 시간 짜리인 테크닉컬러의 괴이한 영화가 첫번째로 20세기 폭스사에 의해 하청 계약이 맺어지게 되었다.

'영원 불멸의 에바 페론'과 '잊혀질 수 없는 시간들'이라는, 다른 것들은 애도 의식이 진행됨에 따라 뒤따라 전개되었다.

싸늘한 비가 내리는 바로 첫 일요일 아침부터 노동부와 사회 복지부에서 많은 영화가 상영되었다. 20구역까지 길게, 그리고 넉 줄로 나란히 선 군중들은 수정으로 된 상자 속에 넣은 아라 박사의 작품을 20초간 보기 위해 기다렸다. 근로자들과 그의 아내들, 팔에 안긴 아이들, 노인들과 병사들도 있었다. 그들은 꽃들이 쌓여 있고, 촛불이 빛나고 있는 방에 입장하기 전 15시간 동안을 꾸준히 행렬을 따라 움직여야 했다.

관 앞에서 많은 사람들이 청동 관에 키스를 하기 위해 경호원을 헤치거나 또는 수정 덮개를 손으로 만졌다. 백두 살의 할머니가 경의를 표하고 난 뒤,

"이전엔 나는 결코 진실한 아픔을 알지 못했다."

라고 말했다. 에바가 살았을 때, 존경하며 보살펴 주었던, 에바 페론이 설립한 병원에 근무하는 제복을 입은 많은 간호사들이 뛰쳐나오려는 사람들을 살피기 위해 옆에 서 있었다. 첫번 주의 마지막 날에 조사한 바에 의하면 16명이 짓눌림과 홍분으로 죽었으며, 3천9백 명이 치료를 받았다. 죽은 자 중 한 사람에 전 수상인 후안 에스테반 바카(Juan Eesteban Vacca) 장군이 있었다.

관 주위에는 보고 보이기 위해 나온 고관들, 즉 구(舊)독재층을 증오하여 에바가 그 대신 만들어 낸 신독재층이 특별 입구로 드나들며 밤낮으로 들끓었다. 처음에는 후안 페론이 자주 그곳에 있었다. 그러나, 며칠 후에는 벗었던 귀족 옷을 입었고 그는 잘 나타나지도 않았다.

부에노스아이레스 그 자체는 빈자(貧者)의 거대한 야영지였다. 그들은 공원에서 잠잤고, 정부에 의해 부양되었으며, 라울 아폴드에 의해 작동되는 확성기로부터 자유로이 대접을 받았다. 애도자의 행렬을 따라서 24개의 야외 부엌들이 그들에게 샌드위치와 오렌지와 커피를 나누어 주고 있었다. 차가운 비와 겨울의 건조함에도 국민들은 방방곡곡으로부터 계속 몰려들었다.

15일간의 전시가 끝나기 전, 정부는 3백만 명의 애도자들이 에바의 관을 지나갔다고 발표했다. 미국의 공식 발표는 그 수효가 70만 명이었다고 한다. 그들의 숫자는 1926년 루돌프 발렌티노의 장례식에 참석했던 5만 명과 비교될 것이었다. 실제로 15일 동안의 숫자는 아마 외국 신문의 추정치보다 훨씬 낮을지도 모른다. 넉 줄의 행렬이 20초간을 본다면 한 시간에 약 천 명이 볼 수 있고, 15일 동안에는 36만 명

밖에 보지 못한다(아르헨티나 신문은 곱셈 계산에서 지나친 점을 자아 냈다. 타임지에 보고된 바를 보면 에비타가 있는 건물의 바깥 길에 2 백만 달러 상당의 8,340개의 장례화가 쌓여 있었다. 그렇다면 화환 한 개당 250달러이고 그것은 페론 치하의 아르헨티나에서는 매우 비싼 것 이다).

사람들이 관을 지나 옮겨가고 있을 동안, 자신의 축적되는 재산들이 그 체제에 도움을 받은 페론주의 기회주의자들은 고인에게 과대한 공물을 바치는 데 경쟁하고 있었다. 생전에 에바를 위해 열심히 일을 했던 공공 기관들은 그녀가 죽은 후에 초과 근무까지 하였다.

교육부는 에바를 추모하는 전국적인 시와 수필 경연 대회를 개최하였고, 작문 속에서 구체화된 표현 중에 에바는 병사들, 문둥이, 폐병환자들에게 키스했기 때문에 병이 들었다는 것도 있었다. 후에 에바의 지루하게 대작(代作)된 자서전인,《나의 삶의 의미》는 그 나라의 5학년 내지 6학년 학생 모두에게 스페인 작문 시간 과정에서 읽도록 요청되었다. 6학년에서 교체된 책은《돈 키호테》였다.

공중 보건부 장관인 라몬 카릴로(Ramon Carrillo)는 현명한 생각을 하였다. 그는 정확한 에바의 무게인 220파운드의 양초 5피트 길이와 5인치 두께를 만들라고 명령했다. 그 촛불은 카릴로의 보건부에 설치되었고 에바가 죽은 7월 26일을 추모하기 위해 매달 26일에 1시간 동안 불을 켰다. 카릴로는 촛불이 최소한 백 년 동안 지속될 것이라고 말했다.

부에노스아이레스의 지방 의회는 30만 명의 도시인 라 플라타(La Plata) 수도의 이름을 에바 페론으로 변경할 것에 대해 투표를 하였다. 이러한 열광이 끝나기도 전에 같은 이름의 수많은 병원, 학교, 도로, 호수, 강, 입체 교차로, 기차, 배, 비행기, 거리, 산, 그리고 소혹성들이 있었다. 두 공장이 설립되었는데, 이 공장의 유일한 사업은 에바의 상반신을 만드는 것이었다. 거기서 나온 이익금은 페론의 주머니 속으로 들어갔다.
 부에노스아이레스 지역의 시장이며 아르헨티나의 챔피언급 고문자(拷問者)인 카를로스 알로에(Carlos Aloé)는 에바에게 경의를 표하기 위해 철저한 경찰 국가의 양상으로 변모시켰다. 그는 검은 넥타이를 매지 않겠다는 한 고용인을 파면한 뒤 그를 마구 구타했다. 한 젊은이는 부에노스아이레스 시가 전차에서 웃었다고 체포되어 '불경'이란 죄목으로 3년 동안 감옥에 갇혔다.
 "이와 같은 태도는 반사회적이다."
라고 알로에는 말했다. 그 말은 에바가 3년 전에 반페로니스트들에 대해 발표한 성명서에 들어 있는 구절이다.
 8월 1일에 충성스런 식품 노조원들이 교묘한 재주를 보여주었다. 그들은 교황 비오 12세에게 에바를 성인(聖人)으로 만들 과정을 시작하도록 요구하는 전문을 보냈다.
 "16만 명 회원의 이름으로, 우리는 당신의 성스러움이 에바 페론의 미화와 성녀화를 시작해 주실 것을 간청합니다."
 한 신문에서는, 조그만 소녀의,
 "에비타는 성녀였어요. 나는 그녀가 나의 어머니를 치유했기 때문에 알아요."
라는 말을 인용하기도 했다. 다른 신문들도 덧붙여서,
 "많은 병자가 지금 회복되고 있다. 슬펐던 많은 사람들이 그녀 때문에 행복하다."
라고 말했다.
 바티칸에서는 대변인을 통하여 적당한 대답을 곧 발표하기 위해 숙고할 필요가 없었다.
 "세뇨라 데 페론의 경우에는 시민적 덕행들이 명확한 방법으로 실행되었던 반면에 어떠한 것도 그녀의 종교적인 덕행들에 관하여는 알지 못한다. 우선 그러한 문제들에 있어서 교회에 의해 요청된 영웅주의적인 것이 있는 것처럼 보이지 않는다."

정부의 상부에서는 아르헨티나가 에바 곁에 달라붙은 칠성장어들의 국가가 되어가는 것처럼 보였다. 아폴드는 지금부터 그녀 또는 그녀의, 라는 대명사가 에바에 대한 것일 때, 마치 신에게 대하는 것처럼 대문자화(大文字化)하도록 명령을 내렸다. 한 대회에서 아첨꾼 로렌소 가르시아(Lorenzo García)는 군중들에게 새로운 기도문을 소개하였다.

"하늘에 계신 우리 어머니……."

에바의 파리제 신발에 키스를 하려고 서로 경쟁하던 친구들이 '에바 페론 친구 모임(Friends of Association)'을 구성했다.

"제자가 없는 그리스도는 어떠했을 것인가?"
라고 모임의 창설자가 물었다.

그 제자들의 생각에서 가장 중요한 것이 1천만 달러나 되는 에바 페론 기금이었다는 것은 너무나 명백하다. 페론이 그 기금은 자기의 것이라고 명백히 밝혔을 때, 에바 페론 친구 모임은 단 한 번의 모임조차 없이 해산돼 버렸다.

모든 소동과 노예화가 그의 주위에서 계속되는 동안 아라 박사는 그 자신의 문제들이 약간 있었다. 비록 그가 에바의 관은 일반 공개 15일 동안 열어지면 안 된다는 엄격한 지시를 내렸지만, 저항하는 열광적인 페로니스트들에게 기회는 매우 충분했다.

문제는 너무 긴장한 애도자들이 관의 수정 덮개를 훼손하거나 긁고 있는 동안, 기온의 차이로 인하여 그것이 흐려진 점이었다. 관 주위를 끊임없이 천천히 걷던 관리들이 아라 박사의 자문도 받지 않고 세 번이나 유리를 닦기 위해 관을 열라고 명령했다. 그들은 온도를 동일하게 하려고 선풍기를 설치하는 부질없는 짓까지 했다.

후안 페론은 페론주의의 방패 모양으로 만들어진 비싼 돌 브로치를 그의 아내의 가슴에 꽂으려고, 열렸을 때를 한 번 이용하였다. 대통령의 추종자들이 행진할 때 드는 깃발을 다시 만들기 위해 루비, 사파이어, 그리고 다른 값비싼 보석에 금테를 씌운 것이었다. 오랜 후에 그 브로치는 거의 시체나 마찬가지로 아라 박사의 소유물이 되었다.

유해가 당당히 누워 있는 동안, 아라 박사의 관심은 의학적인 만큼 독점적이 되어갔으므로 그 강요는 그를 격분시켰다. 그 사건 8년 후에 쓴 그의 자서전들은 아직 여전히 그의 분노를 담고 있었고, 뿐만 아니라, 페론 가족들이 그들 주변에 끌어들였던 사람들에 대해 상세한 묘사를 했다.

'아첨꾼이란 다 똑같듯이, 기회주의자들은 알지 못한다. 또는 물어 보겠다고, 또는 '우리 저 문제를 연구하자'라는 말은 결코 하지 않는다.'라고 썼다. 그들은 먼저 행동을 취하기 위해서 서로 찌르고 밀치고 나감으로 해서 마치 최초로 나타낸 데 대한 칭송을 받으려고 했다. 괴테는 무식한 자들이 가장 손해를 끼치기 때문에 신께서는 이 세상에서 저들로부터 우리를 보호하여 주신다고 말하곤 했다.

8월 6일, 아르헨티나가 애도에 깊이 빠져들어간 동안 아라 박사는 그 문제를 옳게 해결하기 위해 후안 페론과 약속을 했다. 의사는 만약 자기가 관에 접근하는 데 대한 최종 결정권을 갖지 않으면, 그는 작품의 지속성을 보증할 수 없다는 것과 그 주일에 관 속으로 공기가 침입하여 벌써 유지하기 어려운 부분들, 눈썹, 손가락, 입술이 수축되었다고 걱정스럽게 말하였다.

페론은 온건하며 동정적이었고, 관은 의사가 참석하지 않은 상황에서는 어떤 경우라도 절대로 열어서는 안 된다는 데 동의했다고 아라는 말하였다. 동시에 대통령 페론은 의사에게 에바의 마지막 휴식처에 대한 계획을 말했다. 그녀의 소원에 따라 육체는 그녀의 무덤이 완성될 때까지 노동 총연맹의 본부에 안치되었다. 그곳에 아라 박사는 실험실을 차렸고, 그의 작업을 내밀히 완성할 수 있었다. 페론은 묘를 만드는 데 1년이 걸린다고 말했다. 사실상 페론 휘하에서는 으레 계획들을 세우는 데 1년이 걸릴 것이고, 기초를 놓는 데는 3년이 걸릴 것이었다.

스페인의 최고 전통에 따라 법률을 존중하는 마음을 가진 아라 박사는 그의 작업을 위해 계약을 서명하도록 고집했다. 의사이며, 에바와 그녀의 오빠에게 아첨함으로써 하원 의장 자리에까지 재주껏 진출했으며, 후안 페론의 허수아비로서 후에 대통령이 된 헥토르 캄포라는 대변자로서 행동하였다.

캄포라는 아라에게 금액을 물었다. 아라는 미국 돈으로 10만 달러라고 말했다(아르헨티나의 페소는 그 당시에 페로니스트들이 돈이 부족할 때마다 수십억의 페소를 찍어 낸 이래로 전혀 가치가 없었다).

아라는 단순하고 돈에 탐욕하지 않는 사람이라는 점을 사람들에게 보일 기회를 결코 놓치지 않는 사람으로, 캄포라가 돈이 너무 적어 놀라워했다고 말하고 있다. 며칠 후 하원 의장은 미라 제작자에게 미국 돈으로 2만 5천 달러 꾸러미를 주었다. 그것이 페로니스트들이 일을 하던 방식이었다.

장래 계획들의 형식화는 부에노스아이레스 주위에서 소용돌이쳐 왔던 풍문들을 잠재우게 되었다. 더욱더 열광적인 몇 명의 페로니스트들이 에바의 유해를 특별기편으로 아르헨티나 전역을 여행시키려는 계획을 세웠으나, 에바의 어머니는 자기 딸의 유해가 순회하는 구경거리같이 된다는 느낌을 싫어했기 때문에 반대했다.

대통령 부인의 정신적인 조언자들은 에바가 프란시스코 수녀회에 일등급으로서 동생을 두게 한 것 때문에 성 프란시스코의 바실리카(Basilica) 무덤을 제안했었다. 그러한 생각은 페론이 후원을 받는 노동총연맹의 활동가들에 의해 배제되었는데 페론은 에바가 교회에 인도된다면 근로자들이 떨어져 나갈 것을 두려워하였다.

한편 에바에 대한 공물(貢物)들이 전 세계로부터 쏟아져 들어왔고, 그것은 낱낱이 그리스계의 농민 연맹에서 온 조사(弔詞)의 것에서부터 부에노스아이레스 학교의 안과 협회에서 온 조사까지, 페론주의 통치 하에 있는 신문에 모두 충실하게 보도되었다. 적절하게 우울한 표정을 띤 페론은 그의 공적 정력을 다음달에는 각 조문(弔文)에 대한 답장을 쓰는 데 소요하는 한편, 그의 개인적인 정력, 훨씬 지속적인 것은 10대 소녀들에게 몰두하였다.

트루먼(Truman) 대통령이 보낸 전보는 다음과 같았다.

'부디 귀하가 사별을 당한 비극적인 시기를 맞아 우리 부처의 연민을 받아 주시기 바랍니다.'

미국과의 관계는 아직 긴장이 흘렀고, 트루먼의 조문에는 애도가 넘쳐흐르진 않았다.

영국의 엘리자베스 2세는 그녀의 아버지가 죽은 2월에 왕좌에 올랐는데, 그녀는 트루먼 부처보다는 훨씬 융통성이 있었다.

'나는 귀하와 아르헨티나 국민이 귀하의 찬란하고 헌신적인 부인의 이른 죽음을 당하여 나와 나의 국민들의 깊은 조의를 귀하께 전합니다.'

이것은 영국이 제국주의 강대국으로서 그 위치를 물러가게 될 때였으며, 가능한 한 많은 나라들의 우호적인 편에 머물러 있기를 원했던 때였다. 비록 에바가 1947년 버킹엄 궁전에 머물 만큼 찬란하지는 못했었지만, 1952년에는 영국에서 충분히 그 빛을 찬란히 빛내고 있었다.

그리고, 아르헨티나에서는 아직도 애도가 계속되고 있었고, 주변 도시인 코르도바에서는 에바를 상징하는 특정한 날이면 성당에서 두 번의 추모 모임을, 도시 중앙을 통해서는 군대 행진을, 대학에서는 추모의 봉사를, 그리고 수많은 밤에 계속된 횃불 행진이 있었다. 산티아고 데 레스테로(Santiago de Lestero)시에서는 모든 남녀들이 상징적인 밤샘을 통하여 하룻밤을 애도했다.

관리들은 에바의 새로운 마지막 소원을 계속 찾고 있었다. 어떤 사람은 에바 페론 재단에 관심을 갖고 있었다. 발표에 따르면, 에바는 자신의 임종 때에 가난한 사람들이 그녀에게 계속해서 편지를 쓸 것이고 재단에서는 편지의 주인을 계속 도와 주어야 한다고 말했다는 것이다. 그 편지들은 에바의 이름으로 답장이 보내질 것이고, 그리고 정부는 편지 왕래를 위해 특별 우체통을 설치하기로 했다(그러나 그렇게 많은 우체통은 결코 만들어지지 않았다).

세월은 눈물의 강처럼 흘러갔다. 매일 노동부와 사회 복지부 밖에서 군중들은 에바를 마지막으로 보기 위해 우울한 날씨에도 불구하고 행렬을 지어 조금씩조금씩 옮겨 갔다. 명예스런 군대 경호원들은 흰 제복을 입고 푸른 모자를 쓰고 안절부절못하면서 돌아다녔다.

많은 사람들을 수용하기 위하여 설치된 군대 무료 식당은 길가의 행상인들에 의해 그들의 상품, 부적들과 군것질거리들, 구운 고기를 꿴 꼬치, 성인의 의상을 입은 에바의 헌신적인 초상화, 추모 소책자들을 보조받았다.

8월 9일 토요일이었다. 콜론 오페라의 거대한 오케스트라가 노동부에서 미사 모임을 위하여 연주를 했고, 비굴한 페로니스트 관리들은 다시 모였다. 그리고 에바의 관은 표면적으로 끊임없는 공식적 장례의 마지막 날을 위해 국회 건물인 바로크풍의 궁전으로 운구되었다.

일요일 오후까지 하루 동안 에바 페론의 육체는 의회에 당당히 누워 있었다. 그녀는 6년 전에 짙은 향수 냄새를 풍기며 그곳에 도착하였고, 가는 곳마다 경멸과 퉁명스런 명령을 뿌려 냈던 것이다. 에바가 모든 다른 사람보다 더 잘 이해했던 굴욕의 계속적이고 점진적인 과정에 의해 의회는 난폭한 횡령가의 집단으로 그 모양이 깎여지고 말았다. 그들은 에바의 유해를 그녀가 그들에게 가르쳐 준 태도대로 무릎을 꿇고 받아들였다.

마지막 모임은 국가적으로 화려한 행사였다. 페론과 검은 옷을 입은 에바의 어머니와 자매들은 앞에 있었다. 그들 뒤에는 정장을 한 군부 지도자들, 로마 카톨릭의 교권주의자, 애도하는 의원 각료들, 침울한 검정옷을 입은 노동 연맹 지도자들, 경의를 표하러 온 외교 사절들이 있었다. 베니테스 신부가 2주일간을 계속 연습함으로써 익숙해진 이별 곡을 라틴어로 불렀다.

국가 전역을 통해 고문과 체포와 살인으로 정치 질서를 잡은 난폭한 내무부 장관 안헬 가브리엘 보를렝기(Angel Gabriel Borlenghi)가 마지막 장례 연설을 전달하는 데 적절히 선택되었다. 보를렝기는,

"세뇨라 페론은 정의주의자적인 순결의 화음이다."

라고 말했다. 또,

"성자를 보호하면서, 어린이들에게 좋은 천사요, 비천한 자들에게는 안식처이며, 노동의 순교자."

라고 덧붙였다(그것은 수천 명의 희생자에게는 결코 편안하지 않았다. 보를렝기는 1962년 6월에 로마에서 무일푼으로 애도해 주는 사람 없이 죽어 갔다).

연설이 끝났을 때, 마지막 행진을 위해 바깥에 무리가 형성되었다. 에바 페론의 관은 1860년의 파라과이에 대항하여 싸운 아르헨티나의 마지막 전쟁으로부터 남겨진 포차 위에 놓여졌다. 흰 실크로 만든 셔츠만 입은 50명의 근로자 페론주의 데스카미사도스들은 포차에 부착된 흰 실크 줄을 잡았다. 포차는 입구가 경찰에 의해 조심스럽게 통제된 텅빈 광장으로 미끄러져 들어갔다.

광장 앞에는 경찰, 국립 군부 아카데미 악대가 있었고, 그리고 장군 호세 몰리나(José Molina)가 그의 3군(三軍)과 함께 있었다. 양쪽에는 에바 페론 재단의 간호사들이 행렬을 지어 늘어서 있었다. 외교 사절

들과 각료들의 수행을 받으며 후안 페론과 그의 가족들이 뒤를 따랐다. 광장은 군대의 일사불란한 12개의 무기를 나르는 사람들로 꽉 차 있었다. 하얀 치마를 입은 몇 안 되는 형식상 참여한 여인과 남자의 무리들에 이끌리어 에바의 시신은 중앙에서 홀로 실려 갔다.

길 양쪽은 수만 명의 군중들이 밀집한 상태에서 메워진 가운데 시가 중심의 공원과 정부 건물을 통하는 모든 길이 무리들의 통로였다. 발코니의 사람들은 행렬이 지나갈 때 꽃을 아래로 던졌다. 절을 하거나 무릎을 꿇는 이들도 있었다.

장례식이 느린 장송곡에 맞춰 진행되는 동안 40대의 트럭이 국회에서 노동 총연맹 건물로 꽃들을 운반하고 있었다. 8층짜리 좁은 본부 건물에는 2층까지 양쪽 면으로 꽃들을 쌓아 놓았고 옥상에 이르기까지 모든 창문은 화환으로 장식되어졌으며 지붕의 모서리를 따라 거대한 슬로건이 붙어 있었다.

"불멸의 에비타' 페론은 일을 성취하고, 에비타는 명예를 가져다준다.'

수행원이 노동부에 도착했을 때, 21발의 예포가 울려 퍼졌고, 링컨 폭격기와 메테오르 전투기가 하늘을 진동했다. 물결치는 군중으로부터 비통한 합창이 울려 퍼지는 가운데 번쩍이는 관은 안으로 옮겨졌으며, 아라 박사의 소관(所管)으로 다시 관이 인계되었다. 대장들과 왕이 떠났으며, 군중들도 흩어졌고, 드디어 장례식은 끝났다.

비록 장례식은 끝났지만 페론은 문제들로 가득 찬 관저에 남겨졌다. 에바의 떠남은 공허감을 자아냈으며, 실제로 아무도 그 공허감을 메꿔 줄 순 없었다. 인플레이션이 일어난 경제는 페론의 우유부단과 부패에 의해 회복될 기미가 전혀 보이지 않았다.

기술적이고 행정적인 균형을 회복할 수 있는 사람들은 아르헨티나로부터 멀리 떠나갔고, 어디든 온전한 곳에 있으면 아무리 비천한 위치라 할지라도 행복했다.

1951년 9월에 쿠데타가 실패된 후, 모질게 숙청을 했지만 군부는 계속 술렁거렸다. 수준 높은 생활에 대한 약속만은 단지 수뇌부의 명령체계에서 페론의 지지를 유지시키는 것이었다. 에바가 살아 있을 때 페론은 증가되어가는 군대의 보수주의적인 측면과 그의 부인의 급진적인 근로자 연합 사이의 중재자 역할을 할 수 있었다. 에바의 죽음과 더불어 노동자들은 페론 혹은 아무것도 아닌 두 상태 중의 하나를 선택했으며, 그는 더 이상 그런 체를 할 수가 없었다.

페론에게는 거의 에바에 의해 이루어진 부하들에 관한 문제가 있었다. 그의 여동생의 비호 아래, 후안 두아르테는 남아메리카에서 부유한 독신자가 되었다. 헥토르 캄포라를 위시하여 현 정부의 조정자인 그의 친구들도 그에 뒤지지 않았다.

내각의 그 누구도 곧바로 금, 달러, 혹은 보석을 자기 주머니에 집어넣는 일을 제외하고는 경제라든지, 가난한 사람, 외교 문제, 소맥 가격, 산업 따위에는 전혀 관심이 없는 도둑일 뿐이었다. 그들에게 있어서 어떠한 정부 정책도 만일 그들의 증가하는 스위스 은행 구좌에 보탬이 된다면 좋은 것이었다.

페론은 동양의 번드르르한 회교 군주가 풍기는 것 이상을 가졌으며, 만일 그의 하수인들이 도둑질을 계속할 경우 정부가 유지될 수 없다는 것을 충분히 알고 있었다. 그에게는 아무것도 남지 않게 될 것이었다. 페론에게는, 만일 그것이 다음날에 그의 사치스런 생활을 보장해 주기만 하면 아무리 잔인해도 그리 지나친 게 아니었다. 그는 스위스 은행에 있는 에바의 놀랄 만한 재산을 통제하기 위해서 캠페인을 시작했고, 동시에 자신을 정직한 사람으로 보이기 위해서 그의 정부에서 가장 부패한 각료들을 차례로 파면시키기 시작했다.

카톨릭 교회가 교회의 이익이 신성불가침적인 한, 어떤 통치자의 사악함이나 어떤 나쁜 정부라 할지라도 관대히 보아주는 것을 라틴 아메리카에서 또 다시 증명해 보였다. 교회는 에바의 간단한 믿음 때문에 계속 공감하고 있었다. 그러나 에바 없는 교회는 영매(靈媒)들, 무당들, 다른 비전도사들에게 그의 모든 믿음을 두었던 대통령으로서의 페론을 인식하게 되었다. 그것은 벌써 성가신 고려였다. 그것이 증명됨에 따라 페론은 몰락하기 시작했다.

그때에 미국이 있었다. 북쪽에 있는 이 거대한 국가는 결코 페론에 대해 동정을 보이지 않았다. 그리고 아르헨티나에서 일어나는 빈번한 반미 폭동들은 최악의 의심을 확인시키는 데 기여할 따름이었다.

그 당시의 미국 경찰은 마르크스주의와 민족주의, 그리고 집단 농장과 스탈린 군대 사이의 차이를 구별하지 못하는 반공산주의의 흥분의 정점에 달해 있었다. 그러한 점에서 미국은 도덕성과 이성을 배격하면서 그 자신의 이익들을 추구하는 카톨릭 교회와 비슷한 점이 많았다.

페론은 미국인들의 혐오에 대해 대답을 갖고 있다고 생각했다. 데스 카미사도스에게는 에바의 급진적인 표어를 확언하는 반면, 그는 워싱턴에 있는 아르헨티나 대사관으로 하여금 미 국무성에 체제를 변화시키겠다는 자신의 뜻을 전하도록 시켰다.

에바는 아직 노동부에 있는 그녀의 관 속에 있었다. 그리고, 아르헨티나의 외교관들은 현재의 모든 긴장이 에바의 시간을 오래 끈 죽음의 결과였다고 미 국무성에 말했다.

역사에 대한 페론의 재편집 과정에서, 그는 그의 아내의 다가오는 죽음을 알았으므로 그녀의 변덕을 충족시켜 주기 위해 그가 할 수 있는 모든 것을 했던 것이며, 이제 에바는 죽었고, 그는 에바의 비호 아래 그의 행정부 내에서 살살 비위를 맞추었던 극단적인 요소들을 제거하기 시작하겠다고 미국인들에게 말했다.

그러한 사실은 미국인의 영향력 아래 점차 커지고 있는 아르헨티나 군부를 추방하는 것도 역시 포함하고 있었다. 그 나라의 경제 회복의 유일한 희망은, 미국의 원조였으며 미국만이 갈망하던 군수품들의 터전이었다. 군부와 무장 노동자들 사이의 내란(內亂)을 보았던 아르헨티나의 군대들은 미국 군대의 중요성을 인식했다.

페론의 세력 균형을 위한 행동에서 점차 지정학적 고려가 있었다. 몇 년 동안 미국의 주시 아래 브라질과 아르헨티나는 남미에서의 주도권을 놓고 경쟁하고 있었다. 아르헨티나는 매우 작을지라도 그들의 경제적이고 문화적인 발전의 진보된 단계로 인하여 경쟁을 이끌어 왔다. 그러나, 브라질은 제2차 세계 대전중에 강력한 반주축국이었다.

반면에 아르헨티나는 중립적이었고, 페로니즘은 아르헨티나의 경제적이고 기술적인 잠재력을 완전히 말살시켰다. 미국의 입장에서 볼때, 브라질은 다루기 쉬운 정부였으나 아르헨티나는 급진적이고 무너질 것만 같았다. 아르헨티나 군부의 긍지에 넘치는 민족주의에 비하면 브라질의 우월성이란 그것 때문에 파탄을 초래할 만한 최후의 사소한 것에 불과했다.

에바의 유해가 노동 총연맹 본부에 있는 아라 박사의 실험실로 옮겨졌을 때, 아르헨티나에는 몇 가지 명백한 사실들이 있었다. 비록 다른 사람들이 그녀의 이름으로 악을 계속 저지를지라도 에바 페론은 두 번 다시 나라에 해를 끼치지 않을 것이었다.

전국을 그녀의 목욕탕처럼 취급했던 에바의 악의에 찬 방법들이 사라졌다. 남은 것은 단지 가난한 사람들과 비천한 자들의 존경을 받는 그들의 친구 에비타뿐이었다.

더욱이 페로니즘의 교묘한 세력 균형책은 파괴되었다. 에바는 남편 뒤에 국민을 몰아넣고 억압하던, 다이아몬드와 같이 견고하고 불같이 사나우며, 붕괴되기 쉬운 페론의 기반을 단단하게 유지시켜 주는 강인성을 지녔고, 이익에 대한 경쟁에서는 중심 인물이었던 것이다.

후안 페론은 그의 떨리는 손을 접시와 입, 소녀의 무릎과 넓적다리 사이에서 어찌할 바를 모르는 고령의 수다쟁이로 22년 이상을 더 견디었다. 그는 그에게 일어났던 일에 항상 의아해하면서 때때로 권력을 잡았고, 또 추방당하기도 하였다.

그는 다른 사람의 말을 경청하는 요령을 잃었기 때문에 그의 완전한 토론은 그 자신의 질문과 그 자신의 대답으로 이루어졌다. 그는 비록 아르헨티나의 대통령이었지만 그 마술적 시대의 재창조를 위해 또 다른 에바를 찾으려고 애쓰다가 극히 시시한 위기에 눈물로 해결한 한 여인을 대신 찾아냈다(에바 페론은 결코 울지 않았다).

그는 비록 거의 알 수 없었을지라도, 1952년 8월 10일에 운명이 다한 사람이었다.

아라 박사

> 나의 운명 중에 이상한 건 아무것도 없습니다. 더구나 우연의 덕분은 더욱 아닌 것입니다.
>
> 에바 페론

아라 박사는 다시 에바와 단둘이 남게 되었다. 아메리카 퍼스트 레이디의 유해가 당당하게 안치되어 있는 동안 작은 몸집의 의사는 계속 바빴다. 시신의 처리를 완전하게 하며, 관을 엷으로써 손상된 부위를 보수할 내년의 작업에 필요한 장소를 마련하느라고 바빴던 것이다.

관계 당국은 노동 총연맹 본부의 3층 일부를 그에게 내주었는데, 그것이 바로 에바의 뜻이었던바, 그녀의 무덤이 완성될 때까지 이곳에 머무르게 되었다. 아라 박사의 사무실과 비밀 경호원의 대기실, 그리고 커다란 방이 하나 있었는데, 이 방은 전에는 노동 총연맹의 강의실이었고, 지금은 아라 박사의 실험실이 돼 버렸다.

1952년 8월 10일 시신이 도착하기 전 그는,

"나의 미적 작업으로 인한 수천 가지 잡다한 일 때문에 바빴다."
고 했다. 냉장고, 에어 컨디셔너, 침수 탱크 조달, 전화 연결, 준수해야
될 의정서(議定書) 등이 있었다. 그는 자신의 작품과 에바가 살아 있을
때의 전생의 모습을 비교할 수 있도록 여러 가지 형태의 에바의 컬러
사진을 수집해 놓았다.

그는 비밀 요원들을 위한 작은 도서실까지 마련해 놓았는데, '그들의
지성과 교육에 적합한 서적과 잡지'였다. 이 장서 중 중심이 되는 것은
박사가 좋아하는 책, 《나는 자유를 택했다》라는 것으로 러시아 탈출자
인 빅토르 크라브첸코(Victor Kravchenko)가 쓴 것이었다.

"우리가 모든 것을 끝맺게 되었을 때, 이 책은 완전히 너덜너덜해
졌다."
라고 아라 박사는 말했다.

선임 상사인 페드로 마테스(Pedro Mattes)는 에바의 수석 경호원으
로 평생 동안 그녀를 안 따라다닌 곳이 없는 사람인데, 12명의 연방
경찰로 구성된 비밀 요원의 우두머리가 되었다. 그들은 또한 아라 박
사를 경호하기도 했는데, 그는 날마다 언론인들이나, 희귀한 얘깃거리
를 찾는 이들이나, 에바의 기념물을 구하는 이들, 즉 그 물건이 아무리
작더라도 진짜배기를 얻고자 하는 이런 사람들로부터 몰리곤 했다.

"내 자신이 진짜 수감자였다."
라고 박사는 말했다.

일반인을 위한 출구가 하나뿐인데다가 비밀의 방문객이나 급한 용
무를 위한 뒷문이 달려 있었기 때문에 실험실과 사무실이 선택되었다.
비밀 보장이 철저했으므로 노동 총연맹 위원장인 호세 에스페호는 하
원 의장인 헥토르 캄포라의 입장도 사절한 적이 있었다. 열성적인 이
페론파 부하 사이의 뜻하지 않은 사건이 몇 달씩이나 아라 박사의 두
번째 봉급을 지연시키게 하였다.

썩기 마련인 육신의 모든 부패 요소에 대해 내구력을 갖도록 방부 기술을 써서 에바 페론의 시체를 마치 밀랍 인형과 흡사하게 바꾸는 것이 그의 기술이라고 박사는 말했다. 그는 모든 걸 마치고 나서 '그녀에게 입힌 의상 이외의 다른 조치를 취할 필요가 전혀 없이' 시신을 옥외에 전시해도 좋을 정도라고 말했다.

시체 방부 조처를 하는 사람이 두려워할 것은 불뿐이었다.

"화제가 날 경우에 그녀는 마치 횃불처럼 하늘로 타오를 것이다."

아라 박사는 무뚝뚝하게 말했다. 그는 늘 불이 날까봐 초조해했다. 그리고 자신의 독창적인 예방 조치에 대해 회상록의 여러 페이지를 할여(割與)하기도 했다. 그의 사무실이나 실험실에는 도처에 소화기가 있었으며, 부에노스아이레스 소방서의 상주 소방대원이 언제나 대기하고 있었다.

아라 박사는 너무나 화재를 걱정한 나머지, 노동 총연맹 본부 밖의 광장에서 에바를 위한 거대한 횃불 행진이 있었을 때는 지독한 악몽에 시달리기도 했다. 건물 주위에 에바에 대한 조의를 표하는 말라 버린 화환에 불꽃이 차례로 점화되는 꿈이었다. 그의 회상록은 '장군들과 장교, 사병, 그리고 아르헨티나 연방 경찰 대원, 소방서, 그리고 우리의 일을 위해 힘이 되어 준 사람들, 비밀과 안정을 지켜 준 모든 사람들'에게 헌정되었다.

이리하여 아라 박사는 새로운 일과 속에 빠지게 되었다. 매일 아침 교외에 있는 자기 집에서 캐딜락을 타고 노동 본부에 있는 실험실로 출근하곤 했다. 거기서 에바의 사진을 비교하는 일을 하거나 차갑게 얼어붙은 아름다움을 손상시키게 될지도 모를 공기 중의 먼지나, 또는 이따금 생기는 벌레에 대항해서 눈에 보이지 않는 끊임없는 전투를 계속하는 일이었다.

노동 총연맹 본부의 1층에는 꽃이나 기도를 드리러 오는 대중들을 위해 에바의 동상이 있는 일종의 제단(祭壇)이 세워졌다.

아라 박사가 3층으로 안내하도록 허락하는 유일한 조객은 에바의 어머니와 자매들뿐이었다. 그들은 매주일마다 언제나 찾아와 그의 실험실의 닫힌 문 밖에서 꿇어앉아 울곤 했었다. 그들은 항상 울었다.

그것은 참으로 고독한 작업이었다. 3층에 올라오는 사람은 누구를 막론하고 기관의 증명과 검인을 받은 통행증을 갖지 않고는 출입할 수가 없었다. 에바가 누워 있는 실험실의 하나밖에 없는 문 열쇠는 박사가 갖고 있었다. 그가 후안 페론에게 여벌을 하나 주겠다고 하였으나 페론이 거절했노라고 말했다.

제일 자주 오는 방문객은 라울 멘데 박사로 에바의 총애를 받던 심장 학자였다. 그는 서거한 퍼스트 레이디를 칭송하는 데 몇 시간이라도 떠들어댈 수 있는 구역질나는 인물이었다. 그는 육군 참모 학교와 정치적으로 동등한 페론주의 대학원 원장이었고, 또한 아라 박사와 새로 발족된 에바 페론 기념 위원회를 연결짓는 역할도 했다.

멘데는 광범위하게 에바의 사진이나 연설문을 수집해 놓고는 서재에서 몇 시간씩이나 이 연설문을 통해 그의 스승인 에바의 정치적인 전기를 연구하는 데 소일했다. 그러나 가엾게도 그는 죽기 전 한마디도 발표하지 못하였다.

아라 박사가 회상록에서 에바의 사후 몇 달 동안을 기록할 때 그의 산문에 무서운 일이 일어나고 있었다. 앞부분에서는 그녀를 '에바 페론' 또는 '부인'이라고 부르며 거리감을 두고 존경을 표했는데, 갑자기 이 시체를 '투(tu)'라고 부르고 있다.

이 말은 이 의사의 공식적인 스페인어로는 가족이나 가까운 친구, 또는 사랑하는 이들에게만 쓰던 표현이었다. 그는 아마도 이 시간과 지내는 끝없는 시간 속에서 친애나 충고 또는 질문까지도 던지는 습관에 빠져들게 된 것 같았다.

아라 박사는 당시 60세가 다 되었고, 자신을 겸손한 과학자로 내세우고 싶어하는 자만심이 강한 인물이었다. 자신은 비록 명예욕 같은 것에는 관심이 없노라고 했지만, 자신이 받은 훈장이나 임명장, 증명서 등의 정확한 날짜, 크기, 번호, 내용을 모두 기억하고 있는 인물이었다. 아라 박사가 죽은 후 그는 보존되지는 않았지만 1973년 7월, 아르헨티나로 가는 여행에서 그의 부인은 그를 '평생 정의와 명예와 진실에 경의를 표한 분'이라고 설명했다.

그는 스페인의 상류 계급의 안락한 환경에서 성장하여 독일에서 의학을 공부했고, 1930년대 초에 아르헨티나에서 병리학을 가르쳤다. 1934년에는 마드리드 대학교의 해부학 교수로 선임되었는데, 스페인 내란중에 지위와 재산 등 두 가지 모두를 잃게 되었다. 그는 파시스트 동조자였는데, 왕당파들이 마드리드를 지배했기 때문이었다. 아르헨티나로 돌아와 일류 의과 대학인 코르도바에서 교편을 잡으며, 시체 보존에 대한 그의 기술을 발전시켰다.

그는 말하기를, 처음에는 다른 사람들을 계발시키기 위해, 또는 공익을 위해 때때로 취미삼아 실험실에서 해본 것이라고 했다.

"나는 1938년 부에노스아이레스에서 있었던 국립 의학 학술회의의 한 연설에서 아직도 내가 전문적으로 방부의 일을 함으로써 한 푼도 돈벌이를 한 것이 없다고 단언할 수 있었다."
라고 그는 말하였다.

아라 박사는 자신의 일에 대해 그가 말할 때, 사람들이 왜 우습게 쳐다보는지 그 이유를 이해할 수 없었다. 노골적으로 말해서 그가 하는 일이란 인간의 육체를 살아 있는 듯한 모습으로 절이는 것밖에 안 되는 것이었다.

"나는 연구를 위해 동물이나 인간의 육체의 무긍성을 방부 처리했다. 내게 적잖게 경의를 표하기 위해 나를 예술가로 불러 준 사람들

앞에서 해부학 교수로서의 단순한 태도를 항상 지켜왔다. 나는 타오르는 열기 속에서 또는 영하의 추위 속에서 해부하고 또 해부하며 일해왔고 질투, 거짓말 그리고 다른 부정적인 인간의 특성의 공격에 개의치 않았던 것처럼 열이나 추위에 개의치 않게 되었다."

아라 박사가 최선을 다하여 불식하고자 했던 떠도는 소문이 한 가지 있었는데, 그것은 레닌을 방부 처리한 것이 바로 그라는 것이었다. 그가 말하는 바에 의하면 사실 그는 러시아에 가 본 적이 없다는 것이다. 이 이야기는 1929년에 시작된 것으로 그의 친구인 기자가 그에게 말하기를 레닌의 시체가 부패하고 있으며, 소련 관리들은 다시 복구시킬 기술이 있는 사람을 찾기 위해 필사적이라고 한 데서 출발했다.

아라 박사가 말하기를, 그가 그 일을 해낼 수 있겠다는 편지를 소련 교육부 장관인 아나톨리 루나차르스키(Anatoly Lunacharsky)에게 보냈다고 한다. 그것이 이 사건의 끝이었으며, 1929년의 겨울이 편안한 여행을 하기에는 너무나 추웠으므로 어쨌든 모스크바에는 가지 않았다고 그는 말하고 있다. 그럼에도 불구하고 아라 박사는 이후부터 항상 레닌을 방부 조처한 사람으로 여겨졌다.

"이런 소문은 아마도 공산주의 동조자에 의해 퍼진 것일 게다."
라고 박사는 말했다.

아라 박사는 거의 모든 기자들을 몹시 싫어했는데, 거짓으로 공포를 설명할 수 없는 인간에 대한 믿을 수 없는 거짓말을 퍼뜨리는 데 태반의 시간을 보내는 것같이 그들이 보였기 때문이었다.

노동 총연맹 건물의 3층에서 에바의 시신과 함께 일에 착수했을 때, 그는 에바의 유해에 무슨 일이 일어나고 있는지 정확하게 그 이야기를 해 달라고 협박, 약속, 뇌물 공세, 그리고 감언 이설에 몰리게 되었다고 말했다.

어떤 출판사는 완전히 조작된 이야기를 써서 그의 회상록이라 자칭

했는데, 러시아에서 그가 겪은 경험담도 함께 포함되어 있었다. 또 다른 곳에서는 그에게 발가벗은 에바의 시신을 찍은 사진을 주면 그 대가로 5만 달러를 주겠다는 약속도 했다.

소문은 여론이 부채질하는 가운데 전 세계로 퍼져 에바 페론의 유해에 대해 구구해졌다. 어떤 이들은 말하기를 그녀의 보석으로 잔뜩 채워져 있다고 했고, 또 어떤 이들은 진짜 시체는 파손되고 동상이 대체되었다고 했다. 그녀의 피부가 햇볕에 태운 가죽처럼 까맣게 변했다고 주장하는 일부의 견해도 있었다. 게다가 어떤 이들은 아라 박사가 시체를 3피트로 줄어들게 만들었다고 단언하기도 했다(이 마지막 소문은 인간의 뼈는 오그라들지 않는다는 사실에도 불구하고 놀랍도록 끈질기게 떠돌았다. 마드리드에 있는 타임지 통신원은 1974년에 보도하기를 에바의 관이 난쟁이 시체에 적합할 만큼 잘못된 내부 시설로 되어 있다고 했다).

아라 박사는 그의 계약대로 침묵을 지키며, 그의 회상록을 위한 정보를 계속 모으고 있었다. 그는 말하기를 자신의 일에 대해 부당하게 오해했던 모든 사람들에 대한 보수로서 이 책이 특별히 씌여졌다고 했다.

호세 루이스 이마스(José Luís Imaz)는 뛰어난 사회학자로 러시아, 스페인, 아르헨티나는 죽은 자에 대해 특별히 경의를 표하는 경향이 있는 나라라고 말했다.

"아르헨티나는 극소수의 다른 나라처럼 시체 애호증을 가진 나라이다."

라고 이마스는 말했다.

"중요한 일은 시체를 전시하는 것이 아니라, 시체의 소유주가 있고 거처가 있다는 것을 보여주는 일이다. 그것은 마치 예수가 못박힌 십자가의 파편을 갖는 일과 같다."

아라 박사는 스페인 태생인데다가 레닌의 시체와 연관된 가상으로 인해 아르헨티나인들의 정열을 위한 완전한 표본 인물이 되어 버렸다.

박사의 유일한 관심은 에바의 시체였다. 독특한 수정 뚜껑이 있는 관은 안전 유지를 위해 장의사에게 되돌려주었다. 에바가 당당하게 안치되었을 때 그녀의 몸을 덮었던 실크로 된 아르헨티나 깃발과 페론파 깃발, 그리고 보석으로 만든 페론파 브로치는 헥토르 캄포라가 맡았다.

멘데는 처음 몇 달 동안은 거의 매일 아라 박사의 실험실에서 살았다. 캄포라는 가끔 들렀다.

매주 어머니와 자매들이 상복을 입고 무릎을 꿇고 울었다.

후안 페론은 결코 나타나지 않았다. 그는 완전히 또 다른 여행길에 오른 것이다.

12세짜리 소녀

> 나는 모든 사람을 사랑한다.
>
> 후안 페론

에바가 살아 있을 때에 페론이 보낸 원기 왕성한 시절과 그 후반부는 거의 비교할 수 없을 정도이다. 1952년 9월과 10월 사이, 날마다 그는 노쇠와 완전한 군주 체제 사이에서 무관심하게 존재하는 것에 지나지 않았다.

"정부라는 것은 군주의 어전으로 바뀌었다. 동양의 후궁에서 **환관이** 했던 것처럼 폭군을 위해 오락을 마련해 주도록 책임을 지는 **관리** 까지도 있었다."

고 당시에 아르헨티나의 쇠퇴를 연구한 사학자 산체스 시니(E. F. Sánchez Zinny)는 썼다. 후안 페론의 미적지근한 에너지는 고등학교 여학생들을 쫓는 데로 대부분 소모되었지만, 대통령의 타락을 나타내는 우선적인 징후는 그의 생활 시간이었다.

에바가 살아 있을 때는 이른 새벽에 일어나 아침을 들고 방탄 장치가 된 쌍둥이 롤스로이스를 타고 각기 사무실로 가서 종일 근무를 하곤 했다.

이제 페론은 거의 아침 10시에 사무실로 어슬렁거리며 들어와 한 시간 가량 산만하게 서류를 뒤적거리거나 그를 둘러싼 비굴한 추종자들과 실행성도 없는 계획이나 토론을 하며 보냈다. 그리고 나서 오후에는 낮잠을 자고 밤이 되면 소아(小兒) 열애에 빠지는 것이었다.

올리보스 저택의 정연한 정원은 루이 15세의 사슴 공원의 변형인 지하실 특매장으로 바뀌어 버렸다.

이곳에는 가슴이 단단한 열네 살짜리 소녀들이 운동 팬티를 입고 떼를 지어 떠들며 뛰놀고 있었다. 그는 또한 부에노스아이레스 번화가에 은신처를 두었는데, 천장은 거울로 돼 있고 바에는 아이러니컬한 모토가 씌어 있었다.

'불쌍한 사람이 즐겁게 지낼 때는 누군가가 항상 비난을 당한다.'

페론은 자신이 알고 있는 유일한 정치 술책, 자신의 권력을 안전케 하기 위해 파벌을 일으켜 반목케 해 놓고 그 중재에 나서는 방법을 써 먹기 위해 가끔 몸을 움직였다. 그의 행정부도 지도 원리는 타성과 속임수, 타락, 그리고 색욕이었다.

대통령의 총애자 중의 우두머리는 첫번째 부인의 조카인 이그나시오 헤수스 시알세타(Ignacio Jesús Cialceta) 소령이었다. 시알세타는 페론의 첫째 부인 자매의 아들로 1952년에 33세였다(페론은 57세였다).

그의 공식 명칭은 페론 내각의 행정조사부 비서였지만, 에바가 죽은 뒤 대통령의 개인 비서 겸 집사 겸 잡역부로서 후안 두아르테의 역할을 상당 부분 떠맡았다. 페론의 쾌락을 위해 틴에이저를 스카우트하고, 그들을 행사 때 에스코트함으로써 국가 원수로부터 관심을 돌리게 하는 것이 그의 중대한 일과였다.

페론의 색욕을 채우는 주요 기관은 중등학교 학생 연합으로 페론이 에바의 사망 직후에 창설한 것이다. 이것은 젊은이들에게 페론 사상을 주입시키기 위해 창설된 것이지만, 페론과 그의 군부 친구들을 위한 조달청으로 탈바꿈해 버렸다. 이 조직은 국고에서 6천만 달러를 소비케 했으며, 소녀들의 스포츠팀을 몇 개 배출시켰고, 고위층이 소녀 정부(情婦)를 취하는 화려한 '유스호스텔'이 되었을 뿐이었다.

"페로니즘은 감정과 이성의 매음 상태에서 육체의 매음 상태로 전환했다."

고 산체스 시니는 지적했다.

이 조직을 창설하자는 발상이 내각에 상정되었을 때, 젊은이들과 함께 일함으로써 에바의 죽음을 애도하는 대통령의 비탄을 덜어 줄 수 있을지도 모른다는 것이 그들의 솔직한 의견이었다. 그러나, 이 제안은 청소년들의 일이 어떤 형태가 될 것인지에 대해서는 구체적으로 언급하지 않았다. 내각은 이의 없이 예산 배정을 승인했다.

중등학교 학생 연합의 초기 흔적은 군 기지를 순회하며 다닌 국립 극단과 동행한 데서 찾아볼 수 있다. 무대에 서고자 열망하는 많은 여학생들이 경험을 쌓기 위해 동행하게 되었고, 쇼가 끝난 후에 장교들에게 베푸는 연회에 기꺼이 참가하고자 하는 자발자를 기성 여배우들이 선정했다. 이 방법이야말로 군부를 가장 만족스럽게 만들어 주는 페론파의 궁극적인 무기였던 것이다.

어느 열다섯 살짜리 소녀는 오랜 뒤에 조사 위원회의 질문에 답하기를, 어떤 여배우가 그녀를 대령의 방에 데려갔을 때, 그녀는 아직 교복을 입고 있었다고 했다. 그 여배우가 교복을 벗기고 있는 사이에 그녀는 그 장교 무릎에 앉혀졌다.

"미리엄(그 여배우)은 그가 내게 들어왔을 때 내가 울부짖지 못하도록 내 머리를 잡고 있었어요. 그녀는 내 가슴을 애무하면서 내 행동을 유도해 주었어요."
라고 그녀는 진술했다.

여행이 끝날 무렵, 그녀와 그녀의 친구는 하룻밤에 세 명의 장교들에게 서비스해 주었다고 했다.

페론의 비호 아래 이 활동은 고도의 조직을 갖게 되었다(아르헨티나에는 초등 교육이 6년, 대학에 들어가기 전 중등 교육이 5, 6년 되었다). 중등학교마다 학생 연합의 지부가 있으며 여기서 유망주가 될 듯싶은 학생들을 스카우트하였다.

선택된 사람들은 지역별 '오락 센터'의 조직에 내려진 장학금을 타게 되었으며, 이곳에서 그들은 가족과 떨어져 그들의 임자가 될 사람들에게 소개되었다.

오락 센터에는 모든 침실이 다 화려하게 장식되어 있었고 개인 전화, 라디오, 텔레비전, 그리고 국부 세척기도 마련되어 있었다. 또한 임신이나 성병 문제를 다루는 상주 의료진까지 있었다.

페론 자신을 위해선 올리보스 저택 뒤에 따로 오락 센터가 있었다. 학생 연합 출신의 소녀들이 피크닉에 초대되거나 또는 농구, 배구놀이를 하도록 초대받았다. 이 나라의 대통령은 거기서 먹이를 스카우트하면 오후를 보내는 것이다. 그는 소녀들 모두에게 모든 형식을 벗어던지고 자신을 삼촌뻘 되는 별명인 '포초(pocho)'라고 부르게 했다.

대통령은 모터 스쿠터에 취미를 붙여 올리보스 정원에 수백 개의 스쿠터를 두었다. 틴에이저에게 접근하는 첫째 방법이 그 스쿠터를 타보라고 제의하거나 선물로 하나를 주거나 하는 일이었다. 오늘날까지 부에노스아이레스의 신랄한 위트로, 모터 스쿠터의 속어가 '포초네타'인데 이것은 페론의 별명을 딴 것이다.

스쿠터 타기를 한 뒤의 필수적인 일은 저택에 초대받는 일이었고, 페론은 산더미 같은 금 손목시계와 나일론 스타킹을 선물로 소녀들에게 주었다. 그는 항상 틴에이저들로 하여금 그가 지켜보는 가운데 나일론 스타킹을 신도록 했다. 특별히 귀여움을 받는 소녀들은 넘쳐나는 에바의 옷장에서 고른 옷을 선물로 받거나, 그녀의 보석 가운데 골라 가질 수 있기도 했다. 대통령의 14세짜리 애인 중의 하나는 에바의 침실에서 기거하기조차 했다.

페론이 몰락한 후, 이 저택을 방문했던 소녀들의 고백이 홍수처럼 쏟아져 나왔다. 페론파들은 그들을 사기꾼으로 몰아세웠지만, 페론의 애정 행각에는 믿을 만한 충분한 근거가 여러 곳에서 나타났다.

'페론과의 사랑'이라는 어떤 팜플렛은 넬리 마디에르(Nelly Madier)라는 이름의 15세 소녀가 쓴 것으로, 이 소녀는 하숙집에 살며, 상점에서 일하고, 고등학교에 다니러 부에노스아이레스에 왔다고 한다.

어느 날, 친구가 올리보스에서 열리는 피크닉에 초대했다고 했다. 게다가 페론이 그녀에게 친절하게 말을 붙이고 발코니로 데려가 그녀가 아름답다고 말했다고 했다.

그는 상냥하고 세심하여 그녀가 그때까지 들어왔던 격하기 쉽고 난폭한 정치인과는 상당히 거리가 먼 사람이었다고 말했다.

그녀가 두 번째 방문했을 때 페론은 그녀를 즉시 알아보고 안으로 데리고 가서 선물을 주고 열정적으로 키스를 퍼부었으며, 블라우스 밑으로 그의 손을 집어넣었다고 한다. 그녀는 너무나 겁이 나서 저항할 수가 없었고, 이내 대통령의 몸이 그녀를 덮치는 가운데 침상에서 나체가 되었다고 했다.

넬리의 말에 따르면, 그녀는 너무나 슬프고 놀라서 올리보스 유원지로 스스로 다시 갈 수 없었다고 했다. 그러나 그녀의 친구는 이미 독재자의 베갯머리에서 잔 경험이 있었는데, 페론의 지시로 하숙집에 찾아와 다시 한 번 페론을 찾아가도록 권했다고 한다. 그래서 대통령이 그녀에게 싫증을 내기 전 두 번 더 갔었다고 했다. 그때에는 그를 사랑하게끔 변해 버렸고, 그가 처음 키스했을 때 그의 다정한 말을 결코 잊지 못하리라고 고백했다.

싸구려 책자가 또 하나 있는데, 이것은 훨씬 더 저의가 보이는 것으로, 페론에게 택함을 받은 12세짜리 시골 소녀가 의도적으로 쓴 것이다. 대통령이 좋아하는 게임은 발코니 난간 뒤에서 그녀가 몸을 웅크리고 앉아 그것을 빨고 있는 동안 여학생팀이 정원에서 운동하는 것이라고 했다. 그녀가 말하기를, 그녀의 입이 해지도록 힘이 들었지만 페론의 그것은 거의 빳빳해지지도 않았고 결코 사출한 적도 없다고 했다.

또 다른 자세한 모험 이야기는 페론이 그녀를 에바의 침실로 데려간 날 밤에 일어난 것이다. 대통령은 그녀에게 에바의 드레스 가운데 마리부 가죽과 실크로 된 옷을 입게 하고는 에바의 침대 위에서 손과 무릎으로 앉으라고 시켰다. 그녀가 울부짖는 동안 그는 뒤에서 덮쳤다고 한다.

페론은 틴에이저와 지냄으로써 에바의 육체에 대한 추억을 몰아내는 동시에, 그녀가 뇌물로 받아 스위스에 감춰둔 돈을 압수하기 위해, 그리고 에바의 가족과 측근을 권좌에서 몰아내기 위한 운동을 벌였다. 소녀들에 대한 일과 마찬가지로, 그는 자기 조카인 시알세타의 도움을 기대했다.

에바의 스위스 재산은 아마도 약 2천만 달러 가량 될 것이었다. 비록 후일의 추정으로는 8억 달러나 된다고 하지만 아르헨티나 통화 평균으로 볼 때 믿기 어려운 수치이다(에바의 보석 수집품의 값어치도 똑같이 과장되어 있었다. 주도면밀히 수집된 보석류에 제각기 내린 감정은 2백70만 달러였지만, 1953년 에바의 익명의 전기 작가인 마리아 플로레스(Maria Flores)는 코스모폴리탄 잡지에서 3천만 달러의 값어치가 된다고 썼다). 아르헨티나법으로는 부인의 재산은 남편과 그녀의 가족이 똑같이 나누도록 되어 있었다. 그러나, 페론은 그것을 모두 원했던 것이다.

페론의 표적은 후안 두아르테였는데, 그가 사실상 에바의 사후에 가족의 우두머리가 된 셈이다. 페론은 시알세타 소령으로 하여금 두아르테의 재정 조사에 착수하도록 시켰다. 이것은 명예롭지 못한 일이었다. 페론은 에바의 재산 중 가족에게 돌아갈 몫을 내놓게 하기 위해서 두아르테를 납득시킬 수 있도록 충분한 증거를 수집하려 했으며, 또한 맹렬한 반에비타와 반부패를 외치고 있는 일부 군부를 달래려 했던 것이다.

후안 두아르테는 항상 나약하고 무력한 사람으로 에바를 쫓아 권력을 가지게 된 수년 동안에도 조금도 강인하지 못했다. 그의 친구들이란 헥토르 캄포라처럼 페론파 아첨꾼이거나 증권 투기업자들, 또는 국고를 고갈시키는 자동차 중개인들이었다. 그의 돈이나 권력 때문에 그에게 이끌리지 않은 사람은 하나도 없었다.

두아르테는 풍요로운 시골 영지와 부에노스아이레스의 나이트 클럽에서 그의 시간을 소일했다. 영지에는 개인 비행장과 수영장, 도박장이 있었다. 그는 항상 팔에는 여배우를, 손에는 샴페인을 들고 있었다. 뉴욕과 파리에 있는 가십 칼럼니스트들은 그가 정복한 여자들에 대해 보도했다.

1952년 에바가 죽어가고 있는 동안에도, 그는 10억 페소를 얻게 된 기념 파티를 밤새도록 열었다(이것은 약 7천5백만 달러에 달했다). 그는 친구들의 투자건 때문에 여러 가지 스캔들에 말려들었지만 항상 에바의 마술적인 이름이 그를 보호하고 또한 부당 이익금을 타도록 보장해 주었다.

시알세타 소령은 많은 조사를 해 보지도 않고 후안 두아르테에게, 에바의 재산을 양도하도록 협조하는 것이 보다 현명한 처사라는 것을 확신시킬 수가 있었다. 페론은 아부하고 있는 아르헨티나 대법원을 통해서 두아르테 가족이 에바의 전 재산을 양도한다는 포기 증서를 받아내게 되었다. 그리고, 후안 두아르테는 페론의 권리를 분명케 하기 위해 1952년 10월 유럽으로 떠났다.

두아르테의 공식 여행 목적은 에바의 무덤 조상(彫像)을 만들 조각가를 찾아내는 일이었다. 파리에서는 길동무인 헥토르 캄포라와 함께 1만 5천 달러짜리 페라리 자동차를 두 대 샀고, 많은 여자 친구들에게 줄 큰 병들이 향수를 사는 데 한나절 만에 4천5백 달러를 썼다.

촐리 니커보커(Cholly Knickerbocker)는 뉴욕의 아메리칸지의 '스마트 세트(Smart Set)'라는 그의 칼럼에서 보도하기를, 두아르테는 아르헨티나 군부가 마지막 며칠 동안 약을 주지 않았기 때문에 에바의 고통이 더 연장되었던 것이라고 그의 친구들에게 말했다고 전했다.

파리에서 쾌락을 맛본 뒤, 두아르테는 캄포라와 함께 스위스로 가서 충실하게 서명함으로써 에바의 구좌를 페론에게 넘겨주었다. 그의 유럽 여행은 마지막 축일(祝日)의 성격을 띠고 있었다. 그는 운이 다한 사람이었기 때문이다. 페론은 임자 없는 재산을 갖기 위해서 필사적이었으므로 에바의 재산을 확보해 둔 이상 그는 또한 후안시토의 재산도 마찬가지로 차지할 수 있다는 것도 깨달았다.

페론은 위험한 게임을 벌이고 있었다. 2년간의 흉작과 대규모 산업화의 실패, 그의 행정부의 무능이 치솟는 인플레이션을 유발시켰다. 쇠고기와 밀이 사실상 이 나라의 유일한 경화(硬貨)의 원천이었는데, 수출용으로 비축했어야 했으므로 도시 노동자들에게는 돌아갈 것이 거의 없었다.

인플레이션을 완화시키는 유일한 방법은 임금 동결이었으므로 노동자들이 에바에 대한 추모심 때문에 공공연한 반란을 일으키지 못할 것을 희망하면서 페론은 이 일을 단행했다.

또 다른 편은 군부였다. 어떤 사람들은 높은 월급으로 만족하고, 부정을 할 수 있는 기회와 중등학교 학생 연합의 여학생들을 이용할 수 있다는 것을 만족스러워했다. 그러나 정부 개혁과 합리적인 경제 정책을 주장하는 반페론주의에 제휴를 맺고 있는 측도 없지 않았다.

군사 쿠데타가 언제라도 일어날 수 있었지만 페론은 여전히 에바의 이름을 숭배하는 노동자들 사이에서 평행추를 가질 수 있었다. 자선하는 일 외에도 에바 페론 재단은 일부 재산을 무기 구입에도 사용했다. 아라 박사가 작업을 했던 노동 총연맹 건물 옆에 새로 짓는 이 재단 본부는 수천 정의 피스톨과 라이플, 기관총이 잔뜩 쌓인 노동자들의 병기고였다.

군부는 그 모든 권력에도 불구하고 내란을 원하지 않았으며, 페론은 그들의 이런 두려움을 조장시켰다. 참모 본부에게는 객관적인 교훈이라 할 수 있는 선례가 있었으니, 1952년 4월 볼리비아에서, 빅토르 파스 에스텐쏘로(Victor Paz Estenssoro)를 지지하는 노동자 민병대가 수도에서 군대와 시가전을 벌여서 이겼다.

빅토르 파스는 1943년 미국에 대항하기 위해 남부 지역을 규합할 나치스 계획을 상의하러 부에노스아이레스에 온 적도 있었으므로, 1952년의 그 사건은 페론을 위해서는 유용한 일이 된 셈이었다.

자신의 불가피한 망명을 위한 비상금을 모으며 쾌락을 위한 어린 소녀들을 끌어들이면서, 대통령은 노동자들의 동조를 얻기 위해 그가 에바를 애도해야만 하는 시기를 정확하게 계산하도록 유의했다.

1952년 9월, 도처에서 플래시를 터뜨리며 사진을 찍는 가운데 에바 페론 재단 의장으로 자신이 취임했음을 발표하고는 현금을 나눠 주며 가난한 자들을 인터뷰하는 데 하루를 보냈다. 그런 후 다시 올리보스 유원지로 돌아갔다. 다음달에는 한 번도 공식 석상에서 에바의 이름을 언급한 적이 없었다.

아라 박사의 작업이 에바의 시체를 가족에게 전시시킬 만큼 진척되었을 때도 페론은 얼씬도 하지 않았다. 후아나 이바르구렌 데 두아르테와 세 자매만이 검은 상복을 입고 아라 박사가 그의 실험실에 꾸민 임시 예배실에 왔을 뿐이었다. 에바의 시체는 유리로 된 먼지 방지 커버 속에 안치되어 있었고, 루한(Lujan : 아르헨티나의 수호자) 성녀의 그림이 벽에 걸려 있었다.

아라 박사는 이 유리관을 손수 디자인했으며, 그것을 만들기 위해 자기 돈을 썼다. 그는 항상 관 옆에 달린 '견고한 예일(Yale) 자물쇠'라고 자신이 쓴, 자물쇠를 여는 단 하나의 열쇠를 가지고 있었다.

1952년 10월 17일, 페론파의 대축제일에 대통령은 쓰지 않아서 녹슨 에바의 선전 장식을 사용하기 시작했다. 페론은 에바의 마지막 유언장을 읽을 것이며, 다음날을 그녀의 추모를 위한 국경일로 정한다고 선포했다.

그러나, 에바 치하에서 데스카미사도스에게 습관이 되었던 무료 급식과 정부 주최 오락은 하나도 없었다. 대통령 관저 앞에 모인 관중은 어느 때보다 적었다. 노동자들은 부족한 식량과 동결된 임금으로 인하여 동요하고 있었다.

호세 에스페호는 문지기며 노동 총연맹 위원장으로서 발코니 위의 마이크 뒤에 자리잡고 있었는데 놀라운 일이 벌어졌다. 군중으로부터 폭포와 같은 야유와 욕하는 소리가 쏟아져 나왔던 것이다. 이러한 소리는 페론의 집권 초기 이래로 정부 행사에서 들어본 적이 없는 것이며, 감히 야유하고자 했던 당시의 귀족들은 고문이나 추방으로 인해 죽었거나 입을 열지 못하도록 협박을 당했던 것이다.

페론이 군중에게 중지하라는 손짓을 하자, 그들은 야유가 대통령을 향한 것이 아니라, 에스페호에게 보낸 것임을 분명케 하기 위해,
"페론! 페론!"

하고 찬양을 시작했다. 에스페호는 지나치게 에바를 찬양함으로써 출세를 했던 사람이었는데, 이제는 발끝만 슬프게 내려다볼 뿐이었다. 10월 말에 그는 완전히 불명예스러워졌다.

그는 사임을 강요당했고 에두아르도 불레티치(Eduardo Vuletích)라는 열렬한 페론분자가 대신 그 자리에 앉게 되었다. 그는 노동자들을 냉정하게 다스림으로써 페론에게 군부의 마지 못한 충성을 얻어 준 것이다.

에스페호를 향한 야유가 사라졌을 때, 페론이 유언을 읽기 위해 마이크를 잡았다. 이것은 에바가 6월 29일 떨리는 글씨, 그리고 무식한 필체로 쓴 서류로, 페론이 그녀의 해외 재산을 통제하는 것을 합법화시키기 위해서 페론의 위조범들이 만든 사후(死後)의 추가 조항이 포함되어 있었다. 에바는 처음으로 이 유언장이 읽혀져야 할 날은 10월 17일 축일이라고 명기했었다. 그리고 그것은 페론주의의 엄숙한 부활을 뜻하는 것이었다. 그러나, 군중들이 나타낸 상당한 동요에 비해 유언 내용은 적은 보상밖에 주지 못했기 때문에 유언장 낭독을 역사적 사건으로 만들기에는 너무나 미흡하였다.

'나는 많은 고통을 당했습니다. 그러나, 내 국민의 행복이 나의 고통에는 유효한 것입니다. 만일 나의 고통이 상처 하나라도 치유시킬 수 있고, 눈물 한 방울이라도 멈추게 할 수 있다면, 나는 나의 생명이 다하는 날까지 고통을 감수하겠습니다.'
라는 내용이 계속되었다.

에바는 그때 자신의 재산을 처분하려는 생각이 있었다. 무엇보다도 먼저 자서전의 저작권에서 나오는 기금을 지진이나 해일 같은 '집단적인 재난'을 구제하는 데 쓸 예정이었다.

이러한 재난으로 인해 집을 잃은 근로자들에게 1년간 봉급 전액을 주고 근로자의 어린이들에게는 장학금도 줄 예정이었다. 출판 당시 처음 두 달간 50만 부가 팔렸고, 학교에서 필독 도서로 지정된 책이긴 했지만 이처럼 야심적인 목적을 달성하기에는 빈약한 재원이었다. 사실 이 상상의 기금은 결코 실현되지 않은 페론파의 사업 계획 목록을 더 추가하게 만든 것에 불과했다.

그 다음으로 그녀의 보석을 처분하는 일이었다.

'나의 보석들은 내 것이 아닙니다. 대부분이 나의 국민에게 주어진 것입니다. 비록 나의 친구들이나 외국으로부터 또는 장군에게서 받은 것들까지 나는 국민에게 돌려주고 싶으며, 결코 소수 지배층에 넘어가는 것을 원하지 않습니다.'

에바는 무의식적으로 솔직하게 쓰고 있다. 이 보석 수집품은 페론주의 박물관(건립되지 못함)에 근로자들을 위한 주택 대부금의 담보로 맡겨질 예정이었다(이것도 결코 실행되지 못했음).

에바의 다른 재산은 페론에게 양도되어 그가 적당하다고 판단하는 대로 팔거나, 주거나, 태울 수도 있게 되었다. 이 구절은 날조해서 유언장에 첨가된 것이 분명하다.

페론은 자신의 취향에 맞는 눈이 큰 틴에이저에게 누구든지 공평하게 에바의 보석이나 돈, 그리고 의류를 주어 버림으로써 충실히 이행한 셈이었다.

그가 몰락한 후, 그의 14세짜리 애인이 하나 체포되었을 때, 신더블록(cinder block)으로 된 그녀의 집 매트리스 밑에서 현금 1만 달러와 에바의 보석 중 1만 1천 달러어치를 갖고 있는 것이 발견되었으며, 아울러 에바의 이름 첫글자가 새겨진 금 라이터까지 지니고 있었다.

갈수록 무당이나 점쟁이에게 의존하며 어린 소녀들을 즐기는 취향으로 명맥을 유지해 가고 있던 행정부는 점점 더 상궤를 벗어났다. 1952년 11월, 페론 정부 역사상 가장 주목할 만한 사건이 일어났다.

이 사건은 미국인 재즈 가수 조세핀 베이커(Josephine Baker)가 파리에서 부에노스아이레스에 카바레 쇼를 들여왔을 때 생겼다. 페론은 우락부락한 호전가들에게 둘러싸여 비밀의 밤놀이를 즐겼으며, 미스 베이커를 좋아하게 되었다. 이 흑인 가수에게 대통령 관저로부터 돈과 선물이 쇄도했으며, 소위 페론 정부 내의 임명장이라는 것이 계속적으로 뒤따르게 되었다.

대통령이 맨 먼저 취한 행동은 세계 문화 협회를 조직하여 미스 베이커를 의장으로 임명한 것이었고, 이 협회의 공식 목적은 인종 차별이나 종교적 차별 대우에 대항하는 일이었다. 아르헨티나의 95% 이상이 로마 카톨릭 신자였고, 1천8백만 인구 중에 흑인이 5천 명 정도였는데도 불구하고 말이다.

페론은 정장을 하고 이 협회의 개회식에 참석하여 의장의 개회 연설 속에서 자신에 대한 칭찬을 퍼붓는 동안 기쁨에 넘쳐 히죽거렸다.

"페론 장군이 국민들 사이에 우애 정신을 불러일으킨 데 대해 우리는 얼마나 감사하고 있는지 모릅니다."

미스 베이커는 이런 식으로 연설을 시작하여 한 시간이나 유사한 취지의 장광설을 늘어놓았다.

이렇게 시작하여 페론은 미스 베이커를 보건부의 조사관으로 임명했고, 에바가 창설했으나 그 후 퇴락하고 있는 병원들을 감독하도록 시켰다.

이 나이트 클럽 가수는 이틀 동안 정신 병원과 산과 병원, 지방 보건 센터, 그리고 나환자촌을 둘러보았다. 가는 곳마다 그녀는 환자들의 비참한 생활 수준과 시설 부족에 소스라쳐 놀랐고, 주저없이 보건부에서 파견된 안내자들에게 자신의 불만을 털어놓았다.

보건부 장관인 라몬 카릴로(Rámon Carrillo)는 미스 베이커의 비판에 정면으로 맞서서, 감정이 상하기는 했으나 아양떠는 편지를 다섯 장이나 보냈다.

세뇨라 조세핀 베이커는 각하의 권위를 빌어 우리에게 호된 비난을 가했지만, 우리가 신사처럼 태연하게 받아들인 까닭은 각하의 공식적인 손님이기 때문입니다. 그녀의 행동이나 사회적인 관점에서 볼 때, 그녀는 가장 존경받는 세뇨라 에바 페론을 모방하려고 애쓰는 것 같은 감을 느끼게 해줍니다. 세뇨라 에바 페론이 저를 수백 번이나 불러 우리의 결함을 깨닫게 해준 것이 사실입니다. 그녀는 항상 재치 있고 원기 있게 처리했으며, 우리가 어떻게 일하고 있는지 정확히 알았고 또한 존중해 주셨습니다. 비록 각하의 영부인이라는 고귀한 신분에 계셨지만 결코 세뇨라 베이커처럼 우리를 대접한 적은 한 번도 없었습니다. 이것은 그 무엇에 대해 세뇨라 베이커를 비난하고자 함이 아니라, 우리는 항상 페론주의 운동을 위해 각하를 섬기고 있다는 사명감 때문인 것입니다.

또 하나의 죽음

> 나는 에바와 함께 왔다가 그녀의 외침과 함께 사라집니다.
>
> 후안 두아르테

1953년으로 바뀌면서, 에바의 추종자들을 향한 칼날이 점점 더 표면화됐다. 페론의 충실한 부하들은 이미 후안 두아르테와 에바의 나머지 가족에게도 손을 뻗치기 시작했다.

그리고 호세 에스페호는 불명예스럽게 사라지게 되었고, 숙청 대상자들은 페론의 비밀 경찰뿐만 아니라, 모든 선전 기관과도 적대 관계가 되어야 했다. 모든 신문, 방송을 장악하고 있는 라울 아폴드가 에바의 시체가 싸늘하게 식어 버리기도 전에 에바의 아첨꾼에서 후안 페론의 강력한 지지자로 전향했기 때문이었다.

에바의 보호로부터 제거된다는 것이 어떤 것인가를 최초로 느낀 사람 중 하나가 휴고 델 카릴(Hugo del Carril)인데, 길거리 가수로서 에바와 유사한 상황에서 출세했던 착실한 인물이었으며 에바의 날개 밑에서 영화 산업의 실력자로 성장한 사람이었다.
　부에노스아이레스의 소문에 따르면, 그는 1945년 단 한 번의 친절한 행위 덕분에 에바의 총애를 얻었다고 한다. 벨그라노 방송국에서 연예인들끼리 언쟁이 있었을 때, 리베르타드 라마르케가 라이벌 에바의 따귀를 때렸다. 델 카릴은 지나가다가 에바가 혼자 울고 있는 것을 발견하고 그녀에게 커피 한 잔을 사 주면서,
　"리베르타드에게 신경 쓰지 말아요. 그 여자는 나사가 빠졌어요."
라고 말해 주었다는 것이다.
　1946년 선거 후, 라마르케는 멕시코에 망명중이었고 델 카릴은 배우 조합 의장이 되었다. 그 후 그는 아르헨티나 영화 제작협회의 후원을 계속 받으면서 유일하게 독립적인 영화 제작자가 되었다. 이 협회는 에바 후안 두아르테와 라울 아폴드가 지배했다. 그의 영화는 당시의 페론 지지의 농도가 짙은 것들은 아니었지만 에바가 밀어 준 까닭에 성공을 거두었다.
　에바가 죽은 후 아폴드가 페론 편으로 옮겨 가고 두아르테가 더 이상 중요한 인물이 되지 못하자 델 카릴은 필름 공급이 중단되었음을 알게 되었다. 이것은 예술적 적합성을 타진한다는 페론파의 기본 술책 중 하나였다.
　1952년 말에 아폴드는 크리티카(Crítica)라는 신문에 때리기를, 델 카릴은 우루과이에서 계속적으로 초대 가수로 노래를 부르다가 에바의 장례식을 무시했다고 썼다.
　'우루과이의 금이 동포의 슬픔보다 더 많은 뜻을 휴고 델 카릴에게 주고 있다.'
　이것이 그 머리 기사였다. 상세한 기사에 의하면,
　'이곳 부에노스아이레스에서는 추위에 떠는 국민들이 거리에서 고인

이 된 은인을 기리며 말없이 줄지어 서 있다. 저 몬테비데오에서 휴고 델 카릴은 범국가적인 슬픔에 무관심한 채 7월 27일부터 8월 8일 사이에 노래를 계속 부름으로써 가장 냉혹한 탐욕을 나타냈다.'

사실 이 모든 것은 거짓말이었다. 델 카릴은 에바가 죽었다는 말을 듣자 여행을 중단하고 돌아와 자주 조문하러 왔고, 그는 이러한 아폴드의 설명을 수정하고자 무진히 애를 써왔지만, 아르헨티나의 페론 정부의 허구가 항상 승리하곤 했다.

어느 신문도 델 카릴의 부인(否認) 성명을 실어 주고자 하지 않았고, 그는 사건의 경위를 설명하려고 확성기를 장치한 트럭까지 동원했었지만 경찰이 소란죄로 압수해 버렸다. 델 카릴은 아무리 저항해도 소용없음을 깨닫고 자신의 회사 주(株)를 헐값에 팔아 버리고 이탈리아로 이민을 떠났다.

1953년 3월에는 후안 두아르테 본인의 차례였다. 그의 운명은 그 달의 각료 회의에서 결정됐다. 노동 총연맹 위원장으로 새로 임명된 에두아르도 불레티치와 국방부 장관인 호세 훔베르토 소사 몰리나(José Humberto Sosa Molina)가 심각한 이야기를 나누며 함께 걸어 들어올 때, 회의는 페론에게 불길한 징조가 시작되었다. 근로자 지지 세력과 군부와의 제휴는 페론이 가장 두려워했던 점이었다. 권좌에 남는 유일한 희망은 이 양편이 서로 목을 조르게 하는 일뿐이었다.

임금 억제를 반대하는 근로자 편을 점차로 두둔하게 된 불레티치는 후안 두아르테와 그의 친구들의 타락에 대한 신랄한 공격을 퍼붓는 것으로써 회의를 주재했다. 굶어 죽을 정도의 임금으로 근근이 가족을 부양하느라 애쓰는 근로자들이 있는데, 이 플레이 보이인 두아르테는 자신의 재산을 뽐내며 다닌다고 말했다. 여전히 아첨꾼으로 남아 있던 각료 중 한 사람이 불멸의 명성을 가진 에바의 가족을 두둔하고자 중재에 나섰을 때, 소사 장군은 분노하여,

"닥쳐요!"
하고 소리쳤고 토론은 끝이 나 버렸다.

1주일 내에 후안 두아르테는,

"건강이 나쁘므로······."

모든 공직에서 사임한다고 발표했다. 그리고 페론은 공직자의 부패를 규탄하는 철저한 투사로서의 자기 경력을 옹호하기 위해 라디오 방송을 했다.

"국민이 모든 공직자들을 도둑으로 판단하는 일은 흔한 일이다. 그러나 그것을 증명할 수 없다면 어떤 사람을 도둑으로 몰 수 없는 것이며, 그렇지 않음을 증명할 수 있는 때까지는 모든 사람을 정직하다고 믿기로 했다."

비극적인 결과를 가져오긴 하였지만, 각료 회의는 페론 정권 때에 횡행한 악명 높은 코믹 오페라였다. 소사 장군은 공직 생활에서의 횡령을 적대시한다고 스스로 내세우고 있었지만 그야말로 군부 내의 부패의 리더였다. 그가 후안 두아르테를 공격하던 해에 정부로부터 265대의 자동차 수입 허가증을 받았는데, 그것들은 암시장에서 대당 5천 달러 이상에 거래되는 차였다. 프랭클린 루세로(Franklin Lucero)도 같은 시기에 243대의 허가증을 얻어냈다.

후안 두아르테는 그토록 오랜 동안 맛을 본 권좌에서 제거되었을 때, 비참하면서도 방향 감각을 잃은 인물이 되었다.

사임하던 날 저녁에는 그가 잘 다니던 나이트 클럽을 순회하며 술을 마시고는 공허하게 허공을 바라보는 것이었다. 이틀 후 그는 마드리드로 가는 두 장의 비행기표를 쥐고 에스코트해 왔던 여배우와 함께 공항에 나타났다. 당국은 그의 여권을 빼앗고 그를 집으로 돌려보냈다.

4월 8일 저녁, 38세의 플레이 보이는 헥토르 캄포라를 위시한 그의 친구들과 또 한 번의 나이트 클럽 순회를 했다. 그날 밤 늦게, 칼라오

(Callao) 1944번지에 있는 두아르테의 호화판 아파트 빌딩에서 한 부인이 창을 내다보았을 때, 세 남자가 차에서 시체를 끌어내는 것을 보았다. 마리아 로사 달리 넬손은 6층에 살고 있는 가족의 친구로 두아르테의 위층에 살고 있었는데 그녀가 늦게 집에 돌아왔을 때, 엘리베이터에서 핏자국을 보았다고 말했다.

그녀가 말하기를, 엘리베이터가 5층을 지났을 때, 응접실 카페트 위에서 두아르테의 시체를 보았다고 말했다. 가구를 이리저리 움직이고 있는 세 사람이 있었고, 책상에 앉아 있던 사람은 그녀의 기억에 의하면 라울 아폴드였는데, 회중전등 밑에서 뭔가를 열중하며 쓰고 있었다는 것이다.

다음날 아침, 엘리베이터와 응접실은 청소가 되어 있었고 증인들은 입을 다물라는 지시를 경찰로부터 받았다. 페론파 신문은 후안 두아르테가 그의 침실에서 죽은 시체로 운전수에 의해 발견되었는데, 분명히 자살인 것 같다는 발표를 했다.

자살이라는 증거로 정부는 두아르테가 페론에게 보내는 이른바 최후의 편지라는 것을 발표했다. 이것은 다른 무엇보다도 페론주의자들은 사후까지도 최고 지도자를 찬양해야만 한다는 것을 보여준 것이다.

존경하는 페론 장군

각하를 존경하는 근로 계급과 각하를 배반한 자들의 사악함이, 그리고 국가의 적들이 각하가 얼마나 저를 사랑하며 제가 각하에게 얼마나 충성스러운지를 알고 격노하여 각하로부터 본인을 떼어놓기를 바라왔습니다. 그러한 이유로 그들은 본인을 중상하고 저를 수치스럽도록 만드는 데 성공했습니다. 그러나, 그들이 저를 각하로부터 떼어놓을 수는 없습니다. 제가 사임한 이래 각하는 언제나처럼 친절하셨으며, 근래에 저를 위해 베푸신 애정은 그들이 제게 행한 악에 대한 보상 이상의 것입니다.

저는 지금까지 정직했으며 그 누구도 그것을 달리 증명할 수는 없습니다.

저의 온 영혼을 기울여 당신을 사랑하며 제가 지금까지 알아 온 사람 중 가장 위대한 분이 페론임을 다시금 외치고 싶습니다. 국민과 국가에 대한 각하의 사랑을 저는 알고 있습니다. 각하의 정직함도 그 누구보다 잘 알며, 폭도들에 대한 혐오로 이 세상을 떠나기는 해도 각하의 백성이 언제나 각하를 사랑할 것이며 항상 각하의 충실한 친구였다는 확신을 가지고 기쁘게 떠납니다. 저는 페론에 대한 저의 임무를 제 힘껏 다해 왔습니다.

청컨대 저의 사랑하는 어머니와 누이들을 보살펴 주시고, 저와 마찬가지로 각하를 사랑하는 그들에게 제 보상을 해주십시오.

저는 에바와 함께 왔다가 이렇게 외치며 그녀와 함께 갑니다.

"만수무강하소서, 페론! 영원하라, 조국이여!"

신과 각하의 국민이 항상 각하와 함께 하기를, 저의 마지막 포옹을 각하와 제 어머님께 드립니다.

후안 두아르테

제 필체를 용서해 주시고 다른 모든 것을 용서해 주십시오.

부에노스아이레스에서, 페론파의 죄상을 잘 아는 사람들은 후안 두아르테의 최후의 말이 다음과 같았으리라며 농담을 했다.

"이봐요, 쏘지 말아요."

마리아 로사 달리는 다음날, 길에서 후안의 어머니와 누이들을 만났다. 그녀는 그 어머니가 모든 사람들이 듣게끔 울부짖는 소리를 들었다고 한다.

"그들이 내 아들을 죽였어요!"

에바의 오빠는 4월 10일, 멋진 레콜레타의 가족 공동묘지에 안장되

었다. 7천 명의 군중이 장례식에 참석했는데, 페론만이 군복을 입지 않았다. 캄포라가 그의 친구를 계속,

"후안시토!"

라고 부르면서 고별 연설을 했다. 두아르테 부인은 아홉 달 동안에 자식을 둘이나 잃고 비통하게 울부짖으며 남은 딸들의 부축을 받아야만 했다.

페론파들은 후안 두아르테의 죽음이 자살이 아니라 타살이라는, 이미 널리 퍼진 소문에 자극을 받아 활발한 반격을 가하기 시작했다. 아폴드의 지시에 따라 모든 신문은 고인이 된 대통령의 전직 비서를 명예 훼손당한 희생자로 묘사했다. 그리고, 페론이 그를 완전히 신임했었다고 말했다. 이런 사실에도 불구하고 어중이 떠중이들은 그를 자기들의 공격 목표로 삼았고, 한동안의 모든 사업이나 산업 또는 밀수 행위를 다 그의 탓으로 돌렸다고 어느 신문은 발표했다.

또한 공식적인 검시가 실시되었는데, 그의 손에 있던 38구경 권총에서 발사된 탄환에 의해 죽었다고 밝혔다.

두아르테의 친구들 중 11명이 그의 '유서 필적은 진짜'라고 증언했음이 밝혀졌다.

페론이 몰락한 후 3년이 지나야 비로소 새 정부가 이 사건의 조사를 재개하였고, 그들은 시체를 발굴하여 두아르테가 멀리서 발사한 45구경 탄환에 맞아 죽었다고 밝혔다. 1953년에 유서가 진짜임을 선서했던 11명의 친구들은 원본을 본 적조차 없음을 1956년에 시인했다. 관계 당국은 아폴드가 두아르테 살해 후에 쓴 것으로 보고 있다. 페론은 신집권층과의 우호관계가 복구됐을 때, 죄과는 면죄받았으나, 결국은 자기 처남을 살해하라고 명령한 죄로 기소되었다.

1953년 4월, 그들이 두아르테의 문제에 대한 그들의 흔적을 감추고 있는 동안, 자체 내의 온건한 정화 운동도 실시했다. 육군의 레온 벤고

아 라메스(León Bengoa Lames) 장군이 이를 실시하면서, 고위 정부 인사들의 부패를 조사하기 시작했다고 발표했다. 몇 시간 내에 페론과 정당의 최고회의는 몇 사람을 가려내어 장군에게 보고하고자 특별회의에 들어갔다.

7명의 최고 지도자가 제명됐는데, 그 중에는 전 부에노스아이레스 지사이자 에바가 1945년 10월 결혼할 때 페론 옆에 섰던 도밍고 메르칸테도 포함되었다. 비록 수년간 총애는 못 받았지만, 그는 에바를 만나기 전부터 페론에 대해 알고 있던 공직자 중에서 에바의 집권 기간 중에도 유일하게 공직에 머물렀던 사람이었다.

또 다른 희생자로서 후안 마리아 프레이레(Juan María Freire)가 있었는데 굽실거리는 노예 근성 때문에 에바에게 발탁되어 노동부 장관이 된 유리 부는 사람이었다. 그는 본디 유리를 불어서 용기를 만드는 자였다. 같은 시기에 그는 두아르테처럼 건강상의 이유로 사임을 강요당했다. 헥토르 캄포라는 4월 말에는 무직이었다. 비록 페론이 망명하고 있었을 때, 놀랍게 복귀하여 아르헨티나의 대통령이 될 만큼 오래 살게는 되었지만.

다음달인 1953년 5월에 에바가 좋아했을지도 모를 진짜 페론 세력의 시위가 일어났다. 대통령을 지지하는 깡패들이 떼를 지어 거리로 몰려나와 근로자들은 여전히 과두 지배층과 다른 반대자들에게 대항할 힘이 있음을 보여 주었다. 폭도들은 호케이 클럽의 우아한 건물을 불살라 페허로 만들어 버렸다.

이 클럽은 아르헨티나의 귀족 정치를 이루는 4천7백 명의 부유한 회원들로 구성되었고, 반페론주의의 중심지로 항상 에바에 대한 귓속말이나 페론의 광대 노릇에 대한 농담을 몰래 주고받는 원천지였다(아르헨티나에 만연한 잔인성과 부패에 대해 버스에서 큰 소리로 떠들던 불만자에 대한 농담이 당시에 유행했다. 어디에나 있는 페론의 비밀 경찰 한 사람이 그를 불경죄로 체포했다. "당신은 날 오해했군요. 나는 아르헨티나라고 말하지 않았습니다. 아메리카라고 했지요."라고 그 불만자가 말했다. 경찰관은 잠시 뭔가 생각하더니 대답하기를 "아니오. 날 속이지 말아요. 당신이 말하는 것과 같은 나라가 이 세상에 또 있을 리가 없어요.").

폭도들은 클럽 안에서 미쳐 날뛰며 벨벳 의자들을 부숴 버리고, 거실에 있던 수정 샹들리에를 깨뜨렸다. 밖에서는 클럽의 도서실에서 꺼낸, 가죽으로 장정된 책들과 벽을 장식했던 그림들을 태우는 거대한 모닥불이 피워졌다. 몇 통의 가솔린으로 한층 가열된 불길은 모자이크한 마루와 장미나무로 된 판자를 모두 숯더미로 만들었다.

시내 다른 곳에서는 야당인 사회주의당의 본부인 카사 델 푸에블로 (Casa del Pueblo)가 약탈당하고 방화되었다. 폭도들은 옷차림이 번드르한 사람들은 누구나 공격했고, 수도 전역에 걸쳐 폭탄이 터졌다. 군대가 질서를 회복하는 데 하루 이상이 걸렸다.

난동자들은 그들의 데모를 친페론주의로 생각하였지만, 그들은 또한 줄어드는 급료와 정부 내에서 자신들의 권한이 약화된 것에 항의하고 있었다. 이 난동은 군부의 지도자들을 회유하기 위해 계속 노력하는 대통령에게 아무 도움도 못 되었다. 왜냐하면 어떤 종류의 무질서든 군부에게는 저주스러운 것이기 때문이었다.

"처음으로 노동자들이 내 복부에 칼을 댔다."
라고 페론은 말했다. 이것이 마지막이 되는 것은 아니었다.

설사 페론이 통음(痛飮)하며 어린 소녀들이나 건드리는 행위를 잊었다 하더라도 무너져 가는 경제의 방향을 바꿀 수 있었을는지는 의심스러운 일이다. 해외 무역을 통제하는 정부 기관인 수출입 대행사는 통화를 안정시키기 위해 수백만 달러를 잃고 있었다. 권력을 쥔 페론파들은 이득이 생기는 것은 무엇이든지 거둬들였고, 대통령 자신도 항상 그의 몫을 받았다. 삭감할 수 있는 유일한 경제 분야가 바로 노동경제였다.

국민 소득 중 그들의 몫이 1945년에 45%였다가 1950년에는 60%로 증대했던 노동자들은 모든 국가 기관이 에바가 약속했던 번영의 신천지로부터 그들을 다시 뒤로 밀어붙이고 있다는 것을 느끼고 있었다(사실 1960년대의 국가 수입 중 근로자의 배당은 47%로 후퇴했다).

때때로 늑대를 쫓기 위해 페론은 에바가 구체화시켜 많이 써먹던 개인주의를 따라 그의 가족의 활동을 국가적으로 행정으로 대치시키는 것이었다. 이러한 견지에서 페론은 아버지가 되며, 1천8백만 아르헨티나 국민들은 무슨 일이 일어나든지 그에게 자식으로서의 도리를 다하도록 요구되는 것이었다.

페론의 모친인 후아나 소사 톨레도 데 페론 카노사(Juana Sosa Toledo de Perón Canosa)가 1953년 5월 30일에 78세로 죽었을 때, 대통령은 그녀를 위해 애도 기간을 지키라고 요구했다. 검소하며 조용한 이 시골 부인은 1889년에 마리오 토마스 페론(Mario Tomás Perón)과 결혼했는데 에바가 생존했을 때에는 인물이 되지 못했다. 이제는 그녀도 개인 숭배의 대상자가 된 것이다.

페론은 한 눈으로는 불만이 있는 군부를, 또 한 눈으로는 여전히 에바를 숭배하는 노동자들을 지켜보면서 고인이 된 자기 부인을 충실하게 추모했다. 1953년의 폭동 뒤에 에바의 무덤을 세울 최종적인 계획을 발표함으로써 암운을 일소시키려 하였다.

이것은 피라미드와 타지 마할(Taj Mahal)을 제외하고는 세계에서 가장 커다란 무덤이었다. 이 계획에 따르면, 무덤의 높이는 449피트이며 무게는 4만 3천 톤이나 되었다. 기단에는 페론파의 주제를 나타내는 16개의 조상(彫像)과 252피트나 되는 대리석 원주, 그리고 꼭대기에는 한 근로자의 196피트짜리 조상이 세워지게 돼 있었다(뉴욕 항구에 있는 바르솔디(Bartholdi)의 세계를 밝히는 자유의 여신상은 높이가

151피트임).

　내부에는 납골소를 가리는 8백 파운드 되는 은으로 된 에바의 형상이 놓여지게 되었고 그녀의 보석을 전시할 장소도 있었다. 나치스를 위해 일했던 이탈리아인 레온 토마씨(Leon Tomassi)가 조각가로서 선정되었다. 토마씨는 이미 카라라(Carrara) 대리석으로 에바와 페론의 이상화된 형상을 제작하기 시작했는데, 이것들은 무덤의 기저에 놓여질 예정이었다(이 계획의 결과도 뻔했다. 몇 개 조상과 초석을 제외하고 무덤은 기초 이상은 세워지지도 못했다).

　페론이 자신의 붕괴되어가는 권력의 외형만을 유지하려고 애쓰는 동안, 아라 박사는 노동 총연맹 건물의 3층 실험실에서 분주한 나날을 보냈다. 그가 말하는, '완전한 육체의 영구성'을 보존하기 위해 정기적인 처치가 행해졌고, 또한 고인이 영원히 어떤 표정이어야 하는가에 대한 열광적인 토론도 있었다.

　아라 박사는 그의 회상록 가운데 몇 페이지를 이 문제에 할애하고 있다. 표정은 에바의 생전에 신봉했던 페로니즘의 실행과 열광을 보여주는 굳은 표정이어야만 된다고 주장하는 사람들도 있었다고 그는 말했다. 다른 사람들은 활짝 웃는 표정을 추천했지만 박사는 부적당하다고 거부했다.

　그가 생전에 에바를 보았을 때, 그리고 그녀의 많은 사진에서 '뻐드렁니가 엇물려 턱이 나온 듯한 모습이 그에게 감동을 주었으며, 그녀의 얼굴이 움직이지 않을 때조차 웃고 있는 듯싶었다'고 그는 말했다. 이것이 바로 그가 결정한 사후의 표정, 즉 감긴 눈과 반쯤 미소짓는 얼굴이었다.

　비록 그가 시체와 함께 홀로 보내는 시간을 좋아했던 것처럼 보이지만, 아라 박사는 또한 영구적으로 전시될 때를 대비하고 있었다. 장례 기간 동안 그녀의 몸 아래에 덮었던 아르헨티나의 국기와 페론주의 깃발은 다시 시체 위를 덮기 위해 원상태로 복구되었다.

보석으로 된 페론주의 브로치는 수의의 가슴에 꽂혔고, 교황 비오 12세가 준 묵주가 굳어진 그녀의 손가락에 쥐어졌다. 시체는 아라 박사가 디자인한 나무와 유리로 만든 특별한 케이스 속에서 쉬고 있었고, 실험실 겸 예배실 안에는 봉헌 촛불과 꽃들로 가득 찼다.

첫해에 박사는 특별 손님에게만 시체를 보여주었고 일반 대중에게는 여전히 공개하지 않았다.

1953년 7월 24일, 페론이 와서 시체와 함께 예배실 안에서 한 시간을 지냈다. 그는 감동 받은 것이 역력했으며 연민의 표정을 띠었다고 아라 박사는 썼다. 방문 후 대통령은 올리보스 저택에 있는 그의 놀이터로 돌아갔는데 다시는 실험실에 나타난 적이 없었다.

에바의 첫번째 추도일에 아라 박사는 그의 일이 완성되었다고 발표하고, 에바 페론 기념 위원회로 하여금 그의 계약을 이행하도록 하기 위해 서류를 준비했다.

시신에는 응고시키는 물질을 주입(注入)시켰다. 몸의 구멍 하나도 열려 있지 않았다. 그녀의 내부 기관은 모두 보존되었다. 생전의 수술로 말미암아 꺼내졌던 부분을 제외하고 보존 과정을 위해 필요한 두 개의 작은 칼자국은 주입된 물질에 의해 완전히 커버되었다.

박사는 시체 처리를 위해 몇 가지를 조절함으로써 일을 끝마쳤다. 시체는 13도 이상의 열에 노출되어서는 절대로 안 되며, 직사광선도 피해야 한다. 아라 박사가 없는 한 누구라도 케이스를 열거나 시체를 만져서도 안 된다.

마지막 지시를 보다 안전하게 지키기 위해 유리관을 여는 단 하나의 열쇠를 항상 박사만이 지니고 다녔다.

박사의 수고가 끝난 듯싶었지만 소위 '기술적인 어려움'이라 부르는 일에 직면하게 되었다. 그 첫째로, 그는 받아야 할 10만 달러 중에서 5만 달러밖에 받지 못했으며, 그 누구도 나머지 돈을 지급해 주고 싶어 하는 것 같지 않았다. 또한 아무도 인수증에 서명하고 시체를 관리하고자 하는 사람이 없다는 것을 깨달았다.

페론파는 그들에게 필요할 때는 아무 때나 에바의 이름을 부르면서도, 정작 유해에 대한 책임은 아무도 지려 하지 않았다. 그리하여 아라 박사는 계속 시체와 함께 남아 실험실에서 빈둥거리며 관계 당국과 신경전을 벌였고, 단둘이 있을 때는 에바와 대화를 나누었다.

1953년 7월 26일, 아르헨티나의 모든 일이 중단되었다. 이날은 에바의 첫번째 추도일이었다. 군중은 평시보다 적었지만,

'당신은 느낄 수가 있지요. 당신은 느낄 수가 있어요. 에비타가 여기 있어요.'

라고 노래를 부르며 늘 듣는 연설을 들었다. 그러나 이 행사에서 무엇인가가 없어졌다. 그것은 에바를 어디나 따라다녔던 아첨인 것이다. 그녀에 대한 기억은 페론파 운동 중에 심각해져 가는 파벌의 일부인 단순한 극단주의를 나타내는 조상(彫像) 정도로 희미해지고 있었다. 그녀가 성인전(聖人傳)에 오르는 일이 잘 되어가고 있었던 것이다.

침몰하는 페로니즘

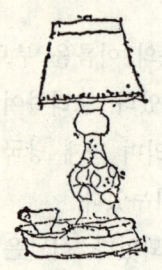

> 내가 허물어지는 일이 있거든 그 붕괴를 조심하십시오. 어느 누구도 오래 끌고 나가지 못할 것입니다.
>
> ― 에바 페론

　에바에 대한 추억이 하루하루 옛 이야기 속으로 희미해져가는 동안 후안 페론도 차차 그림자와 같은 인물로 되어 버렸다. 그의 유일한 욕망은 권력에 있었으며, 그 권력이 자기보다 나이가 4분의 1밖에 안 된 소녀들을 겁먹게 하기 위한 것이었건, 아니면 국가 이익을 쟁취하기 위한 것이었건, 그런 것은 전혀 문제가 되지 않는 것 같았다. 정부 내의 주도권이 점점 더 절망적으로 되는 가운데서도 올리보스 저택에서의 그의 유희는 계속되었다.
　그의 동지들이 국고에서 부당한 이익을 취함에 비례해서 어김없이 그의 해외 은행 구좌에 예금액이 증가하는 동안, 대통령은 계속 못 본체했다. 미국으로부터는 결코 원조를 받지 않겠다는 것을 에바의 추종자들에게 끊임없이 확언한 바 있음에도 불구하고 그는 아르헨티나의 자원 탐사를 위해 캘리포니아 스탠더드 정유 회사와 협상에 들어갔다. 미국이 현 정권을 지지해 주는 것만으로도 흡족해하는 군부의 재촉에 의하여 그는 미국 국무성에 차관(借款)과 공여(供與)를 요구했다.

  근로자들은 해마다 임금을 인상시켜 주던 페로니즘으로부터 소외당하고, 또한 고용주들의 면전에서 날마다 두렵고 비참한 상황 속으로 소외당하게 되면서 파업과 진압, 진압에 대한 또 다른 파업이 잇따르는 반응을 불러일으켰다. 빈민 계층인 데스카미사도스는 계속 에바를 찬양했지만, 그 찬양은 때로는 대통령에 폐를 끼치는 것처럼 보였다.

  페론 정부의 가장 강력한 무기는 라울 아폴드의 선무 공작(宣撫工作)에 충직하게 추종하는 비밀 경찰이었다. 공산주의자들과 급진적인 로마 카톨릭의 영향을 점점 크게 받는 반정부 노동자들의 대량 체포는 일상적인 사건이 되어 버렸다.

  고문부대(拷問部隊)에서 사용하는 가장 중요한 도구인 전기봉(電氣棒)이 언제나 가동중이었고, 거짓 약속으로 근로자들을 붙들어 두는 일에 실패한 후로 정부는 전기 충격에 더욱 의존하였다.

  경찰은 수뇌부가 페론의 희생자들로 하여금 비명 소리를 지르게 하는 한편에서 신문과 라디오들이 아낌없는 찬사를 되풀이하고 있었다. 1954년, 신문과 라디오를 담당하는 홍보과를 홍보실로 그 지위를 격상시켰을 때, 홍보 작업에 종사하는 인원이 1,167명이었고, 1천8백만 명의 인구를 가진 국가의 홍보실이 배포하는 문서가 매년 8백만 건에 이르렀으며 모두가 페론을 찬양하는 문구들이었다. 신문은 페론의 여하한 동정에 대해서도 무비판적으로 찬성을 했을 뿐만 아니라, 페로니스트의 금고를 더욱더 늘려 주었다.

  에바가 1948년 영국으로부터 몰수해서 취득한 엘 문도(El Mundo)의 재산만 해도 연간 1백만 달러의 이윤을 올리고 있었으며, 이 재산은 페론과 그의 측근들에 의해서 관리되고 있는 것들 중의 일부에 지나지 않았다. 더 많은 돈을 거둬들이기 위한 방법으로 페론을 지지하지 않는 기업체에게 막대한 세금을 부과함으로써 고통을 주었던 그 해에 엘 문도의 세금은 경감시켰다.

페론은 육욕적인 쾌락을 더욱 즐기기 위해 시내에 똑같은 은신처를 두 곳 더 마련하였고, 올리보스의 휴양처에는 더 많은 즐거운 일들을 만들어 놓았다. 밤새도록 쇼가 벌어졌다. 넬리다 하이데(넬리) 리바스라는 1939년 4월 21일생의 몸집이 자그마하고 검은 머리를 가진 어린 소녀가 있었다. 그녀는 1953년 12월, 수백 명 10대들의 선례에 따라 중등학교 학생 연합에 가입했고, 그 후 곧 올리보스의 공연에 불려 나가게 되었다.

페론은 무리들 속에서 파르스름하고 까만 눈이 여리어 보이는 소녀를 발견하고는 그녀에게 깊은 관심을 가지게 되었다. 상황이 진전되고 넬리라고 불리게 됨에 따라 며칠 밤 소파에서 더듬어 본 뒤에 그녀는 에바의 침실을 차지하게 되었고, 에바의 보석으로 몸을 장식하고 특별히 주문한 고급 제품의 구두를 신을 수 있게 되었다.

1954년 마르 델 플라타(Mar del Plata)에서 열린 화려한 아르헨티나 영화제에서는 시알세타(Cialceta) 소령이 넬리를 에스코트했으나, 그 10대 소녀의 눈은 대통령석으로 향해 있었다. 나중에 그녀가 한 회사원과 결혼을 하고 두 아이를 가지게 되었을 때, 그녀는 페론을 세심하고 존경스러운 연인이었다고 표현했다. 그러나 자기가 유일한 여자는 아니었다고 말했다.

"학생 연합의 소녀들은 페론의 파티에 가는 특권을 얻기 위해 싸우곤 했어요."
라고 그녀는 말했다.

넬리는 곧 만사를 다 사랑이라는 이름으로 처리해 버리는 페로니스트들의 습관에 젖어 버렸다.
 "그분은 나를 사랑해 주셨어요. 언제나 내가 귀엽다고 그러셨어요. 하지만 사실은 안 그렇잖아요? 그분은 내가 자기를 아빠라고 부르는 것을 좋아하셨어요."
라고 그녀는 말했다.

 에바의 서거 후 2주기가 되는 날, 아라 박사는 아직도 자기 위치를 견실히 지키고 있었으며, 정부는 소용돌이에 휘말려들고 있었다. 아폴드는 추모 예배를 마련함으로써 다소 무마시켜 보려고 했다. 그날 저녁의 날씨는 쌀쌀했다. 비탄에 가득 찬 목소리로 시작된 예배가 라디오에서 흘러나왔다.
 "주여, 벌써 이태가 되었나이다. 그러나, 아직도 사실같이 느껴지지 않는 것은……."
 교통부 장관은 모든 운송 차량들에 다음과 같이 씌어 있는 플래카드를 부착하도록 지시했다.
 '에바 페론은 결코 죽은 것이 아니다.'
 페론 대통령과 에바의 어머니, 그리고 비탄에 젖어 우는 그녀의 세 자매가 고인을 추모하는 미사에 참석하였다. 페론은 전 아내를 기리는 뜻에서 경범자 3백 명을 교도소로부터 석방했다고 발표했다. 그러나, 정치범을 수감하고 있는 감옥은 여전히 넘쳐흘렀다. 나팔수가 **나팔을** 불자 웅성거리던 군중들 사이에 잠시 동안의 침묵이 감돌았다. 계속해서 여러 날 동안 온 나라 안을 마비시키곤 했던, 에바를 애도하는 나팔의 긴 슬픈 소리였다.
 1955년 1월 13일, 신문에는 거의 알려지지도 않은, 그리고 운이 다한 페론주의의 앞날에도 아무런 영향을 주지 못하는 하나의 사건이 실려 있었다. 그러나 그 사건은 하나의 이정표와 같은 것이었다. 왜냐하면 페로니즘의 전 역사에 있어서 몇 안 되는 양식 있는 사람들 중의 하나가 죽었기 때문이었다.
그의 이름은 마리오 아벨리노 페론(Mario Avelino Perón)이었으며, 대통령의 유일한 형제였다. 그는 부에노스아이레스에 있는 페론 대통령 병원에서 맹장염 수술 끝에 복막염으로 죽었으며, 나이는 64세였다. 과묵하고 정치에 무관심한 마리오 페론은 1946년 그의 동생에 의해 부에노스아이레스 동물원의 원장으로 임명된 이래, 계속 그 자리를 지켜왔다. 그 동물원지기가 언젠가 아르헨티나라는 광인의 집에 그 시절의 묘비명이 될 수 있을 듯한 말을 한 적이 있었다.
"삶 속에서 우리조차 이름을 알 수 없는 것들과 섞여야만 한다. 나는 모든 나의 동물에게 이름표를 붙일 수 있어 내 동물원이 좋다."
경이에 가까운 장기 집권의 말년에 처해 있는 페론은 그의 형을 위하여 슬퍼해 줄 시간적인 여유조차도 없었다. 에바의 경우에도 뒤늦게나마 금과 상아로 장식된 삽으로 에바의 무덤에 초석을 놓는 일에 참석하기는 했었다. 그때 페론의 연설은 아주 간략한 것이었다.
"저 넓은 플라타강을 바라다보고 있는 이 기념비적인 묘는 우리의 땅에 발을 디디는 모든 사람들에게 우리가 들어올린 최고의 가치는 겸양과 근로라고 말해 줄 것입니다."
나라 안을 온통 수라장으로 만들어 놓은 가운데, 그가 수습하려고 한 마지막 방법으로 페론은 모든 관심을 자신으로부터 따돌릴 수 있는 어떤 표적을 찾으려 하였다. 쿠데타를 일으킬 태세의 군부, 관망 상태에 있는 근로자들, 철저하게 피폐해져 버린 경제계를 놓고 페론이 선택할 수 있는 표적이란 오직 반정부 세력을 규합할 수 있는 로마 카톨릭 교회일 뿐이었다.
카톨릭 교회에 대해서 대립하는 움직임이 시작된 것은 1954년, 페론이 카톨릭의 도덕 규범으로 확고부동한 두 개의 문제, 곧 이혼과 매춘을 법적으로 합법화하는 일을 강행했을 때부터였다. 페론은 또한 노동 총연맹 사건에서 비롯한 강력한 평신도 운동인 카톨릭 운동의 영향력에 대해 관심을 점점 더 가지게 되었다. 카톨릭 운동은 미국으로부터 은밀한 원조를 받고 있었던 것으로 추측되는데, 카톨릭 노동 운동은 아르헨티나에 내재해 있는 강력한 공산주의에 대항하는 운동으로 시작되었다.

1955년 6월 11일 주말에 페로니스트들의 반카톨릭 선전은 절정에 달해서 부에노스아이레스에서는 거대한 폭동이 있었다. 대교구 성당에서는 아르헨티나의 국기가 불태워졌고 건물에 불을 지르려는 시도가 있었다. 5백여 명의 전도사들과 함께 건물 안에 있던 대법원 판사 토마스 카사레스(Tomás Casáres)는 직권으로 군부의 보호를 요청했다. 페로니즘의 폭도들이 거리를 배회하면서 시내 큰 상점들의 유리를 깨뜨리고 신부들의 인형을 만들어 불태워 버렸다.

라이히슈타크 화재 사건 이후의 히틀러처럼 페론은 모든 증거가 페로니스트들의 교사에 있었음을 말해줌에도 불구하고 혼란의 책임을 카톨릭 지지자들에게 덮어씌웠다. 6월 15일, 비밀 경찰은 새벽에 전국의 교구 본당과 카톨릭 운동 지휘부를 습격해서 무차별 체포하고 건물을 봉쇄해 버렸다. 코펠로(Copello) 추기경의 병으로 인해 아르헨티나의 교회 대표자로서 직무를 수행하고 있던 부에노스아이레스의 부교주 마누엘 타토(Manuel Tato)는 그의 보좌역 라몬 노보아(Ramón Novoa)와 함께 출국 명령을 받았다.

두 고위 성직자는 그들이 입고 있던 옷 그대로 10대의 버스에 나눠 탄 경찰에 의해 공항까지 호위를 받고, 위험한 이탈리아의 인물들이란 구실로 아르헨티나 항공의 비행기에 올라 국외로 추방당했다. 타토 주교는 그와 같은 어이없는 결정에 승복하지 않았다.

"우리는 이탈리아인이 아니며, 위험 인물도 아니다. 우리는 둘 다 아르헨티나에서 태어났다."
고 그는 말했다. 고위 성직자 둘이 로마에 도착한 후, 바티칸은,
'교회의 권리를 짓밟고 교회의 인사들에 대해서 폭력을 행사한 아르헨티나의 모든 사람들에게 바티칸의 최고의 형인 파문이 적용된다.'
는 성명을 발표했다. 특별히, 페론의 이름이 밝혀진 것은 아니나 페론도 파문 대상에 포함되었음을 바티칸은 분명히 했다. 그러나 페론의 응답은 대법원 판사 카사레스를 탄핵하는 소송 절차를 밟기 시작하는 것이었다.

그 주간의 사건은 공군과 해군의 일단의 젊은 장교들에게는 대단히 큰 충격이었다. 6월 16일, 페론에게 대대로 적대적인 해군의 함정들이 부에노스아이레스에 포격을 가했고 반대자 집단인 로사리오를 포함한 수개의 도시를 장악했다. 페론에게 충성을 바치는 군의 일부 세력도 전면적인 반격을 피하고 있었고, 싸움이 시작됨에 따라 대통령은 명색뿐인 지도자가 되었으며, 실권은 루세로(Lucero) 장군에 의해 영도되고 있는 군사 혁명 위원회로 넘겨졌다. 페론의 반카톨릭 명령을 철회한 후에 루세로 장군은 실제로 자기가 목표로 하는 대상이 누구인가를 분명히 밝혔다.

6월 20일, 근 3년 만에 처음으로 정부의 저녁 뉴스 방송의 시작 시간이 8시 25분에서 8시 30분으로 변경되었다. 8시 25분은 에바 페론이 영원으로 돌아간 순간이었다는, 언제나 반드시 방송되던 말이 중단되었다.

다음달, 정부는 아르헨티나의 각급 학교에서 에바의 전기를 더 이상 읽힐 필요가 없다고 발표했다.

군부에 의해서 예의 감시를 받고 있던 페론은 그가 한껏 영광을 누리던 때의 모습과는 거리가 먼, 실질적으로 눈에 띄지 않을 만큼 작은 존재가 되어 버렸다. 그는 그의 은신처에서 여인들과 함께 시간을 보

내든지, 아니면 그의 명령으로 재무부 지하 3층에 구축해 놓은 벙커에서 지내든지 했다. 그가 사무실을 비움에 따라 필요한 것이란 10년간의 페로니즘 때문에 속속들이 부패한 국정의 희망이 없는 임무를 떠맡고자 하는 군사 위원회 위원 중의 어떤 인물이었다.

1955년 겨울, 아르헨티나의 사건은 아라 박사에게도 영향이 미쳤으나, 그는 에바의 유해가 있는 교역 조합 본부에 여전히 남아 있었다.

6월 16일, 해군의 포격이 시내 중심지에 가해질 때 그는 특별 경계를 폈었다. 그러나 기적적으로 나의 숙소는 불에 타 버리는 것을 면했다고 그는 말했다. 그 후 몇 개월 동안 아라 박사는 그가 만나는 페로니스트와 군 장교들에게 아르헨티나가 남은 임무를 수행해 주기를 즉, 계약상의 미지급금 5만 달러를 자신에게 지급할 것과 에바의 유해 인수증에 서명함으로써 그것을 관계 당국에 넘길 수 있도록 선처해 주기를 탄원하였다. 박사의 노력은 드디어 결실을 보게 되었다.

그는 9월 16일, 그의 모든 청원을 해결해 줄 전국 에바 페론 기념 사업 위원회에 나와 줄 것을 요청받았다. 박사가 그날 잠에서 깨어났을 때 그는 시내에 불길한 적막이 깔려 있음을 예감하였다. 그러자 얼마 후 터지는 총소리와 비행 편대의 우르릉거리는 소리로 그 적막은 깨져 버리고 말았다. 교역 조합 건물에 있는 그의 사무실에서 아라 박사는 회합을 1주일 연기하자고 요청하는 연락을 위원회로부터 받았다.

"나는 오늘 만나는 것이 내게는 더 편리하다며 확실한 대답을 했습니다."

라고 그렇게 어수룩하지 않은 아라 박사는 말했다. 비록 페론 정권의 마지막 사람들까지 온통 몰락해 버리는 상황이긴 하나 기념 위원회를 맡아보고 있는 페로니스트인 상원 의원 후아니타 라라우리(Juanita Larrauri)는 아라 박사의 요청을 들어주었다.

그날 오후 박사는 시가전이 벌어지고 있는 속을 뚫고 기념 위원회 사무실이 있는 노동부의 건물로 침착하게 차를 몰았다. 라라우리 상원 의원은 그를 만나자 안전한 곳으로 데려갔는데, 거기서 그녀는 빳빳한 새 지폐로 5만 달러를 그에게 넘겨주었다. 그 돈은 미국 연방 준비 은행의 띠가 묶여 있었다고 박사는 기억하고 있었다.

그러나, 상원 의원은 그 돈을 건네주기 전에, 에바의 이름으로 수행되는 어떠한 중요한 사업에도 전통적인 묵념의 시간을 갖지 않으면 안 된다고 말했다. 아라 박사가 안절부절 불안해 하는데도 그 위원장은 화가 치밀 정도로 오랫동안 머리를 숙이고 서 있은 후에 그에게 돈을 넘겨주었다. 그러나, 그녀는 자기가 유해의 책임까지 질 수 없음을 유감으로 생각하고 있었다.

아라 박사는 에바의 유해에 꽂혀 있던 보석으로 장식된 브로치를 가지러 연구소에 들렀다가 차를 몰고 나갔다. 그는 그 브로치와 돈 5만 달러를 스페인 대사관의 안전한 곳에 맡기고는 대사에게서 인수증을 받은 뒤, 자기의 최후의 자리가 될지도 모를 교역 조합 본부를 향해서 포탄을 뚫고 돌아왔다.

그는 아직도 에바의 추억에 충성을 바치고 있는 경비병을 위해 음식과 담배와 브랜디와 기타 무기를 챙기고, 새로 구입한 모제르 권총을 확인한 다음 마음을 가라앉히고 기다렸다. 만일 누군가가 자기의 걸작품을 파괴하려드는 사람이 있다면, 그는 외교관 면책 특권을 사용해 보려 했고, 그것이 통하지 않으면 싸울 준비까지 하고 있었다.

그로부터 이틀 동안, 9월 17, 18 양일간에는 산발적인 전투만이 있었고, 아라 박사는 에바의 유해가 있는 자기 연구소의 바리케이드 속에 남아 있었다. 몇 차례 경비원이 특별한 손님들을 예배실로 들어가도록 허락해 주었는데, 사람들은 거기서 허리를 굽혀 에바의 손에 쥐어져 있는 묵주(默珠)에 입을 맞추었으며 마치 그것이 마지막인 듯싶었다.

근로자를 가득 실은 자동차의 행렬은 쉴 새 없이 옆에 있는 에바 페론 재단의 본부로 왔다. 그리고 새로운 무기를 공급받아 가는 것을 아라 박사는 지켜보았다.

9월 19일, 동이 틀 무렵, 비가 내리고 있었다. 아라 박사는 음울한 정말 음울한 날이었다고 쓰고 있다. 그는 가까운 거리에서 해군의 함포 사격 소리를 들었고, 페론의 종말이 가까웠음을 깨달았다. 그 혼란 속에서 고집센 박사는 엄청난 결단을 내렸다. 대통령을 한 번 더 만나서 에바의 유해에 대한 책임을 지도록 설득해 보리라는 것이었다.

아라 박사는 거리에 바리케이드를 쌓고 지키는 군인들에게, 잘 알려져 있는 자기의 캐딜락을 타고 대통령 관저로 향했다. 그는 3년 전 에바를 처음 방부 처리했던 침실로 들어가는 입구를 찾아냈다. 측근들이 여기저기서 여행 가방과 서류 상자를 들고 황급히 서둘러 다니고 있었다. 그는 겨우 페론의 비서로 일하는 소령에게 말을 걸 수 있었다. 박사는 대통령을 면담할 것을 요청했다. 그 측근은 그런 용건으로는 대통령과 면담하는 것이 불가능할 것이라고 말했다.

"왜냐하면 장군께서는 화급한 문제들로 완전히 파묻혀 계시기 때문입니다."

그리고 그는 집으로 돌아가서 연락이 오기를 기다리라고 했다.

연구소에 들러 경비 상태가 안전한가를 확인한 뒤에 아라 박사는 집으로 돌아가 전화 옆에서 기다렸다. 전화는 오지 않았다. 며칠 동안 우유부단과 공포에 시달린 끝에 페론은 플라타강 입구의 공동 관리 수로에 정박하고 있는 파라과이의 포함(砲艦)에 피신하기로 했다.

마지막 며칠 동안을 지켜본 한 사람이 페론은 공포에 질려 비참한 모습이었다고 말했다. 상황이 그랬기 때문에 그의 측근들이 팔을 끼고 부축해서 그의 망명길을 안내해 주지 않으면 안 됐었다.

'마치 학교에 가는 첫날 데려다 주는 소년처럼.'

아르헨티나의 악몽은 지나간 것 같았다.

에바의 유해를 보관하는 일에 합법적인 색채를 가미하기 위한 최후의 노력으로 아라 박사는 후아나 두아르테로부터 친필 비망록을 확보해 두었다.

'마리아 에바 두아르테 데 페론(María Eva Duarte de Perón)의 어머니로서 본인은 만일 그녀의 남편 페론 장군이 본인의 딸 에바의 시신에 대한 아무런 조처도 취해 주지 않을 경우 귀하, 박사께서 여하한 사태에도 대비할 수 있는 필요한 대책을 강구해 줄 것을 요청합니다. 괴로운 어머니로서 귀하에게 간청하는 바입니다.'

그로부터 며칠이 지나 민간인 복장을 한 무리들이 두아르테의 저택을 부수고 들어가 후안 두아르테의 금고에 남아 있던 금화와 금으로 된 패물들을 가지고 가 버렸다. 어머니와 세 딸은 급히 서둘러 에콰도르 대사관으로 몸을 피했고 후에 칠레로 망명했다. 아라 박사만이 에바가 아르헨티나에 남겨 놓은 유일한 가족이었다.

새 임시 정부는 에두아르도 로나르디(Eduardo Lonardi) 장군의 후견하에 있었다. 그는 온건한 사람으로 그의 목적은 확고하였으며, 쌍방의 기선을 잡음으로써 아르헨티나의 평온을 회복하려는 것이었다.

9월의 마지막 날들은 아라 박사와 교역 조합 본부를 지키는 경비원들에게는 휴식 기간이었다.

페론은 2주일을 뚜렷한 계획도 없이 보냈으며 그에게 권력을 가져다 줄 수 있는 것이라곤 아무 데도 없는 것 같았다. 그는 넬리 리바스에게 편지를 썼다.

'내 귀여운 소녀에게 모든 사람들이 나를 버리고 떠나 버린 지금, 내가 가진 것이라고는 네가 전부이다. 내가 귀여워하던 개들을 잘 돌봐 주면서 네가 그 모두를 함께 아순시온(Asunción)으로 데리고 오기를 바란다. 매일 네가 보고 싶다. 아빠로부터 뜨거운 키스를 보낸

다.······후안 페론.'

그 뒤, 그는 파라과이로의 망명을 위해 강을 따라 올라갔다. 그것은 이후 20여 년에 걸쳐 그의 집으로 삼았던 여섯 나라들 중의 첫번째 나라였다.

파라과이로 가는 길에 넬리는 경찰에 의해 저지당했다. 그녀가 지니고 있던 현금 4만 5천 달러와 숨겨 놓았던 에바의 보석들, 그리고 그녀의 스쿠터까지 몰수당했다. 16세의 소녀 넬리는 페론과 함께 지내던 때의 일들, 에바의 침실 모양이라든지, 페론이 자기에게 사 준 선물, 페론이 파티에서 50명이나 되는 10대 소녀들에게 5백 페소짜리 돈을 나눠 주며 돌아다니던 때의 이야기를 하며 날들을 보냈다.

넬리만이 두고 온 여인은 아니었다. 이사벨 델 솔라 구일렌이라고 하는 19세의 여인도 페론이 그녀와 비밀로 결혼을 했었다고 주장했다. 스위스 여인 마리아 바이스는 그녀가 그의 진정한 연인이라고 페론이 말해 주었다고 주장했다.

"그분이 나와 함께 살기를 원하는 것이 틀림없어요."
라고 그녀는 말했다. 그러나 페론은 그러지 않는다.

소강 상태에 들어서면서 아라 박사는 시가전이 한창 열기에 싸여 있는 동안 방치해 두었던 문제를 처리할 수 있는 여가를 가지게 되었다.

'얼마 동안 그 위험한 나날들 속에서도 나는 심미적 문제에 몰두했다. 에바의 시신은 임시로 입힌 수의에 싸인 상태 그대로였던 것이다. 비록 아르헨티나의 국기와 페론파의 깃발로 완전히 덮여 있다고는 해도 속에 입고 있는 옷은 그녀가 죽던 날 입고 있었던 옷 그대로였다. 가슴과 팔은 풀린 단을 시침질해서 만들다 만 얇은 명주로 된 가운 비슷한 옷으로 덮여 있었다······. 만일 깃발이 제쳐졌을 때, 적이건 친구건 그녀의 그와 같은 모습을 볼 것을 생각하면 나의 마음이 편치 못했다. 그녀가 죽었을 때 입힌 그 옷은 아무리 화려하게

재봉이 잘 된 것이라고 하더라도 우리가 상상했던 것과는 어울리지가 않았다.'

아라 박사는 목과 허리는 들어가게 하고 발목까지 내려오는 큼지막하고 심플한 튜닉을 바랐지만 그런 옷을 만들어 줄 수 있는 사람이 있을 것 같지가 않았다.

'남자든 여자든 전문적인 재단사는 아무도 데려오고 싶지 않았다.'
라고 그는 썼다. 며칠 동안 고민 끝에 자기와 자기의 작품에 대한 비난을 못마땅하게 생각하던 아르헨티나 사람이 아닌 한 친구를 생각해 냈다. 그녀가 연구소를 방문해서 소방대 지휘자와 함께 시신을 재고 박사의 주문대로 튜닉의 스케치를 했다. 나흘이 지나서 그 옷은 준비가 되었고, 1955년 1월 1일 엄숙한 자세로 서 있는 소방대원의 참관하에 아라 박사는 시신에 민첩하게 옷을 입혔다.

"옷을 입으신 부인의 모습이 정말 아름답습니다."

소방대원 중 한 사람은 그렇게 말하면서 흠모의 눈물을 흘렸다고 그는 말했다.

"드디어 나는 안도의 한숨을 쉬었다."

아라 박사는 유해에 품위 있는 옷을 입히고 나서 말했다. 그는 장의사가 보관하고 있는, 진짜 수정으로 뚜껑을 장식한 관을 되돌려받고자 했으나 장의사는 1952년 정부에 제출한 보관증 없이는 내줄 수 없다고 거절했다. 그러나, 페론의 서류더미 속에서 도저히 그 보관증을 찾아낼 수가 없어서 에바는 아라 박사의 유리관 속에 그대로 있을 수밖에 없었다.

10월 4일, 박사는 매우 놀라지 않을 수 없었다. 그가 사무실에 도착했을 때 그는 고정 배치되어 있던 소방대원과 장비를 정부가 철수시킨 것을 알게 되었다. 뿐만 아니라 그들은 아라 박사가 자기 책상 옆에 보관하고 있던 두 개의 소형 소화기까지 가져가려고 했다. 그러나, 박사는 그 소화기를 가져가겠다면 자기가 먼저 죽겠다고 말했다. 박사는 정부가 이 처치 곤란한 시체를 화재로 자연스럽게 처리되도록 원하는 것이라고 추측하고는 내셔널 팔레스로 가서 예를 갖추어 장례를 치르어 줄 것을 탄원했다.

아라 박사는 자기의 계획이 승인되리라 생각하고 작별을 고하기 위해 자기의 연구소로 갔다.

"Adiós, Evita. ya no to veré mas, gue Dios te perdone."

이것이 그의 회고록에서 사용한 말이다.

"잘 있어요, 에비타. 이제 다시 못 볼 거예요. 하느님, 용서하소서."

상황은 뒤바뀌어 전에 했던 약속은 거짓이 되어 버렸다. 정부는 아라 박사의 연구소에 있는 것은 밀랍으로 만든 인형이고 에바의 유해는 다른 곳에 있다고 주장했다. 그래서 그들이 장례식을 거행하면 곧 유해는 페로니스트들의 쟁점이 되어 버릴 것이라는 생각을 했다.

그로부터 근 한 달 동안 조사 위원회에서 X선을 촬영하고 지문을 채취하고 유해의 섬세한 부분까지 그것이 인간의 신체 조직인지 아닌지를 검사하려는 일련의 활동이 계속되었고, 아라 박사는 에바를 치료한 일이 있는 다섯 명의 치과 의사를 만나기 위해 부에노스아이레스를 다섯 바퀴나 정신없이 돌아다녔다. 그것은, 그들이 가진 X선 사진을 얻어 비교해 보기 위함이었다.

그는 분실될 우려가 있으므로 안전하게 보관하기 위해 자기 서류를 복사해서 독일에 있는 한 친구에게 보내기로 했다. 조사 위원회의 책임자는 카를로스 에우헤니오 데 모리 코에니그(Carlos Eugenio de Moori Koenig) 육군 중령이었으며, 그의 아버지는 제1차 세계 대전 때 전사한 독일의 장군이었다. 아라 박사가 '비상한 지성과 높은 교양과 철학적 소양을 지닌 군인'이라고 부른 중령은 정부가 아라 박사나 에바 그 누구도 해롭게 하지 않을 것이라고 그를 안심시켜 주려 했다.

육군 중령 모리 코에니그는 에바의 유해를 일컬어 '인간의 가장 훌륭한 업적 중의 하나로 평가될 만한 가치가 있는 예술 작품'이라 했다고 박사는 말하였다.

10월 말로 접어들 무렵 최종적인 위원회가 모였고 거기서 그것이 에바의 유해라는 결정이 내려졌다. 박사는 다시 평온을 찾게 되었다.

'의기 양양한 혁명군의 조사단들이 해체되었다. 에바 페론의 외로운 시신과 나는 또 다시 이젠 습관처럼 되어 버린 우리들의 고독 속에 잠겨 버렸다.'

라고 아라 박사는 쓰고 있다. 그는 50여 년 전 슈투트가르트에서 본 연극에서 운명의 변화 무상함을 나타낸 대사 한 토막이 회상되었다고 말했다.

"오늘 너는 위대하고 강력한 권좌에 있으나 내일 너는 물결에 내맡겨진 운명이 될 것이다."

아라 박사는 이 회고록의 마지막 장에 '힘들었던 한 달(A Hard Month)'이라는 제목을 붙였다. 11월 4일, 한 중령이 노동 총연맹 위원장직을 인계받고 그 다음날 명령을 내렸다. 그것은 그 중령의 입회 없이는 아라 박사를 포함해서 어느 누구도 에바의 유해를 볼 수 없다는 내용이었다.

반페론 운동의 지지부진함에 대해서 군부 내에서는 불만의 소리가 높아져 갔고 드디어 11월 13일에는 열렬한 반페론파이며 모두가 지지하는 페드로 아람부루(Pedro E. Aramburu) 장군이 로나르디 장군을 전복시켰다.

11월 16일 밤, 해군의 1개 부대가 탱크와 기관총을 앞세우고 교역조합 본부를 점령하고는 에바의 유해를 끌어내고 건물 내의 방마다 뒤지고, 에바가 안치되어 있던 예배실 밖에 기관총을 배치해 놓았다. 아라 박사는 다시 내셔널 팔레스로 가서 수난을 겪고 있는 시신을 예의를 갖추어 장례를 치르어 줄 것을 탄원하였다.

"아라 박사, 나는 우선 당신이 하는 일에 존경을 표하는 바입니다. 그러나, 그로 인해서 당신은 우리에게 아주 커다란 문제를 안겨 주고 있습니다."

신임 보건부 장관인 장군은 이렇게 말했다. 박사는 자기의 낡은 숙소로 가서 얼마나 피해를 입었는가를 살펴보았다. 연구실의 출입문이 겨우 경첩에 매달려 있는 것을 보았다. 그는 안으로 들어가지를 않았고, 그날 밤엔 잠을 이루지 못하였다.

다음날인 11월 23일, 모리 코에니그는 아라 박사가 그 동안 탄원해 온 그 문제에 대해 조촐한 장례를 치르어 주기로 정부가 최종 결정을 보았다는 것을 박사에게 통보해 주었다. 그는 박사에게 밤에 연구소에 가 있으라고 말했다. 아라 박사는 이미 에바의 보석 브로치를 중령에게 준 일이 있었으며 그는 보관증을 받았다고 말했다(그 브로치는 두 번 다시 보지를 못했다).

아라 박사가 그날 밤 연구실에 들어갔을 때, 방 안에는 20여 명의 사복을 한 군인들이 있었다고 했다. 두 명의 인부가 수정으로 장식된 관 뚜껑을 열었다. 박사는 아르헨티나의 국기가 에바의 시신에서 제쳐지고 페론파의 기가 땅으로 떨어지는 것을 지켜보았다. 에바의 옷이 약간 흐트러졌으나 유해에 손상이 간 곳은 없었다.

아주 조심해서 한 사람의 인부가 발목을 잡고 다른 한 사람은 어깨를 들었다. 아라 박사는 몸의 가운데를 받쳐 들어올려서 관 속으로 옮겼다. 인부들은 땀을 흘리며 두려움과 존경하는 마음으로 얼굴이 창백해져 있었다고 박사는 기억을 되살렸다.

"그녀를 열광적으로 숭배하는 사람들뿐만 아니라, 그 방 안에 있던 여러 사람들로부터 주체할 수 없는 눈물이 방바닥으로 떨어졌습니다."

모리 코에니그는 그 다음날 관을 봉할 준비가 되면 부르겠다고 아라 박사에게 말했다. 그러나 연락은 오지 않았다. 아라 박사가 연구실로 갔을 때 박사는 안으로 들어가는 것을 제지당했다. 결국 소지품을 챙기러 들어가도록 허락을 받고 들어가 보니 물건들은 예배실의 중앙에 한 덩어리로 팽개쳐져 있었고 관은 볼 수가 없었다.

 몇 주일 후, 전화가 걸려 온 것은 집에서 잠을 자고 있던 한밤중이었다고 아라 박사는 말하고 있다. 누구인지를 알아낼 수는 없었으나 귀에 익은 목소리가 박사에게 일러주었다.

 "교수님! 가져가 버렸습니다."

 "누구시죠?"

 "내가 누군가는 중요치가 않습니다. 교수님, 가져가 버린 것은 확실합니다. 당신은 그게 무슨 뜻인지를 잘 아시죠?"

 "정말입니까? 확실합니까?"

 "확실하다 뿐인가요. 의심할 나위가 없습니다. 교수님, 내가 직접 보았으니까요. 안녕히, 교수님."

 아라 박사는 마지막 남은 몽상마저 지워 버렸다.

 "지나간 일이야 그렇다 하더라도 밝은 햇빛이 비치기도 하고, 그늘이 덮이기도 하면서 삶은 언제나 이어져 나가고 있는 것이라는 생각을 했습니다. 드디어 모든 것이 끝났고 홀로 있는 자신을 발견하게 될 뿐입니다."

사라져 가는 역사

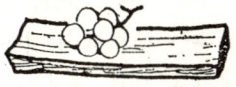

> 서류를 태우는 것만으로 파괴될 수 없는 신화가 있을 것이라는 생각을 해 보았다. 그러나, 그 말을 하지는 않았다.
>
> 페드로 아라 박사

새 정부는 아르헨티나의 생활 속에서 페론의 모든 흔적을 지워 버리려는 맹렬한 운동을 전개했다. 권력 구조로부터 소외당한 국민들이 지겹도록 흔히 겪는 바대로 국민은 후안 페론과 에바에 대한 맹신적인 아첨을 하던 것으로부터 깊은 증오를 하는 것으로 태도를 바꾸도록 조종당했다. 페론이 무엇에든지 광적으로 자기 이름을 붙였었던 데 비해 이번에는 장군들이 그 모든 것으로부터 이름을 지우는 데 마찬가지로 극성이었다.

에바 페론시(市)는 다시 라 플라타(La Plata)로 되었고, 에바 페론주(州)는 라 팜파(La Pampa)로 복귀되었다. 수천 개의 페론 병원, 학교, 거리와 열차들이 본래의 이름을 되돌려받았다. 매일같이 신문들은 새로운 뉴스거리를 실었다. 1만 2천627톤짜리 화물선 에바 페론호가 우루과이호로 개명되었다. 레티로(Retiro) 철도역은 10년 동안의 프레지던트 페론역에서 다시 옛 이름을 되돌려받았다.

그 무수한 페론의 동상들이 아르헨티나의 공공 장소에 빈자리를 남기고 뿌리째 뽑혀 파괴되었다. 군대는 2만 2천8백 피트의 눈 덮인 아콘카과(Aconcagua)산 정상에까지 등반대를 보내 이전에 탐험대들에 의해 정상에 세워진 동(銅)으로 된 후안 에바의 흉상을 제거해 버렸다. 부에노스아이레스 교외 팔레르모에 있는 거대한 에바의 묘역은 다이너마이트로 폭파되어 산산조각이 나 버렸다.

시내 중심가에서는 크레인과 불도저가 밤새도록 작업을 하였고, 에바 페론 재단 건물 위에 설치되어 있는 에바와 후안의 거대한 동상은 올이 굵은 삼베로 된 수의를 입혀 길거리로 굴러 떨어뜨렸다. 대리석은 산산조각이 나고 미술을 공부하는 학생들이 실습용으로 주워 갔다.

페론주의자들이 그들의 영도자에게 영광을 돌리는 방법을 찾아내는 데 상상의 극을 넘어 부심했던 데 대해서, 새로운 통치자들은 옛 시대의 미세한 잔해까지도 말살시키려는 데 혈안이 되었다. 살타(Salta)의 학교들은 수업을 시작하기에 앞서 매일처럼 에비타를 위한 기도문을 학생들에게 암송시키던 신성화된 행사를 중단시켰다.

퍼스트 레이디의 생존 때에는 국가 안의 국가 역할을 했던 에바 페론 재단이 철저히 분쇄되었고, 재단의 재산은 중앙과 지방 기관들에 조직적으로 배분되었으며, 1957년 12월 8일, 그 재단은 공식적으로 해체되었음이 공포되었다.

에바가 그렇게 많은 정력을 기울여 수집한 보석 콜렉션은 문제가 좀 달랐다. 얼마 동안 정부는 그 보석들을 페론 정권의 부패와 타락의 산 증거로 상기시키려는 의도에서 공개 전시하였다. 그리고 나서, 1957

년 12월, 세계 각국의 보석상들을 불렀고 10일 동안에 걸쳐 부에노스아이레스에서 경매에 붙였다. 페론과 관련된 다른 물건들과 마찬가지로 그 보석들은 제 가치 이상의 값이 나갔다. 대부분은 값이 싼 옷 장식품들이었고 별반 가치가 없는 흠이 있는 보석들이었다.

몇 안 되는 적극적인 경매인 중에 뉴저지의 뉴와크(Newark)에서 온 조지 부시라는 보석상이 있었다. 그 사람은 1.5 내지 2캐럿짜리 둥글거나 네모난 303개의 다이아몬드로 만든 에바의 팔찌를 1만 달러를 주고 샀다. 그는 그것을 결혼 반지와 칵테일 파티용 반지로 만들어 자기네 고객에게 팔 것이라고 말했다.

에바가 남긴 그 수많은 의상들도 같은 운명으로 정해져 있는 것같이 보였다. 정부는 그 의상들을 압수해서 전시를 한 다음, 536점이나 되는 의류를 분류해서 국가의 압류물 창고에 보관해 두었다. 1967년 에바 사후 15년 되는 해에, 기념품 수집가들에게 에바의 의상이 공매되리라는 공고가 있었다. 페론주의자들은 그 공매를 저지하기 위해 부에노스아이레스의 거리에서 반대 시위를 했었다.

처음 몇 해 동안에 걸친 반페론에 의한 숙청 작업이 있은 후, 에바를 숭배하던 수십만의 빈민들이 반은 숨어서 신비적인 의식을 거행했다. 부에노스아이레스를 둘러싸고 있는 판잣집들은 집집마다 에바의 컬러 사진을 숨겨 놓았으며, 에바를 위해서 촛불을 켜 놓고 기도를 올렸다. 옛 페론 축제 기간에는 횃불 행렬이 수도권을 에워싸고 그 수가 늘어나는 빈민가를 누비며 행진을 하기도 했었다.

사람들은 아직 파괴되지 않은 에바의 기념품들이 있는 거리를 보존하려는 움직임을 보였다. 예를 들면, 1958년, 투쿠만(Tucumán)이라는 지방 도시에 있는 레기오(Reggio) 영화관의 배짱이 좋은 주인이 〈서커스의 행진〉이라고 하는 1944년에 찍은 필름을 발견했다. 리베르타드 라마르케와 휴고 델 카릴이 주연한 시대물로서 에바가 단역으로 출연한 것이었다. 그런데, 그 영화는 페론이 집권한 이래 상영이 금지되어 왔었다. 1958년, 영화가 개봉되려는 날 아침, 두 명의 무장을 한 남자가 극장으로 들어와 지배인인 다니엘 하비차인(Daniel Habichayn)에게 그 필름을 내놓을 것을 명령했다. 그 사람들은 필름을 압수해 가지고 가 버렸다.

1955년 아람부루 장군이 정권을 장악한 후, 그는 국가 조사 위원회에 페론의 도둑 무리와 고문자들을 법정에서 재판할 것을 명령하였다. 6개월의 작업 끝에 위원회는 1,045명을 체포하고, 314명을 기소했으며, 국고에서 착복한 3천5백만 달러를 환수하였다. 뿐만 아니라, 그들은 조사 결과를 밝힌 《제2전제 정치하의 흑서(The Black Book of the Second Tyranny)》(제1전제 정치는 1830년대와 1840년대에 걸치는 피에 굶주린 후안 마누엘 데 로사스(Juan Manuel de Rosas)의 치하를 말한다)를 발간해 내기도 했다.

위원회의 활동은 대단한 것이었으나 페론이 저지른 범죄의 실상에는 훨씬 미치지 못하는 것이었다. 왜냐하면 에바와 후안 두아르테는 이미 죽었고, 페론과 페론의 앞잡이들은 대부분 훔친 돈을 가지고 망명해 버리고 말았으며, 그 외의 수십 명은 부에노스아이레스에 주재해 있는 각국 대사관의 외교적인 보호 아래 있었기 때문이다(페론의 희생자들을 고문한 것으로 유명한 두 명의 형제들은 11년 동안이나 파라과이 대사관의 보호 아래 있었다).

위원회는 페론에 대한 기소를 궐석으로 인하여 되돌려보냈다. 그에 대한 한 가지 기소 조항은 후안 두아르테를 이용해서 에바의 재산을 가로채려고 했다는 것과, 그의 처남을 너무 많이 알고 있다는 이유로 살해했다는 것이었다.

청소년 법은 10대의 소녀 넬리 리바스를 유린했다는 죄목으로 기소했다. 해가 바뀜에 따라 공소 시효가 소멸되고 기소는 기각되어 버렸다. 전 대통령의 유죄를 선고하는 데 필요한 충분한 자료가 없었던 것은 결코 아니었다. 기소의 효과가 최후로 말살된 것은 1953년, 넬리 리바스가 행복한 결혼을 하고 두 아이의 어머니가 된 24세 되던 해였다.

아람부루 장군은 페론주의자 잔재를 뿌리채 제거하는 작업에는 성공했으나, 한편 경제적, 정치적 개혁에는 별 진보가 보이지 않았다. 에바와 그녀의 남편에 의해서 촉발된 전체주의 운동은 그 이상(理想)대로 국가를 공허하게 만들어 버렸고, 대부분은 냉소적인 사람들로, 나머지의 터무니없는 신봉자들이 사는 나라로 아르헨티나를 변모시켜 버리고 만 듯했다.

페론 이후, 아르헨티나는 희망으로 시작해서 참사로 끝나는, 3년을 주기로 하는 악순환의 연속으로 빠져들어가 버리고 만 것 같았다. 페론 정권을 거치면서 고문과 탄압은 정치적 수단으로 용납이 되어 버렸고, 풍토병과 같은 경제적 타락은 오히려 정상적인 것이 되어 버렸다. 개혁을 위한 모든 노력은 페로니스트나 네오페로니스트, 또는 그와 적대적인 사람들의 좀처럼 근절되지 않는 착복 행위로 인하여 좌절되었다. 처음 페론이 실각된 이래 23년 동안에 아르헨티나에는 14번에 걸친 정권 교체가 있었으며 대부분의 경우가 폭력에 의한 것이었다. 놀랍게도 그러한 변동 중의 한 번은 페론 자신의 복귀였다.

수년 동안 부에노스아이레스의 와르네스(Warnes) 거리에는 페론이 아르헨티나의 이곳 저곳에 만들어 놓은 송장 같은 상징물이 있었다. 그것은, 에바가 자기를 기념하기 위한 사업 중의 하나로서 1952년, 아동 병원을 세우기 위해 착공했던 대규모의 미완성된 단지 건설 공사장이었다. 페론이 벌여 놓은 대부분의 사업과 마찬가지로 그 병원도 결국 완성되지는 못했으며, 1955년 쿠데타가 일어났을 때까지도 다만 10층 건물의 골격 공사만이 이루어졌을 뿐이었다.

1957년까지도 그 건물은 방치되어 있었다. 그때, 도시 외곽 지역에 있던 판자촌 일대에서 화재 사건이 일어났고, 그래서 시장은 그 건물의 지상층에 10개의 화장실과 10개의 수도꼭지를 가설함으로써 가옥을 소실한 이재민들의 거처로 만들 수가 있었다. 당시 국내에는 페론의 수도(首都) 이전 계획으로 정부 차원이나 민간의 건설 공사가 정지되어 있어 1천8백만 명의 인구를 가진 나라에서 125만 채의 주택이 부족된 상태에 있었다.

미완성 건물에 대한 점유설은 급속히 빈민가로 퍼져 나가 수개월도 못 돼서 건물 안에는 1만여 명의 사람들이 살게 되었고, 더러는 판자로 칸막이를 한 집도 있었으나 전혀 칸막이를 하지 못한 집도 많았다. 화장실이라곤 1만 명에 열 군데뿐이었다.

뜰 안에는 쓰레기와 배설물더미가 8피트 높이나 쌓였고, 살찐 쥐들이 허술하게 지은 건물 사이를 돌아다녔다. 그 건물에는 난간이나 외벽이 없기 때문에 아이들이 곧잘 떨어져 죽곤 했다. 하루에도 평균 7건의 부상이나 살인 사건이 발생했으며, 대부분이 칼싸움으로 인한 것이었다.

각 층마다 특색이 있었다. 건물 맨 꼭대기 층에서는 범죄와 폭력이 경찰들의 조종과 비호 아래 일어났다. 그 다음 층에는 소매치기와 칼싸움하는 기술을 10대 소년들에게 가르치는 범죄 학교가 있었다. 파라과이나 칠레, 기타 여러 나라의 국민들은 자기네들의 영토를 가지고 있었다. 1층에서는 10센트에 매음이 당연한 것처럼 행해졌고, 10세밖에 안 되는 소년소녀들이 1페소에 무릎을 꿇고 자기네들의 재주를 보여주었다.

어떤 주간에는 와르네스 거리에서 한 사내가 자기의 어린 양녀를 강간해서 임질로 치료를 받아야만 했던 일도 있었다. 칠레인이 파라과이인의 침실을 넘보다가 두 집단 간에 사흘 동안이나 패싸움이 벌어져 두 사람이 죽고 15명이 부상당하는 일도 있었다.

한 번은 시에서 대대적인 정화 작업이 있었다. 부에노스아이레스의 시장이 30여 명의 소형 기관총으로 무장한 군인을 대동하고 그 지역을 조사하러 들어왔다가 악취에 못이겨 구토를 하고 말았다. 보건 당국은 화염 방사기를 가지고 쥐떼와 전쟁을 벌였고, 신부들은 150쌍의 부부를 임시로 설치한 성소(聖所)에서 결혼식을 올려 주었다. 청소부들은 가스 마스크를 쓰고서야 마당의 쓰레기더미를 치울 수 있었다.

그러나 몇 주일도 못 가서 건물 내의 상황은 원상 복귀되어 버리고 말았다. 이와 같은 페론 정권 이후의 아르헨티나 사정은 전적으로 구조적인 것이라고 말하는 사람들도 있었다.

1955년 11월, 아람부루 장군이 권력을 장악한 이래 페로니즘의 잔재를 소탕하는 동안에 계속해서 문제가 되고 있는 일이 한 가지 있었다. 아라 박사가 에바의 유해에 작별을 고한 뒤, 에바의 유해는 어떻게 되었을까 하는 의문이었다. 처치 곤란한 물건의 주변에는 침묵의 커튼이 내려졌다. 비밀을 지킨다는 것이 정부의 손으로부터 주머니를 지키는 것만큼이나 어려운 나라에서 에바를 숨기는 작전만은 성공했다.

올바른 정보의 부재 속에서 헛소문만이 만발했다. 관을 3마일 밖 바다속에 던져 버렸다느니, 1945년 에바가 구출해 내기 전까지 페론이 감금돼 있던, 형무소로 사용되고 있는 플라타강의 마르틴 가르시아(Martín García)섬에 활주로를 가설하기 위해 매립하던 중에 흙더미와 함께 매장해 버렸다느니 하는 풍문이 떠돌아다녔다.

사람들을 현혹시키기 위해 5개라고도 하고 10개 또는 60개나 되는 똑같은 관을 만들어 매장했으며, 어느 관 속에 에바의 시신이 들어 있는지는 아무도 모른다고 했다. 어떤 사람들은 로마에 있는 수녀 묘지에 매장돼 있다고 말하기도 했다.

1955년 12월 초, 부에노스아이레스의 중심가에서는 5백여 명의 부인들이 에비타의 소재를 밝힐 것을 요구하는 폭동을 일으켰다. 그들은 모두가 페로니스트 여성 운동 단원으로 밝혀졌으며, 그 단체는 에바에 의해서 조직된 기구로 이미 새로운 정부에서 공식적으로 해체된 단체였다.

흔히 그렇듯이, 에바의 유해에 관한 진실은 적어도 헛소문만큼이나 흥미진진한 것이었다. 11월 24일 이른 아침 아라 박사가 떠난 뒤, 페로니스트의 장식물을 완전히 제거한 다음 그 관은 봉인되었다. 그리고 나서, 관은 다시 호화스러움을 감추기 위해 나무로 된 상자 속에 넣어졌다. 모리 코에니그 육군 중령은 육군 앰블런스를 불러 그 안에 관을 싣고 아르헨티나 육군 정보부의 통제하에 길고 어려운 방랑의 여행길에 올랐다.

첫날 밤, 모리 코에니그는 육군 기지에서 보낼 계획을 세웠다. 그러나 기지 사령관이 그 상자 안에 들어 있는 것이 무엇인지를 알고 나서는 기지에서 떠나갈 것을 요구했다. 아라 박사의 연구실을 떠난 에바의 첫날 밤은 번잡한 교차로 부근에 주차해 있는 군 앰블런스 안에서 보냈다. 1956년 1월 5일까지 에바의 관은 군 정보부 사령부의 창고 안에 보관되어 있었다. 그 뒤 모리 코에니그는 그 관을 자기의 부관 안토니오 아란디아(Antonio Arandia) 소령에게 인계했고 소령은 관을 자기의 아파트로 옮겨 놓았다. 그때 페로니스트 폭력 단원들은 에바의 소재를 알고 있는 사람들을 찾고 있는 중이었다.

아란디아 소령은 베개맡에 권총을 놓고 잠을 자곤 했다.

어느 날 밤, 그는 인기척 소리에 잠을 깼다. 일어나 보니 침실 문 앞에 웬 사람의 모습이 보였다. 그 사람의 모습을 향해서 소령은 권총을 쏘았다. 그러나, 그 사람은 자다 일어나 화장실로 가던 임신중의 자기 부인이었다.

에바의 관이 그 다음으로 정착한 곳은 군 정보부 사령부 건물의 4층에 있는 어느 한 방이었다. 관은 라디오 세트라는 명찰이 붙어 포장

된 상자 속에 들어 있었다. 모리 코에니그는 망명해 있는 에바의 어머니가 시신을 인수할 것인지를 확인하기 위해 칠레로 향했다. 어머니는 인수를 거절했고 화물에는 먼지만이 쌓였다.

1956년 6월 모리 코에니그는 헥토르 카바닐라스(Héctor Cabanillas)와 교대됐는데, 카바닐라스는 아람부루 대통령의 수석 비서관이었다. 신임 중령은 그의 사령부 4층에 있는 물건의 내용이 무엇인지를 알고는 소스라치게 놀라 즉시 정부 작전의 분류 명칭인 유럽작전이라는 이름을 붙여 행동을 개시했다.

부뤼 주재 아르헨티나 대사관이 통과 지점이었고, 거기서 다시 본 주재 아르헨티나 대사관으로 옮겨졌다. 그러는 동안 로마에서는 아르헨티나의 대사 비델라 발라게르(Vdella Balaguer)가 안전한 장례를 위해서 바티칸과 교섭중에 있었다. 교섭은 6개월이 걸렸으나, 교황 비오 12세의 중재로 드디어 장지(葬地)를 얻을 수 있었다.

관은 본으로부터 로마로 선적되었고, 거기서 밀라노로 보내졌다. 성 바오로회의 평수녀 규세피나 아이롤디가 에바를 수행했다. 그녀는 관계 당국자들에게 그가 들은 대로 말해 주었다. 나무 상자 속에는 이탈리아의 여인 마리아 마기(Maria Maggi)가 들어 있으며, 그 부인은 루이지 데 마기스트리스의 과부로 아르헨티나에서 죽었으나 고향에 묻히기를 원해서 보내지는 것이라고.

장례식도 거행하지 않고 에바는 밀라노에 있는 무소코(Musocco) 공동묘지 41구역 86번 묘소에 마리아 마기의 이름으로 묻혔다. 그날은 1957년 5월 17일이었다. 에바 페론은 거기서 아무런 방해도 없이 14년 동안이나 쉬게 되었다.

또 하나의 에비타

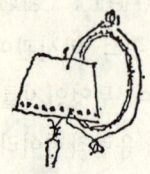

아르헨티나의 행복을 위해서라면 하루에 다섯 번씩 주리를 트는 고문을 당해야 된다고 할지라도 나는 그 고문을 기꺼이 받을 것입니다.

이사벨 페론

후안 페론은 그가 망명하기 전, 아직 에바가 살아 있었을 때, 어느 정치 집회에서 여성에 대한 문제를 가지고 연설한 적이 있었다.
"나는 언제나 여성에 대해서 커다란 신뢰와 진실함을 지니고 있습니다. 정치적 활동에 대한 그들의 잠재 능력은 놀라운 것입니다."
군사 혁명 직후에 파나마의 어느 한 호텔에 투숙했을 때, 페론은 또 하나의 에비타를 발견했다는 생각이 들었다.
그녀의 이름은 마리아 에스텔라 마르티네스(María Estela Martínez)로서, 에바보다 12년 후인 1931년, 아르헨티나의 라 리우하(La Rioja)라고 하는 곳의 한 가난한 가정에서 태어났다. 그녀는 여섯째 딸이었으며, 은행원인 그녀의 아버지는 1938년 사망했다. 부친이 죽은 후 가족은 부에노스아이레스로 이사를 했고, 마리아 에스텔라(무대에 서게 된 후로는 이사벨로 알려졌다)는 댄서의 경력을 가졌다. 그녀는 학교를 6학년까지밖에 다니지 못했다.

1956년 3월, 그녀는 파나마시의 카페 해피랜드(Happyland)에서 공연하는 9명의 소녀들로 조직된 '호에와 그의 발레단(Joe and His Ballets)'의 단원이었다. 그녀를 만났을 때 페론은 60세였고 이사벨은 24세였다. 페론은 그녀에게 호텔의 자기 거처로 옮길 것을 권했고, 그녀는 이 제의를 받아들였다. 5년 후 페론은 그녀와 결혼하였다.

"나는 그의 친구요, 동지요, 충고자요, 아내이며, 때로는 누이와 어머니가 되기도 합니다."

라고 그녀는 말했다. 사람들은 곧 그녀가 귀빈 대접을 받을 때는 편안하게 느끼면서도 에비타로 여겨질 때는 바짝 얼어 버린다는 것을 눈치챘다. 그러나, 에바 페론이 열정적인 데 비해 이사벨은 냉정하다는 것이 일반적인 평판이었다.

페론을 만나기 전 이사벨은, 부에노스아이레스에서 에바를 숭배하는 마음을 가지고 자라났다. 당시 에바는 충분히 우상적인 존재였다. 페론이 10대의 소녀들에게서 성공할 수 있었던 것은 에바에 대한 그들의 동경심이 한몫 크게 공헌한 것이다. 즉 성자를 애무했던 바로 그 손으로 만져진다는 것과, 에바가 알고 있었던 같은 힘을 불러일으키기 위해 애쓴다는 것이 일종의 헌신적 행위로 생각되었던 것이다. 이사벨은 이 세상에서 그녀가 존경하는 한 사람이 있다고 말하곤 했다. 그래서 그 사람이 후안 페론이냐고 물으면 언제나,

"아녜요, 에비타예요."

라고 대답했다.

용모나 성장 배경이나 교육 정도나 태도나 직업에 있어서까지 두

여인은 너무나 흡사했다. 에바가 수년 전 포사다스의 사랑의 보금자리에서 그렇게 했듯이 이사벨도 그를 위해서 피아노를 연주하며 즐겁게 해주었다. 25년이란 시간을 사이에 두고 후안 페론에 대해서 한 말까지도 흡사했다.

에바(1948) : "그분은 내게 걸음마를 가르쳐 주셨어요. 그리고 모든 것이 그때부터 비롯한 거예요."

이사벨(1973) : "장군께서는 언제나 저의 선생님이 되어 주셨고, 저는 착한 학생으로서 그분의 충고에 따랐어요."

돈은 충분히 가지고 있었다고 하지만, 망명중인 후안 페론의 주위에는 몰락한 독재자에게 따라다니는 쇠미의 기색 따위는 보이지 않았다. 도둑맞은 금을 반환해 가려는 밀사가 아르헨티나로부터 다녀간 일이라든지, 룸 서비스로부터 반쯤 먹던 식사가 제공된다든지, 국민들이 페론의 귀국을 원한다는 확신을 가지고 꾸민 조그마한 음모 같은 것들이 있을 뿐이었다(1956년 초, 아르헨티나에서는 페로니스트들의 자살적인 쿠데타가 있었는데 전원이 체포되었고, 아람부루 장군은 그들 중 27명을 즉결로 처형하였다).

이 시절 이사벨은 페론의 비서역을 맡고 있었다. 아무도 읽는 사람이 없는 성명서를 힘들여서 타자를 쳤고, 페론의 현실주의자들에게는 자금을 분배해 주고, 소수의 이상주의자들에게는 그녀의 연인의 연설문을 한데 묶어 보내주었다. 그녀는 그 모든 것들을 깨닫고 있었다.

독재자들이 통치하고 있는 파나마와 도미니카 공화국과 기타 그가 한때 편안하게 지냈던 몇몇 나라에서 몇 차례 수난을 겪은 뒤에, 1960년 페론은 그의 옛 친구 프란시스코 프랑코의 보호 아래 스페인에 정착할 수 있었다. 페론과 이사벨은 백만장자들이 사는 거리인 마드리드의 푸에르타 데 히에로(Puerta de Hierro)에 있는 회색의 자연석으로 지은 대저택에서 살았다. 70만 달러짜리의 그 저택은 무성한 잔디와 녹색 담으로 둘러쳐져 있었다. 프랑코는 상주 경찰 경비 초소를 설치해 주었고, 두 마리의 개가 항상 주변을 경비하도록 배려해 주었다.

아르헨티나의 국내 사정은 페로니즘이 여러 군소 정치 세력들의 상반되는 주장들을 한데 결속시키는 역할이 점점 더 증대되어갔다. 페론에 대한 공포가 초라한 현실보다 더 커졌다. 그래서 1962년, 아르투로 프론디시(Arturo Frondizi) 대통령이 페론주의자들에게도 선거에 입후보할 수 있도록 허락한 결과 거의 유권자의 절반으로부터 지지를 얻게 되었으며, 그러자 군부는 즉각 프론디시를 마르틴 가르시아의 감옥으로 보내고 통치권을 다시 차지하고 말았다.

그러는 동안 망명중인 페론은 국민의 신임을 다시 획득하기 위해 최선을 다하고 있었다. 언제나와 같은 방법으로 그는 페론 세력들 간의 투쟁을 조작함으로써 스스로는 언제나 유일한 권력자로 살아 남는 책략을 구사하였다. 1963년 그는 로마 카톨릭 교회에 입회를 다시 허락받았다. 1947년 무지개 순회 여행 때 에바를 환영해 주었던 마드리드의 대주교 레오폴드 에이요 이 가라이가 의식을 거행해 주었다.

페론은 자신을 자본주의와 사회주의에 대해서 제3의 입장, 중도적 입장에 있음을 재천명했다. 그가 권력의 자리에 있을 때, 이와 같이 꾸민 이야기는 이념의 바다에서 풍랑을 헤치고 나아가기 위한 수단으로 자기 자신을 걸었던 생명줄이었다. 페론이 언제나 추구한 것은 온건한 것이 아니었다. 그가 바랐던 것은 다만 그가 가진 모든 특권을 노리는 사람들로부터 자기의 모든 것을 지키려는 것이었다. 페론의 제3의 입장은 한 외로운 거주자 페론만이 거처할 곳을 주었다.

이사벨은 변모하고 있었다. 그녀는 머리를 에바의 머리와 같은 밝은 색으로 물들였고, 재단사에게서 맞춘 옷을 입었다. 밍크 목도리와 마 그리페(Ma Griffe) 향기가 풍기는 스카프를 두르고, 귀에는 에메랄드로 된 이어링과 이에 조화를 이루는 반지를 끼고 회합에 나타나게 되었다.

그녀는 페론이 그녀의 펜싱 교사가 되었다고 했다. 그녀는 그를 공식적인 칭호인 '귀하'나 '장군'이라고 불렀다. 그녀는 마롱 글라세(marrons glacés : 시럽에 담갔다가 설탕을 입힌 밤)와 '백조의 호수'의 음악을 좋아한다고 했다. 그녀는 가끔 갖는 연설에서 짧게 말했다.

"나는 여러분에게 큰 것을 드릴 수가 없습니다. 나는 페론의 제자일 뿐입니다. 그것이 전부입니다."

1964년, 페론은 아르헨티나로 돌아가려는 그렇게 마음내키지 않는 시도를 했다. 그는 스페인 국영의 이베리아(Iberia) 항공편으로 리우데자네이루에 도착했다. 그때까지도 아르헨티나와 브라질의 군부는 운명을 같이하고 있었고, 그래서 비행기는 스페인으로 되돌아가기 전에 16시간이나 공항에 억류되어 있었다. 화물 검색에서 으레 페로니스트들에게 따라다니는 다음과 같은 물품들이 발각되었다. 6정의 자동 권총, 기관 단총 1정, 러거(Luger), 탄환 한 상자 등.

이사벨의 교육은 계속되었다. 그녀보다 나이가 배나 많은, 독재자의 누이 필라르 프랑코(Pilar Franco)가 그녀의 가장 친한 친구가 되었다. 1965년이 끝날 무렵, 페론 자신은 스스로가 책임질 용기도 의사도 없는 사분오열된 페론주의자들의 세력을 한데 규합하려는 일종의 사명을 띠워 그의 새 아내 이사벨을 아르헨티나로 보냈다. 이사벨은 에바와 똑같은 말을 하면서 아주 평온한 마음으로 부에노스아이레스에 도착했다.

"나는 장군의 밀사가 아니라, 한 마리의 흰 비둘기입니다. 나는 전 아르헨티나인을 결속시키려고 온 평화의 사도입니다."

현대의 페넬로페(Penelope : 오디세우스의 정숙한 아내) 이사벨은 페론의 귀환을 준비하기 위해 9개월이나 국내에서 시간을 보냈다.

에비타의 과격파와 후안 페론의 우파 간에 벌어진 틈은 아직도 상존해 있었으며, 게다가 게릴라 전투로 훈련된 좌파들의 새로운 세력이 가미되어 있었다. 그들 배후에서 영감을 불어넣어 주고 있는 인물은 에르네스토 체 게바라(Ernésto Ché Guevara)로서 그는 적어도 페론만큼이나 잘 알려진 아르헨티나인이었다. 게바라의 별명이 그의 고향을 회상시키는 것이긴 하나, 아르헨티나에서 '체(Ché)'라고 하는 것은 '야, 너'하고 상대방을 거칠게 부르는 속어이기도 하다.

체는 1928년에 태어나서 페론이 집권하는 동안에 성인으로 성장하였다. 그의 가족은 급진당에 속해 있었으며, 비록 1950년대 초기의 저항 운동에는 가담하지 않았다고 하더라도 반페론주의자였다. 체는 1952년 에바가 죽던 해에 의과대학 시험에 합격하고는 라틴 아메리카 혁명의 물결에 휩쓸려 들어갔다. 의사가 되기를 포기하고 쿠바의 시에라마에스트라(Sierra Maestra)에 본거지를 둔 피델 카스트로 세력의 지휘자가 되었다.

1959년 카스트로의 승리 후, 게바라는 남미에서 게릴라 운동을 전개할 임무를 부여받았는데, 특히 그의 조국에 대한 것이 강조되었다. 아르헨티나 내의 협조자를 구하기 위해 그는 전통적인 공산당을 거부하고 에바를 숭배하는 과격파 페로니스트로 전향하였다. 하바나(Havana)는 곧 정부 전복의 음모를 꾸미고 있는 페로니스트들에게 던져진 자석이 되었다. 그들은 게릴라 전투 훈련을 받았으며, 라울 아폴드까지도 카스트로의 선전 공작의 일역을 담당하게 되었다.

1963년, 체는 언론인이며 열렬한 페로니스트인 그의 아르헨티나 친구 호르헤 마세티(Jorge Masetti)를 게릴라 운동을 전개시킬 임무를 띠워 살타 지방으로 보냈다. 그 사건은 군부의 주간 사건 서류에 기록되어 있지 않으나, 페로니즘의 신좌익에 관해서는 중요한 쟁점이 되었다. 페로니스트 좌파는 후안 페론에게는 아무런 쓸모도 없는 것으로, 그들은 그를 다만 우파의 노예로 간주하는 정도였다. 그들의 여왕은 에바였으며, 그녀의 방부 처리된 시신의 경우와 같이 그녀의 정신적인 지원이 게릴라 운동에 있어서 투쟁의 초점이 되었다.

아르헨티나에 체재하는 9개월 동안에 이사벨은 페론을 위한 몇 개의 연락망을 구축하는 데 성공했으나, 많은 세력들을 규합하려는 본래의 목적 달성은 희망이 보이지 않았다(예를 들면, 1965년 3월 선거에서는 무려 2백여 정당이 등록되었다). 그럼에도 불구하고 차이점을 덮어 버리는 전형적인 문서 변조 방식을 써서, 이사벨은 마드리드로 돌아가기 전에 '페론의 지상 명령'은 이루어졌다고 발표했다.

이사벨은 부에노스아이레스에서 불길한 사람을 갖게 되었다. 호세 로페스 레가(José López Rega)라고 하는 점성가였는데, 1970년대 가장 중요한 페론 세력자가 되도록 운명지어져 있었다. 로페스 레가는 페론의 집권 10년 동안에는 연방 경찰의 하위 직급에 있었던 사람으로 대통령 관저의 호위병으로 임명되었었다. 아람부루 정부 시절에는 자취를 감추었다가 전직 경찰 출신들에 의해 경영되고 있는 출판사의 동업자로 다시 나타났다. 1965년 그와 만난 후 이사벨은 그를 개인 비서로 채용했고, 마드리드로 함께 데리고 갔으며 거기서 그는 페론의 수석 자문역을 맡게 되었다.

사악한 반동주의자임은 제쳐놓고 로페스 레가는 자신이 다시 환생한 라스푸틴(Rasputin : 1872~1916. 시베리아 농부 출신의 괴승으로서 러시아 황제 니콜라스 2세의 총애를 받고 세도를 부리다가 암살당하였음—역주)이라고 믿는 괴이한 사람이었다. 그는 자기가 죽은 사람을 되살릴 수 있는 능력을 가졌으며, 부에노스아이레스의 미래를 예언할 수 있는 점성술로써 앞날의 전망을 다시 헤아린다고 했다.

후안 페론은 육체적 쾌락이 소진된 나이에 들면서 점점 더 강신술에 깊이 빠져들어가 로페스 레가의 말이라면 무슨 말이든 받아들였다. 에바의 시신이 개인 비서의 환생 계획에 올려졌다는 것은 놀라운 얘기가 못 된다. 문제는 에바의 시체가 어디에 있는지를, 인정받고 있는 페로니스트 중에도 아는 이가 한 사람도 없다는 데 있었다.

이사벨 페론이 로페스 레가와 함께 지내면서 에바의 마력이 그녀에게서 점점 사라져 버렸다. 좌파는 이사벨에게 페론이라는 이름조차 부르기를 거부하고 다만 '라 마르티네스(La Martínez)'라고만 불렀다. 그녀의 모습은 점점 더 에바의 모습과 닮아 갔다. 그러나 그녀의 모습을 담은 포스터가 아르헨티나의 거리에 붙여지면 그 즉시 뜯겨져 버렸다.

이사벨이 아르헨티나로 갔을 때, 페론의 나이는 70이 훨씬 넘었으며, 연륜이 더해 가면서 그는 점점 더 무의미한 일을 계획하곤 했다. 자기가 권력의 자리에 있을 때는 태양의 영향하에 있었음에 비해, 지금은 달이 자기를 인도하고 있음을 심령술이 자기에게 보여주고 있다고 그는 믿었다. 그는 거의 맨션 밖으로 나가는 일이 없었으며, 그에게 흥분할 만한 일이 있다면 그것은 아르헨티나에서 누가 그를 찾아올 때뿐이었다. 당시에는 다시 불명예를 회복한 헥토르 캄포라가 부에노스아이레스에서 이따금 다녀갔다. 마드리드의 사람들이 망명중인 독재자를 볼 수 있는 가장 좋은 기회는 이따금 수퍼마켓에서 예금을 위해 우유병을 반환하려고 그의 운전사와 함께 줄을 서 있을 때였다.

이사벨의 교사에 의해서 로페스 레가가 저택을 관리하고 정치적 실책을 범하고 있었다. 그 집에서 페론은 '노인네'로 되어 버렸다. 그래서 부하들 사이에는,

"이사벨의 윤허가 계시면 노인장에게 말씀을 드리도록 하시오."

하는 말이 오가게 되었다. 페론이 가장 즐거워하는 일 중 하나는 자기의 서재에 들어가 있는 일이었다. 그곳에서 페론은 그가 행한 연설문이 담겨 있는, 가죽으로 양장(洋裝)을 해서 묶은 연설 문집과 그가 권력의 자리에 있을 때 통과시킨 법령집들을 손으로 만져 보곤 했다. 특히 그 법령들은 아르헨티나의 정권을 이어받은 후계자들에 의해 거의 무효화되어 버린 이후, 수집가들의 수집 대상 품목이 되어 버린 것들이었다.

인내와 끈기가 있는 여인인 이사벨은 꾸준히 머리 빛깔을 밝게 하고 거친 말투를 부드럽게 고치려고 노력했다. 그녀에 대한 묘사는 에바에 대한 그것과 똑같이 들린다.

'마치 무희처럼 걷고, 학교의 여선생님처럼 말을 하며, 그리고 군인처럼 매사에 자신감이 넘쳐 있었다.'

1967년 볼리비아에서 체 게바라가 죽은 후, 아르헨티나의 게릴라 운동은 도시 테러리즘으로 전환되었고, 1970년에는 도시 반란군이 몬토네로스(Montoneros)라는 집단으로 탈바꿈하였다. 그들의 행동을 이론적으로 지지해 주는 기관지의 이름이 '에비타 몬토네라(Evita Montonera)'였고 그들이 내건 슬로건을 보면, 다음과 같다.

'에비타가 살아 있었다면 몬토네로가 되었을 것이다.'

그녀의 이름을 끌어들이는 이유는 도시 대중들의 관심을 불러일으키려는 데 있었다. 그러나, 그 사람들도 에바 페론이 산 속에서 투쟁하고 시내를 은밀하게 배회하던 때와는 달리 더 이상 아무런 환상적인 힘을 얻을 수 없다는 것을 잘 알고 있었다. 근 20년 가까이나 인플레이션과 억압에 둔화된 노동자들의 반응은 미온적이었다.

페로니스트 우파도 공개적인 테러리즘으로 활성화하였다. 로페스 레가는 아르헨티나 반공주의자 동맹(Argentine Anti Communist Alliance)이라는 무장 게릴라를 조직해서 이 3A에 여타 세력들을 한데 묶어 버렸다. 1970년대 아르헨티나의 기술적인 정치 활동인 것처럼 보이는 터전이 준비되어가고 있었다.

몬토네로스가 처음으로 피를 보였고, 그리고 그 일은 에바의 이름으로 자행하였다. 1970년 5월 29일, 특별 기동대가 1955년부터 1958년까지 임시 대통령직을 맡아보았던 반페론주의자인 아람부루 장군을 납치해서 사흘 뒤에 처형해 버리고 말았다. '페론이냐, 죽음이냐, 조국이여, 만세!'라고 쓴 쪽지에서, 몬토네로스는 만일 정부가 에바의 유해가 있는 곳을 그들에게 알려주지 않으면 장군의 시체가 있는 곳을 알려주지 않을 것이라고 통지해 왔다.

죽음의 정치가 시작된 것이다.

살인은 살인을 불러일으켰다. 정치가, 노동 조합 지도자, 기업가, 장군, 정보 요원, 외국 기업인들과 외교관들이 무차별하게 보복 수단으로 살해되었다. 계속되는 폭력은 되풀이되는 군사 쿠데타를 초래하였고, 고문과 탄압에도 불구하고 이와 같은 혼란은 계속되었다.

1971년 3월, 파업의 물결은 알레안드로 라누쎄(Aleandro Lanusse) 장군에게 권력을 가져다 주었고, 장군은 테러리즘을 억제하고 법적 정치 활동을 자유화시킴으로써 정국을 안정화하려고 했다. 그는 1973년 3월 25일 대통령 선거를 실시할 것이라고 공포했으며, 여기에는 모든 페로니스트들도 참석을 승낙할 것이라고 했다.

라누쎄 장군은 이상한 물건(에바 페론의 미라)이 아르헨티나의 깊은 상처를 치유해 줄 것을 기대했다. 문제는 극히 소수의 사람들만이 유해가 있는 장소를 알고 있을 뿐이며, 그 중에 페론은 포함되지 않는다는 데 있었다. 시체 처리를 담당했던 아람부루 정부의 관리들이 더러 있었으나, 그들은 장군이 납치될 때 그를 보좌하고 있던 사람들로서 일체 입을 다물고 있었다. 에바의 휴식처를 선정해 준 바티칸의 교황 비오 12세의 후계자가 비밀의 열쇠를 지니고 있었다.

라누쎄 장군은 에바가 묻힌 무덤의 비밀을 캐기 위해 자기의 고해 신부인 로체르 신부를 유럽으로 보냈다. 페로니스트 살인 집단을 피하기 위해 마드리드에서 잠시 체재한 뒤 로체르 신부는 1971년 7월 로마로 향했다.

* 이사벨이 망명중인 후안 페론을 만나고 나서부터 결혼하기까지의 좀더 구체적인 이야기는 뒷장에서 밝히기로 한다.

귀국

> 아르헨티나여! 나를 위해 울지 마오, 진정코 나는 그대를 떠나지 않으리니……
>
> 에비타

　1971년 9월 4일, 에바의 옛 연인 페드로 아라 사리아 박사가 마드리드의 자기 연구소에서 서류를 검토하고 있을 때 전화가 걸려왔다. 그것은 에바의 시신에 방부 처리한 박사에게 가능한 한 빨리 교외에 있는 페론의 저택으로 와 달라는 호세 로페스 레가의 전화였다.
　1955년 11월 24일 새벽 미명에 유해를 마지막으로 본 후, 아라 박사는 병리학 관계의 국제 회의에 참석하고 아르헨티나와 그의 조국 스페인을 왕래하면서 자기의 의학 연구에로 돌아와 있었다. 그리고, 근간에는 자신의 회고록이나 작성하면서 마드리드에서 조용한 은퇴 생활을 하고 있었다. 그는 에바의 시신을 보호하고 있던 3년 3개월이라는 세월이 자신의 일생에서 가장 흥분된 때였고 맹목적인 사랑에 빠졌던 시절로 회상하곤 하였다.

 1971년 가을날 아침, 마드리드에서 비록 신문지상을 통해서 에바의 유해에 관한 기사를 읽기는 했지만, 막상 소환을 받고 나서 아라 박사는 놀라지 않을 수 없었다. 여느 때처럼 비공식적인 경찰의 에스코트를 받으면서 그는 페론의 저택으로 갔다. 그러나, 정문에 몰려 있는 기자들을 피해 뒷문으로 들어갔다.

 페론의 저택은 1945년 에바가 후안 페론을 형무소로부터 구해 낸 바로 그날 이후 '10월 17일의 저택'이라는 이름으로 불리어졌고, 같은 날 아라 박사의 막내딸이 태어났다.

 아라 박사가 저택에 도착한 것은 한낮이었고, 햇살이 밝게 내리쬐고 있었다. 페론과 이사벨 페론과 로페스 레가가 맨션 뒤에 자리잡고 있는 영빈원에서 그를 맞아 인사를 하고는 곧 온실로 안내했다. 거기에는 썩은 나무 상자 하나가 버팀대 위의 나무들 사이에 놓여 있었다. 햇빛이 커다란 창문을 통해서 쏟아져 들어오고 있었다고 아라 박사는 나중에 회상했다.

 썩은 나무들을 벗겨 내니 거기에는 뚜껑을 수정으로 장식한 동으로 된 에바의 옛 관이 나타났다. 아라 박사의 가슴에 동요가 일기 시작했다. 그를 사로잡은 첫인상은 축축하게 썩어가는 '습기와 먼지'였다고 그는 말했다. 그리고, 자기의 작품이 14년간 땅속에서 지내는 동안 모두 파괴됐을 것으로 생각하고 두려워했다.

 관이 열리고 처음 안을 흘깃 들여다보았을 때 박사의 마음은 더욱 어두워졌다. 그러나, 페론은 1952년 아라 박사가 시신을 미라로 만들었을 때 방부제로 사용한 아스트린젠트의 냄새가 관 안에 담겨 있던 공기와 함께 확 풍기는 것을 돌연 기억해 낼 수 있었다.

 아라 박사의 마음은 다시 안정되었다. 박사는 먼지로 덮인 속에 그의 작품이 손상되지 않은 채 그대로 놓여 있는 것을 보았다. 에바의 모습은 박사의 기억 속에 있는 모습 그대로였다. 머리에 습기가 차고 먼지가 앉아 있었으나 머리 장식 하나 부서지지 않은 채였다. 쇠로 된 머리핀은 녹이 다 슬어 그것을 쥐었을 때 손가락 사이에서 가루가 되어 흩어져 버리고 말았다. 이사벨이 에바의 땋은 머리를 풀고 습기를 말리고 먼지와 때를 닦아내기 시작했다.

자기에 앞서 페론의 부인이었던 여인의 머리를 빗기면서 이사벨도 시신의 모습이 그렇게 온전하게 유지되어 있는 데 놀랐다.

"그때보다도 싱싱한 기운이 그대로 유지되어 있었어요. 마치 살아 있는 것 같았으니까요."

라고 그녀는 나중에 기억을 되살렸다.

이사벨이 일을 하고 있는 동안 아라 박사도 몸을 굽히고 보다 면밀한 조사를 했다. 코와 앞이마와 무릎에 눌린 자국이 있었으며, 이것은 필경 여러 차례 옮겨지는 동안 관을 세우기도 하고, 뒹굴리기도 하는 바람에 그렇게 됐을 것이 틀림없다고 박사는 말했다. 왼쪽 귀는 1955년 10월, 조사 위원회가 일부분 절취해 간 뒤 대신 만들어 붙인 것이 그대로 붙어 있었으며, 오른팔 가운뎃손가락의 겉부분도 당시 지문 조사를 하다가 약간 손상을 입은 것이 그대로 남아 있었다. 박사가 특별히 주문해서 만들어 입힌 다 삭아 버린 튜닉 속에서,

"시체의 수족과 동체는 완전한 상태로 보존되어 있었다."

고 아라 박사는 말했다.

시체 위에 덮여 있던 국기와 기념 리본과 다른 장식품들은 없어졌다. 아람부루의 관리들이 관을 봉할 때 치웠을 것임에 틀림이 없었다. 교황 비오 12세가 하사한 수정과 은으로 된 묵주는 움직이지 않는 에바의 두 손 사이에 그대로 끼어 있었다. 머리를 다 빗기고 난 이사벨은 묵주도 깨끗하게 닦아냈다.

손상된 부분은 모두 겉부분뿐이었고 쉽게 고칠 수 있었다고 아라

박사는 보고했다. 그는 자기의 임무를 훌륭히 수행해 내고 아주 흡족한 마음으로 집으로 돌아왔다. 박사는 가우초족들 사이에 불리어지는 아르헨티나의 서사시 〈마르틴 피에로(Martín Fierro)〉의 시 한 구절이 떠올랐다.

'시간은 음탕한 여인, 역사의 반전에서 교훈을 얻는다.'

자기만의 조용한 은퇴 생활로 되돌아간 병리학자는 1973년 7월 그가 죽을 때까지도 에바의 유해가 어떻게 해서 돌아오게 되었는지 그 비밀을 알 수가 없었다. 라누쎄 장군의 밀사 로체르 신부는 바티칸과 아람부루 장군의 과도 정권에 관여했던 사람들 중 현존하는 몇 안 되는 사람의 협력을 얻어 낼 수 있었다. 바티칸은 공식적으로는 에바의 시신에 대해서 아무것도 아는 바가 없다고 부정하면서도 그 일을 추진시켜 주었다.

1971년 9월 2일, 자신을 마리아 마기의 오빠 카를로스 마기라고 밝힌 한 사나이가 밀라노의 무소코 공동 묘지에 나타났다. 그는 14년 전에 매장된 자기 누이의 유해를 다른 어느 곳에 재매장할 수 있는 권리를 가지고 있다고 말했다. 마리아 마기란 물론 에바 페론을 말하는 것이었고, 카를로스 마기란 당시엔 은퇴한 헥토르 카바닐라스 대령으로서, 그가 바로 1956년 모리 코에니그로부터 육군 정보부를 인계받은 후 창고에서 에바의 시체를 발견한 사람이었다.

밀라노의 한 장의사에게 운송비로 1,280달러를 지급하고 카바닐라스 대령은 썩어 가는 관을 영구차에 싣고 밀라노로부터 마드리드까지 쉬지 않고 차를 몰고 갔다. 이탈리아와 프랑스, 스페인 세관원과 경찰의 협조로 마드리드의 백만 장자들이 사는 거리의 페론 맨션에 이르는 동안 영구차를 수색당하지 않고 통과해 올 수 있었다.

아라 박사의 임무가 끝난 후, 에바의 시신은 아직 생존해 있던 자매들이 직접 지은 수의로 갈아 입혀져 페론 저택의 고미다락에 급조된 예배실 속에 안치되었다. 76세의 노령에 접어든 독재자는 그 귀중한 시신에 대한 통제력을 다시 보유할 수 있음으로 해서 자신의 이름으로 파괴적인 운동의 통솔권을 재획득할 수 있기를 갈망했던 것이다.

아르헨티나에서는 정부의 고문과 체포 그리고 반정부 세력의 납치, 암살, 폭파로 얼룩지는 유혈 정치 투쟁이 계속되었다. 경제는 마치 팜파스에 흩어져 있는, 독수리에 의해서 깨끗하게 뜯어먹힌 가축들의 잔해와 흡사했다. 1971년 11월, 중앙 은행은 아르헨티나가 파산의 지경에 이르렀다고 발표했다.

페로니즘의 흰 비둘기인 이사벨은 가망 없는 3개월간의 재통합의 사명을 띠고 그 해가 저물 무렵 부에노스아이레스로 향했다. 페론은 국내의 새로운 정치적 대리인으로 활동력이 넘치는 헥토르 캄포라를 선출했다고 발표하였다.

1953년 그가 물러날 때까지 캄포라는 에바와 후안 두아르테의 주변에서 충직하게 봉사해 왔다. 그의 보수는 페론 치하인 1943년에 3만 페소였는데 1953년에는 2백만 페소로 뛰어올랐다(419명의 페로니스트 입법 의원들의 보수는 같은 기간에 총 6백60만 페소에서 2억 6백10만 페소로 급상승하였다). 그러나, 1971년의 캄포라는 페론의 옛 경호원들의 상징인양 쓸모 없는 기회주의자가 되고 말았다.

에비타의 기치 아래 모여든 격렬한 행동 대원들은 그녀를 잊어버리지 않고 있었다. 1972년 7월 26일, 에바의 20주 기일에 20개의 시한 폭탄이 계속해서 폭발했다. 목표는 에바의 옛 적들, 호케이 클럽, 은행의 지점들, 라 프렌사 신문사 사장의 저택 등이었다. 부에노스아이레스의 근교 지역인 산 이시드로(San Isidro)에서는 지뢰가 장치된 에바의 흉상이 폭발하여 연방 경찰 3명의 팔다리가 날아가는 사건이 발생했다.

1972년 11월 17일, 페론과 이사벨이 함께 아르헨티나로 돌아왔다. 이는 실로 예전의 독재자가 17년만에 처음으로 자기 땅을 다시 밟는 순간이었다. 유혹이 있었음에도 불구하고, 에바의 유해는 마드리드의 다락 예배실에 그대로 두기로 하였다. 페론은 자신이 노년에 들어서서 중용의 진리를 발견했다는 것과, 기업의 요구와 노동자들의 요구에 동등한 관심을 기울이는 정부에 협조할 것임을 천명하였다. 페론은 자기의 전투 대원들에게 적대 행위를 중지할 것을 일렀으나, 회의와 제휴, 연설과 5개년 계획의 발표에도 불구하고 무장한 병력을 실은 차량들이 텅 빈 거리를 계속해서 질주하곤 했다.

페론 일행은 부에노스아이레스의 교외에 있는 비교적 수수한 저택을 9만 6천 달러를 주고 구입해 그곳에, 지휘본부를 설치했다. 전 대통령의 모습은 별로 보이는 일이 없었으나, 이사벨은,

'너는 아는가. 너는 아는가. 에비타는 이곳에 있도다.'

하는 군중들의 노래에 이끌려 종종 발코니에 나타났다. 한 번은 연설에서 에바의 발자취를 따라가야 할 '도덕적인 의무'를 느낀다고 이사벨은 외쳤다. 또 한 번은 그녀가 즐겨 말하는,

"나는 여러분에게 큰 것을 줄 수는 없습니다. 나는 페론의 제자일 뿐입니다. 그것이 전부입니다."

라는 말을 하고는 눈물이 터져 나와, 안으로 이끌려 들어가지 않으면 안 되었던 일도 있었다.

페론 일행의 첫번째 귀국은 간단하게 이루어졌다. 그들은 곧 에바의 시신을 안전하게 봉안해 둔 마드리드의 대저택으로 돌아갔고, 이 일로 인해 페론을 추종하던 여러 군소 세력들이 소란을 일으켰다.

1973년 3월, 캄포라는 대통령 선거에 페로니스트의 후보 인물로 지명되었고 페로니스트 입후보와 함께 치르는 선거는 2년만에 처음이었다. 그는 50%의 표를 쉽게 얻었다.

그 해 5월, 페로니스트 좌파와 우파가 공동으로 구성된 내각 앞에서 캄포라의 취임식이 있은 7주 후 새 대통령은 사임하였다. 이것은 후안

페론을 권력에 복귀시키려는 로페스 레가의 다음 단계의 계획이었다.

1973년 10월로 계획된 선거가 실시되기 이전 과도 정부 기간에 로페스 레가(권력의 소재가 어디에 있는가에 대해서 확실한 감각을 지니고 있는)는 다시 부활된 에바 페론 재단의 이사장으로서 그 기구를 인수받았다. 사회 복지성 바깥쪽에는 25년 전 에바가 베풀었던 자선을 로페스 레가도 베풀어 줄 것을 기다리는 가난한 사람들이 2백 야드에 달하는 긴 줄을 이루고 서 있었다. 무대는 군부가 에바로 하여금 강제로 거부하게 한 후안 페론 부처의 티켓을 준비해 놓고 있었다.

10월 선거에서 후안 페론과 부통령의 러닝 메이트로 출마한 이사벨이 7백만 표 중에서 61.85%를 획득하였다. 이는 아르헨티나에서 실시된 공정한 선거 사상 가장 많은 득표율이었다. 새 정부는 끝나 버린 옛 시절을 되풀이하려는 듯한 야릇한 황혼이 감도는 전도(前途)를 향해 출항하였다.

78세의 고령에 병이 든 페론은 전혀 정무를 볼 수가 없었으며, 모든 일을 부하들에게 맡겨 버렸다. 신경이 예민하고 무능력한 이사벨은 로페스 레가가 일러주는 대로 하였다.

대통령에 출마하기 위해서 아르헨티나로 돌아오는 페론의 공식적인 귀국은 권력에 대한 그의 두 번째 기회를 예고해 주는 것이었다. 페론과 이사벨이 마드리드에서 비행기를 타고 부에노스아이레스의 근교에 자리하고 있는 에세이사 국제 공항에 내렸을 때, 그곳에는 수많은 군중이 운집해 있었다. 그날은 1973년 6월 20일이었다.

로페스 레가는 페로니즘의 힘을 과시하기 위해서 한 가지 멋있는 장면을 연출할 것을 생각해 냈다. 로페스 레가는 깡패 부대를 동원해서 에바의 이름을 찬양하며 환영식에 함께 참가하고 있는 좌파들을 공격하게 했다. 한참 동안 절정에 달했던 싸움이 끝난 뒤에 보니 34명이 죽었고 342명이 부상을 당했다. 페론과 로페스 레가는 그 사건을 계기로 서로 연합하고자 설득하는 연설을 했으나, 실제로는 폭력으로 에바의 열성적인 지지자들을 붕괴시키려는 의도였다.

페로니즘의 새로운 무법자들이 우세하게 되면서 에바를 기념하는 옛 휴일들이 다시 실시될 수 있었다. 오랜 동안 숨어서 에바를 숭모하던 수많은 사람들에 의하여 그녀의 생일인 5월 7일도 표면화되었다. 1973년 추도 행사의 분위기는 루비 같은 붉은 입술을 가진 에바의 환영이 화제가 되었고, 사람들은 서로 자기들이 지닌 고인에 대한 추억들을 이야기했다. 은퇴한 한 철도원은 1940년대 볼셰비키가 스트라이크를 조종했을 때의 믿을 수 없는 이야기를 떠들어대기도 하였다. 자기와 에비타가 부에노스아이레스로부터 수동차를 저으면서 궤도를 따라 5마일쯤 갔을 때 스트라이크중인 노동자들과 부딪치게 되었다고 말했다.

우리가 그곳에 이르렀을 때, 에바는 땀을 흘리며 벌떡 일어서더니 자기는 페론이 모든 이들에게 각자 직장으로 돌아갈 것을 권유하도록 보낸 자라고 했습니다. 그 사람들은 에바에게 열렬한 갈채를 보냈고, 스트라이크는 깨져 버리고 말았습니다. 두세 명의 볼셰비키만이 그곳에 남겨져 있었습니다.

다른 사람들은 다른 형식으로 자기들의 취향에 따라 에바의 추억을 회상했다. 에바의 집권 때 과두 체제를 장악하고 있던 옛 노조 집단은 페로니스트가 발행하는 신문에 에바를 찬양하는 전면 광고를 게재하기도 했다. 좌파들은 1950년 에바가 행한,
"페로니즘은 일대 혁명적인 사업이 될 것입니다. 아니면 그것은 아무런 의미도 없는 일이 되어 버리고 말 것입니다."
라는 연설문을 쉴 새 없이 인용하였다. 그러나 에바가 생각하고 있던 혁명의 의미가 실제로는 그들과 아무런 상관도 없었음을 잊고 있었다.

1973년 10월, 페론이 취임하던 아르헨티나의 전역에 걸쳐 페론과 이사벨이 어떻게 했는지 에바의 긴 그림자가 점차 희미해져 가는 것만 같았다.

페론의 두 번째 집권은 덧없게도 10개월을 넘기지 못했다. 페론은 1974년 7월 1일 심장마비로 그의 유희장인 올리보스에서 운명하고 말았다. 페론을 부활시키려는 로페스 레가의 노력이 실패로 돌아간 후, 아르헨티나의 대통령직은 이사벨 페론에게 계승되었다. 서구 세계에 있어서 최초의 여성 부통령이었던 이사벨은 이제는 최초의 국가 수반이 되었다.

파나마의 어느 술집에서 '호에와 그의 발레단'에 마지막 모습을 보인 이래 17년 동안 페론을 성실하게 보살펴 온 그녀의 나이는 43세가 되었다. 페론의 마지막 부인이요, 유일한 미망인인 이사벨은 첫 출발부터가 불운하였다.

집권을 하면서 이사벨은 불길한 인상의 로페스 레가가 언제나 그의 곁을 지키고 있었기 때문에 사실상 은둔 생활과 다를 바가 없었다. 그녀는 위험을 방비라도 하려는 듯 관저 주위에 높은 벽돌담을 쌓고 대중 앞에 나타날 때는 불안해져서 얼굴이 굳어지고 눈물을 흘릴 때가 많았다. 그녀의 권력을 상징하는 주된 도구는 텔레비전이었다. 텔레비전 앞에서는 민중의 지도자가 되었고, 그녀의 가냘픈 목소리는 쓸쓸한 기분이 돌긴 하였지만 새로운 목소리가 되살아났다.

30년 동안 사형과 고문을 제외하고는 아무런 눈에 보이는 효과도 없이 페로니스트의 주장에 계속 방해만 됨으로써 좋지 않은 평판을 들어 오고 있던 군부는 다시 방해를 하게 되는 데 대해서 마음이 내키지 않았다.

이사벨과 로페스 레가는 정부의 정규 경찰 병력과 뜨내기 폭력 집단을 동원해서 더욱더 억압 정책을 쓰기 시작했다. 이사벨이 집권하는 동안 국내에는 정치범이 6천 명이나 되었고, 남녀 노소, 목사 할 것 없이 무차별한 고문이 일상화되었다. 아르헨티나 정치인들의 사망율은 1년에 천 명에 이르렀다. 그 비율은 지금까지도 문제가 되고 있는 것이다.

경제가 위기를 거듭하는 동안 로페스 레가와 이사벨 페론은 페로니스트의 또 다른 전형적인 수법(부정 부패)을 찾아냈다. 그들은 에바 페론 재단을 통해서 조직적인 부당 이득을 취하기 시작하였고, 이름도 십자군 결사로 바꾸었으며 국고를 거의 탕진해 버렸다. 이사벨과 그녀의 자문역은 함께 대가(大家)로부터 기술을 배웠던 것이다.

모든 일이 실패로 돌아간 뒤, 신임 대통령과 로페스 레가는 에바에게 의지했다. 1974년 11월, 쿠데타가 당장이라도 일어날 것 같은 상황이었는데 로페스 레가는 은밀한 사명을 띠고 마드리드로 떠나갔다. 그는 에바의 유해를 아르헨티나로 들여오지 않음으로 해서 페로니스트들이 서로를 죽이게 하는 상징물이 되는 것을 그때까지 방해했던 것인데, 이제 그것을 아르헨티나로 들여오려 하는 것이었다.

1974년 11월 17일, 관에 들어 있는 에바의 유해는 전세낸 제트 비행기의 1등실에 실려 조국 아르헨티나로 돌아왔다. 공항에서의 환영 분위기는 에바가 원했을 만한 것은 아니었다. 에바를 숭배했던 좌파의 모습을 풍기지 않는 나약한 대통령은 오래 기다리던 유해가 돌아왔음에도 불구하고 아무런 발표도 하지 않았다.

격노한 노동 조합원들은 그들의 추종자를 동원하기에는 때가 너무 늦었으며, 몬토네로스로 하여금 그들이 떠받들던 여인을 그들의 우상으로 다시 숭배하도록 하기에는 너무 때가 늦었던 것이다. 공항에 나온 군중들도 수백 명에 지나지 않았으며 그들 중 대부분은 로페스 레가가 끌어 모은 사람들로 몸 속에 자동 화기를 감추고 선글라스를 쓰고 양복을 입은 뚱뚱한 사람들이었다. 에바 페론은 흉한들의 에스코트를 받으며 그녀의 고국으로 돌아온 것이다.

몬토네로스는 우파의 위력에 점점 궁지로 몰려 필사적인 작전을 시도하였다. 4년 전에 살해한 아람부루 장군의 시체를 에바의 시체와 교환할 것을 제의했다. 그러나 한때 아르헨티나의 1인자였던 그에 대해서 아무도 주의를 기울이는 사람은 없었다.

얼마 동안 죽었을 때와 같은 모습의 흰 수의를 입은 에바의 유해는 칼과 군복과 모자 등 후안 페론의 유품이 담긴 관과 함께 나란히 전시된 다음, 벽돌담에 둘러싸여 있는 이사벨의 거처인 올리보스 저택의 예배소로 옮겨졌다.

이사벨의 집권 기간은 21개월이었으며, 이는 마치 정부의 쇼와 흡사하였다. 그녀는 인플레이션의 상승율과 넘쳐나는 감옥을 지켜보면서 1975년까지 고전했다.

그 해 7월, 군부는 이사벨에게 강한 영향력을 작용해서 실책이 많은 로페스 레가를 숙청하도록 했다. 그는 등 뒤로 저주를 하고 자기가 훔친 돈을 세면서 페로니스트의 약속의 땅으로 허둥지둥 도망하여 스페인으로 망명을 떠났다. 이사벨은 계속 대통령직을 수행하였다.

"지난날에도 오늘도, 그리고 앞으로도 장애는 많을 것입니다. 그러나, 나를 이길 수 있는 것은 단 한 가지 죽음뿐이라는 것을 말하고 싶습니다."

1974년 9월, 텔레비전 연설에서 이사벨은 에바를 본떠 이렇게 말했다. "죽음만이 겸허함을 지키려는 나를 이길 수 있을 것입니다."

한 해가 지나갔다. 올리보스의 예배소에는 에바를 위한 촛불이 계속 밝혀졌고, 체포와 고문도 계속되었으며 임금 노동자들은 아르헨티나에서 아무런 희망도 발견하지 못하였다. 1975년도 국내의 인플레이션 지수는 234%였다. 그 해 9월, 이사벨은 당분간의 휴식을 취하기로 했다. 그녀의 체중은 95파운드로 줄어들었고 공중(公衆) 앞에서는 자주 눈물을 흘렸으며, 그녀의 말대로 극도의 신경 쇠약으로 심한 고통을 받고 있었다. 그녀는 정부를 상원의 대통령 서리 이탈로 루데르(Italo Luder)에게 인계해 주고, 카사 로사다에서 텔레비전 방송을 통해 국민에게 이렇게 말했다.

"잠시 동안 헤어지는 것일 뿐입니다. 금년은 정말로 힘든 해였습니다. 좀 쉬고 싶어요."

그녀의 야윈 양볼에 눈물이 흘러내렸다.

이사벨은 코르도바 지방에 있는 아르헨티나 공군 휴양소에서 한 달을 보냈다. 3군 사령관의 부인들이 함께 친구가 되어 주었다. 긴장을 풀기 위해 골프를 치기도 하고, 그녀의 요청에 의해 방영되는 텔레비전 만화 허클베리 하운드나 요기 베어 같은 프로그램을 보기도 하며, 때로는 정신과 의사의 치료를 받기도 하였다. 32일이 지나서 그녀는 다시 대통령 관저로 돌아왔다.

국내 사정은 혼란에 혼란을 거듭했다. 생활비 문제, 경찰의 운영 문제, 제트기 장비 문제 등 어려운 문제들이 누적되었다. 그때, 몬토네로스는 어리석은 무차별 폭력을 그만두고 밀 생산 재벌 상속인 두 사람을 납치했다. 두 젊은이의 석방 조건으로 몸값 6천만 달러를 요구해 이를 지급했고, 또 백만 달러어치의 식량과 의류를 가난한 사람들에게 나누어 줄 것과 소맥 회사의 공장마다 에바 페론의 흉상을 세울 것을 요구해 왔다. 빈민과 몬토네로스 간에 60 : 1이라는 비율의 목적을 성취할 수 있었다.

쿠데타는 1976년 3월에 일어났다. 그리하여 호르헤 라파엘 비델라(Jorge Rafael Videla)라고 하는 장군이 새 대통령이 되었고, 이사벨 페론은 투옥되었다. 비델라의 통치하에서 아르헨티나 국민들은 집권의 야심이라도 가진 듯하거나 제복을 입지 않은 사람이라면 누구든지 암살, 고문 또는 비밀 체포 등의 방법으로 군부가 완전히 제거시켜 버린다는 새로운 사실을 깨닫게 되었다.

이사벨은 연금된 후 처음 얼마 동안은 안데스 산록 바릴로체(Bariloche) 지방의 양치기 오두막처럼 꾸며 놓은 집에서 지냈다. 그곳에 있는 동안 그녀는 에바 페론 재단과 기타 정부 기관으로부터 수백만 달러의 공금을 횡령했다는 죄목으로 기소를 당했다. 확실한 것은 아니더라도 스페인이나 스위스로 송금한 기억이 있음을 시인하기도 했으나 돈에 관해서는 아무것도 모르며 자세한 내용은 로페스 레가에게 미뤄 버렸다. 그녀는 빈민을 위한다는 명목으로 외국 업체를 포함한 63개 기업체로부터 강제로 거둬들인 기금에서 8백만 달러를 도용했다는 혐의도 받았다.

안데스 산의 집에서 이사벨은 두 마리의 강아지와 함께 1977년 3월, 부에노스아이레스로부터 남쪽으로 180마일 떨어진 아술(Azul) 해군 기지의 한 조그마한 집으로 옮겨졌다. 1978년 8월에는 우울증으로 입원했으며, 범죄에 대한 공판을 기다리고 있었다.

비델라 대통령은 올리보스 예배소에 안치되어 있는 에바와 후안 페론의 유해가 옮겨지지 않음으로 해서 1976년 10월까지도 대통령 관저로 입주하지 못하고 있었으나 더 이상 기다리기를 거부했다. 신임 대통령은 전임 대통령이 관저에 머물러 있기 때문에 그곳으로 입주하는 것을 미뤄 왔다고 말했다. 결국 1976년 12월 19일, 후안 페론의 미라와 그가 사용하던 유품인 칼과 군복과 모자가 들어 있는 관을 부에노스아이레스의 챠카리타 공동 묘지에 묻어 버리고 말았다.

아르헨티나의 전통으로 되다시피 한 전례에 따라 비델라 장군과 그의 추종자들은 또 다시 페로니즘을 일소하는 작업을 시작했다. 공적이든 사적이든 독재자의 잔여 세력의 모든 활동은 엄중히 금지되고 처벌되었다.

페론이 재집권하고 4년 동안 그렇게 큰 소리로 떠들어 대던 에바의 이름은 이제는 쉬쉬하며 이야기할 수조차 없게 되었다. 반쯤 세워지다가 만 또 다른 기념물도 파괴되고 말았다. 그 기념물은 로페스 레가가 에바와 후안 페론과 그밖의 아르헨티나의 영웅들을 모시기 위해 계획했던 330피트나 되는 신전 조국의 제단이었다. 대리석 조립품과 동(銅)으로 된 납골당에 붙여진 모토는 이런 것이었다.

'영광으로 이어져 온 조국의 운명을 우리는 지켜봅시다. 아무도 우리들의 기억을 아르헨티나의 분열에 이용하는 사람이 없도록 합시다.'

비델라 장군의 군대는 그 기념물의 기초를 다이너마이트로 폭파해 버리고 그 자리에 커다란 웅덩이만을 남겨 놓았다.

페론의 집권 때에 마련된 규례에 따라 에바의 매장은 후안보다 앞서 행해졌다. 즉 1976년 10월 22일, 에바는 레콜레타(Recoleta) 묘역의 두아르테 가족 묘지에 안장되었으며, 그곳은 장지로서는 수도권에서 가장 훌륭한 곳이었다. 에바보다 앞서 간 13명의 대통령과, 에바가 자기들의 인생을 지배하게 되었을 때, 그녀를 그렇게도 몹시 싫어했던 과두 정치의 집정자들도 레콜레타에 함께 묻혀 있었다.

에바를 이장할 때에는 아무런 의식도 하지 않았다. 다만 총을 지닌 트럭 위의 군인들이 참관했을 뿐이었다.

에바 페론의 무덤에는 그곳을 지키는 병력이 상주해 있었다. 그러나 군인들이 지키고 있음에도 불구하고 지금까지도 이따금 사람들이 숨어 들어와서 촛불을 밝히곤 한다.

이사벨 페론
－ISABEL PERON－

마지막 탱고 ✽ 이사벨 페론

세르반데스 무용단의 댄서로 있을 때 파나마에서 망명중인 페론을 만나 그의 비서로 취직. 1961년 마드리드에서 페론과 결혼. 1972년 아르헨티나에 귀국, 이듬해 부통령으로 당선.

1974년 페론이 사망하자 대통령으로 취임. 혼미한 정국을 이끌어 오다가 1976년 3월 쿠데타로 실각되었다.

행운의 별

　화창한 봄, 아지랑이 속에 파나마 운하가 졸고 있었다.
　순회 공연차 싸구려 호텔에 여장을 푼 이사벨은 하늘과 바다가 맞닿은 수평선을 바라보며 수학여행 온 사춘기의 소녀처럼 가슴이 설레였다.
　이사벨은 세르반데스 무용단 단원으로 아르헨티나에서 순회 공연차 파나마에 온 것이다.
　다른 단원들은 무대 의상과 소도구를 챙기느라고 부산했으나 유독 그녀만은 안절부절못하고 서성거렸다.
　시간을 쪼개고 초를 다투어야 하는 것이 순회 공연이다.
　밤차에 시달리며 파나마에 도착한 무용단은 쉴 사이도 없이 저녁 공연에 앞서 낯선 무대를 익히기 위한 리허설을 해야 하고, 나이트 클럽측에 레퍼토리를 선보이는 등 눈코 뜰 새 없이 바쁘고 고달픈 시간이었다.
　그러나 이사벨은 무언가에 넋을 잃고 서 있기만 했다.

"이사벨! 옷 안 챙겨?"
"옷?"
"너도 봄처녀라고 들떠 있니?"
"들뜨긴……."
"네 나이 스물다섯이다. 처녀 나이 스물다섯이면 환갑이야. 냉수 마시고 속차려라."
"믿는 데가 있으니까 그러겠지."
"믿는 데라니?"
"라파엘."

라파엘은 세르반데스 무용단의 무대 감독이었다. 미남이며 이탈리아 계답게 정열적인 그는 무용단 아가씨들의 가슴에 파도를 일게 했다. 그러나 라파엘은 이사벨만 생각하면 가슴속에 일어나는 파도를 어쩔 수 없었다.

"모두 준비됐으면 출발합니다."
라고 소리지르며 방에 들어선 라파엘의 눈빛은 이사벨에게 멈추었다.
그는 서성거리는 그녀에게 다가가서 다정한 목소리로 물었다.
"어디 아파요?"
"아뇨."
"그런데 왜 그래요?"
"라파엘! 대통령께서 정말 파나마에 계세요?"
"대통령이라니?"
"페론 대통령 말이에요."
"아르헨티나의 대통령은 페론이 아니야. 그 사람은 작년에 쿠데타로 쫓겨났어."
"쫓아낸 사람은 총을 든 군인들뿐이고, 아르헨티나 국민들은 지금도 페론을 대통령으로 생각하고 있어요."

"대통령이 아니고 독재자로 알고 있어야 해. 정치 토론 그만하고 빨리 의상과 소도구나 챙겨요."

그는 이사벨의 일손을 도와 주었다.

1955년 9월 23일, 쿠데타로 페론 대통령이 실각당했으나 수백만 명의 회원을 가진 노조 총연맹(CGT)과 국민의 반 수가 여전히 페론을 신앙처럼 받들고 있었다.

특히 이사벨에게 있어서 페론은 대통령으로서가 아니라 꿈 많은 사춘기를 무지개빛 그림으로 수놓아 준 남성이기도 했다.

그녀가 17세 때의 일이었다. 부에노스아이레스에 있는 프랑스어 사법학교에서 수학하며 피아노 교습을 받을 때였다.

〈소녀의 기도〉를 치다가 왠지 막연히 그리워지는 동경심에 젖은 이사벨은 밖으로 나가 호젓한 교외를 거닐고 있었다.

그때 웬 중년 남자가 오토바이를 타고 넓은 들판을 가로질러 총알처럼 그녀 앞을 스치고 지나갔다. 이사벨은 기겁을 하며 놀라 길을 비켜섰으나 이내 그 다이내믹한 사나이의 질주를 뒤돌아보았다.

그런데 오토바이를 몰던 그 중년 남자가 급커브를 돌려 되돌아오는 것이 아닌가!

이사벨은 당황하며 길 옆에서 섰다. 그런데 중년 남자는 오토바이를 그녀 앞에 멈추어 서더니 말을 걸어 왔다.

"아가씨, 놀라게 해서 미안합니다."

"괜……찮아요."

"이름은?"

"마리아."

"미인이군. 내가 지금까지 본 여자 중에서 으뜸 가는……."

으뜸 가는 미인이라는 소리에 이사벨은 얼굴이 붉어졌고 가슴은 풍선처럼 부풀며 황홀해졌다.

중년 남자는 오토바이에서 내리더니 그녀 앞에 마주 섰다. 그는 마치 영국 신사처럼 정중한 태도로,

"마리아! 그 아름다운 손에 키스할 수 있는 영광을 줄 수 없을까요?"

하며, 이사벨을 뜨겁게 쳐다보았다.

이사벨은 무엇엔가 빨려 들어가는 듯 가늘게 떨리는 손을 중년 남자에게 내밀었다. 그는 내민 그녀의 손을 받쳐들고 정중하게 키스를 하고는 다시 오토바이를 몰고 요란하게 사라져 갔다.

그때 이사벨의 눈에는 그가 말을 탄 중세기의 기사(騎士)로 보였었고, 자신은 공주라도 된 듯한 환각의 늪에 빠져들었다.

이사벨은 그 중년 남자가 남기고 간 입술 자국 위에 자신도 모르게 입술을 갖다 대어 입맞추고 있는 자신을 발견하고 그만 얼굴이 화끈 달아옴을 느꼈다.

그날 밤, 잠자리에 든 이사벨은 꿈속에서 그를 만났으면 좋겠다는 생각을 하며 눈을 감았다.

순간 그녀는 침대를 걷어차고 벌떡 일어나 앉았다. 그 중년 남자가 다름 아닌 페론 대통령이라는 것을 깨달았기 때문이다.

그 후부터 페론은 이사벨에게 있어서 대통령으로서의 존경이 아니라 이상형의 남성으로서 가슴속에 지울 수 없는 영혼이 자리하는 신앙과 같은 것이 되었다.

그녀는 페론이 망명해 있는 파나마에 도착하자, 혹시 만날 수 있는 기회가 있지나 않을까 하는 막연한 기대감에 들떠 있었다.

해피랜드 나이트 클럽의 시연(試演)은 성공이었다. 특히 이사벨의 플라멩코 춤은 클럽 주인 호세 로페스 레가의 관심을 끌기에 충분했다.

그러나 그의 관심은 농도가 문제였다. 신비주의를 신봉하며 독신을 고집하는 그의 관심이란, 마음에 드는 여인의 육체를 음미하는 것을

뜻했다.
 그는 옆에 앉아 눈치를 살피는 단장과 라파엘에게 의미있는 말을 던졌다.
 "단장, 괜찮은데요!"
 "감사합니다. 플라멩코 춤은 우리 세르반데스 무용단의 자랑입니다."
 단장은 나이트 클럽 영업주에게 합격했다는 안도감에 젖어 있었다.
 하지만 이사벨의 플라멩코 춤은 사실상 세르반데스의 자랑이 아니라 막간을 메우는 프로에 지나지 않았다. 한마디로 말해 무용단에 입단한 지 5년이 됐지만 이사벨은 그리 빛을 보지 못하고 있었다.
 "단장은 눈치가 없군."
 "네…… 네?"
 "내가 괜찮다는 것은 플라멩코 춤이 아니라 춤을 추는 댄서를 두고 하는 말이오. 저녁에 내 방으로 올려 보내요."
 "네…… 네에!"
 "내 방에 저 여자를 올려 보내란 말이오."
 "왜…… 왜요?"
 라파엘의 표정은 순간적으로 일그러졌다.
 "무대 감독!"
 "네!"
 "당신은 지독히 눈치가 없군요. 그만하면 알아들어야지요? 무슨 소린지를……."
 레가는 알아서 처리하겠다는 듯이 단장을 훑어보며 자리를 떴다.
 흥행계에서는 흔히 있는 일이다. 계약 기간 동안 공연을 무사히 마치기 위해서는 업주 아니면 지배인이 점 찍은 여자를 바쳐야 하는 것이다.
 이사벨을 짝사랑하고 있던 라파엘로서는 실로 가슴이 상하는 일이 아닐 수 없었다.
"단장님! 이거 어떻게 된 일입니까?"
"몰라서 묻나?"
"지금까지 이사벨을 점 찍은 업주나 지배인은 한 사람도 없지 않았습니까?"
사실 그러했다. 으레 그들이 점 찍는 여자란 세르반데스 무용단의 간판 구실을 하는 스타 아니면 인물이 예쁘다든가 그렇지 않은 경우 앞가슴에 파도가 일 듯 바스트가 출렁거리는 육체파였으니까 말이다.
이사벨은 스타도 아니거니와 유별나게 돋보이는 미인도 아니었다. 그렇다고 유방이 출렁거리는 육체파는 더욱 못되었다.
그런데 뜻밖에도 레가에게 점을 찍힌 것이다.
"무대 감독! 제 눈에 안경이란 말 아냐?"
"네, 단장님. 얽었어도 유자란 말도 알고 있습니다."
"그렇다면 얘긴 끝났군."
"끝나다니요?"
"무대 감독이 이사벨을 설득시켜 그의 방에 들여 보내요."
"그…… 그런 짓은 못합니다."
"못하면 어떡하겠다는 게야?"
"이사벨은 아직 때묻지 않은 처녀입니다."
"그건 나도 알고 있어."
"아시면서 그런 부탁을 하십니까?"
"이것 봐, 무대 감독! 지금 때가 안 묻었다고 하지만 어느 때인가는 그렇게 될 게 아냐?"
"절대로 이사벨은 그런 여자가 아닙니다."
"무대 감독은 혹시 우리 무용단을 수녀원으로 착각하고 있는 것은 아니겠지?"

"물론입니다."
"아무튼 이사벨을 설득시켜. 만약 이사벨이 거절한다면 큰 낭패야. 공연 기한이 끝나기 전에 내쫓기고 만다구. 그렇게 되면 다음 공연 장소에서는 푸대접을 받게 돼. 내쫓기면 어떻게 되는지 알지? 우린 마하트마 간디가 돼야 해."
"간디라니요?"
"굶어야 한다 그 말이야, 이 사람아."
"단장님! 간디가 되는 한이 있더라도 전 그런 짓은 할 수 없습니다."
"그렇다면 그만두게. 내가 하지."
"설득해야 소용 없을 겁니다."
"거절할 거라 그 말인가?"
"거절뿐이 아니라 이사벨은 세르반데스 무용단을 아주 떠나 버릴 겁니다."
"이사벨은 안 떠나. 그 앤 육체보다 무용을 더 사랑하고 있으니까. 무대 감독이 싫다면 내가 설득해 보겠어."
단장은 무대로 올라갔다. 라파엘이 다급하게 막아서며 말했다.
"단장님! 제가 먼저 만나겠습니다."
라파엘이 무대로 뛰어 올라갔다.
그는 연습중인 이사벨의 손을 끌다시피 하여 무대 한 구석 외진 곳으로 왔다.
"왜 그래요, 라파엘?"
"중대한 문제야."
"뭐가요?"
"나이트 클럽 주인놈이 뭐라고 했는지 알아?"
"글쎄요?"
"이사벨을 보고 괜찮다고 했어."

"어머! 정말이에요? 그럼 제 춤이 인정을 받기 시작하나 보죠?"
"춤이 아니고 이사벨 자신이야."
"마찬가지 아니에요?"
이사벨은 기뻐 날뛰며 스타가 된 것같이 황홀해 했다.
"이사벨! 좋아할 일이 아니야. 앞으로 옷을 벗어야 한단 말이야."
"물론 옷을 벗어야 무대 의상을 갈아 입을 게 아니에요?"
라파엘은 벙어리 냉가슴 앓듯 제 가슴을 쥐어뜯었다.
"이사벨! 그렇게도 말귀를 못 알아들어? 일어서서 옷을 벗는 게 아니고 누워서 옷을 벗어야 한단 그 말이야."
라파엘은 마치 입 속의 쓴 약을 뱉어 버리듯 말하였다.
"그게 뭐가 큰일이에요?"
"한심하군! 그럼 이사벨은 누워서 옷을 벗어 본 적이 있단 말이야?"
"그럼요."
오히려 당연한 일이라는 듯이 말하는 그녀에게 라파엘은 저으기 실망했다는 표정을 지었다.
적어도 이사벨만은 때묻지 않은 처녀라고 믿어 왔고, 또 그렇게 믿고 싶었던 것이다. 그런데 이사벨 자신의 입으로 누워서 옷을 벗은 경험이 있다는 말을 하자 라파엘은 그녀에게서 배신감 같은 것을 느꼈다.
"이사벨! 그럼 가서 벗어."
"가서 벗다니요?"
"이 나이트 클럽 주인놈을 찾아가 침대 위에 누워서 옷을 벗으란 말이야!"
"뭐요! 그 무슨 망칙한 소리예요?"
"한 번 벗으나 두 번 벗으나 마찬가지 아냐."
"아니, 라파엘씨! 도대체 지금 무슨 얘길 하고 있는 거예요? 제 말은 입었던 잠옷이 거추장스러워 침대에 누운 채로 옷을 벗어 버린 다는 뜻인데……."
라파엘은 다시 그녀에게 희망을 걸었다.
"이사벨, 지금 한 그 말 정말이지?"
"라파엘씨, 더 이상 저를 모욕하지 마세요."
"그러면 됐어. 어서 결정을 내려. 이사벨을 점찍은 나이트 클럽 주인을 찾아가 옷을 벗든가 아니면 나와 같이 더럽고 추잡한 이 무용단을 떠나 버리든가……."
"둘 다 싫어요."
"그렇게는 안 돼."
"안 되긴요. 제가 만나서 길들이겠어요."
"만나면 끝장이야. 호랑이도 끌어내다 길들여야 해. 굴 안에 들어가면 끝장이란 말이야."
라파엘이 단호하게 소리쳤다.
"두고 보세요."
이사벨은 서슴없이 레가의 방을 찾아갔다.
그녀의 당돌한 행동에 라파엘은 한참 동안 멍하니 쳐다보더니 무릎을 꿇고 성호(聖號)를 그었다.
"천주여! 호랑이 굴을 찾아든 당신의 가엾은 어린 양을 저버리지 마시옵소서."
라파엘은 간절한 기도를 올렸다.
과연 호랑이 굴에 들어간 어린 양은 구원될 것인가?
한편 레가는 이사벨을 기다리며 위스키 한 잔을 들이켰다.
그녀와의 한때를 눈앞에 두고 몸의 열기를 돋우기 위해서였다.
잠시 후, 조심스러운 노크 소리가 울렸다.
"네에, 들어오십시오."

레가는 아주 엄숙하게 응답했다. 상대방을 위압하려는 그가 항용 하는 버릇이다. 조심스럽게 문이 열리고 이사벨이 들어섰다.

순간 그녀는 방에 들어선 자신을 후회했다. 방이라고 하지마는 창문 하나 없이 외계(外界)와 단절된 그야말로 지하실 같은 밀실이었다.

그뿐만이 아니었다. 조명 기구는 모두 벽을 향해 있어 방 안은 간신히 상대방의 윤곽을 식별할 수 있을 정도였다.

그녀는 문을 열고 뛰쳐나오고 싶은 충동을 느꼈다. 그러나 남달리 당돌하고 담이 큰 이사벨은 레가가 권하는 소파에 얌전히 앉았다.

그런데 그 소파라는 게 몸에 닿는 감각이 잔뜩 부풀은 솜털처럼 푹신하니 희한한 느낌이 들었다.

레가는 겁도 없이 당돌하게 앉아 쳐다보는 이사벨에게 속으로 요것 봐라 하며 위스키 한 잔을 권했다. 함께 몸의 열기를 돋우자는 뜻이다. 호랑이 굴에 찾아든 이사벨이 지금에 와서 술 한 잔을 마다할 처지는 아니었다.

그녀는 술을 단숨에 들이키고 빈잔을 치웠다. 그러자 레가는 그 별난 작업을 시작하자는 듯이 이사벨 곁으로 바짝 다가앉았다.

그때 소파 등받이가 갑자기 뒤로 넘어가며 훌륭한 더블 침대로 둔갑하는 것이 아닌가. 어느 틈에 레가가 비밀 버튼을 누른 것이다.

이사벨은 이에 놀라기보다 차라리 그런 괴상한 장치까지 해놓고 여자를 끌어들여야 하는 그가 한심스러웠다.

"수고 많으셨어요."

"수고라니?"

"보도 듣도 못한 이런 장치를 설계하시느라고 말이에요. 사모님도 이 장치를 아시나요?"

"마누라 같은 건 없어."

"독신이세요?"

"물론."
"왜 결혼 안하세요?"
"바보가 되고 싶지 않아서……."
"그러시담 결혼은 바보만이 하는 건가요?"
"물론이지. 가령 사과를 먹고 싶을 때 아가씨라면 어떡하겠어?"
"그야 물론 탐스럽고 먹음직한 것을 고르죠."
"나도 그래. 사과를 먹고 싶다고 과수원을 가진다는 것은 바보나 하는 짓이야."

 그의 손은 이사벨의 손을 애무하기 시작하더니 점점 가슴으로 더듬어 올라왔다.

 이사벨은 순간 구렁이가 몸을 휘감는 것 같은 소름이 끼쳤다.

 한편, 홀 한가운데 서서 낭패한 표정으로 이사벨이 사라진 층계를 응시하던 라파엘은 두 주먹을 불끈 쥐었다. 눈앞에 클럽 주인이 이사벨의 가슴을 더듬으며 옷을 벗기고 덮치는 장면이 보이는 것 같아서였다.

 그는 더 이상 견딜 수 없어 층계로 뛰어 올라갔다. 놈에게 순결을 짓밟히는 그녀를 구하기 위해서였다.

 그러나 나약한 이 기사(騎士)는 레가의 방을 지키고 있는 보디가드가 내뻗은 주먹 한 대에 곤두박질을 하며 층계에서 굴러 떨어지고 말았다.

 과연 이제 누가 그녀의 순결을 지켜줄 것인가.

 이사벨은 젖가슴을 더듬는 레가의 손을 떨쳐 버리지도, 피하지도 않았고 소리를 지르지도 않았다.

 그렇다면 체념을 한 것일까? 그것이 아니다. 외계와 완전히 단절된 방에서 고함을 지르고 발악을 하다 힘에 못이겨 순결을 짓밟히는 그런 추태를 보이기보다 설득과 지혜로 이 고비를 넘겨야겠다고 생각했기 때문이다.

이런 결심에 도달했을 때 이미 레가의 손은 젖가슴을 향해 깊숙이 들어와 있었고, 가쁘고 뜨거운 숨결을 그녀의 얼굴에 뿌리고 있었다.
그녀는 한 가닥의 저항도 하지 않고 또박또박하게 말했다.
"그러니까, 제가 현명한 사람에게 선택된 탐스럽고 먹음직한 사과가 된 셈이네요."
"그뿐이 아니야. 향기롭고 빛깔도 좋은 과일이지."
레가는 이사벨을 몸으로 조용히 덮치며 입술을 더듬더니 얼굴을 핥기 시작했다.
"그런데 선생님."
"이젠 말할 때가 아니야. 맛을 음미할 때지……."
"한마디만……."
"그럼 한마디만 하는 거야."
"네에. 만약에 모든 남자가 다 현명해진다면 과수원은 누가 가꾸고 사과는 어디서 구하죠?"
"음…… 거북한 질문을 하는 아가씨군……."
"그 대답부터 먼저 들려주시고 저를 음미하세요. 기꺼이 드릴 테니까……."
"기분 잡치게 까다로운 처녀이군."
그는 일어나서 불을 켰다. 기분 잡치게 까다로운 이사벨의 얼굴을 한번 보기 위해서였다. 순간 옷깃을 여미는 이사벨의 얼굴을 뜯어보던 그는 갑자기 궁금증이 나서 물었다.
"이름은?"
"이사벨."
"본명은?"
"마리아 에스텔라 이사벨 데 마르티네스."
"생년월일은?"

"1931년 2월 4일."

레가는 육갑을 세듯 손가락을 꼽아 보더니 갑자기 표정이 굳어졌다.

"왜 그러시죠?"

"미스 이사벨! 당신은 귀인의 운수를 타고 나셨습니다."

그는 더욱 숙연한 표정을 지었다.

이사벨은 갑자기 경어까지 써가며 존대하는 그를 이해할 수 없어 그저 어리둥절할 뿐이었다.

"이사벨! 귀인의 운수가 언제 올지는 오늘 밤 별을 봐야 알겠습니다만, 아무튼 앞으로는 미래의 귀인답게 말과 몸가짐을 조심하셔야 합니다."

"도대체 제가 어떻게 된다는 거죠?"

"때가 되면 알게 됩니다. 그리고 이사벨 뒤에는 항상 제가 있으니까 안심하시구요."

레가는 귀인을 모시듯 손수 문을 열고 고개까지 숙이며 정중하게 그녀를 전송했다.

그럼 이 호세 로페스 레가는 어떤 인물인가? 그는 신비주의자일 뿐만 아니라 밤하늘의 별을 보고 점을 치는 점성가(占星家)이기도 했다. 그의 점은 희한하게 잘 맞기도 했다.

호랑이 굴에서 나와 층계를 내려오는 이사벨을 본 라파엘은 설마와 패배의 가슴으로 그녀에게 다가섰다.

"이사벨! 어떻게 됐어?"

"뭐가요?"

"글쎄 어떻게 됐느냐고 묻잖아?"

"보고도 모르는 사람한테 얘기한다고 해서 알라구?"

"사람 간장 태우지 말고, 어서 있었던 일을 솔직하게 얘기해 줘. 설사 이사벨에게 무슨 일이 있었다 해도 용서해 줄 수 있는 나니까 말야."

"용서를 받을 만한 일 없었어······."
그러자 라파엘은 대뜸,
"정말이지?"
라며 다 죽어가는 듯했던 우거지상을 폈다.
하지만 이사벨은 이런 라파엘의 표정은 아랑곳없다는 듯 힘있게 말하였다.
"우린 용서를 주고받을 그럴 만한 사이도 아니잖아요?"
하고 덧붙이는 것이 아닌가.
라파엘의 표정이 다시 우거지상으로 변했다. 그는 가슴으로 끌어올린 손바닥을 그녀에게 펴 보이며 안타까워했다.
"이사벨! 사람의 마음을 왜 이렇게도 몰라 줘."
"제가 어떻게 남의 마음속을 알 수 있어요?"
그러자 라파엘은,
"오, 천주님!"
하고 또다시 성호를 긋고, 그녀 앞에 무릎을 꿇었다.
"이사벨, 사랑해. 나폴리의 태양처럼······."
"그러세요? 하지만 전 나폴리의 태양이 아니에요."
천주님께 기원하듯 손을 모으고 있는 라파엘을 뒤에 남긴 채 그녀는 분장실로 사라져 갔다. 거울 앞에서 자신의 몸매를 비쳐 보던 사춘기 시절부터 지금까지, 숱한 사나이의 프로포즈와 유혹을 헤엄쳐 나온 그녀이고 보면, 라파엘의 정열적인 사랑의 고백이라고 해서 쉽게 감동할 리가 없었다.
더욱이 그녀는 지금 귀인의 몸가짐을 하라는 레가의 말에 끌리고 있었다.
이사벨을 고이 보내고 난 레가는 옥상에 마련한 제단에 꿇어앉아 밤하늘에 반짝이는 별을 우러러 주문을 외우며 점을 치고 있었다.

주문을 외우던 그가 밤하늘에서 무엇을 보았음인지 허겁지겁 뛰어 내려와 이사벨의 분장실을 노크도 없이 열고 들어왔다.

이미 그의 눈에는 무대 의상을 갈아 입기 위해 알몸이 되다시피 한 그녀의 육체 따위는 보이지도 않았다.

"이사벨! 오늘입니다."

"오늘이라니요?"

"귀인의 운수가 찾아드는 날이 바로 오늘입니다. 이사벨! 오늘의 운수를 놓쳐서는 안 됩니다."

"도대체 누가 귀인의 운수를 몰고 온다는 것입니까?"

"누구라는 것은 나도 모릅니다. 그러나 오는 것만은 확실합니다. 이것은 거짓말이 아닙니다. 별의 가르침입니다."

레가는 열을 내며 얘기했다. 그러나 이사벨은,

"그러세요?"

라며 반신반의하는 표정을 짓고는 가볍게 웃어넘겼다.

카톨릭교 집안에서 자랐고, 또 카톨릭 신자인 그녀는 점성술을 믿으려 하지 않았다. 하지만 그녀는 귀인의 운수를 믿지 않는다 해도 말과 몸가짐을 귀하게 하는 것은 나쁠 것이 아니기에 그러겠다는 대답을 하고 무대로 나가 플라멩코 춤을 추었다.

무대에 선 지 이미 5년. 그녀는 이제 춤을 추면서도 객석을 살필 수 있는 마음의 여유를 가질 수 있었다.

꽉 차 있는 객석을 본 그녀는 더욱 신바람이 나서 춤을 추었다.

오늘의 객석 속에는 유별난 손님이 와 있었다.

그는 다름 아닌 1년 전 쿠데타로 실각당한 아르헨티나 전 대통령 후안 도밍고 페론이었다.

1955년 9월 20일, 에두아르도 로나르디 장군이 쿠데타를 일으키자 3일간에 걸친 유혈 총격전 끝에 페론은 정권을 내주고 부에노스아이레스 항구 앞에 정박한 파라과이 군함에 몸을 숨기고 기회를 엿보다가 여의치 않아 파나마에 임시로 정착하고 있었다.

이때 세르반데스 무용단이 순회 공연차 파나마에 온 것이다.

"각하! 오늘은 바람을 좀 쏘이는 것이 어떻습니까?"

파나마 주재 대사였던 파스카리가 《폭력은 금수의 권리》라는 책을 집필하는 페론에게 권했다.

"별로 나가고 싶은 생각이 없소."

"각하! 아르헨티나 무용단이 해피랜드 나이트 클럽에서 공연을 한답니다."

"아르헨티나 무용단이?"

"네, 각하!"

"그래요?"

페론의 얼굴에는 향수가 젖어들었다.

"가시겠습니까, 각하?"

"가지요. 나의 조국 아르헨티나 무용단이 파나마에 왔는데 안 갈 수 있습니까?"

이렇게 해서 그는 파스카리를 따라 해피랜드 나이트 클럽에 온 것이다. 그런데 파스카리는 아르헨티나 무용단의 공연이 있다고 해서 권한 것은 아니었다.

신문 광고에 나온 이사벨의 사진이 4년 전에 죽은 페론의 두 번째 아내 에바와 너무도 닮았음을 보고 그를 나이트 클럽으로 끌어낸 것이다.

아니나 다를까, 페론은 플라멩코를 추는 이사벨을 빛나는 눈으로 뚫어지게 바라보고 있었다.

무용이 끝나고 박수를 받으며 이사벨이 무대에서 사라지자 페론은 파스카리에게 말했다.

"저 여자의 이름을 알 수 있겠소?"

"각하! 이사벨이라고 합니다."
"한 번 만나 볼 수 없을까요?"
"각하! 곧 연락을 해보겠습니다."
파스카리는 웨이터를 불렀다.
그런데 페론 앞에 와서 정중한 절을 한 사람은 웨이터가 아닌 나이트 클럽의 주인인 호세 로페스 레가였다.
"부르셨습니까, 각하! 전 이 클럽의 영업주 호세 로페스 레가입니다."
"내가 누군지 아는가 본데……."
"아르헨티나 대통령 각하가 아니십니까?"
"아닙니다. 아르헨티나 대통령은 1년 전 일이고, 지금은 이웃 나라에서 신세를 지는 망명객에 지나지 않습니다."
"각하! 하지만 아직도 아르헨티나 국민들은 마음속으로 각하를 대통령으로 모시고 있습니다."
레가의 말을 듣고 있던 페론은 흐뭇했다.
"레가씨, 말만이라도 고맙소."
"각하! 말뿐이 아닙니다. 세르반데스 무용단 안에도 역시 아직 각하를 대통령으로 받들고 충성을 다하는 사람이 있습니다."
"그가 누구요?"
"방금 플라멩코 춤을 춘 이사벨이라는 무희입니다."
"이사벨? 그 무희를 만날 수 있을까요?"
"각하! 이사벨에게는 더할 수 없는 영광일 것입니다. 각하! 제 사무실로 모시겠습니다."
그는 페론과 파스카리를 2층으로 안내했다.
사무실에 발을 들여놓은 페론과 파스카리는 놀라지 않을 수 없었다. 1800년대의 최고급 샴페인이 은제 얼음 쟁반 속에 묻혀 있었고 술잔은 유리가 아니라 금이었다.

자신의 운명까지 점친 레가는 오늘의 이 기회를 위해 금은제 식기와 진품인 샴페인 한 병을 비장하고 있었다.
 망명지에서 이런 접대를 받아본 적이 없는 페론은 마음이 흡족했다.
 "레가씨! 언제 이런 주연을 마련했습니까?"
 "각하! 오늘 밤 별의 가르침이 있었습니다."
 "그렇다면 레가씨는 점성(占星)을 하십니까?"
 "황송합니다, 각하!"
 "앞으로 내 점괘도 보아 주십시오."
 "각하! 무엇보다도 이사벨의 운수를 각하의 것으로 하십시오."
 "그녀의 운수가 그렇게도 좋소?"
 "하늘을 찌르고도 남는 대통한 운수입니다."
 "어떻게 하면 이사벨의 운수를 나의 것으로 할 수 있겠소?"
 "이사벨을 항상 각하의 곁에 두십시오. 그렇게 되면 그녀의 운수를 각하께서 입을 수 있습니다."
 "그래요? 헛허허."
 물에 빠진 자는 지푸라기라도 잡는다는 속담이 있다. 쿠데타로 정권을 빼앗기고 망명 생활을 해야 하는 페론의 입장에서 어찌 레가의 말에 귀가 솔깃하지 않겠는가.
 "레가씨, 어서 이사벨을 만나게 해주시오."
 "각하, 잠시만 기다려 주십시오."
 그는 허리를 굽혀 페론 앞에서 물러갔다.
 레가는 객석에서 페론을 보자 이사벨에게 귀인의 운수를 몰고 온 사람이 다름 아닌 페론이라고 단정하였고, 만반의 준비를 갖추어 놓고 접근할 수 있는 기회를 엿보고 있었던 것이다.
 "이사벨! 드디어 왔습니다."
 레가가 소리지르며 분장실로 뛰어들었다. 이사벨은 아무 영문도 모르는 표정을 지었다.
"뭐가 왔다는 거죠?"
이사벨의 눈은 놀란 토끼 같았다.
"귀인의 운수를 몰고 온 사람이 왔어요."
"누구죠, 그가?"
그녀의 표정은 상기되어 있었다.
"이사벨, 그분을 만나기 전에 조건이 있습니다."
레가는 벌써부터 조건을 제시했다. 남달리 야심이 많은 그는 이사벨의 운수를 업고 출세를 하고 싶었던 것이다.
"조건이라뇨?"
"이 호세 로페스 레가를 버리시면 안 됩니다."
"어떻게 하면 안 버리는 것이 되죠?"
"이사벨의 후견인으로 항시 옆에 있게 해주십시오."
"그것은 오히려 제가 바라는 바예요."
"역시 이사벨은 현명한 귀인이십니다. 만약 저를 따돌릴 생각을 하신다면 이사벨에게 찾아온 운수는 안개처럼 사라지고 맙니다."
그는 슬쩍 협박하는 것도 잊지 않았다.
몸매를 단정히 가다듬은 이사벨은 설레이는 가슴을 억누르며 레가의 뒤를 따라 귀인의 운수를 몰고 왔다는 사람 앞에 섰다.
이사벨은 자기의 눈을 의심하듯 놀랐다. 그토록 마음속으로 신앙하고 있던 페론을 꿈이 아닌 생시에 만나볼 수 있었기 때문이다.

에비타와 이사벨

    이사벨을 가까이 대한 페론도 눈을 의심할 정도로 놀랐다. 죽은 아내가 살아서 눈앞에 나타난 듯한 착각이 들어서였다.
    그들은 1800년대의 진품인 샴페인을 터뜨려 건배를 했다. 이윽고 단 둘만의 자리를 마련해 주기 위해서 레가와 파스카리는 방을 나왔다.
    단둘이 남은 이사벨과 페론은 술잔으로 입술을 적시며 서로 말없이 쳐다보고 있었다. 순간 페론은 죽은 둘째 부인 마리아 에바(일명 에비타)를 만났던 일이 머리에 떠올랐다.
    1941년, 이탈리아 주재 아르헨티나 대사관의 육군 무관으로 있던 페론은 귀국하자 50명으로 구성된 통일 정치 장교단(GOU)을 결성하여, 2년 후에 카스틸로 정권을 무너뜨리는 쿠데타에 가담했었다.
    그 후 페론은 인기가 없는 관료직인 노동부 장관직을 자청하여 임금을 올려주고 단체 교섭권을 인정하는 한편 주택 계획을 세우는 등 사회 복지를 눈에 띄게 개선하였다. 이렇게 되자 자연 그는 근로자층을 손에 넣어 정치적 기반을 닦을 수 있을 뿐만 아니라 근로자의 인기를 독차지하게 되었다.
 어느 날 에바가 맡고 있던 에마가 사회를 보는 방송 프로에 페론이 초대 손님으로 초청됐다. 정치적인 수완뿐만 아니라 여자를 다루는 수완에도 재간이 있는 페론은 그녀의 총명함과 아름다움에 매혹되었다.
 오히려, 근로자의 우상으로 부각되기 시작한 젊은 정치가 페론에게 에바가 첫눈에 반해 버렸는지도 모른다.
 "에바양, 프로에 초대해 주어 감사합니다."
 "페론 대령님을 모실 수 있어 도리어 영광입니다."
 그들은 그날 저녁 연인인양 나란히 해변을 거닐며 모래 위에 긴 발자국을 남겼다. 달빛이 은빛가루처럼 파도 위에 부서지고 있었다.
 "보름달이 이처럼 아름답다는 것을 예전에는 미처 몰랐습니다."
 "밤바다가 이처럼 아름답다는 것도 처음으로 느껴보는 것 같아요."
 "거닙시다. 바다가 끝날 때까지······."
 "네, 같이 걸어요. 달빛이 꺼질 때까지······."
 그러나 그들은 모래 사장이 끝나기도 전에, 달빛이 사라지기도 전에 호젓한 방갈로에서 둘만의 비밀스러운 관계를 맺었다. 그 비밀스러운 관계란 남녀간의 육욕적인 맺음만이 아니라 아르헨티나의 정치 문제를 놓고 어떤 엄청난 밀약을 맺은 것이다.
 그때 페론의 나이 48세, 에바는 26세였다. 그러나 지금은 파란만장한 생애를 거친 페론은 이미 60고개를 접어든 것이다.
 그는 회상에서 깨어나 금 술잔을 놓으며 물었다.
 "이사벨양, 나이는?"
 "25세입니다."
 "25세? 한 살 아래군그래."
 "네에?"

"아…… 아무것도 아니오."
그는 에바와 같은 연예계 출신이며 열한 살 아래인 이사벨에게 깊은 관심을 갖게 되었다. 특히 페론은 연예계 출신의 에바를 앞세워 집권을 하는 동안 많은 도움을 받았기 때문이다.
어떤 정치 평론가는 에바 없는 페론은 상상할 수도 없다고 했다.
페론은 이사벨의 사람됨을 저울질해 보고 싶었다.
"이사벨은 지금 아르헨티나를 어떻게 보나?"
"정치에 관해서 저는 아는 것이 없습니다. 그러나 지금의 아르헨티나가 아니라 각하가 없는 아르헨티나, 페론이 없는 아르헨티나는 사공을 잃은 배와 같은 것 같습니다."
"사공을 잃은 배라?"
"아르헨티나는 지금 갈 바를 모르고 제멋대로 흔들리고 있습니다."
"예를 든다면?"
"쿠데타를 일으켰던 카스틸로가 한 달 만에 다시 아람부루 장군에게 쿠데타를 당했습니다. 각하를 잃은 아르헨티나 국민들은 누구나 다 쿠데타에 진절머리를 내고 있습니다."
"그러나 나를 몰아내고 기뻐한 사람도 많았을 텐데……."
"그보다는 흘린 눈물이 더 많았겠지요."
그러기를 은근히 바랐던 페론은 이사벨의 이야기를 듣고 감동했다. 아닌게 아니라 달마다 쿠데타의 악순환을 겪어야 하는 아르헨티나 국민들은 고개를 설레설레 흔들었다.

"이거 어디 장사나 해먹겠어?"
"품팔이도 매한가지야. 한 달에 한 번씩 이 난리를 겪어야 하니 원……."
"쿠데타가 없는 곳에서 살아 봤으면……."

"찾아가면 되잖아."
"추운 곳은 딱 질색이야."
"더운 곳이야."
"거기가 어딘데?"
"지옥."
이 정도의 대화는 그래도 유머가 있어 좋았다.
"역시 구관이 명관이야."
"페론을 두고 하는 소린가?"
"두말하면 잔소리지."
"그러나 페론은 이미 쫓겨나지 않았어?"
"모셔 오면 되지. 아직 아르헨티나에는 중앙 노동 총연맹을 중심으로 한 2백만의 페론 지지자가 있어."
"거기다 우리 둘까지 합치면 2백만 2명이 될 게 아닌가?"
"그럼, 자네도 페론주의자가 되겠나?"
"돼야지. 살기 위해서."
"가세, 중앙 노동 총연맹으로!"
이렇게 해서 연맹 앞에 모인 군중이 천여 명이 되었다.
"우리는 페론을 지지한다!"
"페론 만세!"

연일 군대가 동원되었고, 페론 지지자들은 투석전으로 맞섰다. 아르헨티나의 정세는 날로 혼란을 거듭할 수밖에 없었다.
세르반데스 무용단만 해도 계엄군과 데모 사태로 공연장을 잃고 부득이 외국 순회 공연을 하지 않으면 안 됐던 것이다.
페론은 놓았던 금 술잔을 다시 들며 말했다.
"이사벨양, 내가 없는 동안 아르헨티나에서 일어난 일들을 자세히 애기해 줄 수 없겠소?"

그는 아르헨티나 정세에 어두워서가 아니었다. 자기를 지지하는 사람으로부터 조국에 대한 애기를 듣는다는 것은 즐거운 일이었기 때문이다.

"매달 일어나는 쿠데타로 공연 장소를 잃은 저희 무용단은 뿔뿔이 흩어졌어요. 그때 저는 같은 무용단에 있는 안젤라와 거리에 나왔다가 데모대에 밀려 CGT까지 갔어요."

CGT(중앙 노동 총연맹)라는 말에 페론의 입술은 가늘게 떨렸다.

CGT 안에 에바의 시체가 안치되어 있었기 때문이다. 그런데 그 시체가 11월 19일에 있은 페트로 아람부루의 재쿠데타 이후 6일 만에 감쪽같이 없어진 것이다.

이 소식을 들은 페론은 인근 파나마에 머물면서 에바의 시체를 찾기 위해 정보원을 투입하여 감옥에서 풀려 나온 캄포라와 긴밀한 연락을 취했으나 허사였다. 치과 의사 출신인 캄포라는 페론 집권 당시 국회 하원 의원과 순회 대사를 역임한 이른바 페론의 오른팔이었다.

페론은 혹시 이사벨의 입을 통해 어떤 정보라도 얻을 수 있지 않을까 해서 캐어 물었다.

"거기서 어떤 일이 벌어졌나요?"

"데모 군중들은 우리의 에바를 달라고 아우성쳤지요."

"그리고?"

"건설중이었던 묘를 불도저로 밀어내자 데모 군중들이 아예 드러누워 버렸답니다."

페론은 침통한 표정을 지으며 고개를 떨어뜨렸다.

암으로 33세라는 꽃다운 나이에 죽기까지 에바는 아르헨티나의 퍼스트 레이디로 대중들 앞에 웃음을 잃지 않았고 그들을 위해 헌신적으로 봉사했다.

1952년 7월 26일 에바가 운명하자 아르헨티나는 여인들의 통곡 소리로 뒤덮였다. 그녀의 시체가 CGT 안에 안치되자 2백여 만의 시민이 몰려들어 5명이 압사하고, 수십 명이 부상하는 불상사를 빚었다.

에바에 대한 국민들의 존경과 사랑이 이처럼 열렬함에 페론은 피라미드보다 120미터나 더 높은 거대한 묘를 세우기로 결정했었다.

그뿐이 아니었다. 페론 광신자들은 대통령에게 국모(國母) 에바를 매장하지 말고 영원히 볼 수 있게 해달라고 탄원하기에 이르렀다.

페론은 수십만 달러를 들여 에바의 시체에 향유를 바르고 방부 처리를 한 다음 순은관에 모셨다. 그리고 얼굴 부분에 유리를 박아 언제라도 볼 수 있게 했다.

동시에 에바의 유해를 과학적으로 영구 보존하는 작업을 1년에 10만 달러(8천만 원) 이상의 경비를 들여 완성했다.

그로부터 3년 후, 거대한 묘가 완성되기도 전에 페론은 실각하고, 반페론주의자들은 불도저로 묘를 밀어 버리고 유해를 쥐도 새도 모르게 감춰 버린 것이다.

페론은 깊은 한숨을 길게 몰아 쉬었다.

"유해의 행방에 대한 어떤 소문을 들은 적이 없나요?"

"구구한 억측들을 하고 있습니다마는 하나도 믿을 것이 못 된다고 생각합니다."

"어떤 억측들을 하고 있지요?"

"관에 납덩어리를 매달아 바다속에 버렸다는 소문도 있습니다."

"저런! 그렇다면 영영 유해는……."

"하지만 아닐 것이라고 생각합니다."

"어째서?"

"보복이 무서워서입니다."

"누구의 보복을?"

"대다수의 국민들은 어느 때인가 각하를 지지하는 파에서 다시 집권을 한다고들 생각하고 있습니다."
"그래요?"
"그렇게 됐을 때 정치적인 협상을 벌이기 위해 유해를 어느 곳에 숨겨 놓고 있을 것이라고들 합니다."
"글쎄, 그 숨겨 놓은 곳이 어디라는 소문을 못 들었느냐 그 말이오?"
"이미 국외로 옮겨졌다는 소문입니다."
"그 소문이 사실일까?"
"제 생각 같아서는 사실인 것 같습니다."
"어째서?"
"아르헨티나에는 2백만 명의 각하 지지 세력이 있다고들 합니다. 그러니 국내에 유해를 숨겨 둘 만한 곳은 없다고 생각합니다."
정치와 아무런 관련도 없는 이사벨의 주관 있는 해석에 페론은 감탄하며, 그녀를 가까이에 두고 싶었다.
"이사벨양, 나를 도와 줄 수 있겠소? 앞으로 난 이사벨의 도움이 필요하오."
"각하! 비할 수 없는 영광입니다. 하지만 전……."
"이미 장래를 약속한 사람이 있소?"
"아녜요."
"그럼?"
"무용단과의 계약 기간이 아직 끝나지 않았습니다."
"돈으로 해결할 수 있는 문제라면 나한테 맡겨 줘요."
"감사합니다, 각하!"
"그럼 승낙하는 거요?"
"네, 각하!"

"그밖에 딴 조건은 없소?"
"외람되오나 레가씨도 같이 있게 해주실 수 없겠습니까?"
"좋아요!"
 페론의 수표 한 장과 레가의 중재로 이사벨은 곧 세르반데스 무용단과 해약을 했다.
 이 소식을 전해 들은 라파엘은 창백한 모습으로 이사벨 앞에 나타났다.
"어떻게 된 일이야?"
"라파엘, 그 동안 신세 많이 졌어요."
"신세 지고 안 지고가 문제가 아냐. 당장 그 늙은이와 손을 끊어!"
"늙은이?"
"페론 말이야. 그 늙은이는 이사벨보다 서른다섯 살이나 위야!"
"난 페론의 비서로 취직했어요. 35세가 위든 53세가 위든 그게 무슨 상관이 있죠?"
"이사벨은 아직도 페론의 버릇을 몰라. 그 늙은이는 에바와 결혼하기 전에 수많은 정부를 거느린 추잡스런 플레이 보이란 말이야."
"비슷하네요."
"누구와?"
"라파엘과……. 소문이 자자하던데요?"
"누가 그런 소릴 해?"
"안젤라."
"그건 모략이야."
"새로 입단한 아가씨는 웬만하면 다 거쳤다면서요?"
"모략이래두…… 아니 아주 엉뚱한 모략만은 아니야. 솔직하게 말해서 몇 명은……."
"그런데 왜 난 건드리지 않았죠?"

"첫눈에 사랑했기 때문이야."

"그런 사랑하는 여잔 외면하고, 사랑하지 않는 여자만 잔뜩 눈독을 들였다가 건드리셨군요?"

"얘기가 좀 이상해지는군."

"얘기뿐이 아니고 행동도 이상했잖아요. 하지만 라파엘과 같이 생활하는 동안 즐거웠어요. 안녕히 계세요."

그녀가 돌아서자, 화산같이 뜨겁고 열정적인 성격의 소유자인 라파엘은 그녀 앞을 가로막고 두 무릎을 꿇으며 애원했다.

"이사벨! 가지 마! 가면 안 돼. 페론은 위선자구 색마야. 에바가 죽은 다음에 어떤 일이 있었는지 알기나 해?"

"아내의 죽음을 슬퍼하며 울었대요."

"사람이 보는 앞에서만 그랬어."

"그럼 안 보는 데서는 어떻게 했죠?"

"열네 살 난 검은 머리의 넬리 타바스와 놀아났어."

페론은 에바가 죽은 다음해인 1953년부터 쿠데타로 실각당한 1955년까지 형용할 수 없이 아름다운 넬리 타바스를 애인으로 삼고 즐겼다.

페론이 망명한 후, 아르헨티나 연방 검찰청은 그를 23종에 달하는 각종 범죄로 고발하였고, 지방 재판소로부터도 수없이 많은 범죄로 고발당했다.

그리고 이사벨과 만날 그 당시 아르헨티나 육군 군법회의 결석 재판에서 그는 육군 소장 계급을 면직 박탈당하였다.

"이사벨!"

라파엘은 울상을 지으며 그녀를 타일렀다.

"그래도 그 늙은이한테 갈 테야? 손녀 같은 열네 살짜리 소녀를 강간한 그 늙은이한테 가겠느냔 말이야? 안 가는 거지, 그렇지? 이사벨! 그렇다고 대답해 줘."

"난 열네 살이 아니에요."

그러자 사색이 다 된 라파엘은,

"오, 천주님! 색마에게 더럽히려는 당신의 가엾은 양 이사벨을 구원해 주시옵소서……."

라며 두 손 모아 빌더니 이사벨의 발을 끌어안았다.

"이사벨, 가면 안 돼, 페론은 살아 있는 시체야."

"그렇다면 전 더욱 안심할 수 있겠네요."

"오, 천주님! 이 일을 어떻게 하면 좋겠습니까? 주님의 양은 저의 충고를 뿌리쳤습니다."

라파엘은 창문을 열고 하늘을 향해 기도하는 시늉을 했고, 분노와 체념의 눈에는 이슬이 맺혀 있었다.

"죽어도 안 놓아! 정말 죽어도 안 놓아!"

그는 이윽고 무슨 결심이라도 한 듯이 그녀의 허리를 힘껏 끌어당겼다. 그러나 끌어안긴 그녀는 이사벨이 아니라 안젤라였다.

"엇? 안젤라!"

"라파엘, 기다렸어요. 오늘의 이날을…… 더…… 더욱 힘껏 안아 주세요."

안젤라는 행복에 취한 듯 눈을 지그시 감으며 몸을 내맡겼으나 라파엘은 기겁을 하듯 내뺐다.

그렇다고 놓아 줄 그녀가 아니다. 라파엘의 옷소매를 움켜 쥔 그녀가 불처럼 성난 얼굴로 노려보았다.

"어딜 내빼려는 거예요?"

"내…… 내빼긴……."

"내가 누구의 피를 받은지 아시죠?"

"아…… 아버지……."

"스페인의 피를 받은 카르멘의 후예예요. 한 번 사랑한 사람을 쉽게 놓칠 것 같아요."
"마…… 만약에 사…… 상대가 싫다면……?"
"이거예요."
그녀는 허벅지에서 서슬이 시퍼런 비수를 빼들었다.
라파엘의 표정이 일그러지며 창백하게 질렸다.
"자살?"
"천만에요. 당신을 죽이는 거예요."
안젤라의 칼날 같은 그 소리에 라파엘은 허무러지듯 털썩 무릎을 꿇으며 주저앉았다.
"오, 천주님! 이 일을 어쩌면 좋습니까. 주님의 선한 양인 저는 너무 억울합니다."
다분히 희극적인 그는 다시 창문을 향해 하늘을 우러러 기도하는 시늉을 했고, 그의 얼굴은 우거지상이 되었다.

페론의 비서로 첫 출근한 이사벨의 일과란 그의 저서 《폭력은 금수의 권리》를 타이핑하는 일이었다.
그녀는 타자를 치면서 마주 앉아 원고를 집필하는 페론을 훔쳐보며 생각했다. 저렇게 근엄하신 분이 어떻게 14세 소녀를 애인으로 삼을 수 있었을까 하고…….
그녀는 자기 나름대로 결론을 내렸다. 그분의 고독을 조금이나마 덜어줄 수 있다면 열네 살 소녀를 애인으로 삼은 것쯤은 용서할 수 있다고…….
이런 류의 용서는 비단 이사벨뿐만 아니라 페론 광신자 내지는 페론 지지자들의 공통된 견해였다.
그 만큼 페론은 독재자이면서 근로 대중에게 선정을 베풀었다.
페론은 근로자들의 임금을 올려주었을 뿐만 아니라 상여금 제도를 만들었고, 마시고 놀며 기타를 치고 탱고에 도취하는 정열적인 그들에게 유급 휴가를 주었다. 그리고 탱고의 파트너 구실밖에 못하는 아르헨티나 여성에게 평등권을 주어 참정(參政)케 했으며, 임신 유급 휴가 제도와 이혼법을 통과시켰다.

그밖에도 페론은 건강 보험제를 제정하여 가난한 근로자에게 의료 혜택을 베풀었다. 또한 외국 철도와 회사를 국유화하고 공업화 계획을 추진하여 아르헨티나의 근대화에 크게 이바지했다.

그러나 1951년, 6년 임기가 다가오자 페론은 헌법을 고쳐 대통령으로 재선됐다. 이에 반발하여 반대 세력이 부각하자 비밀 경찰을 창설하여 마구잡이로 정적들을 가두었고 언론과 카톨릭교를 탄압했다.

이런 폭정이 화근이 되어 1955년 해군과 공군이 쿠데타를 일으켰으나 실패하고, 10월 20일 육군의 쿠데타로 페론 정권은 허물어지고 말았다.

그런데도 되풀이되는 쿠데타의 악순환에 진절머리를 낸 국민 대다수는 페론 치하에 향수를 느끼고 있었다.

이런 국민의 여망을 안 페론은 망명 정권을 세우고, 기회를 엿보고 있었다. 특히 망명 정권을 쿠바의 카스트로가 음으로 양으로 지지했고, 제2차 세계 대전 이후 남미에 잠입한 나치스 히틀러의 잔당이 재정 지원과 국외 정보, 그리고 망명 정권 요원의 의무(醫務)를 담당했다. 왜 이런 아리송한 인과 관계가 맺어졌는가에 대해서는 나중에 밝히기로 한다.

이사벨을 비서로 맞은 페론은 2년 만에 처음으로 얼굴에 미소를 띠울 수 있었다.

"이사벨양."
"네에, 각하!"
"일은 할만 한가?"

"각하를 모실 수 있어 보람되고 즐겁습니다."
"다행이군. 비서직을 내팽개칠까봐 속으로 무척 걱정을 했었는데."
"감사합니다, 각하! 만약에 각하께서 저를 쫓아낸다 해도 기를 써서 각하 곁에 눌러 있을 결심입니다."
"그래요? 난 이사벨이 그만둔다고 해도 기를 써서 붙잡을 결심이었지요."
"감사합니다, 각하!"
페론은 오랜 시름을 잊고 크게 웃었다. 이때 마침 방에 들어선 파스카리는 소리내 웃는 그를 보고 다행이라고 생각하였다.
"각하, 커피 드시겠습니까?"
이사벨이 다가와 상냥하게 물었다.
"그렇지 않아도 한 잔 생각이 있었는데 어떻게 눈치를 챘지요?"
"웃으시는 각하 얼굴에 피로가 담겨 있었습니다."
페론과 파스카리는 그녀의 뒷모습이 주방으로 사라지자 대단한 여자라는 듯이 눈을 크게 뜨며 마주 보고 웃었다.
한편 이사벨을 페론한테 빼앗기고 자신을 안젤라에게 빼앗기다시피 한 라파엘은 도살장에 끌려 가는 소처럼 그녀의 침실로 끌려 들어갔다.
라파엘은 이를 악물다시피 하며 사랑의 봉사를 해야만 했다. 이윽고 라파엘을 정복한 안젤라가 깊이 잠든 틈을 타서 그는 팬티바람으로 옷을 끌어안고 도살장 같은 침실에서 도망쳐 나왔다.
세르반데스 무용단에 더 이상 머물러 있을 이유가 없게 된 라파엘은 그길로 아르헨티나행 야간 열차에 뛰어올랐다.
기차가 기적을 울리며 파나마역을 출발했을 때야 비로소 그는 안도의 한숨을 몰아 쉬며 푸념하듯 신세 타령을 했다.
"도대체 이게 무슨 꼴이람……."
라파엘은 앞일을 생각하면 할수록 눈앞이 아찔했다. 세르반데스 무용단과 계약을 위반하며 이탈한 신분으로 딴 무용단에 일자리를 구할 수도 없었다.
 이 모든 것이 페론, 그 늙은이 때문이라고 생각한 그는 뿌드득 이를 갈며 결심했다. 반페론 집단에 가담하여 독재자의 숨은 비행을 낱낱이 들쳐내어 그의 파멸을 재촉하겠다고…….
 일단 결심을 하고 난 라파엘은 속이 후련했음인지 승강구로 나와 담배 한 대를 피워 물고 가슴 깊이 빨아들였던 연기를 밤하늘에 내뿜었다. 별이 유난히 아름답게 반짝이는 밤이었다.
 그날 밤, 페론 망명 정부에 무소속 요원이 된 점성가 레가는 호텔 옥상에 임시로 마련한 천문대에 정좌한 채 점을 치고 있었다.
 이때 이사벨이 다가왔다.
 "레가씨!"
 그러나 레가는 신비스러운 표정을 지은 채 그녀를 거들떠보지도 않고, 별을 향해 주문을 외며 계속 점을 치고 있었다.
 "제가 방해가 됐어요?"
 "괜찮습니다. 말씀하십시오."
 "레가씨에게 부탁이 있어 왔습니다."
 "말씀하십시오."
 "타자를 치는 데 그치지 않고 각하를 위해 보다 큰 보람된 일을 하고 싶어요."
 "말씀하십시오."
 "에바 여사의 유해를 찾을 수 있겠어요?"
 "글쎄요."
 "글쎄요 가지고는 안 됩니다. 우리들의 힘으로 꼭 찾아야 해요. 점을 쳐서라도……."
 "그래서 점을 치고 있습니다."

그는 남십자성을 우러러 다시 주문을 외우기 시작했다. 이사벨도 성호를 그으며 두 손을 모았다. 그녀도 기도를 드리고 있었다.

그런데 이사벨과 레가는 에바 유해의 행방을 찾겠다는 목적이 서로 달랐다. 유해를 찾아 페론의 번민을 덜게 해주겠다는 이사벨과는 달리 레가는 자기를 위해 유해를 찾으려 하고 있는 것이다.

다시 말해서 레가는 점성술의 신통력을 미천 삼아 부귀 영화를 누리려고 하는 것이 목적이었다.

이런 기미를 짐작한 파스카리는 레가의 존재가 못내 싫었다. 그는 아르헨티나·브라질·칠레·볼리비아 그리고 쿠바에서 입수한 정보를 분석한 다음 페론의 침실을 노크했다.

수시로 페론의 침실까지 드나들 수 있는 사람은 파스카리뿐이었다.

"들어오시오."

침실에 들어선 파스카리는 못마땅한 표정으로 페론에게 진언했다.

"각하! 레가를 어떻게 생각하십니까?"

"재미있는 사람이오. 별을 보고 점을 치고……."

"각하! 망명 정부에 재미있는 사람은 필요 없는 존재라고 생각합니다. 더욱이 점쟁이는 우리 정부에 아무런 기여도 하지 못할 것입니다."

"그렇긴 하지만……."

"그러시다면 적당한 보상을 주어 내보내는 것이 좋을 것 같습니다. 낮에는 빈둥거리며 낮잠이나 자다가 하늘에 별이 뜨면 제 세상이나 만난 것같이 옥상에 올라가 점이나 치는 게 그의 일과입니다."

"그럼 지금 이 시각에도 옥상에 올라가 점을 치고 있단 말이오?"

"그렇습니다. 레가야말로 각하를 위해 무익한 존재일 뿐입니다."

열렬한 카톨릭 신자인 파스카리의 눈에 비친 레가는 백해 무익한 정도를 넘어서 암적인 존재로 보였는지도 모를 일이다.

그러나 페론은 그의 말을 시인하면서도 달래는 눈치였다.
"파스카리씨! 아무리 미천한 인간이라 할지라도 자기만이 가지는 장점이 있게 마련입니다."
"그러시다면 각하께서는 레가의 점을 믿으십니까?"
"아니요, 그렇지는 않습니다만······."
"그러시다면 망설일 이유가 하나도 없지 않습니까?"
"이미 약속을 했습니다."
"그 점쟁이와 말입니까?"
"아니요, 이사벨과 약속을 했습니다."

그는 더 이상 진언하지 않았다. 이사벨을 페론 가까이에 두기를 원한 장본인이 바로 자기였기 때문이다. 더욱이 이사벨을 비서로 얻은 후 웃음을 찾은 페론을 직접 자기 눈으로 보지 않았던가.

"파스카리씨! 좀더 두고 봅시다."
"각하의 의향을 따르겠습니다."
"고맙소. 그런데 오늘 새로운 정보가 입수된 건 없습니까?"
"존 윌리엄 쿡 사령관에게서 장거리 전화가 왔습니다."

쿡은 페론 집권시 페론당 당수를 지낸 실력자였다. 그는 쿠데타 이후 쿠바로 잠입하여 카스트로에게 페론 망명 정권을 승인받고 쿠바군 특수 부대 사령관의 직에 올랐다.

페론은 쿡의 장거리 전화에 어떤 기대를 거는 듯했다.
"쿡의 장거리 전화? 그래 에바의 유해 행방을 탐지했다는 겁니까?"
"그런 내용은 일체 언급이 없고, 안젤 볼렌키씨가 파나마를 향해 쿠바를 떠났다는 보고였습니다."

안젤 볼렌키는 페론 집권 당시 내무부 장관이었으며, '아르헨티나의 베리야(소련의 악명 높은 비밀 경찰 두목)'라는 칭호를 받은 자로, 쿡의 심복이었다. 그도 페론 정권이 무너지자 쿠바로 가서 정보 기관에 손을 대고 있었다.
 안젤 볼렌키가 직접 온다는 말에 페론은 심상치 않은 표정을 지으며 물었다.
 "볼렌키가 왜 온다는 겁니까?"
 "이유는 전혀 알 수 없습니다."
 "만나 보면 알겠지요. 그건 그렇고 에바의 유해를 외국에 옮겼을 가능성이 큽니다."
 "각하! 아직 그렇다고 단정할 만한 정보를 입수하지 못하고 있습니다."
 "그렇다면 아직도 아르헨티나 내에 숨겨져 있다는 것입니까?"
 "그렇다는 정보도 없습니다."
 "그럼 납 덩어리를 매달아 바다에 던졌단 말이오?"
 "각하!"
 "도대체 어느 쪽이오?"
 "확실한 정보가 입수되기까지는 시간이 더 필요합니다."
 "1년이라는 시간이 짧았다는 말이오? 이 페론은 더 이상 기다릴 수 없소. 명예를 걸고라도 에바의 유해를 찾아내어 페론 망명 정부의 위력을 과시해야 합니다. 당장 정보원과 공작비를 배로 늘리고, 그리고 내 판단으로는 에바의 유해가 이미 옮겨진 것 같으니 그런 방향으로 수사를 해주시오. 빨리 서둘도록 하시오."
 페론은 유해의 행방에 대해 이사벨의 판단을 믿고 싶었다. 그는 정보가 얻어지는 것을 기다리는 입장에서 정보를 캐 내는 입장으로 전환해야겠다고 생각했음인지, 직접 명령을 내렸다.
 "에스키리져! 당장 마르틴 보르만과 아돌프 옷드 아이히만, 그리고 멘게레 박사에게 도움을 청하시오."
 마르틴 보르만은 나치스 히틀러에 다음 가는 권력자였다. 그는 히틀러가 자살한 다음날인 1945년 5월 1일, 총통 전용 방공호를 탈출하여 전차 한 대를 앞세우고 도망가던 중 소련군의 폭탄을 맞고 사망한 것으로 알려지고 있다.

또 다른 일설에 의하면 소련군의 포위를 뚫지 못하고 인화리덴 철교 밑에서 음독 자살을 했다고 한다. 그러나 시체가 확인되지 않은 그는 뉘른베르크 나치스 전법 재판에서 결석 사형 언도를 받았다. 이런 거물급 나치스 전범자가 페론이 집권할 당시 묘한 인연으로 남미에 잠입한 것이다.

아이히만은 게슈타포 유태인국(局) 장관 재직시 5백만의 유태인을 살해한 1급 전범이었다.

멘게레 박사는 아우슈비츠 유태인 수용소에서 인간 생태 실험을 한 살인 의사이며, 살인 가스로 죽은 안네 프랑크는 일기장에서 그를 '죽음의 사자'라고 불렀다.

이들 1급 전범들이 나치스 잔당들을 불러들여 거미줄 같은 조직을 가지고 브라질·아르헨티나·파라과이·칠레·볼리비아 등지에 살고 있었다.

페론은 이들 나치스 잔당들의 거미줄 같은 조직을 이용해서라도 아르헨티나 국외로 옮겼을 것이라고 믿는 에바의 유해를 찾아낼 계획인 것이다.

고독한 승자(勝者)

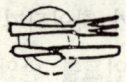

밤하늘에 별 하나가 꼬리를 길게 끌며 떨어졌다.
그때 주문을 외우며 점을 치고 있던 레가의 눈이 빛났다. 그는 벌떡 일어나 유성을 가리키며 외쳤다.
"이사벨! 봤습니까? 저 별을……."
이사벨은 그의 시선을 피하고 말았다. 왠지 불길한 예감이 들었기 때문이다.
"금방 별 떨어지는 것 봤지요?"
"봤어요. 어떤 암시죠?"
"기뻐하십시오."
"별이 떨어졌는데두요?"
"이사벨에게 길운(吉運)을 다 물려주고 떨어져 나갔습니다."
"그렇다면 떨어져 나간 별은 누구를 두고 하는 말입니까?"
"먼 훗날 자연히 알게 될 겁니다. 더 이상 묻지 마시고 저를 따라오십시오."

"어딜 가는데요?"

"묻지 말라고 했습니다."

갑자기 근엄해진 그에게 더 이상 말을 캐어 물을 수 없는 이사벨은 묵묵히 그의 뒤를 따라 호텔 옥상을 내려왔다.

그리고 그가 운전하는 세단에 몸을 싣고 험한 산길을 달렸다. 두 시간쯤 차에 흔들린 다음 이사벨이 내린 곳은 모닥불이 피어 있는 야외 집회장이었다. 백여 명이 모인 이 캠프에는 젊은이라고는 하나도 없고 40대, 50대가 더러 끼어 있을 뿐 거의 모두가 백발 노인들이었다.

그리고 그들은 하나같이 밤하늘을 우러러 주문을 외우고 있는 것이 아닌가. 이사벨은 하도 이상한 캠프이기에 레가에게 귀엣말로 물었다.

"무엇하는 사람들이에요?"

"남미 각국에서 모여든 점성가들입니다."

"왜 모였죠?"

"1년에 한 번씩 모여서 정보를 교환하고 도를 닦습니다."

"어떤 정보죠?"

"그것은 비밀입니다."

"그런데 왜 절 여기에 데리고 왔죠?"

"내 주위에 이런 국제적인 집회가 있다는 것을 보여주기 위해서입니다. 이 집회의 명칭은 '불의 기사회(騎士會)'라고 합니다."

"불의 기사회와 제가 무슨 상관이 있죠?"

"있습니다. 남미 각국에 흩어져 있는 이들은 비밀 조직을 가지고 있습니다. 그 비밀 조직을 움직인다면 어떤 정보 기관보다 정확히, 그리고 빨리 에바의 유해를 찾을 수 있을 겁니다."

지금까지 의혹에 차 있던 이사벨의 얼굴이 밝아졌다. 그녀는 속으로 국제적인 비밀 조직을 가진 레가와 손을 잡은 것을 다행이라고 생각하였다.

"이사벨! 에바의 유해는 곧 찾을 수 있습니다. 차 안에서 기다리십시오."

레가는 손을 쥐어 짜며 가슴 조이는 이사벨을 세단에 남겨 둔 채 집회에 끼어들어 함께 주문을 외었다.

이윽고 장로인 듯한 백발 노인에게 레가가 말했다.

"장로님! 저는 며칠 전부터 페론과 손을 잡았습니다."

"그랬었군요. 그래서 동쪽 하늘에서 세 개의 별이 빛을 내며 모여들었군."

백발 노인의 말이 끝나자,

"축하합니다, 레가씨!"

모든 사람들이 악수를 청해 왔다. 장로는 한참 동안 레가의 얼굴을 살피고 나서 무겁게 입을 열었다.

"레가씨! 우리 불의 기사회에서 도울 일이 없습니까?"

"필히 도와 주셔야겠습니다."

"말씀하십시오. 불의 기사에게 불가능은 없을 테니까요."

"페론은 아르헨티나에 남아 있는 2백여만 명의 페론주의자들과 국외에 망명한 페론 당원을 총동원하다시피 하여 에바의 유해를 찾고 있습니다."

"어리석은 페론이군요. 페론주의자와 페론 당원을 동원하기보다는 카톨릭 부에노스아이레스의 라 플라타 교구장 안토니오 대주교를 만나든가, 아니면 교황 사절 마리오 자닌 추기경에게 부탁하는 편이 빠를 텐데요."

같은 시간, 안토니오 대주교는 부사제로부터 헥토르 호세 캄포라씨가 면회를 요청해 왔다는 전갈을 받았다.

대주교는 거절할까도 생각했으나 국내 페론 잔당의 최고 책임자인 그를 사절한다는 것은 도리어 엄청난 억측을 줄 것 같아 만나기로 하였다. 대주교는 캄포라가 찾아온 이유를 짐작하고 있었기 때문이다.
 성격이 온화하고 솔직하여 만인으로부터 아저씨라고 불리는 캄포라, 그는 꾸밈없이 단도직입적으로 소신을 밝혔다.
 "대주교님, 후안 도밍고 페론씨를 도와 주십시오."
 "캄포라씨, 내가 페론씨를 도울 수 있는 길은 신앙뿐입니다."
 "주교님! 페론씨는 주교님에게서 신앙 외에도 여러 모로 도움을 많이 받아왔습니다. 만약에 카톨릭과 안토니오 주교님이 페론씨 편에 서지 않았던들 1943년에 있은 쿠데타는 실패했을 것이고 페론씨는 집권하지도 못했을 것입니다."
 그 당시 이리고옌 대통령 정권을 무너뜨릴 때 카톨릭은 음으로 양으로 페론을 도왔다. 특히 안토니오 대주교는 교황청의 지시에 의해 그와 긴밀한 연락을 취하고 있었다.
 "캄포라씨! 카톨릭은 페론씨를 위해 무엇을 어떻게 도와야 합니까?"
 "에바의 유해를 찾을 수 있게 도와 주십시오."
 안토니오 대주교의 이마에 굵은 주름살이 그어졌다.
 "대주교님, 주교님이 돕고자 하신다면 에바의 시체는 쉽게 찾을 수 있다고 믿습니다."
 "캄포라씨, 잘못 생각하셨습니다. 제가 돕고자 하기보다 카톨릭이 돕고자 해야 될 겁니다."
 안토니오 대주교가 말하는 카톨릭이란 천주교의 최고 기관인 로마에 있는 바티칸을 가리키는 말이다.
 안토니오 대주교와 헤어진 캄포라는 그 길로 교황 사절 마리오 자닌 추기경을 찾았다. 마리오 추기경은 벌써 찾아와야 할 사람이 이제야 왔다는 듯이 놀라움 없이 그를 맞이했다.

"추기경님, 카톨릭은 페론을 영 버리실 생각이십니까?"

"캄포라씨, 카톨릭은 페론을 버리지 않습니다."

사실 바티칸은 페론을 버릴 수 없는 깊은 관계가 있었다. 그 깊은 관계란 출처가 모호한 페론의 정치 자금이다. 그렇다고 바티칸 당국이 페론에게 직접 정치 자금을 대준 것은 아니고 간접적으로 깊이 관련되어 있었다.

1945년 후안 도밍고 페론은 정계에 실력자로 군림하기 시작했다.

그해 3월 18일 밤과 19일 새벽, 독일의 U보트 한 척이 부에노스아이레스의 산 크레멘트 델 도유항에 도착했다.

다섯 대의 트럭이 나무 상자를 옮겨 싣고 라우젠 농장으로 운반했다. 그로부터 2, 3일 후에 이 나무 상자는 아레만 은행, 드란스아드란치고 은행, 헤르마니코 은행, 드룬크이스트 은행 등에 예치됐다.

이 나무 상자는 패망을 눈앞에 둔 나치스 독일의 재건을 위한 자금으로, 2월 7일 테닉 해군 총사령관 휘하의 잠수함에 의해 옮겨진 것이다.

그런데 마르틴 보르만 관리하의 이 엄청나고 막대한 재산은 마리아 에바 두아르테 이바르구렌의 명의로 은행에 예치되었다. 마리아 에바 두아르테 이바르구렌이란 성우이자 배우인 페론의 애인이었다.

그로부터 3년 후인 1948년 5월 18일, 이탈리아에 잠적해 있던 보르만은 이탈리아 제노바항을 출항한 조반니호의 승객으로 가장하여 부에노스아이레스항에 도착한다. 그는 바티칸 무국적 인사국에서 그해 2월 16일에 발행한 여권을 소지하고 있었다.

그 여권 번호는 NO.073909였으며 비오 12세의 서명이 들어 있었다.

이렇듯 바티칸 당국과 페론과는 깊은 관계가 있었으며, 이러한 사실을 마리오 자닌 추기경은 잘 알고 있었다. 그리고 캄포라도 카톨릭이 페론을 버리지 못할 것이라는 것을 알고 있었다. 다시 말해서 캄포라는 바티칸 당국의 약점을 물고 늘어지겠다는 계산이었다.

"추기경님, 감사합니다. 저는 카톨릭이 페론씨를 버리지 않겠다는 추기경님의 말씀에 용기를 얻었습니다."
"캄포라씨! 그러나 카톨릭은 아르헨티나를 버릴 수도 있다는 것을 아셔야 합니다."
이 말에 캄포라는 가슴이 서늘해졌다. 지금의 아르헨티나 현실을 저버리면서까지 페론을 도울 수는 없다는 뜻이었다.
"캄포라씨, 말씀하십시오. 카톨릭이 페론씨를 어떻게 도와야 하는지를……."
캄포라는 끝내 에바의 유해를 찾아 달라는 말을 하지 않고 물러섰다. 설사 한다 해도 추기경은 그에 대한 답변을 이미 준비하고 있었을테니 말이다.
과연 바티칸은 에바의 시체를 찾을 수 있는 것인가?
카톨릭은 아르헨티나에 AICA라고 하는 정보부를 두고 있었다. 카톨릭이 국교이다시피 한 아르헨티나에서는 아래로 거지에서부터 위로는 대통령에 이르기까지 직접 또는 간접적으로 AICA와 줄이 닿아 있었다. 쿠데타를 일으키는 군인 장성도 카톨릭 신자이고, 쿠데타를 당하는 집권자도 신자이니 말이다.
그러기에 방대한 조직과 요원을 가지고 있는 ICC(부에노스아이레스 정보국)에서 AICA의 정보 제공 내지는 협조 없이는 아무런 일도 할 수 없는 실정이었다. 그러니 에바의 유해에 관한 정보를 AICA를 통해 추기경은 소상하게 알고 있었다.
1955년 9월 20일, 쿠데타를 일으켜 3일간에 걸친 시가전 끝에 정권을 잡은 에두아르도 로나르디 장군은 다음날 추기경을 예방한 자리에서,
"추기경님, 군사 정권을 도와 주십시오."
라고 간청했으나, 어찌된 일인지 추기경의 반응은 냉담하기만 하였다. 카톨릭 당국은 그의 쿠데타를 용납하지 않았던 것이다.

비록 페론이 천주교를 탄압하고 헌법을 뜯어고쳐 대통령에 재선한 다음 언론인과 반페론주의자들을 투옥하는 등의 독재를 했으나, 카톨릭 당국은 페론을 버리고 싶은 생각이 없었다.

그 첫째 이유는 집권 8년 동안 아르헨티나를 근대화로 이끌었고, 그 둘째 이유로는 비록 독재자이나 아르헨티나의 내일을 위해 페론이 필요했고, 그 셋째 이유는 국가의 틀이 완전히 잡혔을 때 그의 선정을 기대했기 때문이다.

정치인의 역량이 전혀 없는 에두아르도 장군은 바티칸 당국의 평가가 어떤 것인지 살필 겨를도 없이 자기의 요구만을 내놓았다.

"추기경님, 바티칸이 저희 군사 정부를 도와야 할 일은 에바의 유해를 처리해 주는 일입니다."

추기경은 노하다 못해 어이가 없었다.

"에두아르도 장군! 혹시 장군께서는 바티칸을 무슨 장의사로 알고 있는 것이 아닙니까?"

"네, 네에?"

"바티칸 당국은 군사 정부의 요구를 받아들일 수 없습니다."

"추기경님, 우리 군사 정권은 페론처럼 카톨릭을 탄압하지 않을 것을 서약하겠습니다."

"장의사 취급을 하는 카톨릭에게 무슨 서약을 하겠다는 것입니까?"

추기경의 이 말에 에두아르도 장군은 기분이 상했다.

"추기경님, 대답해 주십시오. 바티칸 당국은 군사 정부를 반대하는 것입니까?"

"반대한다고는 말하지 않았습니다."

"그러시다면 찬성하는 것으로 믿어도 좋습니까?"

"카톨릭이 믿어 주기 바라는 것은 예수 그리스도뿐입니다."

에두아르도 장군은 군사 정부가 바티칸 당국의 지시를 받을 가망이 없다는 것을 알자 도전하는 태도로 나왔다.
 "나와 군사 정부는 바티칸에 대해 유감의 뜻을 품지 않을 수 없습니다. 하지만 우리 군사 정부는 그럼에도 불구하고 아르헨티나를 이끌고 나갈 것입니다. 그러기 위해서는 정치적인 장해가 되는 에바의 유해를 우리 임의대로 처리하겠습니다."
 그러나 추기경은 아무런 반응도 보이지 않았다. 이런 추기경의 태도를 에두아르도는 조사 정보부에서 에바의 유해를 임의대로 처리할 수 없을 것이라고 얕보는 태도로 받아들였다.
 에두아르도는 보다 흥분된 어조로,
 "추기경님, 좀더 구체적으로 말한다면 유해를 바다에 던져 버리는 겁니다. 커다란 납 덩어리를 달아서……."
라고 말하며, 추기경의 얼굴 표정을 주의 깊게 살폈다. 그는 분명 추기경의 표정에서 당황의 빛을 기대했다. 그러나 추기경은 당황하지도 않았고 오히려 무표정한 얼굴로 그저 천장만을 응시할 뿐이었다. 무표정한 행동으로 에두아르도 장군과의 대화를 단절한 것이다.
 회담에 실패한 에두아르도는 잔뜩 일그러진 얼굴로 요란한 군화 소리를 울리며 추기경의 방을 나갔다. 그러자 곧 에지디오 에스베르자가 방에 들어섰다. 그는 카톨릭 정보부의 정보 주임을 맡고 있는 면도날처럼 날카로운 사나이였다.
 "추기경님, 에두아르도는 에바의 유해를 능히 바다에 버릴 수 있는 사나이입니다."
 "자기 자신을 위해서, 또 아르헨티나를 위해서도 유익하지 못할 텐데요."
 "내일의 일을 분별할 수 있는 지혜가 없는 장군입니다."
 "그에게 지혜를 줄 수 있는 방법이 없겠습니까?"
 "있습니다."

"있다면 곧 시행하십시오."

"벌써 다 해놓았습니다."

에지디오 에스베르자는 쿠데타가 성공한 9월 23일, 일부러 얼굴이 팔린 AICA 요원 수명을 에바의 유해 주위에 풀어 놓았다.

그 결과 에두아르도는 끝내 유해에 손끝 하나 대지 못한 채 11월 13일 아람부루 장군의 쿠데타에 의해 축출되고 말았다.

아람부루 장군이 쿠데타에 성공하자 제일 먼저 찾은 사람이 바로 마리오 자닌 추기경이었다. 그리고 그도 예외 없이 에바의 유해에 관한 처리를 의논했다.

"추기경님, 본관은 페론주의의 재건을 위해 쿠데타를 한 것도 아니고 정권을 잡기 위해 쿠데타를 한 것도 아닙니다. 아르헨티나에서 정치적 악순환을 종결짓기 위해 일어서지 않을 수 없었습니다. 본관은 정치를 모릅니다. 그러나 정치의 악순환만은 꼭 막아야겠습니다."

추기경은 군인답게 솔직 담백하게 토로하는 아람부루에게 호감이 갔다.

"추기경님, 도와 주십시오. 저희 군사 정권을……."

"바티칸은 정치적인 아무런 힘도 없습니다."

"하지만 바티칸이 아니고서는 저희를 도울 수 없는 문제가 하나 있습니다."

"에바의 유해 말입니까?"

"그렇습니다. 추기경님! 그 유해는 아르헨티나를 위해서 중앙 노동 총연맹 건물에서 치워져야 합니다. 그렇지 않고서는 노동 총연맹의 파업을 피를 흘리지 않고서는 막을 수가 없습니다."

추기경은 아람부루 장군의 의견에 동조하지 않을 수 없었다. 총을 겨누지 않고서는 에바의 유해를 구심(求心)삼고 단결된 2백여만 명의 페론주의자를 다스릴 수 없기 때문이었다.

아르헨티나에서 유혈을 방지하고 또 다른 쿠데타의 악순환을 방지하기 위해서 마리오 추기경은 동조가 아니라 협조하기로 결심했다.
"아람부루 장군! 바티칸은 인도적인 면에서 장군을 도울 것입니다."
그 후 중앙 노동 총연맹 건물에서 에바의 유해가 안개처럼 사라져 버렸다. 마리오 자닌 추기경과 아람부루 장군의 밀담이 있은 6일 후, 그러니까 11월 25일 밤에 있었던 일이다. 이 작전은 육군 정보 국장 무어 구에니 대령과 AICA 정보 주임 에지디오 에스베르자가 지휘했다.
다음날 아침, 중앙 노동 총연맹 본부는 벌집을 쑤신 듯 소란이 일어났다.
"없어졌다!"
"뭐가?"
"우리 에바가!"
"어디!"
본부 직원들은 이 소리에 우르르 유해가 안치된 지하실로 달려갔다.
"아…… 아니 이거 어떻게 된 거야?"
"다들 꿇어앉아 기도나 해."
"왜?"
"우리의 성녀 에바는 하늘로 승천하셨어."
그들은 제각기 꿇어앉아 성호를 그었다. 사고 방식 자체가 지극히 단순하고 성급한 남미 사람에게 능히 있을 수 있는 행동이었다.
"자네 미쳤나. 성녀가 하늘로 승천하는데 관은 무엇 때문에 가져가."
"자네 말도 그러고 보니 일리가 있어."
"일리가 있는 게 아니고 이건 순전히 사람의 짓이야."
"그…… 그러니까 은을 탐낸 도둑놈의 짓이다 그 말이지."
"역시 자넨 돌았어! 도둑놈이라면 보석상을 털지 관을 털어."
"그럼 누구의 짓이야?"

"아람부루!"

그들은 이구동성으로 외쳤다.

"개새끼…… 아니 개장군!"

라고 하며 기도를 하다 말고 거리로 뛰쳐나가 소리를 질렀다.

"에바의 유해가 없어졌다! 아람부루가 우리의 에바를 훔쳐갔다."

순간 거리는 노한 시민들로 꽉 찼고, 아람부루에게 박수를 보냈던 반페론파 시민들까지도 주먹을 내흔들었다.

"에바를 내놔라!"

"아람부루는 들어라. 우리의 에바를 달라!"

하지만 시민의 분노를 미리 예측한 아람부루는 사전에 준비해 둔 성명을 발표했다.

"에바의 유해는 군에서 보관하고 있다. 정부는 연고자의 요구에 따라 가족에게 유해를 인도하는 인도주의적 배려를 할 것이다."

이 성명 발표 하나로 금세 뜨거워지고 금세 식어지는 아르헨티나 시민들의 분노는 찬물을 끼얹은 듯이 수그러졌다. 연고자의 요구에 따라 유해를 가족에게 돌려준다는 데 누가 할 말이 있겠는가. 그리고 유해는 중앙 노동 총연맹 간부에 의해 군 정보국 4층에서 확인됐다.

그 후 유해는 무어 구에니 대령에 의해 정중하게 칠레로 운반됐다. 그러나 어찌된 셈인지 유해도, 구에니 대령도 도중에 행방 불명이 되어 버렸다. 이 정보를 얻은 페론은 칠레 국경 통로와 에바의 연고자 주변에 페론 잔당 골수분자를 배치했으나 허탕을 치고 말았다.

그로부터 1년 1개월이 지나도록 유해를 찾는 것은 고사하고 소재마저 파악하지 못하고 있는 형편이니 나치스 잔당까지 동원하려는 페론의 의도를 이해하고도 남음이 있다.

페론의 초조와 우울 같은 것은 아랑곳없다는 듯이 거리마다 징글벨 소리가 울리는 크리스마스가 다가왔다.

그리고 망명 정부에 어울리지 않게 페론 집무실에도 화려한 크리스마스 트리가 장식됐다. 페론은 트리 앞에 서서 잠시나마 동심에 잠길 수 있었고, 이런 분위기를 만들어 준 이사벨이 무한정 고마웠다.
"이사벨, 고맙소, 나를 위해 크리스마스 트리를 만들어 주어……."
"각하! 제가 만든 것이 아닙니다."
"그럼?"
"각하를 위해 아르헨티나 국민이 만든 것입니다."
"그래요?"
놀라는 표정을 짓는 페론의 눈에는 이슬 방울 같은 눈물이 맺혔다.
"이사벨, 오늘 밤 우리도 크리스마스 파티를 엽시다."
"각하, 감사합니다."
이사벨은 파스카리의 반대를 무릅쓰고 크리스마스 트리를 만든 것이다. 페론의 마음을 위로해 주고, 삶의 의욕과 내일에 대한 희망을 불어넣어 주기 위해서였다.
그녀가 서둘러 파티 준비를 하고 있을 때 파스카리가 다가왔다.
"이사벨, 당신은 훌륭한 비서예요. 그리고 각하에게 없어서는 안 될 여인이구……."
이사벨은 각하에게 없어서 안 될 여인이라는 말에 야릇한 감정을 느꼈다. 그렇지 않아도 페론에게서 비서를 보는 눈이 아니고, 아내를 보는 듯한 다정한 눈길을 의식하고 당황한 적이 한두 번이 아니었다.
"만약에 이사벨이 없었더라면 각하는 우울한 크리스마스를 보냈을 겁니다. 정말 다행입니다. 이사벨, 앞으로도 각하를 위해 훌륭한 비서가, 아니 없어서는 안 될 여인이 되어 주십시오."
이 파스카리의 말 속에도 이사벨이 비서 자격 이상이 될 것을 바라는 의미가 내포되어 있었다.
이사벨은 파티 준비를 위해 일손을 서두르면서 혼자 생각했다. 페론에게 삶에 필요한 존재가 될 수만 있다면 비서의 자격을 넘어 아내가 되는 것도 보람있는 일이라고……

크리스마스 파티에는 레가도 초대되었다. 그리고 그런대로 웃음 속에 파티를 진행시킬 수 있었다. 다만 파스카리만은 레가와의 동석이 비위에 거슬려 낯을 찌푸릴 뿐이었다. 이런 서먹서먹한 분위기를 이사벨은 재치있는 화술로 무마시켜 무사히 넘길 수 있었다.

그러나 크리스마스가 지난 다음날, 페론의 마음은 또다시 초조하고 불안해졌다. 나치스 잔당 보르만에게서 아무런 연락이 없기 때문이었다.

"파스카리씨, 보르만에게 연락을 한 겁니까, 안한 겁니까?"

"각하! 캄포라씨에게 정확히 암호 전문을 발송했습니다."

"그런데 왜 여태 보르만에게서 아무런 연락이 없단 말입니까?"

파스카리는 더 이상 아무런 대꾸도 하지 못했다. 그때 이사벨이 그를 구원하듯 말했다.

"각하, 보르만은 아르헨티나에 없습니다."

"없다니?"

페론이 이사벨에게 바싹 다가섰다.

"각하께서 망명하시던 그날 보르만도 그의 소재지인 부에노스아이레스 산 마르틴 사루다로(路) 130번지를 떠났습니다."

이사벨의 이 말에 페론과 파스카리는 그만 눈이 휘둥그레졌다. 일개 나이트 클럽의 무희가 아르헨티나의 1급 비밀에 속하는 보르만의 정확한 주소와 행적을 알고 있으니 말이다.

더욱이 파스카리는 보르만의 주거지도 모르고 있지 않았는가. 페론은 이사벨에게 새삼스럽게 감탄했다.

"보르만이 부에노스아이레스를 떠나 버렸다…… 이사벨! 보르만이 어디로 피신했는지 아오?"

"바르지비아 농장에 피신해 있습니다."

"바르지비아 농장?"
페론은 물론 파스카리도 난생 처음 들어보는 농장 이름이었다.
"그 농장이 어디 있는지 아오?"
"칠레에 있습니다. 그러나 보르만은 거기서 이틀을 묵고 또 떠났습니다."
"어디로?"
"엔카르나시온으로 갔습니다."
"거기가 어디요?"
"파라과이입니다."
"거긴 왜?"
"요셉 멘게레 박사를 만나기 위해서입니다."
페론과 파스카리는 놀라 이사벨이 제공하는 정보를 믿어야 할지, 안 믿어야 할지 그것마저도 분간할 수가 없었다. 믿기에는 너무나도 엄청난 정보이고, 안 믿기에는 너무나도 빈틈없는 정보이기 때문이다. 파스카리는 이사벨이 제공하는 정보의 신빙성을 가려 내기 위해 물었다.
"이사벨, 혹시 아돌프 웃드 아이히만이라는 사람을 아오?"
그 말에 이사벨은 기다렸다는 듯이 얼른 대답했다.
"아이히만은 지금 산타크루스에 거주하고 있습니다."
"거기가 어디요?"
"볼리비아입니다."
페론과 파스카리는 이사벨 앞에서 할 말을 잃었다.
"이사벨!"
"네에, 각하."
"어디서 그런 엄청난 정보를 얻었소?"
"호세 로페스 레가입니다."
"레가가 그런 정보를?"

페론은 놀라움을 금치 못했다.

레가는 나치스 잔당과 깊은 인연을 맺고 있는 것은 아니지만, 페론이 남미에 흩어져 있는 그 자들을 동원해서 에바의 유해를 찾으려고 할 것이라는 판단 아래 선수를 쳐 그들의 움직임을 파악한 것이다.

파스카리는 레가를 다시 봤다는 듯이 존칭어까지 썼다.

"그분이 어떻게 해서 그런 엄청난 정보를 수집할 수 있었을까요?"

이사벨에게 그는 다시 물었다.

"레가씨는 불의 기사회라는 조직을 가지고 있습니다. 점성가들로 조직된 이 모임은 남미 전역에 퍼져 있어 수시로 손쉽게 갖가지 정보를 얻을 수 있습니다."

그때서야 수긍이 가는 듯 고개를 끄덕이던 페론은 그러나 회의에 찬 표정을 지으며, 혼잣말로 중얼거렸다.

"이해할 수 없는 사람이군. 그만한 정보를 이스라엘에 흘리기만 하면 수십만 달러의 상금을 받을 수 있을 텐데 왜 내 곁에 있는 것일까?"

"점성가는 돈과 사람의 목숨을 바꾸지 않습니다. 그리고 그분은 숭앙하는 각하를 모시고 받드는 것을 보람으로 생각하고 있습니다."

이사벨의 이 말에 페론은 감격하는 표정이었다.

"이사벨! 레가씨를 불러주겠소?"

"지금 출타중입니다."

"어디에 갔소?"

"새로운 정보를 얻기 위해 불의 기사회 파나마 지구에 갔습니다."

"새로운 정보?"

"유해를 찾기 위한 정보입니다."

"오, 레가씨가 나를 위해 그처럼 애써 주다니요!"

페론은 갑자기 눈물을 글썽거렸다.

페론의 이런 눈물을 점쟁이 레가는 노렸을 것이다. 페론이 말한 대로 그가 이스라엘에 정보를 흘려 준다면 수십만 달러의 현상금을 받아낼 수 있을 것이다.

그러나 그는 그보다도 억대의 부와 권력을 한몸에 지니고 싶었다. 그러면서도 그는 이러한 음모를 은폐하기 위해 스스로 앞장서지 않고 뒤로 물러서서 이사벨을 내세웠다.

레가는 그의 점성(占星)을 믿고 있었다. 이사벨에게 길운을 다 물려주고 떨어져 나간 별똥, 그 별똥을 그는 페론이라고 점쳤다. 음흉한 점쟁이 레가는 이사벨로 하여금 페론의 길운을 물려받을 수 있는 위치까지 올려놓기 위해 점쟁이 집단인 '불의 기사회'까지 동원한 것이다.

페론의 길운을 물려받을 수 있는 위치란 두말할 나위없이 이사벨을 그의 세 번째 부인으로 앉히는 것을 뜻한다. 그리고 나서 레가는 길운을 다 물려받은 이사벨을 주물러 권력과 부를 마음대로 요리하자는 속셈이었다. 이런 끔찍한 흉계를 이사벨은 알고나 있는 것일까?

한편 페론에게 사랑을 날치기당한 라파엘은 복수를 다짐하며 세르반데스 무용단을 이탈, 부에노스아이레스로 돌아와 아르헨티나 3대 게릴라 단체의 하나인 ERP에 뛰어들었다. ERP란 몬토네로스 마르크스주의 인민 혁명군이다.

라파엘은 마르크스주의를 신봉하지도 않았고, 인민 혁명군이 되고자 원하지도 않았다. 다만 ERP가 철저한 반페론주의 집단이라는 이유 하나만으로 무조건 뛰어들고 본 것이다.

그는 신입 당원으로서 사상 교양과 유격 훈련을 받아야 했다. 그러나 방아쇠를 당겨 표적(標的)에 명중되지 않는 것까지는 좋았다. 무용으로 예술을 창조하는 손발을 가지고 사람을 차 죽이고, 때려죽이는 유격 훈련만은 딱 질색이었다.

상대의 손을 비틀다 보면 어느새 자기가 비틀림을 당하고, 상대를 발길질하다 보면 허공을 차고 곤두박질하기가 일쑤였다.

훈련 하루만에 얻어진 그의 별명은 가장 위대하지 않은 '나약한 전사(戰士)'였다. 그러나 다행이랄까, 여자 당원에게는 엄청난 인기가 있었다.

라파엘이 질색인 것은 유격 훈련뿐이 아니라 공산주의 학습도 마찬가지였다. 학습 지도원은 그에게 자유주의 사상에 대한 증오를 강의했다. 그러나 그가 증오하는 대상은 자유주의 사상이 아니라 페론이었을 뿐, 오히려 그는 개개인의 능력을 무제한하게 개발할 수 있는 자유주의 사상을 사랑했다.

강습 하루 만에 얻어진 그의 또 하나의 별명은 가장 열렬하지 못한 '창백한 마르크스주의자'였다.

벼락치기 유격 훈련과 날치기 강습을 받은 라파엘에게 에바의 유해를 찾으라는 지령이 내려졌다.

그러자 가장 위대하지 않은 '나약한 전사'이며 가장 열렬하지 못한 '창백한 마르크스주의자'인 라파엘은 질문에 나섰다.

"동지! 우리 마르크스주의 인민 혁명군은 왜 에바의 유해를 찾아야 합니까?"

"인민이 지켜보는 앞에서 불살라 버리기 위해서요."

"죽은 사람을 두 번 죽일 필요까지야 없잖습니까?"

그러자 그 동지는 다소 언성을 높이면서 한심하다는 듯 라파엘을 쳐다봤다.

"가장 열렬하지 못한 창백한 마르크스주의자 들으시오. 에바의 시체가 페론의 손에 들어가면 페론주의자들은 다시 고개를 든단 말이오. 그러니까 우리는 놈들보다 선수를 써서 시체를 찾아 불태워 버리자는 거요."

"동지! 하지만 죄 없는 에바의 유해를 불살라 버리는 것이 마르크스주의가 아니잖습니까?"

"가장 위대하지 않은 나약한 전사 동지! 에바는 성녀(聖女)를 가장한 위선자요. 그러니까 지구상에서 가장 악질적인 남자가 페론, 가장 악질적인 여자가 에바란 말이오. 그들의 결혼부터가 그렇소. 그들은 사랑하고 맺어진 것이 아니오. 나치스의 재산을 빼돌리기 위해서 결혼이라는 형식을 빌렸다 그 말이오."

하긴 해석에 따르선 그들은 나치스의 재산을 빼돌리기 위해 손을 잡았고, 서로가 서로의 배신을 두려워한 나머지 결혼으로 얽어 놓았다고 말할 수도 있다.

1945년, 히틀러가 패전을 자인하고 정신 분열 상태에 있을 때 페론은 국방부 장관, 노동부 장관, 사회 복지부 장관 겸 부통령직을 한손에 잡아 최고 권력자의 자리를 한 발짝 앞에 놓고 있었다. 이때 페론은 마르틴 보르만이 부에노스아이레스에 밀파한 스파이와 줄이 닿았다.

그 당시만 해도 아르헨티나는 제2차 세계 대전의 회오리바람에 말려들지 않은 중립국이어서 부에노스아이레스는 연합국측과 나치스 스파이의 온상지였다.

가랑비가 내리는 1월 어느 날.

사복 차림의 페론은 레스토랑 구석진 테이블에서 눈빛이 이상스럽게 빛나며 안정을 잃고 있는 듯한 40대의 한 중년 신사와 마주 앉았다.

그는 보르만이 밀파한 거물급 스파이 루도비스 프로이데였다.

그들은 진한 블랙 커피를 마셨다.

"페론 대령님!"

"말씀하십시오."

"우리 서로 속을 털어놓고 얘기합시다."

"나도 그럴 각오로 여기까지 왔소."
"전쟁은 이미 끝난 거나 다름없습니다. 남은 문제는 우리 독일이 언제 손을 드느냐 그것뿐입니다."
"계속하십시오."
"만약 히틀러가 손을 들면 많은 금덩어리와 다이아몬드가 소련군 손에 넘어갑니다."
"그럴 수밖에 없겠지요."
"그러나 히틀러는 금덩어리와 다이아몬드를 소련에게 빼앗기느니보다 차라리 바다에 처넣어 버릴 겁니다."
"그렇다면 사전에 빼돌리면 되지 않습니까?"
페론이 말하자 그 중년 신사는 이때라는 듯이 의자를 바싹 끌어당기면서,
"페론 대령님, 그 재물을 맡아 주십시오."
하고 간청했다.
"내가요?"
"그 재물을 맡으실 분은 아무리 생각해 봐도 페론 대령님밖에 없습니다."
순간 페론의 표정이 상기됐다. 그럴 수밖에 없었다. 나치스의 재산이 몽땅 굴러 들어오는 판이니 말이다.
"대령님, 우리측 준비는 다 되어 있습니다. 남은 문제는 대령님의 결단뿐입니다."
"좋습니다."
페론의 목소리는 흥분으로 떨리고 있었다.

에비타의 추억

　레스토랑을 나온 페론은 깊은 생각에 잠긴 채 비내리는 부에노스아이레스의 거리를 거닐고 있었다.
　보르만이 밀파한 스파이와 나치스의 재산을 인수하는 데까지 완전 합의를 본 페론은 누구의 명의로 인수하고 어떤 방법으로 보관하느냐에 대해 고심했다. 도저히 혼자의 힘으로는 감당할 수 없는 엄청난 흥정이었기 때문이다.
　이 흥정을 위해 제3자의 도움이 필요했다. 페론의 머리속에 심복 부하의 얼굴이 차례로 지나갔다. 그러나 황금덩어리와 다이아몬드를 앞에 놓고 볼 때 하나같이 믿을 만한 사람이 생각나지 않았다.
　황금에 눈이 어두워 총부리를 들이대지 않는다고 누가 보장할 수 있는가. 갱들이 은행을 털 때까지는 합심하지만 일단 현금이 손에 들어오면은 눈이 뒤집혀 서로 총질하는 예가 얼마든지 있지 않은가.
　페론은 입 안에 들어온 떡을 씹지 않고 어떻게 하면 삼킬 것인가를 궁리하며 비내리는 거리를 계속 걷고 있었다.

그때였다. 페론은 죄 지은 사람처럼 흠칫 놀랐다. 누군가가 그의 머리 위에 우산을 씌우며 밝게 웃고 있었다. 에바였다.

"에바!"

"페론 대령님!"

순간 페론은 에바를 잡아야겠다고 생각했다. 그녀라면 총부리를 들이댈 리도 만무하거니와 더욱이 그녀와는 이미 둘만의 비밀스런 관계를 가진 사이가 아닌가.

그러나 페론은 다시 망설였다. 과연 갈대와 같은 바람에 흔들리는 나약한 여자를 믿고 그런 엄청난 흥정을 할 수 있을 것인가?

"대령님, 어딜 가세요? 이 비를 그대로 맞으시면서……."

"그냥 걷고 싶어서……."

에바는 고개를 한 번 갸웃거렸다.

"어머, 오늘은 대령님답지 않아요."

에바는 이상하다는 듯 페론의 얼굴을 유심히 살폈다. 깊은 오뇌가 담긴 심상치 않은 표정같이 느껴졌다. 순간 그녀는 그에게서 오뇌를 씻어 주고 싶은 강한 충동을 느꼈다. 모성애를 지니고 있는 여성의 본능일 것이다.

모성애는 희생이 따르게 마련인 것. 그러나 페론에게 베푼 희생은 너무나 황홀하고 행복한 것이라고 에바는 생각했다.

그녀는 호텔 더블 베드 속에서 자기의 가슴이 으스러지도록 그를 끌어안았다.

"여보! 사랑해…… 행복해……."

페론과 에바의 이런 행복은 비밀스러운 관계에서 야릇한 행복감을 느끼고 있었다.

하지만 그녀는 대령에게 여보라는 소리를 더블 베드 속에서 자연스럽게 할 수 있었고, 섹스의 향연(響宴)은 거친 숨소리로 끝이 났다.

페론은 향연의 여운을 만끽하듯 다시 그녀의 육체를 더듬었다. 무르익을 대로 무르익은 성숙한 육체였다. 그는 갑자기 성숙한 이 여인, 남자를 사랑할 줄 아는 이 여인을 믿어 보고 싶었다.
"에바!"
"네에?"
"믿어도 좋아?"
"사랑해요."
페론은 이 귀엽고 총명한 지혜를 지닌 에바를 믿기로 마음을 굳혔다.
"에바, 나를 도와 줘!"
"어떻게 당신을 돕죠?"
"결혼해 줘! 그러지 않고서는 난 일을 할 수가 없어. 승낙해 주는 거지?"
"여보!"
그녀는 벅차오르는 감정을 더 이상 가누지 못하겠다는 듯 페론의 가슴에 얼굴을 파묻었다.

이즈음 독일의 마지막 잠수함이 산 크레멘트 델 도유 군항을 향하여 출발하자 아르헨티나는 독일에 선전 포고를 했다.

같은 날, 페론은 자청하다시피 해서 적성 자산 관리관(敵性資産管理官)직을 또 하나 겸임했다. 보르만과의 홍정이 여의치 않을 경우 나치스의 재물을 적성 자산으로 몰수하기 위해서였다.

독일 스파이 프로이데를 중계인으로 한 홍정은 순조롭게 진행되어 재물은 에바의 이름으로 은행에 예치됐으나 그 관리권은 여전히 보르만의 손에 있었다. 그러니까 나치스의 막대한 재물은 페론 부부와 5천 마일 바다 건너에 있는 보르만 3자와의 공유물이 되었다.

그 후 보르만은 프로이데를 통해 재물을 반분하자는 전제하에 밀항할 수 있는 길을 터 달라는 조건을 제의해 왔다.

1947년 여름, 아르헨티나의 퍼스트 레이디 에바는 유럽 친선 방문을 구실삼아 로마에서 은밀히 보르만을 만나 밀항의 길을 마련해 주었다.

그로부터 1년 후, 보르만은 아르헨티나의 부에노스아이레스항에 도착했고, 페론 내각의 국방 장관 쏘사 모리나 장군의 보호로 무사히 정착할 수 있었다.

그리고 페론은 10월 12일 영주권을 주는 조건으로 나치스의 재물을 분배했다. 그때, 보르만에게 돌아간 재물은 반이 아니라 4분의 1에 불과했다. 그러나 보르만은 한마디의 불평도 할 수 있는 입장이 못 되었다. 그렇다면 과연 페론이 차지한 재물은 어느 정도일까?

그 정확한 액수와 품목을 레가는 알고 있었다.

금화 562, 077, 200마르크.

미화 52, 729, 158달러.

영국화 13, 897, 500파운드.

스위스화 74, 929, 326프랑.

네덜란드화 25, 137, 000플로린.

벨기에화 51, 840, 027프랑.

금 7천5백33kg.

다이아몬드 1만 3천9백14캐럿.

기타 보석 다수.

실로 천문학적인 숫자이다. 그러니 이스라엘에게 정보를 팔아 얻어지는 수십만 달러 같은 돈에 침을 흘릴 레가가 아니었다.

그렇다면 과연 레가는 어디서 이런 엄청난 정보를 얻을 수 있었을까?

발설자는 페론도 에바도 보르만도 아니었다. 이 흥정에 거간 노릇을 한 거물 스파이 프로이데의 입에서 나온 것이다. 보르만은 이미 쓸모가 없어진 그에게 얼마 안 되는 돈을 집어주고 모든 거래를 끝마치려고 했다. 그는 불만스러운 표정을 지으며 대들었다.
"보르만씨!"
"뭐라구? 보르만씨?"
"그럼, 아르헨티나까지 와서도 각하로 행세할 작정입니까?"
"말버릇이 고약하군."
"하나도 고약할 게 없지요. 지금 우리들은 거래인(去來人)에 지나지 않으니까요."
"그래? 그렇다고 치고…… 도대체 하고 싶은 얘기란?"
 보르만은 퉁명스럽게 튕기는 듯이 말했다. 프로이데는 받은 돈을 내팽개쳤다.
"이게 뭡니까?"
"돈이야."
"몰라서 묻는 게 아니오, 1할을 내시오. 1할!"
"그 정도로 해둬!"
"누구 마음대로?"
"그럼 누구 마음대로 1할을 내라는 거야?"
 과거의 권위는 어디 가고 이들이 주고받는 대화는 장돌뱅이 이상으로 저질화되었다. 환경이 새로운 인간을 만든다는 얘기는 이래서 나온 것인지도 모른다.
"나를 위해서가 아니라 보르만씨 당신 자신을 위해서 내놓는 게 좋을 텐데?"
"나를 위해서라면 단돈 한 푼도 내놓지 않겠다."
"후회합니다."
"후회 벌써 했네. 자네한테 그 돈을 줄 때……."
"그렇다면 좋소. 대신 각오하시오."
"무엇을 각오하라는 건가?"

"내 입 말입니다."

프로이데가 방을 나가자, 보르만의 가슴은 섬뜩해졌다. 중남미가 나치스 잔당들의 온상이라고 하지만 그래도 도처에 죽음의 그림자가 도사리고 있었다.

그 죽음의 그림자란 나치스 잔당을 잡기 위해 혈안이 되어 중남미를 휩쓸고 다니는 유태인과 이스라엘 정보원들을 일컬음이다. 만약에 프로이데가 결심만 한다면 투서 한 장으로 보르만은 죽음을 맞이해야 한다.

"여…… 여보게 프로이데!"

"왜요? 갑자기 생각이 달라졌습니까?"

프로이데는 빈정거리며 뒤돌아보았다.

"미운 놈 떡 하나 더 주란다고, 내 1할 내지."

"진작 그렇게 나올 것이지."

"오늘은 곤란하고, 내일 열두 시에 만나자."

"어디서요?"

"여기서."

"좋습니다."

프로이데는 회심의 미소를 지으며 방을 나갔다.

그러나 다음날 12시가 1시가 되고, 2시가 되어도 보르만은 그림자도 나타나지 않았다.

속은 것이다. 그 후 프로이데는 권총에 분노의 총탄을 재어 가지고 보르만의 뒤를 쫓았다. 그는 오스카 리이드라는 가명으로 페루의 수도 리마에 숨어 있는 전직 게슈타포 장관 하인리히 뮤러의 집에 보르만이 숨어들었다는 정보를 얻고 찾아갔다.

"웬일인가? 날 다 찾아오고……."

뮤러는 꺼리는 듯이 그를 맞이했다.

"보르만씨를 만나러 왔습니다."
"내 집에 없네."
뮤러는 한마디로 딱 잡아뗐다.
"있습니다."
"내가 없다면 없는 거야."
"있는 것을 알고 왔는데 없다고 하시면 됩니까? 만나게 해주십시오."
"되고 안 되고는 자네 사정이구, 나가 주게."
"좋습니다. 그만하면 알만합니다."
 뮤러는 보르만을 감싸고 있었다. 그럴 수밖에 없다. 보르만 덕분에 입에 풀칠이라도 할 수 있으니 말이다.
 페루까지 찾아온 프로이데는 화가 머리끝까지 치밀어 올랐다.
"개새끼!"
"뭐라구? 과거를 생각해서라도 나한테 그런 욕을 할 수 있나?"
"보르만을 두고 하는 얘깁니다. 그놈은 우리 나치스의 재산을 송두리째 움켜쥐고 내놓지 않거든요. 어디 그게 자기 재산입니까? 우리 전부의 재산이지. 안 그렇습니까 뮤러씨?"
 뮤러도 그의 불평 불만을 속으로 동조했다. 그러나 칼자루를 보르만이 쥐고 있는 지금에 와서 그의 자비를 바라는 수밖에 없었다. 뮤러로서도 우선 먹고 살아야 했다.
 한편 방 안에서 숨을 죽이고 있는 보르만은 독일 사람, 특히 나치스 잔당을 믿을 수가 없었다. 언제 누구의 손에 죽을지 모르기 때문이었다. 위험을 항상 느꼈다.
 그래서 그는 아일랜드계 칠레인이며 독일어를 유창하게 하는 히긴스라는 사람을 운전수 겸 보디가드로 채용했고, 멕시코인과 독일인의 혼혈아 지무네스를 개인 비서로 두고 많은 보수를 주었다.
 자연 나치스 잔당들의 불평 불만은 높아만 갔다. 그 중에서도 특히 아이히만의 입이 제일 걸었다. 그러니 프로이데는 아이히만과 짝이 맞을 수밖에.
 어느 날, 프로이데는 츠구마라는 소도시에서 리카르도 투레멘드라는 가명으로 직공 생활을 하고 있는 아이히만을 찾아갔다. 프로이데는 그 자리에서 아이히만의 불만을 부채질했다.
 "아이히만씨, 도대체 이게 무슨 꼴입니까? 아무리 독일이 망했다고 해도 장관을 지내셨는데……."
 "장관이면 별 수 있소. 현재 가진 게 없는데……."
 "왜 없습니까. 나치스의 재산을 보르만이 다 맡아 가지고 있잖아요?"
 "그게 어디 내 돈이요?"
 "아니, 그럼 보르만의 돈이란 말입니까?"
 "따지고 보면 보르만의 돈도 아니지요."
 "그렇다면 더 울화가 터지는 일이 아닙니까? 공동의 재산을 가지고 한 사람은 직공 생활을 하는데 한 사람은 운전수에 비서까지 두고 땅땅거리며 거드름을 피우고 있으니 말입니다."
 아이히만도 노골적으로 불만을 털어놓았다.
 "내가 말을 안해서 그렇지 정말 더럽고 아니꼬운 꼴 다 당했습니다. 이 편지 좀 보십시오. 서두에는 제법 나의 친애하는 리카르도씨라 써 있지 않습니까. 그런데 내용은 거지 취급이거든요. 돈도 보내올 때마다 줄어들고, 하도 더럽고 치사해서 되돌려 보내주고 싶지만 당장 아쉬운 걸 어떻게 합니까?"
 "보르만은 우리 독일인의 배신자요!"
 "프로이데씨! 빈말이라도 그런 소리 하지 마시오."
 "빈말이라구요? 어디 두고 보시오."
 그는 그길로 부에노스아이레스로 가서 아르헨티나 정보원 나타리오를 만나 보르만에 대한 정보를 제공했다. 그 정보 속에는 페론에게서 분배받은 재산 목록도 상세히 밝혀져 있었다.

이 정보는 니세후로 아랄곤에 의해 해군성 정보부에 보고됐다. 그러나 이 보고가 프로이데를 만족하게 해줄 만한 결과를 낳지 못했다. 사실 여부가 분석되기도 전에 보고서는 페론의 책상 위에 놓여졌다.

그로부터 1주일 후, 뜻밖에도 보르만이 프로이데한테 면회를 자처해 왔다. 프로이데는 보르만의 보디가드에게 둘러싸인 채 원한의 보르만과 얼굴을 마주할 수 있었다.

"프로이데씨, 오랜만이오."

보르만이 먼저 손을 내밀며 악수를 청해 왔다. 프로이데는 아무 대꾸도 하지 못하고 얼어 있었다. 자기가 한 짓이 있기 때문이다. 아니, 그보다도 그는 아직 보르만이 무사히 살고 있는 사실에 패배를 자인했는지도 몰랐다.

"프로이데씨, 오래간만입니다."

보르만이 윽박지르듯 다시 말했다. 그제서야 프로이데는 정신이 났다.

"아…… 안녕하셨습니까?"

"그런데 수고를 하셨군요."

"제…… 제가요?"

"1주일 전 나타리오라는 아르헨티나 정보원을 만나서 말입니다."

프로이데는 시선을 떨구고 말았다.

"프로이데씨!"

"네…… 네?"

"나한테 할 말이 있습니까?"

"없습니다."

"그럼 이대로 헤어져도 좋습니까?"

"네…… 네에."

"그럼 안녕히 가십시오. 몸조심하시고……."
"감사합니다."
"감사할 것까지는 없습니다."
쫓기다시피 밖으로 나온 프로이데는 등판이 땀으로 흠뻑 젖어 있었다. 그러나 금새 싸늘하게 식었다. 몸을 조심하라는 소리가 예사로 들리지 않았기 때문이었다.
그날 밤, 그는 밤새껏 죽음에 대한 공포에 떨다가 결국 점성가를 찾아가 자기의 운수를 점쳤다. 예상한 대로 불길한 점괘가 나왔다.
그는 이때 죽음을 각오했음인지, 점성가에게 풀로 봉한 봉투 하나를 내밀었다.
"선생님, 한 달 후에 와서 이 봉투를 찾아가겠습니다. 맡아 두십시오."
"그러지요. 그런데 한 달이 지나도록 안 오시면 어떻게 하지요?"
"그럼, 기자를 불러 놓고 이 봉투를 개봉해 주십시오."
그러나 한 달이 지나서도 그는 찾아오지 않았다. 그러자 점성가는 기자를 부르지 않고 봉투를 개봉했다.
나타리오에게 제공했던 것과 같은 엄청난 내용이었다. 점쟁이는 후환이 두려워 내용을 공개하지 않고 친구인 레가에게 보였다. 레가는 친구 점성가로부터 받은 보르만과 페론의 재산 항목이 적힌 프로이데의 유서 아닌 유서를 일체 비밀에 붙이고 소중히 보관했다. 어느 때인가는 구실을 삼아 한몫을 단단히 볼 것이라고 믿었다.
그런데 이사벨이 그 때를 마련해 준 것이다. 이제 레가가 앞으로 할 일이란 최대한도로 이사벨을 이용하는 것뿐이었다. 먼저 그녀로 하여금 페론의 신임을 얻게 하고, 다음에 그 신임을 뒷받침해서 두 사람의 결혼까지 몰고 가야 한다.
다만 그가 우려하는 점은 페론과 결혼한 후의 이사벨의 태도였다. 여자에게 있어서 결혼이란 제2의 인생을 의미한다. 그 제2의 인생에서 이사벨은 레가를 버릴 수도 있는 것이다. 그렇게 되는 경우 레가는 일생에 단 한 번 올까 말까 하는 운을 영원히 놓치게 되는 것이다.

갑자기 초조해진 레가는 가장 손쉬운 방법으로 이사벨을 꼭 붙잡아야겠다고 생각했다. 그 손쉬운 방법이란 그녀의 육체를 점령하는 일이었다.

그러나 결심은 쉬워도 행하기는 힘들었다. 이사벨이 응해 주느냐가 문제이니 말이다. 이런 일은 별을 보고 점을 쳐도 안 되고, 주문을 외워 빌어도 안 된다. 그렇다고 몸에 부적을 차고 다녀도 될 일이 아니었다. 그러나 레가는 한 가닥 희망을 버리지 않았다. 그것은 한창 섹스를 갈구할 그녀의 무르익은 육체였다.

레가는 그날따라 말쑥이 이발을 하고 몸에 향수까지 뿌렸다. 향기로운 내음으로 그녀의 자제심을 무너뜨리기 위해서였다. 그는 브랜디로 설레이는 가슴을 달래며, 벽시계와 눈싸움을 했다.

이윽고 벽시계가 열두 번 울리자 레가는 살며시 방을 나가 이사벨의 방문을 노크했다.

"잠깐 기다리세요."

잠시 후 이사벨이 문을 열고 얼굴을 내밀었다.

"웬일이세요, 이 밤중에……."

"할 얘기가 있어서……."

레가는 꺼리는 듯한 그녀를 제치고 성큼 방 안으로 들어섰다.

"내일 얘기하면 안 돼요?"

"별로 이렇다 할 얘기는 없지만 밤이 깊고 적적해서……."

이사벨은 그의 두서 없는 말투와 안정을 잃은 눈길에서 어떤 낌새를 알아차리고 옷깃을 여몄다. 잠자리에서 일어난 듯 머리카락은 어깨까지 길게 풀어져 있었고, 네글리제는 그녀의 아름다운 육체의 곡선을 가리기에 너무 얇았다.

레가는 무슨 얘기라도 해서 본능적으로 몸을 오므리며 경계하는 그녀의 불안을 풀어야겠다고 생각했다.
"이사벨!"
"네에?"
"밤이 길게 느껴지지 않아요?"
"네?"
"그리고 너무 고요하고……."
"네."
"왜 그런지 잠이 안 와요."
"하지만 전 막 잠이 들려고 했었는데……."
"그렇지 않을 거요."
레가는 애써 부정하려는 그녀의 말을 가로막았다.
이사벨 역시 쉽게 잠을 이룰 수가 없었다. 길게 느껴지는 밤은 갖가지 공상을 불렀고, 밤의 고요는 외로움을 더해 주었다. 이런 눈치를 챈 레가는 바싹 다가앉으며 다정스럽게 그녀를 불렀다.
"이사벨."
"네?"
"오늘 밤 난 이사벨에게 죄를 진 것 같은 가책을 느꼈소."
"무슨 얘긴지요?"
"내가 이사벨에게 이런 생활을 강요했으니까요. 꽃다운 나이의 젊음을 희생시키면서…… 차라리 젊음을 마음껏 즐길 수 있게 내버려 둘 것을……."
이사벨은 '아니다'는 말이 목까지 치밀었으나 끝내 내뱉지는 못했다. 거짓말을 하고 싶지 않기 때문이었다.
"이사벨, 이 생활이 후회스럽지 않소? 또 내가 원망스럽지 않구?"
이사벨은 가는 숨을 몰아쉬며 화장대의 거울에 핏기 없는 자신의 얼굴을 비쳐 봤다. 생기가 없고 젊음이 바랜 그런 표정같이 느껴져 그녀는 금새 자신의 얼굴을 외면해 버리고 말았다.

"돌이켜 생각하면 과거 세르반데스 무용단 생활이 그리워지기도 할 겁니다. 젊음이 약동하고 웃음이 넘치는……."

레가는 울적한 그녀의 마음을 부채질하며, 더욱 그녀를 울적하게 만들었다. 그 목적은 뻔했다.

"그때의 생활에 비하면 지금의 생활은 단조롭고 무미건조할 겁니다. 수녀원 생활과 같은 거니까. 그러나 이런 생활 속에서도 인생의 즐거움을 찾아야 해요. 그리고 난 이사벨에게 그런 책임을 느끼지 않을 수 없어요."

레가는 결국 그녀에게 다가가 축 늘어진 어깨에 손을 가볍게 얹었다. 이사벨은 그의 행동이 자기의 육체를 요구하는 것임을 쉽게 알 수 있었다. 그러나 그녀는 레가의 요구를 받아들일 수는 없었다.

주위 눈을 속여 가며 정신적으로나 육체적으로 이중 생활을 하기 싫었기 때문이다. 그것은 더할 수 없는 고통이 될 것이기 때문이다.

그녀는 견딜 수 없는 고독 속에서도 결코 자신을 잃지 않았다. 이사벨은 그에게 조용한 어조로 애원했다.

"지금의 생활에서 어울리지 않는 즐거움을 찾기보다는 차라리 고독한 생활이 나을 것 같아요. 레가씨! 고독한 생활을 할 수 있게 절 그대로 내버려 두세요."

레가는 그녀의 애원을 짓밟을 수 없어 멋쩍게 손을 거두고 방을 나왔다. 그제서야 그녀는 침대에 몸을 내던져 베개를 끌어안고 무엇인가의 그리움으로 잔뜩 부풀어오른 앞가슴을 압박하며 긴 밤을 달랬다.

페론은 실각한 지 1년 만에 처음으로 외국 원수 카스트로의 사절을 맞이했다. 비록 그 사절이 자기 슬하의 내무부 장관 안젤 볼렌키라고 하지마는…….
 볼렌키는 페론을 대하자 감격한 표정으로,
 "각하!"
하고 더 이상 뒷말을 잇지 못했다. 아르헨티나의 베리야, 냉혈 동물이라는 평을 받아 오던 그였으나, 이 순간만은 체내에 뜨거운 피가 흘렀음인지 무테 안경 너머 가느다란 눈이 충혈되어 있었다.
 이런 감정은 페론도 마찬가지였다. 그는 애써 솟구치는 울음을 삼키며, 볼멘 소리로 물었다.
 "볼렌키씨! 그 사이 별일 없었소?"
 "네, 각하! 같이 있을 때보다 많이 여위셨군요. 요즘의 건강은 어떠하신지요?"
 "나는 건강합니다. 존 윌리엄 쿡씨 부친도 다 무고합니까?"
 "네! 모두 각하의 덕분입니다."
 각료 부인 중에서 제2의 에바라고 할 만큼 아름답고 지성적이며, 또 활동적인 쿡의 아내 아티샤 에쿠에렌은 남편과 쿠바로 망명하자 온갖 시름을 씻고 거리로 뛰어나와 여성 운동에 앞장섰다.
 그리고 그녀의 선천적인 미모는 털보 카스트로의 호감을 사서 쿡을 특수 부대 사령관으로 올려 놓는 데 기여했다.
 일설에 의하면 카스트로와 에쿠에렌 사이에 숨겨진 관계가 있었고, 그 비밀스런 관계가 남편을 특수 부대 사령관으로 앉히는 데 직접적인 기여를 했다는 설도 없지 않으나 사실 여부를 확인할 길은 없다.
 그러나 표면상으로는 실각한 페론에 대한 동정과 우정을 나타내려는 카스트로의 행동은 정치적인 제스처였다.
 페론은 이에 대한 예우를 잊지 않았다. 카스트로의 정치적인 제스처이든, 동정이든, 우정이든 간에 자신의 망명한 각료들을 기용해 주는 것만도 고마웠다.

"그래, 카스트로 수상은 안녕하십니까?"
"네에. 파나마로 오기 전 잠시 수상을 뵈었습니다. 수상은 각하를 무척 염려하고 계셨습니다."
"고맙다고 전해 주시오."
"그리고 수상께서는 각하의 망명 정부를 쿠바에 두기를 원했으며, 물심 양면으로 돕겠다는 약속도 하셨습니다."
"정말 고맙군요. 모두가 외면하는 나를 그처럼 생각해 주시니……."
 그러나 따지고 보면 하나도 고마울 것이 없었다. 미국이라는 엄청난 세력과 대치하고 있는 카스트로는 비록 소련을 등에 업었다고 하지만 거리상으로 중남미에서의 고립을 면치 못하는 실정이었다.
 카스트로는 이런 고립에서 벗어나기 위한 안간힘으로 실각한 페론이나마 끌어들이려고 한 것이다.
"각하, 그러시다면 동의하시는 겁니까?"
"동의뿐이겠소. 그렇지 않아도 카스트로 수상의 의중을 타진해 보고 싶었던 참이었는데……."
"각하의 뜻을 카스트로 수상께 전하면 무척 기뻐하실 겁니다. 이미 수상께서는 망명 정부가 사용할 건물까지 내정하고 계십니다. 각하, 대략 언제쯤 쿠바에 오실 수 있겠습니까?"
 그는 정확한 날짜를 얻어 가지고 오라는 명령을 받고 왔던 것이다.
"볼렌키씨, 나는 파나마에 남아 에바의 유해를 찾아야 하는 문제가 남아 있습니다. 그 문제를 매듭짓지 않고서는 파나마를 떠날 수 없습니다."
"각하! 각하께서 파나마에 계셔야만 유해를 찾을 수 있는 것은 아니지 않습니까? 도리어 쿠바에 망명 정부를 세우는 것이 유해를 보다 빨리 찾을 수 있는 지름길이라고 생각됩니다."
"볼렌키씨, 언제 쿠바로 돌아가겠습니까?"

"내일 떠나야 합니다."
"그렇다면, 내일 다시 만나서 결론을 내리도록 하지요."
볼렌키가 물러간 후 페론은 파스카리에게 의견을 물었다.
"각하, 저도 볼렌키의 의견에 찬동하고 싶습니다. 외람되오나 아직까지 파나마에는 유해 행방에 대한 단 한 건의 정보도 얻어진 것이 없습니다. 저는 그 원인을 페론 당원의 사기가 저하된 데 있다고 봅니다."
"그러니까 쿠바에 튼튼한 망명 정부를 세우면 페론 당원의 사기도 높아지고 활동도 활발해진다 그 말인가요?"
"그렇습니다, 각하!"
파스카리가 이렇게 말하자 페론은 속기록을 기록하고 있는 이사벨의 의견을 물었다.
"이사벨의 의견을 듣고 싶군."
그녀는 가벼운 미소로 사양의 뜻을 표했다.
"만약 내가 쿠바로 간다면 이사벨도 따라오겠소?"
"각하께서 가시는 곳이라면 어디든 따르겠습니다."
"고맙소, 이사벨!"
페론은 말뿐이 아니라 진정 마음속에서 우러나오는 고마움을 나타내었다.
그날 밤, 페론은 쿠바에 망명 정부를 세우는 문제에 대해 결론을 얻지 못한 채 고민하고 있었다.
그때 조심스런 노크 소리가 들렸고, 곧 이사벨이 들어왔다. 페론은 손수 문을 열고 이사벨을 맞이했다.
"들어와요."
"밤늦게 죄송합니다."
"죄송한 게 아니고 도리어 기쁘게 생각하오."

페론은 그녀의 손을 잡아 끌어 의자에 앉혔다.
"지금 드리고 싶은 말씀은 내일 아침에 드려도 되지만 각하께서 밤새 고심하실 것 같아 실례를 무릅쓰고……."
"얘기해 봐요, 무슨 얘긴지."
"쿠바로 옮기시는 문제……."
"그렇지 않아도 지금까지 결론을 얻지 못해 고심하던 참이었소. 마침 잘 왔습니다. 이사벨은 참으로 유능한 비서요."
페론은 때맞춰 찾아온 이사벨에게 칭찬을 아끼지 않았다.
권좌에서 물러난 후, 내내 홀아비 생활을 해온 페론은 이사벨에게서 비서가 아니라 아내에게서 바라던 내조를 기대하였다. 노령의 뼛속까지 스며드는 고독을 스스로 달래기에 그는 너무 늙고 정신적으로 피로해 있었을 것이다.
그는 이사벨을 앞에 앉혀 놓자 갑자기 가정의 따사로운 분위기가 눈물나도록 그리워짐을 느꼈다.
"이사벨, 커피라도 마시며 얘기하고 싶은데……."
"각하, 곧 잠자리에 드셔야 하니까 커피는 안 됩니다."
"그럼 아무 거나…… 냉수라도 좋으니……."
"위스키를 조금 마시겠습니까?"
"이사벨도 같이 마셔요."
얼음 몇 덩이를 띄운 위스키 잔을 받아 들고 이사벨과 마주 앉은 페론은 물끄러미 그녀를 바라보고 있었다. 보면 볼수록 이사벨이 에바로 착각되어서였다.
"각하, 왜 그러십니까? 제 얼굴에……."
"아닙니다. 지나간 일들이 생각나서……."
"잠자리에 드시기 전에 에바 여사와 종종 위스키를 나누셨습니까?"
페론은 빙그레 웃었다.

"이사벨은 너무 영리해서 속일 수가 없군. 혹시 불쾌할까 해서 말하지 않았는데. 그때 우린 위스키 한 잔씩을 나누고 잠자리에 들곤 했지요. 그러다가 에바가 죽고 난 후 잠자리에서 마시던 위스키 맛을 잊어버리고 있었습니다."

이사벨은 순간적으로 여성 본능의 질투심이 연기처럼 온몸에 퍼져 가는 것을 느꼈다.

그리고 불쾌하고 모욕스러웠다. 자기를 통해서 페론은 죽은 에바를 그려 보고 있으니 말이다. 그러나 질투를 하기 위해서가 아니라 신앙으로 삼고 있던 페론을 가까이에서 모시고파 비서직을 택했던 그녀였기에 금새 마음을 돌렸다.

"각하, 그때 잠자리에서 마시던 위스키 맛을 제가 매일 밤 찾아드리도록 하겠습니다."

"그렇게 해주겠습니까? 고맙소."

그들은 잔을 비웠다.

이사벨은 고집을 꺾고 페론을 찾은 것을 잘한 일이라고 생각했다.

레가에게 쿠바로 옮길 의사이더라고 보고하자 그는 결론을 안겨 주며 당장 페론에게 얘기하라고 우겼던 것이다. 이사벨은 밤이 늦었다고 마다했으나 결국 자기의 고집을 꺾고 레가의 요구에 응하고 말았다.

그때 레가의 속셈은 페론의 사생활 속에 이사벨을 뿌리 깊이 심어 놓아야겠다는 생각이었다.

"각하, 밤이 더 늦기 전에 말씀드리고 가겠습니다. 제 생각 같아서는 쿠바로 망명 정부를 옮기시는 문제를 재고하시는 것이 좋을 것 같습니다."

"왜지? 망명처를 제공하겠다는 나라는 쿠바뿐인데……."

"제 생각에 그것은 각하에 대한 존경과 우애라기보다 정치적인 쇼라고 생각됩니다. 만약 각하를 지지하는 세력이 아르헨티나에 단 한 사람도 없다고 가정했을 때 카스트로의 태도는 달라졌을 것입니다."
"그땐 내가 거절하겠지."
"각하께서 카스트로와 손을 잡는다는 것은 미국에 대한 정면적인 도전입니다."
"오, 그건 안 돼지요. 미국과 등을 져서 유리할 것이라고는 하나도 없습니다. 이사벨, 이제 결론은 내려졌습니다. 고마워요."
"각하, 그럼 안녕히 주무십시오."
이사벨은 일어섰다. 페론은 아쉬운 듯 손수 문까지 바래다 주었다.
잠자리에 누워 페론은 생각했다. 이사벨은 에바의 지성을 능가하는 여성이라고.
하지만 페론이 평가하는 이사벨의 지성은 레가의 조종에 의한 것이었다. 그렇다면 이사벨은 언제까지 그의 꼭두각시 노릇을 할 것인가?
다음날 아침, 페론은 볼렌키에게 거절의 뜻을 표했고, 볼렌키는 난처한 표정을 지었다. 하지만 그도 아르헨티나 국민임에는 틀림이 없다. 그래서 볼렌키는 페론에게,
"각하, 현명하신 판단입니다."
이 한마디를 남기고 쿠바로 돌아갔다.

외로운 길, 젊음을 바쳐

파나마에서의 생활은 페론에게 좌절과 절망만을 안겨 주었다. 에바의 유해는 여전히 행방이 묘연했고, 친페론파의 쿠데타를 선동하기 위해 막대한 정치 자금을 아르헨티나로 몰래 보냈으나 실효를 거두지는 못했다.

다행히 잠자리에 들기 전 이사벨과 나누는 한 잔의 위스키가 그런대로 시름을 달랠 수 있었다.

그러나 그것도 얼마간이지, 시간이 흐르고 날이 갈수록 술잔을 들고 이사벨과 마주 웃는 페론의 미소에도 차츰 그늘이 지기 시작했다.

"각하, 반 잔만 더 하시겠습니까?"

"그러지. 어젯밤도 이사벨이 가고 난 후, 잠을 설치다가 새벽녘에야 간신히 눈을 붙였소."

"각하만의 몸이 아닙니다. 각하를 받드는 모든 사람, 그리고 아르헨티나를 위해서 각하께서는 몸을 조심하셔야 합니다."

페론은 이사벨의 말에 용기를 얻었다.

"과연 아르헨티나에 나를 지지하는 사람이 있다고 보오, 이사벨? 솔직하게 말해 주오."
"각하! 각하께서 만들어 놓은 노동 총연맹이 있습니다. 그리고 아직도 페론 당원이 활동을 하고 있고……."
관찰력이 투철하고 영리한 두뇌를 가진 이사벨은 페론을 모신 지 반 년밖에 되지 않았지만, 아르헨티나의 정치 풍토와 구조를 속속들이 알게끔 되었다.
"이사벨의 말을 들으면 용기가 나지마는, 왜 그들이 활동을 하는데 나를 지지하는 쿠데타는 안 일어나는 거지?"
"각하, 쿠데타는 악순환입니다. 각하께서 집필하신 《폭력은 금수의 권리》에서도 각하께서는 쿠데타에 의한 정권 탈취를 통렬하게 비난하지 않으셨습니까?"
"그럼, 어떤 방법으로 아르헨티나에 돌아갈 수 있다고 생각하오?"
"국민이 각하를 바랄 때입니다."
"그 때가 언제요?"
"기다리셔야 합니다."
"언제까지?"
이사벨은 잠시 적절한 말을 생각하다가 다시 입을 열었다.
"기다리는 이삭은 더 알차게 영그는 법입니다."
"이사벨! 나를 위해 정말 좋은 얘기를 해주는군. 맞는 말이오. 하지만 국내에서는 어두운 소식만 들려오니……."
"팔라디노씨의 피습 사건 말입니까?"
"그렇소. 내 당원들이 당하고만 있단 말야."
페론은 긴 한숨을 내쉬었고, 그런 모습을 본 이사벨의 마음은 안타까웠다. 지금 페론에게 필요한 것은 무엇보다도 용기이다. 그 용기를 이사벨이 찾아주어야 하는 것이다.

"각하, 당원이 피습을 당했다는 것은 그만큼 정치적인 활동을 하고 있다는 증거가 아니겠습니까?"

그러자 어둠에 휩싸였던 페론의 얼굴이 빛났다. 페론은 지금까지 당원이 무력해서 당하고만 있다고 생각했었기 때문이다.

페론은 비서와, 그리고 내조자로서 이사벨이 필요할 뿐만 아니라 정치적인 조언자로서도 그녀가 절실하게 필요함을 느꼈다.

"이사벨, 이삭이 잘 영글기 위해 페론은 어떤 일을 해야 하는 거요?"

"거름을 주고, 물을 뿌리고, 김을 매야 합니다."

"이사벨, 좋은 이삭을 영글게 하기 위해 나와 함께 거름을 주고, 물을 뿌리고, 김을 매지 않겠소?"

"기꺼이 하겠습니다. 비록 아는 것이 없고, 힘은 모자라지만 성심 성의껏 도와 이 몸을 바치겠습니다."

"이사벨!"

페론은 거의 어린애 같은 표정으로 이사벨의 손을 잡았다. 그만큼 페론은 외로웠던 것이다.

다음날 아침, 집무실에 들어온 페론은 얼굴에 생기를 띠고 있었다.

"각하, 안녕히 주무셨습니까?"

"오! 이사벨, 지난 밤은 아주 잘 잤소."

"감사합니다, 각하."

"오히려 내가 감사를 해야지."

이때 파스카리가 사색이 다 되어 가지고 들어왔다.

"각하!"

"무슨 일이 있었소?"

페론이 황급히 물었다.

"보통 일이 아닙니다. 1주일 전에 피습당한 팔라디노가 어젯밤 또 피습을 당했습니다."

"그래! 어떻게 됐소?"
"다행히 피할 수 있어 생명은 건졌지만……."
"상대는 누구요?"
"ERP입니다."
"공산주의자들이군."
"네, 각하."
페론의 얼굴에 그늘이 덮였다. 거듭되는 피습에 팔라디노가 희생되어 버리면 당원 내지는 페론주의자들의 활동이 위축되고 만다. 그런 의미에서 어떤 방법으로라도 팔라디노의 생명을 보호해야 한다.
"각하, 팔라디노를 잃는다는 것은 개인의 손실이 아니라 페론당의 손실이며, 각하의 지지 세력의 손실입니다. 다시 말해서 당과 지지 세력들은 와해되고 맙니다."
"그래, 어떻게 하면 좋겠소?"
"한시 바삐 팔라디노를 이리로 데리고 와야 합니다."
"그러는 수밖에 없겠군."
페론은 그러면서도 이사벨의 동의를 얻고 싶었다. 페론에게 있어서 이사벨은 비서이고, 내조자이며, 정책상에 있어서 조언자이기 때문이었다.
그녀는 부딪친 사건을 자기 나름대로 정리하고 실마리를 풀기 위해 잠시 눈을 감았다. 이런 습관은 페론을 모신 후에 얻어진 것이 아니다. 이사벨은 성급한 판단은 항상 손해를 본다는 것을 경험을 통해 깨달았기 때문이다. 이런 조그마한 것들이 후일 이사벨을 대통령으로까지 만들었는지도 모른다.
"이사벨, 그대의 의견을 듣고 싶소."
"네, 각하."
이사벨은 조용히 얼굴을 들었다.

"의견을 얘기해 보구려, 이사벨."
"각하, 저는 생각을 달리하고 있습니다."
"······?"
이사벨은 페론을 똑바로 쳐다보았고, 페론은 의아한 듯한 침묵을 잠시 지켰다. 파스카리가 입을 열었다.
"아니, 그럼 팔라디노를 이리로 데려오는 것을 반대한다 그 말이오?"
"그렇습니다, 파스카리씨!"
"난 이해할 수가 없군요."
"만약에 팔라디노씨를 이리로 모셔오면 ERP는 또 제2의 팔라디노를 노릴 것입니다. 그렇게 되면 또 제2의 팔라디노도 이리로 피난시켜야 하지 않습니까?"
"경우에 따라선 그럴 수밖에 없겠죠."
"파스카리씨! 그렇게 되면 2백만이 넘는 노동 총연맹 회원 전부와 아르헨티나에 남아 있는 페론 당원, 그리고 각하의 지지 세력 전부를 파나마로 피난시켜야 합니다. 그러면 국내에서는 누가 일을 해야 하는 겁니까?"
"그······ 그야······."
정연한 이사벨의 논리에 파스카리는 할 말이 없어 우물쭈물하며 말을 삼켜 버리고 말았다.
"일을 하기 위해서 어느 정도의 희생은 각오를 해야 합니다. 그러나 우리 망명 정부가 그들의 값비싼 희생을 외면하자는 것은 결코 아닙니다."
잠자코 듣고만 있던 페론이 그녀에게 결론을 구하듯이 물었다.
"이사벨, 그럼 우린 어떻게 하면 되오?"
"그들이 희생당하는 것을 최대한으로 막아야 합니다."

"어떻게?"

"ERP의 총부리를 딴 데로 돌리도록 공작을 꾸며야 합니다."

파스카리는 입가에 웃음을 띠며 대뜸 반발을 하고 나섰다.

"그것은 하나의 이상론에 불과합니다."

"그럴는지도 모르지요. 하지만 이상이 없는 망명 정부는 내일의 아르헨티나를 위해서 아무런 기여도 할 수 없다고 생각합니다. 약한 자는 시도해 보지도 않고 주저앉습니다. 망명 정부는 강한 자가 되어야 합니다."

파스카리는 다시 할 말을 잃고 얼굴이 붉어졌다. 사실 이사벨의 얘기는 이상론에 그칠 위험도 없지 않은 것이다. 하지만 이상이 없이 미래를 바라볼 수 있겠는가.

이사벨의 이 말로써 결론이 난 셈이다. 이제 남은 문제는 협상하는 일, 즉 고양이 목에 누가 방울을 다느냐는 것뿐이었다.

"각하, 제가 가겠습니다."

"이사벨이!"

페론은 놀라지 않을 수 없었다.

"네에, 레가와 함께 보내 주십시오."

"안 되오, 이사벨만은……."

페론은 완강히 말렸다. 지금의 그에게 있어서 이사벨 없는 망명 생활이란 상상할 수도 없기 때문이다. 그만큼 페론에게 있어 이사벨이 차지하는 위치는 절대적이었다.

"각하, 저를 보내 주십시오. 각하를 옆에서 모시는 것만이 각하를 위하는 길은 아닙니다."

"이사벨!"

페론은 할 말을 잃고 두 손으로 그녀의 손을 꼭 쥐었다.

"각하, 승낙하시는 겁니까?"

페론은 고개를 끄덕이며 감격하였다.
"파스카리씨, 저에 대해서 오해가 없길 바랍니다."
이사벨은 반대 의사를 표했던 파스카리의 동의를 얻는 것도 잊지 않았다.
"이사벨양! 성공을 빕니다."
"언제 떠나겠소?"
"오늘 중으로 떠났으면 합니다."
페론이 파스카리에게 말했다.
"좋소. 파스카리씨, 조르주 안토니오에게 장거리 전화를 걸어 주시오."
조르주 안토니오는 페론 집권시 재무부 장관을 지낸 경제통이다. 아르헨티나 군사 정권은 그의 행방을 파악하지 못하고 있었다.
그러나 그는 스위스 은행에 예치한 페론의 막대한 재산을 현지에서 비밀리에 관리하고 있었다. 페론이 장거리 전화로 그를 부른 이유는 충분한 공작금을 이사벨에게 주기 위해서였다.
그 시간에 레가는 방 안에 앉아 성자답게 명상을 하고 있었다. 그러나 외형만이 그럴 뿐, 그의 머리속에는 이사벨을 앞세워 부귀와 영화를 누릴 계획을 세우고 있었다.
이때 노크 소리가 울렸다. 그는,
"네에!"
라고 대답할 뿐 자세를 흐트리지 않은 그대로 눈을 꼭 감고 있었다. 성자다운 모습을 내방자에게 보이기 위한 연극이었다. 악인은 항상 선인의 탈을 쓰게 마련이다. 문이 열리고, 이사벨이 들어섰다.
"레가씨!"
"네!"
그는 역시 눈을 감은 채 미동도 하지 않고 대답했다.
"방해가 됐나요?"

"아니오, 말씀하십시오."
"아르헨티나로 가야 하는데 떠나실 수 있을는지요?"
"네에?"
이사벨의 이 소리에 레가는 놀라며 일어섰다.
"아니! 아르헨티나에요?"
이사벨은 여행 목적과 공작 임무를 상세하게 설명했다. 그러자 레가의 표정이 갑자기 일그러지며 변했다. 그가 원하는 이사벨은 꼭두각시였다. 자기가 하라는 대로 움직이는……. 그리고 지금까지 그대로 실천한 충실한 꼭두각시였다. 그러던 이사벨이 하루 아침 사이에 꼭두각시에서 벗어나 스스로 생각하고 행동하는 인간으로 변해 버린 것이다. 어디 그뿐이랴. 이제 이사벨은 명령하는 여인으로 변해 버린 것이다.
"미스 이사벨, 왜 나한테 일언반구의 의논도 없이 결정했습니까?"
"의논할 시간이 없었어요."
"예전엔 그렇지 않았는데……."
"예전에 그처럼 긴박한 사태가 없었잖아요."
"그러니까 앞으로도 의논을 안하겠다는 얘기입니까?"
"그럼, 꼭 해야 합니까?"
"미스 이사벨, 우리는 공동체입니다. 운명을 같이 하는……."
"알고 있어요."
"그러면서 왜 이같은 중대한 일을 의논도 없이 혼자 결정하십니까?"
"레가씨를 믿기 때문입니다."
"어떻게 믿었단 말입니까?"
"우리는 공동 운명체이니까, 제가 결정한 문제도 같이 처리해 주실 거라구……."
"미스 이사벨, 참으로 편리하군요."
"그래선 안 되나요?"

레가는 '안 된다!'라는 말을 차마 할 수 없었다. 이사벨은 이미 꼭두각시가 아니기 때문이다. 그는 이사벨을 과거처럼 철부지로 다루어서는 안 되겠다고 생각했다. 그러나 이사벨 없는 영광은 상상할 수도 없는 것이다.

"미스 이사벨, 날 오해하고 있나 봅니다. 난 이사벨을 염려해서 하는 말입니다. 만약 이사벨에게 어떤 과실이 있다면 그것은 곧 공동 운명체인 나의 과실이 되기 때문입니다."

그 한마디에 이사벨도 마음이 풀렸다. 레가의 감언이설에 속은 어리석은 여인이어서가 아니다. 자기에 대한 평가를 달리 해준 레가가 고마워서였다.

"레가씨, 그럼 저와 동행해 주시겠습니까?"

"우린 공동 운명체입니다."

레가는 웃었다. 이사벨도 따라 웃었다. 그러나 이사벨의 티없는 웃음에 비해 레가의 웃음은 많은 뜻을 내포하고 있는 복잡미묘한 웃음이었다……

"팔라디노! 개새끼!"

구에니 대령은 이를 갈고 나서 냉수 마시듯 보드카를 병채로 들이마셨다. 러시아 특산의 독한 보드카가 아니고서는 곤두선 신경을 가라앉힐 수가 없었다.

에바의 유해와 실랑이를 벌이고 난 후 직무중에도 술병을 차고 다녀야 했고, 상사도 그런 구에니 대령을 눈감아 주었다.

"개새낀 팔라디노가 아니라 ERP야. 장소와 시간까지도 알려주었건만 두 번씩이나 놓쳐?"

닥치는 대로 욕설을 퍼부을 때 전화 벨이 울렸다. 그는 신경질적으로 수화기를 들었다.

"여보세요! 네, 그렇소. 내가 구에니 대령이오."
퉁명스럽게 대답하던 그의 표정이 별안간 굳어졌다.
"뭐! 누구라구요? 팔라디노?"
"두 번씩이나 신세를 졌는데, 이 은혜를 어떻게 갚지요?"
"두…… 두 번씩이나 신세를 지다니요?"
"왜 이렇게 시치미를 떼십니까?"
전화를 통해서 들려오는 상대의 목소리는 단정적이었고, 능글맞기까지 했다.
"팔라디노씨, 난 도대체 당신이 무슨 얘기를 하고 있는 건지 알 수가 없소."
"여보시오 구에니 대령, 송장과 실랑이를 벌이더니 좀 돈 모양이군."
"뭐라구요?"
"언제 또 ERP를 나한테 보내겠습니까?"
"ERP와 나 구에니 대령과는 아무런 관계도 없소!"
"그렇다고 칩시다. 나하고는 언제 만나 주시겠습니까?"
"어렵지 않지요. 만납시다."
이처럼 성큼 만나자고 약속한 구에니 대령은 속셈이 있었다. 손수 ERP를 지휘하여 팔라디노를 없애 버릴 셈이었다.
"구에니 대령, 어디가 좋겠소?"
"편리한 장소를 정하시오."
"복잡한 시내보다 조용한 공동 묘지가 어떻겠소?"
"좋습니다. 아주 잘 선택하셨습니다. 사람 눈에 띄지도 않을 것이고……."
그는 회심의 미소를 지었다. 시내보다는 인적이 뜸한 공동 묘지가 해치우기에는 안성맞춤이기 때문이다.
만날 시간까지 합의한 구에니 대령은 급히 전화 다이얼을 돌렸다.

ERP에 정보를 제공하기 위해서였다.
"대장, 제 무덤을 스스로 파는 사나이가 나타났소."
"누가 제 무덤을 판단 말이오?"
"우리가 찾고 있던 팔라디노, 바로 그 작자요!"
"네에? 팔라디노가?"
"그렇소. 공동 묘지에서 만나기로 했소."
"시간은?"
"오후 다섯 시 정각. 기다리고 있다가 이번엔 놓치지 말고 해치우시오."
"구에니 대령, 그런데 좀 이상하지 않소?"
"뭐가 이상하단 말이오?"
"안전한 곳을 두고 공동 묘지에서 만나자는 게?"
그때서야 구에니 대령은 뭔가 미심쩍다는 생각이 들어 아차했다.
"구에니 대령, 스스로 제 무덤을 파는 사나이는 팔라디노가 아니라 당신이오."
정보 책임자도 그만한 눈치를 채지 못한 자신을 나무랐다. 그는 60도가 넘는 독한 보드카 때문이라고 이내 자위했다.
"구에니 대령, 팔라디노는 틀림없이 그 부근에 무장 대원을 잠복시켰을 거요."
"거기에 대한 대비를 해 놓겠소. 그런데 대장은 어떻게 하겠소?"
"나도 ERP 대원을 매복시켜 놓겠소."
"좋소. 이번만은 서로 손을 잡고 페론 잔당과 한바탕 겨루어 봅시다."
전화를 끊은 구에니 대령은 비상 소집령을 내려 육군 정보국 대원과 헌병을 동원하여 공동 묘지를 이중 삼중으로 포위하고 팔라디노를 기다렸다.
그런데 정각 다섯 시가 지나도록 공동 묘지에는 팔라디노는 고사하고 ERP 대원의 코빼기도 보이지 않았다.
"아! 아니 이거 어떻게 된 거야?"
구에니 대령은 당황했다. 그럴 수밖에 없었다. 바로 그 시각에 페론의 지령을 받아 ERP 대장과 회담을 주선한 캄포라는 시내 모 호텔에서 비밀 회담을 하고 있었다. 그들은 서로 짜고 구에니 대령의 눈을 속이기 위해 그를 공동 묘지로 유인해 낸 것이다.
회담은 총부리를 겨눌 때와는 상당히 우호적인 분위기였다. 그들은 얼굴을 대하자 웃음을 나누며 악수를 했다. 이사벨이 제일 먼저 손을 잡은 사람은 라파엘이었다. 가장 나약한 전사이며, 신입 당원인 그가 이 회담에 끼게 된 동기는 이러했다.
ERP 대장은 캄포라에게서 협상하자는 전화를 받았다. 용의주도한 그는 함정이 아닐까 해서 회담 참석자의 명단을 공개하려고 했다. 그 공개된 명단 속에 이사벨의 이름이 끼어 있었다.
"이사벨? 여자 이름 아니오?"
"그렇소. 그녀의 직함은 페론의 비서이지만 실질적인 제2의 에바요."
"제2의 에바?"
대장은 이사벨의 정체를 파악하기 위해 파나마에서 공연 도중 도망쳐 왔다는 라파엘을 불러 페론의 근황을 물었다.
"라파엘 동지, 전에 파나마에 체류하고 있는 동안 혹시 페론에 관한 소식 들은 것 있소?"
"소식이 아니라 그 영감 직접 만나 봤습니다. 제 버릇 개 못 준다고 우리 무용단 아가씨 하나를 가로채어 갔습니다."
"그 여자가 이사벨 아니오?"
라파엘의 눈이 휘둥그레졌다.
"어떻게 대장님께서 그것을 아셨습니까?"
"소문에 의하면 제2의 에바라고 하던데······."

"제2의 에바요? 벌써 그렇게 됐나요?"

피가 끓어오르는 라파엘은 두 주먹을 불끈 쥐며 새삼스럽게 페론에 대한 복수를 다짐했다.

"라파엘 동지, 그 이사벨이 우리한테 협상을 제의해 왔소. 동지와 잘 아는 사이라니까 더욱 잘 됐소. 회담 장소로 같이 갑시다."

"그럼, 이사벨이 아르헨티나에 왔단 말입니까?"

"물론이지."

라파엘은 이 기회를 놓치지 않고 이사벨을 납치해 버릴 결심을 했다. 그 방법이 아니고서는 이사벨을 차지할 수 없기 때문이었다. 그런데 라파엘은 대장의 속셈을 알고 또 한번 놀랐다.

"라파엘 동지, 이사벨과 잘 아는 사이라니까 기회를 보다가 꾀어 내시오."

"그래서 어떡하겠다는 겁니까?"

"납치하는 거요."

"그럼 죽이는 겁니까?"

"죽이고 나면 액수가 줄잖소. 일이 잘 되면 안젤라 여성 동지와 최고로 화려한 결혼식을 올려 주겠소."

대장은 이사벨을 놓고 페론에게 요구할 액수를 10만 달러냐, 아니면 50만 달러냐라는 셈부터 따지고 있었다.

라파엘은 태산 같은 걱정을 안은 채 이사벨과 레가, 그리고 회담을 주선한 캄포라와 마주 앉았다. 이사벨은 세상에 태어난 후 여태까지는 크고 작고 간에 회의에 참석한 적이 없었다. 그러나 그녀는 능숙하게 회의를 주관해 나갔다.

"이 모임을 있게 해주신 캄포라씨에게 먼저 감사를 드리는 동시에 회담장에 임해 주신 ERP 대표 여러분에게 심심한 경의를 표합니다."

"이사벨씨, 자본주의적 겉치레는 그만두고 본론부터 얘기하시오."

"이 모임은 마르크스주의와 자본주의의 모임이 아니고, 아르헨티나 국적을 가진 같은 국민의 모임입니다. 그런 의미에서 자본주의니 뭐니 하는 얘기는 빼고 우리 서로 속마음을 털어놓읍시다."
회담이 시작되자마자 말솜씨에 딸린 ERP 대장은,
"좋소!"
라는 말 이외에 할 말이 없었고, 회의 분위기를 단연 압도하며 끌고 가는 이사벨에게 레가는 감탄하면서도 한편으론 불안해 했다.
저토록 영리한 여자를 어떻게 이용해서 자신의 음흉한 소기의 목적을 달성할 수 있을까 해서였다. 이사벨은 쏘는 듯이 ERP 대장을 마주 보았다. 실로 한 치의 여유도 주지 않겠다는 눈초리였다.
"대장님! 먼저 한 말씀 묻겠습니다. 팔라디노씨를 두 번씩이나 피습한 목적이 무엇입니까?"
"몰라서 묻소? 우리 ERP의 지상 목표는 타도 페론이오."
"그러시다면 현재의 군사 정권을 지지하십니까?"
"천만에요! 우리 ERP의 두 번째 지상 목표는 현 군사 정권의 타도요."
"잘 알겠습니다. 그렇다면 페론 타도와 현 군사 정권 타도 중 어느 것이 더 선행되어야 한다고 생각하십니까?"
"철부지 같은 질문 하지 마시오."
"그럼, 실각하여 파나마로 쫓겨간 페론보다 현재 집권하고 있는 군사 정권 타도가 선행되어야 한다 그 말입니까?"
"당연하지요."
"그렇다면 ERP는 군사 정권을 향해 총을 겨누어야지 왜 팔라디노씨를 향해 방아쇠를 당겼습니까?"
"그…… 그야……."
ERP 대장은 할 말이 없었다. 붉으락푸르락해지며 말을 더듬다가 자리를 박차고 벌떡 일어섰다.
"유도 심문하는 자본주의자와 더 이상 얘기 안하겠소!"
그는 내뱉듯 말하고 창가로 다가가 이사벨을 향해 아예 등을 졌다.
공산주의자들은 대화를 하기 위해 회의장에 나왔다기보다 생떼를 부리기 위해 회담에 임했다. 그러나 ERP는 이름만 거창하게 마르크스주의 인민 해방군이지, 공산주의와는 인연이 먼 얼치기 집단이었다.
다시 말해서 어쩌다가 폭력배들이 모여지니까 집단의 구심점을 가지기 위해 마르크스의 이름을 빌려온 데 불과했다.
거기에는 또 하나의 이유가 있었다. 정치 쇼맨 카스트로의 호주머니를 노린 것이다. 그러나 쇼맨은 돈을 벌어들이기 위해 쇼를 하는 것이지, 돈을 주기 위해 쇼를 벌이는 것은 아니다.
결국 배가 고파진 이들 얼치기 마르크스주의자들은 본색을 드러내어 이사벨을 유괴하려는 것이 그 목적이었다.
회의가 개막 벽두부터 결렬되자 이사벨은 그래도 좀 알고 있는 라파엘에게 구원을 청할 수밖에 없었다.
"라파엘, 나와 단둘이 얘기 좀 해요."
10분간의 휴회를 선언한 이사벨은 라파엘과 함께 옆방으로 들어갔다. 그러자 ERP 대장이 때를 놓치지 않고 창 밖을 향해 눈짓으로 신호를 보냈다.
문 밖에 대기하고 있던 ERP 대원이 곧 이어 세단을 현관 입구 앞에 바짝 붙여 놓았다. 이사벨을 감쪽같이 납치하기 위해서였다.
이러한 음모가 꾸며지고 있는 사실을 꿈에도 알 턱이 없는 이사벨은 옆방으로 들어가자 라파엘의 손을 덥석 잡았다.
"라파엘! 정말 뜻밖이에요. 우리 자세한 얘긴 나중에 하기로 하고 우선 나를 좀 도와 주세요."
"도와 주고 말고……."

"고마워요, 라파엘!"
 라파엘이 옛날에 냉대받던 것도 개의치 않고 응해 주니 이사벨은 진정 고마웠다. 그러나 그 순간 라파엘은 이사벨의 가슴에 권총을 들이대는 것이 아닌가!
 "아! 아니 이게 무슨 짓이에요?"
 "가!"
 "어디로요?"
 "가 보면 알아!"
 "라파엘, 왜 이러는 거예요?"
 "글쎄, 가 보면 안다니까! 어서."
 이사벨은 총구로 등을 떠밀리다시피하여 방을 나섰다.
 라파엘은 이사벨을 호텔 현관에 대기시켜 놓은 세단에 밀어 넣었다. 그야말로 이사벨은 뜻밖에 일격을 당한 것이다. 이사벨을 납치한 세단이 요란한 엔진 소리를 내며 한길 저너머로 사라지는 것을 확인한 ERP 대장은 방 안을 둘러보며 교만스럽게 입을 열었다.
 "자본주의와의 회담은 딱 질색이란 말이오. 산통을 깨기 위해 회담을 여니 말이오."
 그 옆에 있던 레가가 반박하듯이 퉁명스럽게 말했다.
 "여보시오, 회담을 깬 것은 그 쪽이오."
 "마르크스주의자란 말이오?"
 "아시는군."
 "좋소! 그럼 회담을 다시 시작합시다."
 ERP 대장은 회심의 미소를 흘리며 의자에 버티고 앉아 소리쳤다.
 "어서 이사벨인가, 제2의 에반가 하는 여자를 테이블에 끌어 내시오."
 "좋소."
 화가 난 레가는 노크도 하지 않고 옆방 문을 열었다. 그러나 그 방에 이사벨은 보이지 않았다.
"아니?"
레가가 외마디 소리를 지르며 놀라자 캄포라가 의자를 뒤로 제치고 일어섰다.
"왜 그러십니까?"
"없습니다."
"없다니요?"
옆방을 살피고 난 캄포라는 사색이 다 되었다.
"어떻게 된 일입니까?"
ERP 대장이 능글거리며 끼어들었다.
"잘들 노십니다. 이젠 연극 그만 하시오. 여긴 극장 무대가 아니오."
"연극이니, 극장 무대니 할 때가 아니오. 이사벨이 납치당했소."
"여보시오, 자본주의자 동지들, 미리 짜 놓은 연극을 연출해 놓고 왜 납치당했다는 생트집을 쓰오. 당한 것은 오히려 우리 쪽이오. 라파엘 동지를 내놓으시오. 어서 내놓으란 말이오."
ERP 대장의 말투는 강경했다. 적반하장도 유분수라든가.
"생트집은 그만 하고, 우선 납치된 이사벨부터 찾아야 할 게 아니오?"
"그 핑계로 회담을 끝내겠다 그 말이렷다? 이래서 자본주의잔 딱 질색이란 말이오. 하지만 참기로 하고 마르크스주의자는 또 양보를 하겠소."
그는 유유히 회담장을 빠져 나갔다.
백주에 이사벨을 납치당한 레가와 캄포라는 눈앞이 캄캄했다. 또한 경찰에 의뢰할 수도 없는 노릇이었다. 뻔히 눈뜨고 앉아 병신처럼 당해야만 했던 이 사실을 파나마의 페론 망명 정부에 보고하지 않을 수 없었다. 그들은 파스카리에게 보고했고, 파스카리는 페론에게 알렸다.

"뭐라고?"

잠자리에 들기 전 혼자 이사벨을 그리며 위스키를 따라 마시던 페론은 손에 든 잔을 떨구며 놀랐다.

"납치를 당하다니……."

얼어 붙은 파스카리는 말까지 더듬거리며 경위를 설명했다.

"회…… 회담 도중 10분간 휴회를 하고 옆방으로 간 후 행방 불명이 됐답니다."

"레가, 그 점쟁이는 뭣하고 있는 거야? 엉터리 점쟁이 같으니, 또 캄포라는 무엇을 하고 있었고……?"

그는 온몸에 경련을 일으키며 소리쳤다.

"납치를 왜 한 거지? 돈? 돈 때문이라면 준다. 백만 달러고 천만 달러이고 간에……. 파스카리!"

"네에, 각하!"

"캄포라에게 전화를 하시오. 전화를……."

페론은 맥이 빠진 듯 의자에 털썩 주저앉았다. 그는 이사벨을 사랑하고 있었다. 아니 의지하고 있었다고 표현하는 편이 옳을지도 모른다. 지금의 페론에게 있어 이사벨이 없는 생활이란 상상할 수도 없었다. 차라리 그녀를 잃고 아르헨티나를 얻기보다는 그녀를 얻기 위해 아르헨티나를 잃을 각오까지 되어 있을 정도였다.

한편 회담 장소를 나온 ERP 대장은 노다지를 캔 기분에 들떠 휘파람을 불며 본대로 돌아왔다.

그러나 이 어찌된 일이란 말인가. 기다리고 있어야 할 노다지 이사벨과 운반자 라파엘의 모습이 온 데 간 데 없었다. 그는 부하에게 라파엘의 거취를 물었다.

"어디 갔어?"

"샜습니다."

"왜 막질 못했어?"

"물이라면 둑을 쌓아 막을 수도 있지만 사람 새는 걸 어떻게 막습니까?"

"그러고도 동지는 마르크스주의자요? 오! 하느님 맙소사. 적어도 10만 달러짜리 노다지가 하늘로 사라져 버렸소. 하늘로……."

최소한 10만 달러 이상이 되리라며 신이 나 있던 ERP 대장이 책상을 치며 격분하고 있을 때 안젤라가 다가왔다.

"대장님, 어디 갔어요, 라파엘은?"

"샜소."

"새다니오?"

"그 계집과 함께 샜단 말이오. 제2의 에바하구……."

"이사벨하구요? 어디 두고 보자!"

그녀는 대장 앞에서 시위하듯 치마를 펄쩍 치켜올렸다. 이를 부드득 갈던 안젤라는 허멀건 허벅지가 그대로 드러나자, 이건 또 웬일이냐는 듯이 요상한 곳에 눈을 주는 대장 앞에 비수를 빼들었다.

"아니?"

"죽여!"

"누굴?"

"제2의 에바 말이에요!"

정열의 장미 카르멘의 후예를 자랑하는 안젤라는 사내를 빼앗기고 그냥 만만히 물러설 여자가 아니었다. 비수를 든 그녀의 손이 떨리고 있었다.

그렇다면 과연 이사벨과 라파엘은 어떻게 되었는가?

ERP 본부로 향하던 도중 감쪽같이 새 버린 그들은 어느 방갈로에 몸을 숨겼다.

이사벨은 애원하듯 라파엘에게 말했다.

"라파엘, 날 여기다 가두어 놓고 어떻게 하겠다는 거예요?"
"차지한다."
"누가 누굴?"
"내가 널!"
"난 물건이 아니에요."
"그래서 이사벨을 잊지 못하는 거야. 차라리 네가 물건이라면 속이 편해. 돈으로 새 것을 살 수도 있으니까 말이야."
"라파엘, 방법이 틀렸다고 생각 안해요?"
"나도 알고 있어. 가장 치사하고 졸렬한 방법이라는 것을……."
"안다면서 왜 그런 짓을 하지요?"
"딴 방법이 없으니까, 별 수 없잖아?"
"라파엘, 날 돌려보내 줘. 치사하고 졸렬한 방법으로 날 차지할 수 없다는 것을 알지 않아요."
"그런 것이 문제가 아니야. 내 곁에 널 두기만 하면 돼."
"날 말이에요? 물론 빼앗기듯 입술을 줄 수도 있을 거예요. 힘에 못 이겨 몸을 줄 수도 있고…… 그래서 뭐가 만족해?"
"이사벨, 널 사랑해!"
"그건 사랑이 아니에요. 욕정일 뿐이에요. 창녀를 구하는 것과 꼭 같은!"
라파엘은 소파에 웅크리고 앉아 괴로운 표정으로 머리를 두 손으로 움켜쥐었다.
"라파엘, 진정 날 사랑한다면 창녀를 구하듯 나를 구하진 않을 거예요. 그렇죠, 라파엘?"
얼굴을 들어 이사벨을 쳐다보는 라파엘의 표정이 비참하게 일그러졌다. 이사벨은 심장을 도려내는 것 같은 아픔을 느꼈다.
라파엘을 바라보는 이사벨은 그에게 상처를 남겨 준 자신이 한없이 미워졌다. 그녀는 라파엘이 그러는 것이 자기 때문이 아니기를 바라면서 물었다.
"세르반데스 무용단은 왜 그만두었어요? 또 ERP는 왜 가담했구요?"
라파엘은 괴로운 표정으로 그녀를 바라보고만 있었다.
"라파엘, 언제부터 마르크스주의자였어요? 날 알기 전부턴가요?"
라파엘은 고개를 가로저었다.
"그럼, 날 안 후부터?"
그는 계속 고개를 저었다.
"그럼, 세르반데스 무용단을 그만둔 후?"
"난 마르크스주의자가 아니야. 생리에도 맞지 않구……"
"그런데 왜 ERP와 손을 잡았어요?"
"페론을 증오하기 때문이야. 널 빼앗아 간……"
"빼앗아 간 게 아니에요. 내가 스스로 간 거예요."
"왜? 늙은이를 사랑해서?"
"사랑 이전에 더 절실한 것이 있었어요."
"뭐야, 절실하다는 그것이?"
"은혜에 대한 보답이에요."
"은혜라니? 독재가 준 것이라고는 탄압과 공포밖에 없었을 텐데…… 안 그래?"
"나의 어머니에게 생명을 주었어요. 그러니까 제가 일곱 살 때 일이에요. 은행 지배인으로 계시던 아버지가 병으로 쓰러지자 가세가 기울었답니다. 심지어는 끼니마저 걸러야 했어요. 그렇게 되자 어머니는 6남매의 자식을 먹여 살리기 위해 공장 직공이 돼야 했어요."
"그때 페론이 만든 근로자 복지 제도가 있었던들 끼니 걱정은 안했다 그 말이야?"
"물론이지요. 6남매를 먹여 살리시느라고 결국 어머니는 쓰러지셨답니다. 병원에 갈 돈은 고사하고 약 한 봉지 사 먹을 돈도 없이 말이에요. 그러니까 제가 초등학교 졸업반 때예요. 그때 페론은 근로자 복지 제도를 공포했지요. 어머니가 제1착으로 그 혜택을 받고 병원에 입원할 수 있었어요. 만약에 그 법이 없었더라면 어머닌 돌아가셨고, 우리 6남매는 뿔뿔이 흩어졌을 거예요. 오늘의 내가 이렇게 존재할 수도 없구……."

라파엘은 무슨 수를 써서라도 반론을 펴, 페론에게 쏠려 있는 이사벨의 마음을 돌려놓아야겠다고 생각했다.

"근로자 복지 제도를 제창한 그의 선정은 인정해. 그러나 올바른 페론을 평가하려면 반대의 경우도 생각해봐야 할 거야. 페론은 야당 인사를 옥에 가두고 언론을 탄압하여 아르헨티나를 경찰 국가로 만들어 버렸소."

"알고 있어요. 하지만, 용서할 수 있어요. 페론은 어머니를 살리고, 우리 6남매에게 끼니를 주었어요. 그리고 나를 고등학교나마 나오게 했고, 피아노 앞에 앉을 수 있는 환경과 무용을 할 수 있는 여건을 주었어요."

라파엘은 페론에게 쏠려 있는 이사벨의 마음을 돌려놓을 수 없다고 생각했음인지 더 이상 반론을 펴지 않았다.

"라파엘, 나는 그를 사랑해서가 아니에요. 호기심에서도 아니구요. 받은 것을 돌려주기 위해서예요. 그러기 위해서 페론을 사랑해야 한다면 하겠어요. 그분을 위해 제 몸을 희생해야 한다면 기꺼이 내 젊음을 버리겠어요."

"그렇지만, 난 그 독재자를 용서할 수 없소."

"하지만 난 라파엘을 용서할 수 있어요. 정말 마음속으로 좋아했으니까요……."

"나를?"

"네에, 세르반데스 무용단 생활에서 저에게 주는 사랑이 담긴 따스한 눈길이 없었더라면 전 1년도 못 채우고 무용단을 뛰쳐나왔을 거예요."

이사벨을 바라보는 라파엘의 눈가에는 사랑과 미움의 심한 동요가 번지고 있었다.

"라파엘, 이제는 절 마음대로 하세요. 강제로 하든, 힘으로 하든…… 아무도 말릴 사람은 없으니까요……."

이사벨은 눈을 내리감고 몸에서 저항을 푼 채 라파엘의 행동을 기다렸다. 이런 이사벨을 감히 어떻게 범할 수 있단 말인가. 더욱이 사랑하는 여인을…….

욕정과 동정이 이글거리는 불 속에서 라파엘은 시달렸다.

"이사벨, 돌아가 줘."

라파엘의 목소리에는 힘이 차 있었다. 무엇인가를 견뎌내고 이겨낸 승자처럼.

"이대로?"

"그래, 파나마로!"

"라파엘!"

이사벨은 격한 감정을 억제하지 못하고 라파엘의 가슴에 얼굴을 묻으며 뛰어들었다.

"이사벨, 한 가지 부탁이 있소."

"말씀하세요."

"날 미워하지 말아 주오. 차라리 이사벨의 저주를 받기보다는 이 자리에서 죽어 버리고 말겠소."

이것은 결코 빈말이 아니었다. 사철 강렬한 태양 빛이 내려쪼이는 아르헨티나, 정열적인 탱고가 넘치는 아르헨티나의 젊은이는 사랑하는 사람에게서 저주를 받았을 때 미련 없이 죽어 버릴 수 있는 열정적인 기질을 가지고 있다.
"절대로 저주하지 않을게요. 그리고 내 마음 깊은 속에 라파엘을 고이 간직하겠어요."
"이사벨!"
감격한 듯한 대화는 애정 이상으로 친밀감이 넘쳐 있었다.
"저도 라파엘에게 부탁이 있어요."
"들어줄게, 무슨 부탁이든……."
"우리 이대로 함께 파나마로 가지 않겠어요? 도와 주세요, 네에? 라파엘, 도와 주시는 거죠?"
라파엘은 크게 고개를 끄덕였다. 그는 이사벨이 ERP에게 원하는 것을 상세히 알고 나서 본부에 전화를 걸었다.
ERP 대장은 수화기를 빼앗다시피해서 받아 들었다.
"라파엘 동지요? 나 대장이다. 동지를 인민의 이름으로 처단한다!"
그는 분노의 격한 음성으로 엄포를 놓았다.
"마음대로 하시오."
"반동! 악질! 변절자!"
ERP 대장의 음성은 걷잡을 수 없는 발악으로 치달았다.
"대장님, 마르크스주의를 변절한 악질 반동은 바로 대장 당신이오."
"즉결 처분이다."
발악으로 치닫던 ERP 대장은 부들부들 떨리는 손으로 권총을 빼들고 철커덕 탄알을 장전했다. 그러나 수화기에서 들려오는 라파엘의 음성은 여전히 유들거리기까지 했다.
"방아쇠를 당기시오. 전화통을 향해서……."
그때서야 ERP 대장은 아차했다. 여러 대원이 보는 앞에서 통화를 하며 권총을 빼든 자신의 행동이 쑥스러웠다. 슬그머니 권총을 서랍 속에 넣는 그의 얼굴은 분노를 애써 참는 표정이 역력했다.

"라파엘 동지, 내가 어째서 마르크스주의를 변절한 악질 반동이란 말이오?"

"마르크스주의 이름 아래 사람을 유괴해서 돈이나 우려내려고 하는 수작은 이제 걷어치우시오."

"동지! 그것은 나 개인의 돈이 아니라 ERP 전체의 자금이오."

"좋소. 이사벨을 우려내서, 아니 페론에게서 얼마의 자금을 우려내려고 했소?"

"최하 10만 달러요!"

"그렇다면 좋소. 이사벨을 바꿔 주겠소."

라파엘은 수화기를 이사벨에게 넘겨주었다.

"여보세요. 이사벨입니다. 10만 달러라구요? 그 이상의 자금도 낼 수 있습니다."

"정말입니까?"

"물론이죠. 만나서 협상합시다. 단 조건이 있습니다."

"어떤…… 조건입니까?"

대장은 10만 달러라는 돈에 눈이 뒤집혔음인지 말까지 더듬거렸다.

"협상을 성립시키겠다는 순수한 마음으로 절 만나야 한다는 점입니다."

"물론이지요."

회담 장소에는 캄포라, 레가, 그리고 두 차례에 걸쳐 ERP 대원에게 피습을 당했던 팔라디노도 동석했다. 협상은 ERP 대장과 팔라디노의 악수로부터 시작됐다.

양자 간의 조인이 있어야 하는 정식 협상도 아니어서 기본 원칙만 합의하면 이사벨의 역할은 끝난다. 그녀는 10만 달러의 수교 방식만 합의본 후 아르헨티나를 떠났고, 세부 사항은 레가가 지켜보는 가운데 캄포라와 ERP 대장 사이에 토의됐다.

총부리를 페론 잔당에게 돌리지 않겠다는 전제하에 수교되는 10만 달러는 라파엘의 서명에 의해 그때그때 필요한 액수를 지급한다는 조건에 이어, 라파엘과 개별적인 협의에 따라 예의 금액을 증액할 수도 있다는 단서를 덧붙였다.

이로 인해 ERP 내에서 가장 못났던 나약한 전사인 라파엘은 실질적인 ERP의 실력자가 되었고, 대장은 날개 없는 발톱만 가진 신세가 되고 말았다.

기본 협상을 성공리에 끝내고 파나마 공항에 내린 이사벨을 페론은 두 팔을 벌려 맞이했다.

"이사벨!"

"각하! 잠시나마 염려를 끼쳐 드려 송구스럽습니다."

"아니오. 캄포라의 전화를 통해 다 들었소. 나의 이사벨은 정말 훌륭했소. 내가 지금까지 알고 있던 어떤 여성보다도……."

"감사합니다, 각하."

페론을 모시고 차에 오를 때, 파스카리는 이사벨을 비서 이상의 정중한 예우로 모셨다. 그도 이사벨에게 고개가 숙여지지 않을 수 없던 것이다.

그날 밤, 이사벨은 페론이 잠자리에 들기 전에 마시는 위스키를 그의 잔에 따르며 말했다.

"각하, 각하께 위스키를 다시 드릴 수 있게 돼서 정말 기쁩니다."

"고맙소. 이사벨이 따라 주는 위스키를 다시 마실 수 있어서……."

회담의 세부 사항을 마무리짓지 않고 서둘러 파나마로 돌아온 이사벨은 페론에게 위스키를 따라 주기 위해서였는지도 모른다. 잔을 비운 페론은 어린애처럼 이사벨에게 졸랐다.

"반 잔이 아니고 한 잔만 더 주겠소?"

"너무 과하시지 않습니까?"

"오늘은 더할 수 없이 기쁜 날이오⋯⋯."
"네에, 저도 기뻐요. 한 잔만 더 드십시오. 저도 한 잔 더 들겠습니다."
기쁜 표정을 감추지 못하는 이사벨은 페론의 빈잔에 술을 부었다. 페론도 병을 건네 받아 손수 이사벨의 잔을 채워 주었다.
"각하의 건강을 위해서⋯⋯."
"우리들의⋯⋯."
페론은 그러나 다음 말을 잇지 못했다. 하지만 이사벨은 그의 눈에서 이미 다음 말을 읽을 수 있었다. 그것은 사랑이었다.
이사벨은 눈시울이 뜨거워졌다. 노쇠하고 실의에 빠진 망명 정부 대통령 페론에게 한 여자를 사랑할 수 있는 용기와 활기를 불어넣어 줄 수 있었기 때문이었다.
"각하, 알고 있습니다. 무슨 말씀을 하고자 하시는지⋯⋯."
"이사벨, 망령이 들었다고 속으로 욕하겠지?"
"아닙니다 각하, 감격하고 있을 뿐입니다."
"이사벨!"
"각하!"
이사벨은 페론의 품속에 몸을 묻었다. 무척 그녀를 안아 보고 싶어 하는 그의 품속으로⋯⋯ 순간 페론의 눈에 이슬이 맺혔다.
잔을 비우고 나서 페론과 헤어진 이사벨은 방으로 돌아와 침대에 누웠다. 그리고 창 너머로 반짝이는 별을 바라보았다. 조금 전에 사내 품에 안겼던 처녀답지 않게 그녀는 마음이 차분하게 가라앉아 있었다. 탄력이 없는 페론의 품에 환멸을 느껴서가 아니다. 처음부터 그의 정열을 기대하진 않았다. 그녀는 유난히 반짝이는 남십자성에 눈을 준 채 자신에게 되풀이해 물었다.
과연 라파엘에게 말한 것처럼 페론을 사랑한다면 나는 진정으로 그를 사랑할 수 있을 것인가? 그리고 그분을 위해 희생해야 한다면, 나는 과연 기꺼이 젊음을 바칠 수 있는 것일까 하고…….

이사벨은 결론을 내릴 수 없었다. 아니, 결론을 내리기에는 하룻밤은 너무나 짧았는지도 모른다.

이윽고 창가에 걸려 있던 남십자성은 어느 사이엔가 사라졌고 동쪽 하늘이 훤하게 밝아오기 시작하였다.

제2의 에바

　태평양과 대서양이 입맞춤하는 파나마 운하에 뜨거운 햇살이 은빛 가루처럼 반짝이는 어느 날 오후, 이사벨은 진한 커피를 마시며 라파엘과 마주 앉아 있었다. 그들은 커피잔을 비우는 동안 서로의 얼굴을 바라보고 있었다.
　이사벨은 괴로웠다. 영원히 잊을 수 없는 라파엘이면서도 사랑을 입밖에 담을 수 없는 지금의 입장이…….
　해피랜드 무대에서의 공연만 없었더라면…… 거기서 페론을 만나지만 않았던들 지금쯤 라파엘을 사랑하고 있을 것이다. 사랑의 운명은, 그러나 순식간에 바뀌는 법. 이사벨은 가는 한숨을 내쉬면서 억지로 미소를 지어 보였다.
　"라파엘, 반가워요. 또 만날 수 있어서……."
　라파엘은 의식적으로 빠져드는 감상에서 벗어나려는 눈치였다. 그렇게 하는 것이 사랑의 아픔에서 벗어나는 길인지도 모른다.
　"이사벨! 우리 사무적인 얘기를 할까요?"

"그러죠."

사랑의 아픔에서 벗어나려고 하는 그에게 고통을 주어서는 안 된다는 것을 그녀는 잘 알고 있었다. 그는 가방에서 명세서를 꺼내 보였다. 유괴를 위한 비품 목록과 금액이 적혀 있었다.

저명 인사의 주변을 맴돌며 정보를 캐는 데 쓸 최고급 롤스로이스 한 대, 유괴에 필요한 320마력의 강력한 엔진을 가진 링컨 콘티넨탈 한 대, 미인계에 사용할 1만 8천 달러 상당의 날씬한 뷰익리베르, 그밖에 해상 작전을 위한 모터 보트, 그리고 트랜스바 등 각종 무선 통신 시설과 인질을 숨겨 둘 몇 채의 별장 대여비 등이었다.

"전부 10만 달러인가요?"

"15만 달러 가량 있어야겠습니다."

"알겠어요."

그녀는 그 명세서를 거들떠보지도 않고 핸드백에서 수표장을 꺼내 낙서를 하듯 액수와 서명을 하고 라파엘 앞에 내밀었다.

"단 조건이 있어요. ERP와 손을 끊어 주세요."

라파엘은 이사벨의 이 말에는 완강히 고개를 저었다.

"괴로워요. 저 때문에 거기 몸 담고 있다는 것이……."

"난 떠날 수 없소."

"돈이 탐나선가요? 그렇다면 더 드릴게요. 얼마쯤이면 되나요?"

이사벨은 애원했으나, 라파엘은 여전히 고개를 가로저었다.

"이해할 수 없어요. 돈 때문에도 아니라면 도대체 왜 그런 범죄 집단에서 못 빠져 나오겠다는 거죠?"

라파엘은 여전히 괴로운 표정을 지으며 고개를 저을 뿐 그 이유를 설명하려들지 않았다.

"알겠어요. 마음에도 생리에도 맞지 않는 ERP에 머물러 있음으로 해서 저에게 어떤 아픔을 주기 위해서죠? 생각보다 잔인한 분이군요. 하지만 잘못된 생각이에요. 사무적인 일이 끝났으니까 다시 만날 필요도 없을 거구요. 그러노라면 자연 라파엘의 이름도 잊을 수 있을 거예요. 안녕! 행복하세요. 영원히……."

이사벨은 이 말을 남기고 일어섰다. 그러나 라파엘은 꼼짝 않고 앉아 있었다. 단지 그녀의 뒷모습을 바라보는 그의 두 눈에 뜨거운 눈물이 맺혀 있었다. 그것은 매정한 결별을 고하고 돌아서는 그녀를 미워해서가 아니었다. 실연의 고민을 안고 평생을 살아야 하는 덧없는 자신에 대한 울음인 것이다.

라파엘은 자신의 울음을 달래기 위해 침식을 잊다시피하며 유괴를 위한 시설과 비품을 구입했다. 청년 실업가로 분장한 그는 비서로 분장한 여대원과 함께 저명 인사가 드나드는 호텔 앞에서 롤스로이스를 멈췄다.

그때였다. 그 옆에 메르세데스벤츠 한 대가 서고, 차에서 내리는 중년 실업가와 눈이 마주쳤다. 자가용은 소유주의 부(富)와 인격을 증명해 준다. 그러기에 중년 실업가는 롤스로이스에서 비서를 대동하고 내린 라파엘에게 위압감을 느꼈다. 중년 실업가는 함정에 걸려든 것이다. ERP가 첫번째로 노렸던 자가 바로 그였기 때문에 라파엘은 속으로 기뻤다. 그는 후안 호세라고 하는 중년 실업가였다.

호텔 방에 들어오자 여대원이 라파엘에게 말했다.

"라파엘 동지, 대성공이에요. 그 자는 동지에게 줄곧 시선을 떼지 않으며 접근을 바라는 그런 눈치였어요."

"맞아요. 나도 그런 걸 느꼈소. 여성 동지도 더욱 명심하고 비서다운 몸가짐을 해야 하오."

"비서다운 몸가짐을 강요하지 말고 완전한 비서로 만들어 버리면 되잖아요."

"월급을 달라는 거요?"

"아뇨."
"그럼?"
"사장들은 으레 미모의 여비서를 먹어치우거든요."
"아니, 내가 무슨 식인종인가?"
"벽창호 동지."
그녀는 서슴없이 옷을 벗고 알몸을 드러내 보였다.
"여성 동지, 우린 지금 과업을 수행하고 있는 중이오."
"그래서 이대로 그냥 옷을 입어야 한단 말예요?"
"물론!"
"좋아요. 입겠어요. 후회하지 말아요."
"후회라니?"
"폭로해 버리겠어요."
"아니! 지금 정신이 있어 없어?"
"어떻게 할까요, 이대로 옷을 입을까요……."
 라파엘을 바라보는 그녀의 눈은 이미 욕정에 이글거리고 있었다. 결국 라파엘은 불덩이같이 달아오른 여대원한테 육체 봉사를 해야 하는 곤욕을 치르어야 했다.

 그로부터 24시간 후 아르헨티나의 모든 매스컴들은 실업가 후안 호세의 유괴 사건으로 뉴스를 메웠다. 뉴스의 하이라이트는 그것뿐이 아니었다. 구에니 대령이 백주 대로에서 테러를 당했다는 보도도 있었다. ERP의 짓이었다.
 유괴 사건의 테러가 성공하자 국내의 페론파들은 ERP를 대대적으로 후원하기 시작했다. 특히 중남미의 테러 수출국인 쿠바는 그들에게 은신처를 제공했고, 페론 집권시 베리야라는 호칭을 받아 오던 볼렌키는 그들을 본격적인 테러단으로 훈련을 시켜 아르헨티나로 밀송했다.

그 후 마르크스주의에서 폭력단으로 변질한 ERP는 카스트로가 제공하는 해상 루트와 경비행기를 이용한 항공 루트를 이용하여 자유자재로 유괴와 테러를 감행하여 아르헨티나를 혼란의 도가니 속으로 몰아넣었다. 이 소식은 곧 파나마의 페론 망명 정부로 전해졌다.

"각하, 기뻐하십시오. 아르헨티나는 지금 쑥밭이 되어 있습니다."

"그게 무슨 소리요?"

파스카리가 전하는 소식에 페론은 기쁨을 감추지 못하면서도 한편 놀라는 표정이었다.

"어떻게 쑥밭이 됐다는 겁니까?"

"빈번한 테러 사건과 유괴 사건으로 공포에 떤 국민들은 아람부루 물러 가라는 데모까지 벌였다고 합니다."

"그것 정말 망명 후 처음 듣는 기쁜 소식입니다. 그런데 어떻게 해서 정세가 유리하게 변했지?"

"각하, 한 여인의 위대한 힘입니다."

"한 여인!"

"바로 이사벨양입니다."

"이사벨?"

페론은 놀란 눈으로 이사벨을 바라보았다.

"그렇습니다, 각하. 이사벨양이 ERP를 설득하여 각하에게 유리한 정세를 조성했습니다."

이번에는 이사벨이 놀랐다. 이사벨이 ERP를 만나 설득한 것은 사실이다. 그러나 그 설득은 페론 지지자에 대한 테러 행위를 금해 달라는 설득이었지, 테러를 하고 유괴를 하라고 종용하지는 않았던 것이다.

그녀는 자기가 알선한 15만 달러가 그런 범죄에 사용됐다고 생각하니 큰 죄를 진 것만 같았다. 더욱이 유괴범으로 전락한 라파엘에 대해 가슴이 찢어지는 것 같은 아픔을 느꼈다. 그녀의 이런 심정을 알 리

없고 또 아랑곳 없다는 듯이 페론은 이사벨의 손을 잡았다.
"고맙소, 이사벨! 그대 덕분에 내가 아르헨티나로 돌아갈 수 있는 길이 한 걸음 빨라지게 될 것 같소."
이사벨은 자기 때문이 아니라고 실토를 하고 싶었지만 페론에게 실망을 줄 것 같아 아무 얘기도 하지 않고 슬그머니 방을 나가 레가를 찾았다.
"레가씨, ERP와 어떤 세부 사항이 토의됐습니까?"
"자발적으로 테러 사건과 유괴 사건을 맡겠다고 했소."
"라파엘이었습니까, 아니면 ERP 대장이었습니까?"
"라파엘이오."
"라파엘이?"
이사벨은 더 이상 아무 얘기도 않고 자기 방으로 돌아왔다. 그리고 ERP와 협상을 하기 위해 주제넘게 부에노스아이레스에 갔던 일을 후회했다. 그녀는 또 라파엘을 만나 범행을 위한 자금을 준 사실도 후회했다. 그때 명세서를 좀더 세밀히 눈여겨보았어도 이런 일은 없었을 텐데…….
이때 노크 소리가 들렸다.
"네에, 들어오세요."
이사벨은 돌아보지도 않은 채, 레가를 등으로 맞이했다.
"이사벨!"
그는 레가가 아닌 페론이었다.
"어머? 각하, 웬일이십니까? 제 방까지……."
그녀는 놀라며 일어나 페론을 맞이했다. 이사벨을 바라보는 페론은 수심에 잠긴 표정이었다.
"이사벨, 어디 몸이 불편하오?"
"아니에요."

"갑자기 우울해진 것 같은데 무슨 일이 있었소?"
"아니에요."
"이사벨, 나한테 얘기해 줘요. 혹시 나와 같이 있게 된 것을 후회하고 있는 게 아니오?"
"그런 게 아니에요. 각하, 대단히 외람된 말씀입니다만 저 혼자 있게 해주실 수 없겠습니까?"

이사벨이 간청하자 페론은 고개를 끄덕이며 뒷걸음으로 방을 나갔다. 방문을 닫고 난 이사벨은 또 하나의 괴로움을 안았다. 힘없이 방을 나가는 페론에 대해서 연민의 정을 금할 수가 없었다.

그녀는 침대에 걸터앉아 돌덩이같이 무거워진 머리를 두 손으로 받쳐 들고 차분히 자기 정리를 했다. 쉽게 얻어진 결론은 지금의 생활에 환멸을 느꼈다기보다 감당할 수 없는 벅참을 깨달았다. 그리고 앞으로 자기에게 닥쳐올 일들이 무섭게만 생각되었다. 그렇다고 지금에 와서 새삼스럽게 라파엘을 찾겠다는 생각은 할 수 없었다.

그녀는 아무런 결론없이 창 너머로 하늘을 벌겋게 물들인 저녁 노을을 바라보다가 문득 어떤 생각에 도달했다. 결코 자기는 페론을 위해서 아무런 도움이 되지 못할 그런 여인일지도 모른다고······.

그녀는 스스로를 에바와 같이, 페론에게 없어서는 안 될 그런 여인이 아니라는 결론에 접근하고 있었다. 그렇다면 더 이상 페론 곁에 머물러 있을 필요가 없고, 또 그를 위해 짐이 되어서는 안 되겠다고 결론지었다.

자기 나름대로 결론을 얻은 이사벨은 지체하지 않고 그날 밤 가벼운 기분으로 페론의 방문을 노크했다. 페론이 문을 열고 그녀를 맞이했다. 순간 그녀의 결심은 심하게 흔들렸다. 페론의 표정에서 노크를 기다리고 있었음을 알 수 있었기 때문이다.

"이사벨, 고마워, 와 주어서······. 혹시 오지 않는 것이 아닐까 하고 무척 걱정을 했지."
"각하, 주무시기 전에 따라 드리는 한 잔의 술 때문입니까?"
"이사벨!"
"그 때문이라면 저보다 젊고 아름다운 비서를 얼마든지 구할 수 있습니다."
"내가 원하는 비서는 젊은 비서도 아니고 아름다운 비서도 아닙니다."
"그럼……."
"오직 이사벨이 필요합니다."
"각하, 저를 너무 모르십니다. 저는 각하를 위해 아무런 도움도 되지 못할 평범한 여자입니다."
"이사벨! 내겐 지금의 이사벨이 필요할 뿐입니다."
"각하에게 필요한 여인은 제2의 에바 여사입니다. 그런데 저는 제2의 에바 여사도 아니고 또 제2의 에바 여사가 되기를 바라는 여자도 아닙니다. 각하, 저를 해고해 주십시오."
페론의 표정이 순간 굳어지더니, 잠시 후 그는 다시 입을 열었다.
"만약 내가 허락치 않는다면……."
"각하, 애원합니다."
"이사벨, 대답해 봐요. 내가 허락하지 않는다면 어떻게 할 것인지를……."
"각하!"
그녀는 두 손에 얼굴을 파묻고 흐느꼈다.
"그래도 내 곁을 떠나겠소?"
"각하, 저에겐 그럴 용기는 없습니다."
"그렇다면 안심입니다."
페론의 얼굴에서 금새 어두운 그림자가 가셨다. 이런 페론을 본 이사벨은 자기를 그처럼 필요로 하는 사람의 곁을 떠나려던 자신의 경박

함을 뉘우쳤다.
"각하께 심려를 끼쳐 드린 저를 용서해 주십시오."
"이사벨이 처음 말을 꺼낼 때부터 난 이미 용서를 했습니다."
"각하!"
그녀는 벅찬 감격을 억누르지 못하고 왈칵 울음을 터뜨렸다.
"이사벨, 오늘은 내가 그대에게 술을 따라 주겠소."
페론은 곧 이어 잔에 가득 위스키를 채워 이사벨의 손에 쥐어 주었다.
"듭시다, 이사벨!"
"네에, 각하!"
이사벨은 술을 마시며 마음속으로 몇 번이고 다짐했다. 제2의 에바가 되겠다고…….
며칠 후 페론은 이사벨의 마음을 달래기 위해 새로운 제안을 했다.
"파나마의 생활이 그대에게 너무 지루했나 보군."
"각하를 모시고 있는 동안 지루하다고 느껴 본 적은 단 한 번도 없습니다."
"고마워요. 장소를 옮기면 새로운 기분이 날 거요."
그렇다. 여행을 한다는 것은 누구에게나 새로운 기쁨을 주는 것이다. 이사벨은 기뻤다. 얼마 안 되는 기간의 파나마 생활이었으나, 묵은 생활을 털어 버리고 새로운 곳에 옮겨 새 생활을 맞이한다는 것은 페론에게도 유익한 일이라고 생각한 이사벨은 첫마디에 찬성을 했다.
"이사벨, 어디로 가고 싶소?"
"정하십시오, 각하께서……."
"이사벨이 정한 곳으로 갈 테니까 한 번 생각해 보시오."
이사벨은 잠시 동안 생각하다 선뜻 대답했다.
"칠레, 볼리비아, 파라과이, 우루과이 중에서 선택하시는 것이 좋겠습니다."

그녀는 아르헨티나와 국경을 이루고 있는 나라를 선택했다. 그러나 이미 노쇠한 페론은 아르헨티나와 국경을 이루지 않는 페루를 택하고 싶었다. 하지만 그는 이사벨의 의견에 따랐다.
　페론 잔당의 극성만 없었던들 그는 아르헨티나와 인연을 끊고, 스위스나 스페인같이 아르헨티나와 멀리 떨어진 나라에서 이사벨과 같이 조용한 여생을 보내고 싶었다.

　우루과이에 짐을 푼 이사벨은 한껏 마음이 가벼워졌고, 얼굴에 맑은 웃음을 지을 수 있었다. 이런 이사벨의 표정을 본 페론도 우루과이로 망명 정부를 옮긴 것을 잘한 일이라고 생각했다. 레가도 파스카리도 마찬가지 생각이었다. 엎드리면 코가 닿을 부에노스아이레스에 대한 정보 수집이 용이하기 때문이었다. 이런 의미에서 아르헨티나 내에서 페론파를 영도하던 캄포라도 만족했다. 그는 야음을 이용하여 모터 보트를 타고 우루과이에 상륙하여 페론을 예방했다.
　"각하!"
　"캄포라씨!"
　그들은 서로 부둥켜 안고 뺨을 비볐다. 그 다음 캄포라가 악수를 청한 사람은 파스카리도, 레가도 아닌 이사벨이었다. ERP와의 협상 이후 캄포라는 이사벨을 제2의 에바로 받들었던 것이다.
　"이사벨양, 또 만나 뵐 수 있어 반갑습니다."
　"캄포라씨, 정말 기뻐요."
　"이사벨양, 더 기뻐할 일이 있습니다."
　"무엇이죠? 더 기뻐할 일이?"
　"머지않아 새로운 정변이 일어날 징조가 있습니다."
　"쿠데타란 말인가?"
　페론이 놀란 표정을 하며 물었다.

"그렇습니다, 각하."
"그게 누굽니까?"
"아르투로 프론디시 장군입니다."
한편 같은 시간 아르투로 프론디시 장군은 병석에 누운 안토니오 대주교와 면담을 하고 있었다.
"주교님도 아시다시피 정국은 걷잡을 수 없는 혼란에 빠져 있습니다. 마르크스주의를 신봉하는 ERP는 백주 대로에서 공공연한 테러 행위와 유괴를 자행하고 있습니다."
"심히 유감스럽습니다."
"주교님께서는 이 유감스러운 사태가 계속되기를 원하십니까?"
프론디시 장군은 안토니오 대주교의 찬동 내지는 묵인하에 쿠데타를 일으키기 위해 찾아온 것이다.
"아르헨티나 국민은 누구나 다 지금의 유감스러운 사태를 원치 않습니다."
프론디시 장군은 대주교의 이 말을 쿠데타에 대한 찬동의 말로 받아들였다.
"감사합니다, 주교님. 저희 육해공군 장성들은 큰 힘을 얻었습니다."
"기도하십시오."
안토니오 대주교는 더 이상 할 말이 없다는 듯 침대에 누운 채 눈을 감고 묵주를 들었다.
프론디시 장군은 대주교의 뜻이 쿠데타를 성공시키기 위해 기도를 하라는 뜻인지, 아니면 구국(救國) 기도로 쿠데타를 대신하라는 뜻인지 분간할 수 없었다.
그러나 병석에 누운 안토니오 대주교가 면접을 허락한 것만도 반승낙이라고 해석한 프론디시 장군은, 용기를 얻어 교황 사절 마리오 자닌 추기경을 접견했다. 그 자리에는 AICA(아르헨티나 카톨릭 정보부)

요원도 참석했다.
 "추기경님, 아르헨티나 군부는 교회와 국민을 지키기 위해서 일어서기로 결의했습니다."
 "오늘의 아르헨티나 카톨릭 교회는 중세기의 십자군을 필요로 하지 않습니다."
 마리오 자닌 추기경의 이 말을 쿠데타를 반대한다는 뜻으로 받아들인 프론디시 장군은 눈앞이 캄캄해졌다.
 "추기경님께서는 군부의 결의를 찬성할 수 없단 말씀입니까?"
 "군의 결의와 교회와는 별개의 것입니다."
 마리오 자닌 추기경이 교회의 입장을 밝히자, 프론디시 장군은 안도의 숨을 몰아쉬며 군의 지지를 호소했다.
 "추기경님께서는 ERP의 존재를 어떻게 생각하십니까?"
 "아르헨티나를 위해 유감스러운 집단이라고 생각합니다."
 "그 유감스러운 집단을 소탕하고 정국을 바로잡기 위해 저희 군부가 일어서려는 것입니다."
 "프론디시 장군, 교회는 어느 쪽에 의해서든 정국이 바로잡히기를 원하고 있습니다."
 결국 찬성도, 반대도 안한다는 뜻이다. 프론디시 장군은 그것만으로도 만족하다는 듯이 자리에서 일어서자, 마리오 자닌 추기경은 악수를 청하며,
 "유감스럽습니다. 카톨릭이 프론디시 장군을 위해서도, 현 대통령인 아람부루 장군을 위해서도 아무런 도움이 못돼서……."
 라며 의미 심장한 말로 접견의 끝을 맺었다.
 프론디시 장군은 성경 구절처럼 쉬우면서도 난해한 교황 사절의 말에 뒷맛이 개운치 않았으나, 그 정도로 만족하지 않을 수 없었다. 그는 육해공군 장성을 비밀리에 모아 놓고 최후 점검에 들어갔다. 그런데

그들은 신경을 곤두세웠다. 홀연 우루과이에 나타난 페론 때문이었다.
"장군 여러분, 우루과이에 나타난 페론을 어떻게 생각하십니까?"
"결과를 지켜보기 위해서 나타났다고 봅니다."
"저는 지켜보기 위해서가 아니라 약자의 편을 돕기 위해서라고 생각합니다."
"어느 쪽이 약자란 말입니까?"
"양쪽이 다같이 약자일 수도 있고 강자일 수도 있습니다."
지금 형편에선 쿠데타를 당하는 입장에 놓인 아람부루 대통령이 약자임에 틀림없다. 그러나 역쿠데타 내지는 진압에 성공하는 경우에는 프론디시 장군이 약자의 입장에 서야 하는 것이다.
"약자의 입장을 어떻게 도울 것인지 구체적으로 말씀해 보십시오."
"페론은 아직도 2백만이 넘는 지지 세력을 국내에 가지고 있습니다. 만약 이들이 단합해서 약자를 돕는다면 뒤바뀌어 약자가 강자로 될 가능성도 충분히 있습니다."
"그 다음에 오는 결과는?"
"페론은 틀림없이 강자 위에 군림할 것입니다."
한 장성이 예상 설명을 하자 활기를 띠던 회의장 분위기는 갑자기 흐려지기 시작했다. 잔뜩 먹구름이 뒤덮인 하늘에서는 가랑비가 내리고 있었다.

그 얼마 후 프론디시 장군이 이끄는 쿠데타는 일어나고 말았다.
3군 참모총장과 연속 회의를 마치고 집무실로 돌아온 아람부루 대통령의 두 눈은 벌겋게 충혈되어 있었다. 대통령에게 충성을 맹세해야 할 참모총장들의 태도가 미온적인 것이다. 다시 말해서 눈치 작전 아니면 프론디시 장군의 쿠데타를 지지하는 절박한 사태였다.
이때 노크 소리가 울리고 구에니 대령이 들어왔다. 아람부루는 그에게 한 가닥 희망을 걸며 물었다.
"카톨릭의 태도는 어떠했습니까?"
"불리합니다. 그러나 각하, 쿠데타를 진압할 마지막 방법이 한 가지 남아 있습니다."
"방법이? 말해 보시오."
"페론과 손을 잡으십시오."
"페론과?"
잠시 생각에 잠기는 듯하더니 아람부루 대통령은 말하였다.
"구에니 대령, 귀관에게 대령이라는 계급은 너무 가볍소."
장성으로 진급시키겠다는 언약이다.
"각하, 각하에 대한 충성을 맹세합니다."
"고맙소, 구에니 준장."
대통령의 말 한마디로 구에니는 준장으로 진급되었다. 대통령은 거수 경례를 하는 구에니 준장을 바라보며 대견스럽게 웃었다. 하지만 그 웃음도 순간이었다.
"구에니 준장, 쿠데타를 진압하고 나서 페론에 대한 처우를 어떻게 하면 좋겠소?"
"대통령직을 양보하시는 겁니다."
"뭐라고?"
"그 다음 각하는 국방부 장관직을 인수하십시오."
"그 무슨 소리요?"
아람부루 대통령은 발악하듯 소리질렀다. 그러자 구에니 준장은 음흉한 표정을 지으며 다시 말했다.
"각하, 2보 전진을 위한 1보 후퇴입니다. 프론디시 장군 일파의 군복을 벗기고 나서 다시 쿠데타를 일으키면 되지 않습니까?"
그때서야 아람부루 대통령은 고개를 크게 끄덕이며 입가에 웃음을 흘렸다.
"구에니 장군, 장군에게 별 하나는 너무 가벼운 것 같소."
"각하, 그러시다면 프론디시 장군이 벗어 버린 옷을 주십시오."
1년 후에 다시 일 계급 특진시켜 달라는 흥정이었다.
"좋소, 그렇다면 페론과의 회담은 누가 어떻게 추진해야 합니까?"
"본관에게 맡겨 주십시오."
그는 별판이 달린 지프를 몰고 국경 초소에서 간단한 입국 수속을 밟은 후, 페론 앞에 모습을 나타냈고 아람부루의 친필 서한을 전달했다.
"각하, 지금의 아르헨티나 정국을 바로잡을 분은 각하 외에 아무도 없습니다. 곧 돌아와 주십시오. 각하를 목메어 부르고 있는 아르헨티나로……."
흥분한 페론은 고개를 끄덕일 뿐이었다. 그는 손마저 가늘게 떨고 있었다.
"각하, 승낙해 주시는 겁니까?"
"국민이 진정으로 나를 원한다면 난 당장에라도 아르헨티나로 돌아갈 준비가 되어 있습니다."
"감사합니다. 각하를 맞는 아르헨티나 국민들은 모두 기뻐할 것입니다."
"하지만 장군, 나에게 하루 동안만이라도 시간을 주십시오."
24시간!
페론에게는 짧은 시간일지 모른다. 그러나 쿠데타를 당해야 하는 입장에서 볼 때 24시간은 실로 너무나 긴 시간이 아닐 수 없다.
"각하, 지금 와서 무엇을 망설이십니까? 목메어 각하를 부르는 국민의 소리가 들리지 않습니까? 각하께서는 곧 가셔야 합니다. 각하를 부르는 국민의 곁으로……."
이사벨이 의아한 눈으로 페론을 바라보았다.

"이사벨, 그대의 의견을 듣고 싶소."
 페론은 자기의 결론을 강요하다시피 하는 어투로 물었다.
 "물론 가셔야 합니다. 각하를 기다리는 국민 곁으로……."
 "고맙소, 나와 뜻을 같이 해주어서……."
 "하지만 각하, 지금은 그 시기가 아니라고 생각합니다."
 "아니라니?"
 "아람부루는 국민의 요구에서가 아니라 자기의 필요에 의해 각하를 모시고자 하는 것일 겁니다."
 "그럼 함정이란 말이오?"
 "분명한 함정이며 음모입니다."
 "어떤 연유에서?"
 "각하, 그는 아람부루의 정보 장교입니다. 모종의 음모가 없지 않고서야 어떻게 정보 장교가 한 나라의 흥망을 좌우하는 대사에 직접 나설 수 있겠습니까?"
 이사벨의 이 말에 페론은 무릎을 쳤다. 9년 동안 대통령직에 봉직한 페론은 정보 책임자가 해야 할 일과 해서는 안 될 일을 누구보다도 잘 알고 있었다.
 페론은 이사벨의 각본대로 침대에 드러누워 병을 빙자하여 귀국을 서두르는 구에니 준장의 독촉을 거절했다.
 그날 밤, 구에니 준장은 별판이 달린 지프 속에 백금 별이 반짝이는 군복을 벗어 버린 채 행방 불명이 돼 버렸고, 다음날 새벽 아르투로 프론디시 장군은 쿠데타로 아람부루 대통령을 축출하고 정권을 잡았다.

사랑스러운 대변인

　페루로 망명 정부를 옮겨 온 지 1주일이 지나자 이사벨은 해수욕도 싫증이 났음인지 호텔 방에 틀어박혀 긴 소파에 몸을 눕히고 있었다. 페론은 점심 후 한 시간씩 낮잠을 잤다. 이 시간이 이사벨에게는 자신을 찾을 수 있는 유일한 낮 한때였다.
　그런데 이 시간이 견딜 수 없는 권태를 안겨다 주는 시간이기도 했다. 그녀는 깊은 한숨을 쉬기 위해 숨을 크게 들이마셨다. 그리고 긴 한숨을 천장을 향해 내쉬었다. 몇 번이고 계속 숨을 크게 들이마시고 내뿜는 동안 그녀는 풍선처럼 부풀었다가 꺼지는 자신의 가슴을 의식했다. 그녀는 가슴이 허전해짐을 느꼈다. 그러나 이미 그녀의 주위에 탄력 있는 힘으로 앞가슴을 짓누르듯 압박해 줄 상대는 없었다. 그녀는 문득 라파엘의 얼굴이 떠올랐다.
　그녀는 또 다시 깊은 한숨을 천장을 향해 내쉬고 나서 몸을 일으켰다. 자기 스스로가 택한 오늘의 생활에 충실을 다하기 위해서였다. 그 충실이란 페론주의를 아르헨티나에 재건하고자 하는 페론을 돕고 격려

하는 일이었다.

그녀는 페론 집무실로 들어가 라디오 다이얼을 부에노스아이레스 방송국에 맞추고 페론의 침실 문을 노크했다.

"네에."

그녀는 문을 살며시 밀치고 안으로 들어갔다. 침대에서 막 일어난 그에게 커피를 대접하며 말문을 열었다.

"각하, 두 시부터 아르투로 프론디시의 기자 회견 시간입니다."

아람부루 대통령을 쿠데타로 실각시키고 정권을 잡은 프론디시 장군은 기자 회견을 자청했다.

2시 정각——.

우레와 같은 박수 소리가 스피커를 울리자, 아나운서의 상황 설명이 시작됐다.

"청취자 여러분, 지금 막 프론디시 장군께서 우레와 같은 박수를 받으며 기자 회견 석상에 나타나셨습니다."

"앵무새 같은 녀석!"

순간 페론은 얼굴을 찡그리며 불만스럽게 중얼거렸다.

기자 회견이 시작되자 이사벨은 속기로 요점을 요약했다.

난생 처음 기자 회견 석상에 서 보는 프론디시 장군의 표정은 상기되어 있었다. 그는 긴장한 어조로 조심스럽게 입을 열었다.

"바라지 않던 일이 아르헨티나에서 또 일어났습니다. 그리고 그로 인해 여러분 앞에 내가 서게 된 것을 유감으로 생각합니다. 그러나 아르헨티나의 장래를 위해 군은 부득불 일어서지 않을 수 없었음을 말씀드립니다."

프론디시가 서두를 이렇게 꺼내자 듣고 있던 페론은 힐책하듯 라디오를 향해 소리쳤다.

"폭력은 금수의 권리이다!"

페론은 로나르디 장군의 쿠데타로 축출된 후《폭력은 금수의 권리》라는 저서에서 '쿠데타는 짐승의 권리'라고 통렬히 비난했다.

그러나 페론 자신도 50인의 정치 장교 클럽을 선동하여 쿠데타를 일으켰음을 상기한다면 그의 저서는 처음부터 모순 속에서 씌어졌다고 할 수 있다.

이사벨은 다시 라디오에 귀를 기울이며 열심히 속기를 계속해 나갔다. 이런 그녀를 지켜보던 레가가 공연한 헛수고라고 나무랐다.

"이사벨양, 그런 거 속기할 가치나 있습니까?"

"망명 정부의 입장에서 기록으로라도 남겨 둬야 하잖아요."

"글쎄요, 남겨 둘 가치가 있을까요?"

레가가 재차 쓸데없는 일이라고 만류했으나 이사벨은 끝내 기자 회견 요지를 기록했다. 프론디시 장군의 기자 회견이 끝나자 10여 명의 페루 신문 기자들이 페론에게 인터뷰를 요청해 왔다.

이사벨은 이 사실을 페론에게 알리기 위해 페론의 방문을 노크했다.

"기자가 인터뷰를 청해 왔다구?"

"그렇습니다, 각하."

"그냥 돌아가라고 하시오."

"각하, 하지만 만나는 것이 좋을 것 같습니다."

"만나 봐야 나에게 유리한 기사를 써 줄 리 있겠소?"

"각하, 더 불리해질 기사를 막기 위해서라도 그들과 만나셔야 합니다."

"그들 마음대로 쓰라고 하시오. 프론디시 정권에 아부하는 기사를 쓰기 위해서 자료를 얻으러 온 것에 불과할 테니까, 나는 안 만나겠소. 적당한 구실로 돌려보내시오."

페론의 완강한 의사에 밀려 방을 나온 이사벨은 기자들에게 와병을 핑계 삼아 인터뷰를 사절했다. 기자들은 비서인 이사벨에게서 페론의 동향만이라도 캐내려고 유도 질문을 해왔다.
"어디가 아프십니까?"
"가벼운 감기입니다."
"그러니까 인터뷰를 할 수 없을 정도의 가벼운 감기라 그 말이지요?"
"유감입니다."
"그런데 페론씨는 한 시간 전에 있었던 프론디시 장군의 기자 회견을 알고 계십니까?"
"제가 자세히 말씀드려 알고 계십니다."
"그때 각하의 소감은 어땠었는지요?"
"감기 때문에 별다른 말씀이 없으셨습니다."
"그렇다면 비서의 입장에서 느낀 소감 같은 것을 말씀해 주실 수 있겠습니까?"
"사양하겠습니다. 비서의 입장을 떠나 한 개인의 자격이라면 모르지만……."
"그럼 개인의 자격으로라도 말씀해 주십시오."
이사벨은 그때서야 자기가 생각하고 있던 얘기를 꺼냈다.
"프론디시 장군은 페론 대통령의 중공업 정책으로 아르헨티나가 경제적인 혼미 상태에 빠졌다고 말했습니다. 그러나 그분의 발언은 과학적인 통계 숫자를 무시 내지는 외면한 발언입니다."
"그렇다면 구체적인 통계 숫자를 나열해 가며 반론을 펴 주셨으면 합니다."
"페론 대통령의 집권 당시 외화 보유고는 4억 5천만 달러에 달해 있었습니다. 그러나 오늘의 사태는 어떻습니까? 되풀이되는 쿠데타로 무정부 상태에 빠진 아르헨티나의 경제야말로 파산 직전에 직면했습니다. 그 실증이 1억 3천만 달러로 격감한 외화 보유액에서 나타났습니다. 여러분은 이러한 사실을 놓고 옳고 바른 평가를 내려야 할 것입니다."

기자들은 개인의 얘기가 아니고 임시 정부 대변인의 담화를 듣는 것 같아 놀란 눈으로 마주 보았다.

페론과 생활을 같이 한 지 이미 3년이 되었다. 이 3년 동안 이사벨은 허송 세월을 하지 않고, 전공한 무용과는 인연이 먼 정치·경제·사회·문화 등 제반 서적을 탐독했으며, 남달리 총명한 그녀는 자기 나름대로의 소신을 가지고 있었다.

"그렇다면 페론 정권의 공업화 정책이 성공을 거두었다고 보십니까?"

"실패하지 않았다고 분명히 말씀드릴 수 있습니다. 페론 대통령께서 집권한 지 10년 후 국민 총생산에 있어서 공업 생산액은 50%를 넘었습니다. 이런 퍼센티지는 라틴 아메리카에서 아르헨티나가 가장 공업화된 국가임을 증명해 주고 있습니다."

기자들은 얄미울 정도로 정연한 논리로 답변을 하는 이사벨을 골탕 먹이고 싶어졌다.

"정확히 말씀해 주십시오. 페론의 공업화 정책이 실패하지 않은 것입니까? 아니면 성공한 것입니까?"

"방금 제가 설명한 대로 분명히 실패하진 않았습니다."

"그럼 성공하지도 않았단 말입니까?"

"정확하게 말해서 성공하는 과정에 있었습니다. 그런데 성급한 군은 금수의 권리를 행사한 것입니다."

답변이 끝나자, 기자석에서 일제히 박수 소리가 터져 나왔고, 플래시가 터졌다. 비로소 숨을 돌린 파스카리는 페론의 방을 노크했다.

"들어오시오."

황급히 문이 열리고 들어서는 파스카리에게 페론은 어리둥절해서 물었다.
"저게 무슨 박수 소립니까?"
"기자들이 치는 박수 소리입니다."
"그들은 이미 떠났을 텐데……."
"인터뷰중입니다."
"인터뷰라니? 누구와?"
"이사벨양입니다."
"당장 취소하시오."
"제 생각 같아서는 계속하게 하는 것이 좋겠습니다."
"계속하다니요? 노련한 기자들에게 말려들면 도리어 큰 낭패입니다."
"말려드는 측은 이사벨양이 아니고 기자들입니다."
"뭐요?"
페론은 반신반의하는 표정을 지었다. 영리한 이사벨을 믿으면서도 불안했던 것이다.
개인의 의견을 전제로 한 이사벨의 인터뷰는 계속되었다.
"이번 쿠데타에 카톨릭이 개입했다는 말이 있는데, 거기에 대한 의견을 말씀해 주십시오."
"아르헨티나의 헌법은 종교의 자유를 인정하고 있습니다. 그러나 카톨릭 신자가 아닌 사람은 대통령이 될 수 없는 것을 감안할 때 카톨릭은 실질적인 아르헨티나의 국교입니다. 그런 의미에서 이번 쿠데타에서 카톨릭이 전혀 관련되지 않았다고 볼 수 없겠지요. 그러나 문제는 어느 정도 관련됐느냐에 있습니다."
"만약 깊이 개입했다면 어떤 평가를 내리겠습니까?"
"한마디로 말해서 유감이라고 표현할 수밖에 없습니다. 여러분도 아시다시피 카톨릭이 라틴 아메리카 국민 생활 감정에 큰 기여를 한 것은 사실입니다. 반면 신교에 비해 엄격하고 보수적인 카톨릭이 정치에 너무 깊이 개입하여 라틴 아메리카의 근대화에 브레이크를 건 사실 또한 인정해야 할 겁니다. 그런 의미에서 정치와 종교는 분리되어야 한다고 생각합니다."

이 말에는 기자들도 공감했다.

"그렇다면, 종교와 정치의 분리는 페론 망명 정부의 기본 방침입니까?"

"그것은 국민의 요구이며, 지식인들의 바람입니다. 기자 여러분께서는 작년에 있었던 국립 중고등학생과 대학생의 데모를 상기하셔야 될 겁니다. 그 당시 군사 정부는 카톨릭에서 운영하는 사립 학교에 국립 학교와 동등한 졸업장과 면허장을 발급하겠다고 발표했습니다. 물론 이런 문교 정책은 교회의 요구에 정부가 굴복했기 때문입니다. 그 후 어떤 사태가 일어났습니까? 국립 중고등학생과 대학생들은 정치와 종교의 분리를 외치면서 일대 데모를 벌였습니다. 이 데모가 국민들이 무엇을 요구하며, 지식인들이 무엇을 바라고 있는지를 단적으로 증명하지 않습니까?"

"그럼 마지막으로 프론디시 장군이 어떤 정책을 펴 나가기를 바라십니까?"

"국민은 민선에 의한 대통령을 원하고 있습니다."

"국내도 아닌 페루에서 아르헨티나 국민이 원하는 것을 어떻게 아십니까?"

기자들의 이 질문에 이사벨은 얼굴 표정 하나 바꾸지 않고 질문에 응했다.

"아르헨티나에 쿠데타의 악순환이 몰아닥친 지 3년이 지났습니다. 그 동안 세 차례의 쿠데타가 일어났습니다. 이는 국민들이 군사 정부를 지지하지 않는다는 것을 단적으로 증명한 것입니다. 지금이라도 늦지 않습니다. 프론디시 장군이 진정 아르헨티나를 위한다면 하루 속히 국민의 지지를 받을 수 있는 민간인 정부에게 정권을 이양하고 그들은 군으로 복귀해야 할 것입니다."
"그렇다면 국민의 지지를 받을 수 있는 민간인 정부의 수반은 페론 전 대통령을 두고 하는 말씀이신지요?"
가시 돋친 기자의 질문에 파스카리와 레가는 얼굴이 파래지다 못해 샛노래졌다. 그러나 이사벨은 이번에도 눈썹 하나 까닥이지 않고 당당하게 답변했다.
"그 질문은 저한테 할 질문이 아니라고 생각합니다."
"그럼 페론 전 대통령입니까?"
"아닙니다."
"그럼 누구에게 물어야 합니까?"
"그것은 아르헨티나의 유권자입니다."
기자들에게서는 다시 요란한 박수가 일어났다. 한 개인의 사담 아닌 인터뷰는 이렇게 끝났고, 기자들은 돌아갔다.
그때 뒤에서 박수 소리가 났다. 어느 틈에 들어온 페론의 박수였다.
"각하, 용서하십시오. 이렇게 할 뜻이 아니었는데 기자의 유도 질문에 그만...... 정말 죄송합니다, 각하."
"이사벨, 그런 죄송한 일을 앞으로도 맡아 줘야겠소."
페론은 그녀의 등을 두드려 주었다. 그러나 이사벨은 아직도 얼떨떨한 채 제 정신이 아니었다.
다음날 아침 조간 신문에 '페론 사태 이후 악순환이 계속되는 아르헨티나의 정국'이라는 표제와, 망명 정부의 실질적인 대변인이라는 주석이 붙은 이사벨의 사진이 크게 실려 있었다.
신문을 보던 페론은 만족한 웃음을 지으며 파스카리에게 말했다.
"파스카리씨, 우리 망명 정부도 이제 틀이 잡혀가는 것 같지 않소?"
"각하, 틀이 잡혀가는 것이 아니라 이미 잡혀 있습니다. 페루 언론계에서 공인하는 대변인도 얻었으니 말입니다."
"오! 나의 사랑스러운 대변인······."
 페론은 이 말을 하며, 황송해 어쩔 줄 몰라하는 이사벨의 손을 꼭 잡아 주었다.
 이사벨은 또 한 번 삶의 보람을 느꼈다. 그 첫번째는 세르반데스 무용단에 입단한 후 첫 무대를 밟았을 때였고, 두 번째가 조간 신문을 펴든 지금 이 순간이었다.
 그녀는 페론과의 망명 생활에 회의와 환멸을 느끼던 자신을 꾸짖으며, 페론을 위해, 아르헨티나를 위해, 몸과 마음을 다 바칠 것을 마음 속으로 다짐했다.
 한편 ERP 본부 사무실에서 조간을 펴든 라파엘은 마음이 가벼워짐을 느꼈다. 이사벨의 갈 길이 뚜렷해진 이상 자기도 미련없이 갈 길을 택할 수 있기 때문이었다.
 그는 이사벨에 대한 연민에서 헤어나 그녀를 돕기로 다짐했다. 이때 그의 손에서 조간 신문을 나꿔 채는 여인이 있었다. 안젤라였다.
 그녀는 이사벨의 사진을 갈기갈기 찢으며 질투에 이글거리는 눈빛으로 라파엘을 쏘아보았다.
"라파엘! 아직도 이사벨을 못 잊고 있어?"
 라파엘은 대답 없이 카르멘의 후예인 안젤라를 바라보았다. 질투의 화신이 된 그녀는 분에 못이겨 울고 있었다. 노인에게 젊음을 바쳐야 하는 이사벨보다 사랑을 바칠 대상이 없는 안젤라가 더 가련하다고 생각한 라파엘은 그녀를 끌어안았다. 그러나 안젤라는 몸부림을 치며 라파엘의 가슴을 밀쳐냈다.
"내 몸에 손대지 마!"
"왜 그래, 안젤라?"
"나한테 묻지 말고 자신에게 물어 봐요."

앙칼지게 말하며 울먹이는 그녀 앞에 라파엘은 고개를 떨구었다.
"난 알고 있어. 나를 품에 안으면서도 머리속에서 이사벨을 그리고 있다는 것을…… 그래도 난 노력을 했어. 라파엘의 마음을 사로잡기 위해서……."
라파엘은 그녀가 가엾다고 생각했다. 그러나 사과하기에는 무언가 죄스럽고 쑥스러워 입을 열 수가 없었다.
"난 더 이상 이사벨의 대용품 노릇을 할 수 없어. 라파엘은 모를 거야. 언젠가 내 몸을 즐기면서 뭐라고 했는지 알기나 해?"
라파엘은 반문하듯 그녀를 쳐다보았다.
"그때 라파엘은 날보고 '이사벨, 사랑해!'라고 말했어. 그때 난 피가 거꾸로 솟는 것 같았어. 왠지 알아? 구걸하다시피 한 사랑에 만족을 느껴서가 아니야. 내 육체를 즐기는 라파엘을 도저히 밀어 버릴 수 없었기 때문이야. 그만큼 난 라파엘을 사랑했어. 이사벨보다 백 배 천 배…… 성녀도 한 남자를 이처럼 사랑할 수는 없을 거야. 이젠 떠나줄게."
허벅지에 비수를 숨기고 다니는 그녀답지 않게 안젤라는 울부짖으며 방을 뛰쳐나갔다.
라파엘은 안젤라가 헌신적인 사랑을 바치듯 노력을 해서라도 그녀에게서 받은 사랑을 돌려줘야겠다고 생각했다. 그녀의 뒤를 쫓아가 한사코 뿌리치는 그녀의 손을 잡았다.
그날 밤 욕실에서 타월로 몸을 휘감고 침실로 들어오는 안젤라의 표정은 유난히 빛나고 아름다워 보였다. 라파엘은 초야를 맞는 신부처럼 수줍어하는 그녀를 침대 속에서 맞이했다.
그는 안젤라의 육체를 정성들여 애무했다. 순간 그녀의 몸은 불같이 달아올랐고 입에서는 뜨거운 열기를 뿜었다. 라파엘은 그녀를 힘껏 끌어안았다. 그리고 속삭이듯 말했다.

"사랑해."

창 밖에는 소나기가 요란하게 퍼붓고 있었다.

깊은 잠에서 깨어난 라파엘은 등 뒤가 허전해 뒤돌아보았다. 안젤라가 누워 있어야 할 자리가 텅 비어 있는 것이 아닌가!

불길한 예감이 든 라파엘은 벌떡 일어나 주위를 살폈다. 그러나 안젤라도 그녀의 소지품도 방 안에는 없었다. 다만 거울에 '안녕'이라는 두 글자가 씌어 있을 뿐이었다.

사랑의 행위가 끝난 후 곤한 잠에 빠진 라파엘은 잠꼬대 속에서 이사벨을 또 찾았던 것이다.

마지막 탱고

이사벨은 레가가 운전하는 차에 몸을 싣고 북부 라 리우하주(州)를 향해 달렸다. 큰오빠가 어머니를 모시고 살고 있는 그곳은 이사벨의 고향이었다. 그녀는 감회어린 표정으로 고향 하늘을 우러러보며 어린 시절을 회상했다.

파란 하늘에 흰 구름이 두둥실 떠 있었다.

그녀는 눈을 감고 이마에 굵은 주름이 진 어머니의 모습과 그리고 언니와 오빠들의 얼굴을 그려 보았다.

"미스 이사벨!"

레가가 부르는 소리에 이사벨은 문득 회상으로부터 깨어났다.

"몇 년 만입니까? 고향에 가는 것이……."

"3년 만이에요."

"그럼 파나마에 온 후 한 번도 안 갔었군요."

"그뿐이 아니에요. 편지도 한 장 못했어요."

"왜 그런 불효자가 됐나요?"

이때 이사벨이 놀란 듯 말하였다.
"백 미러를 보세요."
레가가 무의식중에 백 미러를 돌아봤다. 검은 세단 한 대가 뒤쫓고 있었다.
"미행하고 있습니다."
"회의장을 나올 때부터예요."
"속력을 내서 따돌릴까요?"
"아녜요, 공연히 그네들에게 자극을 줄 필요가 없어요. 모른 체 하세요."
레가는 같은 속력을 유지하면서 이사벨에게 말했다.
"이제는 알겠습니다. 미스 이사벨이 왜 불효자가 돼야 했는지를……."
"그 동안 어머니에게 쓴 편지가 수십 통은 될 거예요. 하지만 한 통도 부치질 못했어요. 틀림없이 검열을 당하게 될 테니까요."
"문안 정도의 편지야 할 수 있지 않겠습니까?"
"할 수 있겠죠. 하지만 저와 편지로나마 연락이 닿고 있다는 그 자체가 가족에게 해를 끼칠 것 같아서……."
그녀는 페론과의 망명 생활에서 외로움이 밀어닥칠 때, 또는 미치도록 어머니가 보고 싶을 때, 그리고 뜬눈으로 밤을 새울 때면 으레히 편지를 썼었다. 어머니에게 부칠 수 없는 편지라는 것을 알면서도…….
1년 전 아르헨티나에 들렀을 때 만사 제쳐놓고 어머니를 찾아 뵈려고 했으나 결국은 발길을 돌리고 말았었다.
그런 이사벨이 용기를 내어 모처럼 만의 고향길을 달리고 있는 것이다.
"난 이해할 수 없습니다. 문안 편지마저 꺼리던 미스 이사벨이 미행을 당하면서까지 고향을 찾는 이유를……."
"마지막이 될지도 모르니까요."

"마지막이라니요?"
"네!"
이사벨은 짤막한 대답을 하였을 뿐 더 이상 구구한 사유를 설명하지 않았다.
그러나 이사벨은 페론과의 결혼은 피할 수 없는 것이며, 또 그 시기가 다가왔다고 믿었다. 만약에 그렇게 됐을 경우 현 군사 정부는 가족을 감시할 것은 당연한 일이다. 그래서 이사벨은 결혼하기 전에 고향을 찾기로 결심한 것이다.
"차, 세워 주세요."
레가는 급브레이크를 밟았다.
"여깁니까?"
"네, 저기 나무 대문이 있는 집이에요."
"걸어서 가겠습니까?"
"여기서 바라보다 그냥 돌아가겠어요."
그때 고개를 가로젓는 그녀의 눈이 갑자기 빛났다. 문을 열고 뜰에 나선 어머니를 본 것이다.
"저희 어머니예요."
"이봐요, 여기까지 왔는데 만나 보지 않구서……."
고개를 가로젓던 이사벨은 그만 가는 한숨의 흐느낌 소리를 냈다.
"어머니! 어머니의 딸 이사벨이 왔어요."
먼 발치서 3년 만에 찾아온 막내딸이 바라보고 있으리라고는, 꿈에도 생각 못할 어머니는 안락의자에 앉아서 먼 하늘을 우러러보며 몸을 흔들고 있었다.
어머니는 소식이 없는 이사벨을 생각하고 있는 것이다.
이사벨은 흐느끼며 혼자 중얼거렸다.
"많이 늙으셨군요…… 아프신 데는 없으신지요. 어머니…… 용서하세요. 어머니 곁으로 달려가지 못하는 저를……"
 흐느낌에 뒷말을 맺지 못한 그녀는 차 속으로 뛰어올라와 얼굴을 두 손으로 감쌌다.
 레가가 따라 올라와 파도치는 그녀의 어깨에 손을 얹고 위로하려고 하였으나, 그는 무슨 말부터 해야 할지 몰랐다.
 이사벨은 눈물로 얼룩진 얼굴을 들어 레가를 바라봤다.
 "레가씨! 가르쳐 주세요. 이대로 그냥 가 버리는 것이 효녀인가, 아니면 어머니 품에 뛰어드는 것이 효녀인가를 네에, 레가씨!"
 그러나 레가는 그녀에게 아무런 말도 할 수 없었다. 그도 이런 경우 어떻게 하는 것이 자식으로서의 올바른 도리인지 분간할 수 없었기 때문이었다.
 레가한테서도 답을 얻지 못한 이사벨은 모든 것을 팽개치고 어머니의 슬하에서 평범한 여성으로 돌아가고 싶은 충동이 용솟음쳤다. 평범한 남자와 결혼을 하고, 아이를 낳고, 그리고 어머니를 모실 수 있는 그런 여자로……
 그러나 지금의 이사벨은 그럴 수 없는 길을 밟아왔고, 또 그럴 수 없는 길을 가야만 하는 운명이기에 안타깝게 흐느끼고 있는 것이다.
 더욱이 그녀의 가슴을 아프게 한 것은 어머니 옷차림에서 알 수 있는 가난이었다. 이 불효 자식은 돈을 물 쓰듯 쓰고 있는데……
 그 가난을 레가도 첫눈에 알 수 있었다.
 "미스 이사벨……, 내가 대신 가서 어머니에게 돈이라도 듬뿍 드리고 올까요?"
 "그러지 마세요. 우리가 쓰고 있는 돈이 어떤 돈입니까? 나치스가 죽인 유태인 이빨에서 뽑은 금니를 가로챈 돈이에요. 그런 더럽고 추잡한 돈을 어머니에게 드릴 수는 없습니다. 그냥 돌아가요."
 그녀는 성경을 보기 위해 촛불을 훔칠 수는 없었던 것이다.

부에노스아이레스로 돌아오는 동안 이사벨은. 계속 손수건으로 흘러내리는 눈물을 닦았다. 차를 몰던 레가는 이사벨의 마음이 변할까 겁이 나기도 했다. 일단 마음을 결정하고 나면 누구도 그녀의 결심을 돌릴 수 없다는 것을 잘 알고 있는 그였기 때문이다.

그렇게 되면 그녀를 앞세우고 부귀 영화를 누리려던 꿈은 산산조각 사라지고 만다. 그래서 그는 이사벨의 마음이 변하지 못하도록 제동을 걸었다.

"미스 이사벨! 어머니께서 바라는 것은 이사벨이 금의환향하는 모습을 보는 것일 겁니다."

"저희 어머님을 잘 모르고 하시는 말씀이세요. 어머니는 사치스러움보다는 남의 눈에 띄지 않는 소박한 생활을 더 사랑했어요."

"하지만, 미스 이사벨은 남의 눈에 띄어야 하는 운명을 타고 났습니다."

"천주님의 섭리가 그러하다면 거역하진 않겠어요. 하지만 부귀 영화를 쫓고 싶은 생각은 티끌만치도 없어요."

그녀는 주어진 지금의 생활을 후회하지는 않았다. 그리고 앞으로 닥쳐올 생활도…….

그러나 이사벨은 현재의, 그리고 미래의 생활이 비록 호화스러울지는 모르나, 그것이 곧 자기가 바라던 행복이라고 생각해 본 적은 단 한 번도 없었다.

소박한 생활을 사랑한 어머니의 정신을 이어 받은 때문일까. 그녀는 돈을 물 쓰듯 쓸 수 있는 생활보다는 과거 세르반데스 무용단 시절 쥐꼬리만한 돈을 아끼고 쪼개 쓰던 생활이 더 행복한 것 같았다.

그때는 한 달에 꼬박 1만 2천 페소에 해당되는 돈을 어머니에게 부칠 수 있었고, 어머니한테서 그 돈을 이렇게 썼다 저렇게 썼다 하는 다정한 편지도 받을 수 있었다.

그러나 지금의 생활에서는 그런 모녀 간의 정은 아득한 옛일로 사라져 버린 것이다. 그녀는 이사벨이라는 이름이 가장 불행한 여인의 대명사처럼 느껴졌다.

그들이 탄 차가 '맑은 공기'라는 뜻의 부에노스아이레스에 들어섰지만, 이사벨의 가슴은 여전히 짓눌린 것처럼 답답하기만 하였다.

레가는 시 서남쪽에 있는 보카 항구로 차를 몰았다.

18세기 초까지는 부에노스아이레스의 유일한 항구로 번영하였으나, 그 후 라 플라타 연안에 현대화된 항구가 생기자 잊혀져 가고 있는 한적한 항구로 퇴화해 버린 곳이다.

그러나 아르헨티나 탱고의 발상지인 보카에는 아직도 관광객의 발길이 끊이지 않았다.

라자렐라 카페 앞에서 차를 내린 이사벨과 레가는 문을 밀고 안으로 들어섰다. 자욱한 담배 연기 속에 팜파스 초원의 고독한 가우초의 감정과 열정이 담긴 감미로운 탱고 멜로디가 넘치고 있었다.

보카는 이탈리아 이민이 많은 항구로, 부두 노동자, 소 백정들의 정착지였다.

원래 음악을 사랑하는 이탈리아 사람들은 라틴계의 격정과 애수를 멜로디에 실었다. 그것이 바로 오늘의 아르헨티나 탱고인 것이다.

이사벨과 레가는 웨이터가 지정해 주는 빈자리에 앉아, 포도주로 입술을 적시며 탱고에 취했다.

잠시 후 ERP의 실력자로 부각한 라파엘이 말쑥한 신사복 차림으로 나타났다. 그를 본 순간 이사벨의 얼굴에 웃음이 피었다.

라파엘과 이사벨은 만나기로 약속이 되어 있었던 것이다. 그들은 인사를 나누며 합석했으나, 레가와 라파엘은 서로 경계하듯 서먹서먹해 했다. 그러나 이사벨은 즐거웠다.

"마르크스주의 인민 혁명군의 어마어마한 직함과는 옷이 어울리지 않아요."
"옷뿐이 아니라 무용단 무대 감독이 인민 혁명군 행세를 하는 것부터가 어울리지 않으니까……."
"이젠 마르크스주의가 어떤 것이라는 것쯤 아셨겠지요."
"알고도 남지."
라파엘은 말끝에 어깨를 한 번 으쓱 들어 보였다.
이사벨은 재미있다는 듯이,
"그러고도 혁명군이에요?"
하고 농담조로 물었다.
"난 혁명군이란 소리를 입 밖에 낸 적이 없어. 왜냐하면 혁명을 해 본 적이 한 번도 없으니까."
"그럼 어떻게 하는 것이 혁명이에요?"
"난 그것도 몰라."
"그럼 말짱 헛것이게요."
"말하면 무얼 하나. 말짱 도루묵이지."
어이없는 웃음을 그들은 주고받았다.
그때 무대에서 스페인 무용이 연출되고 있었다. 순간 이사벨의 표정이 감상에 젖어들었다. 그럴 수밖에 없었다. 옛날 세르반데스 무용단에서 자신이 추던 플라멩코 춤이 연출되고 있었기 때문이다.
스페인 무용이 끝나자 감회어린 얼굴로 바라보던 그녀는 한숨을 몰아쉬었다.
"이사벨! 그때가 좋았는데."
"그러게 말이에요."
"다시 돌이킬 수 없는 과거가 되고 나니까 더 그리워져요."
"그렇죠, 라파엘!"
"하느님의 섭리는 너무 짓궂어. 무대 연출가를 마르크스주의 인민 혁명군으로 만드는가 하면, 무희를 망명 정부의 대변인으로 만들어 버렸으니 말야."

그때 레가가 점성가다운 한마디로 끼어들었다.

"그건 하느님의 섭리가 아니고, 운명이라고 하는 거요. 이 세상에 태어날 때부터 타고난……."

"별을 보고 점을 치면 알 수 있다면서요?"

"물론이요. 사람의 운명은 다 별에 나타나 있소."

그 말에 라파엘이 히죽거리며 한마디 했다.

"그럼, 별이 곧 하느님이겠군요. 그럼 태양은 뭡니까?"

"뭐…… 뭐라구요?"

"모르면 내가 대답하지요. 별의 들러리입니다. 이젠 만족합니까, 점쟁이 선생!"

"뭐, 점쟁이?"

"그럼 아닙니까?"

"사람을 모욕하지 마시오."

"모욕하다니요, 존경하고 있는데. 점쟁이가 그것도 모르십니까?"

끝까지 라파엘이 약을 올리자 레가의 표정이 붉으락푸르락하며 일그러졌다.

이사벨은 더 이상 놔두었다가는 안 되겠다고 생각하고 분위기를 바꾸기 위해 화제를 돌렸다.

"라파엘! 이렇게 나와 다녀도 괜찮아요?"

"현행범이 아니니까."

"그래도 미행을 당하고 있을 텐데……."

"미행하는 사람보다 멀리서 나를 지키고 있는 대원(隊員)의 수가 더 많으니까 안심해요."

"그럼 본론으로 들어갈까요?"

"그럽시다. 왜 날 불렀어?"
"부탁이 하나 있어서요."
"무슨 부탁인데?"
"에바 여사의 유해를 찾아 줘요."
"왜 그런 으스스한 부탁을 하지?"
"라파엘이라면 찾을 수 있을 것 같아서요."
 레가의 이맛살에 굵은 주름이 그어졌다. 점성가의 조직인 '불의 기사회'보다 라파엘의 엉터리 '마르크스주의 유괴 집단'에 이사벨이 더 기대를 거는 것 같았기 때문이다.
"혁명군을 동원하면 찾을 수 있잖아요?"
"글쎄?"
 라파엘은 자신 없는 표정을 지었다.
"사람 가지고 흥정하는 것이 본업 아니에요?"
"시체는 예외야."
"그럼 거절인가요?"
"글쎄……."
"찾지 못하면 행방이라도 알아 주세요. 그 정도는 가능하겠죠?"
"글쎄……."
 계속 고개만 갸웃거리던 라파엘이 순간 무엇인가 생각났다는 듯 얼굴 표정이 밝아졌다.
"불가능은 아니야."
"그럼 됐어요."
 이사벨은 핸드백에서 수표를 꺼내어 마치 낙서라도 하듯 5자를 쓰고 그 뒤에 동그라미 네 개를 그렸다.
"5만 달러면 되겠어요?"
 라파엘은 수표를 받아 호주머니에 넣고 일어섰다.

"부탁해요."
"안녕!"
그들은 서로 악수를 나누고 헤어졌다.
라파엘이 문을 나가자 레가가 퉁명스럽게 이사벨에게 대들다시피 말을 걸어왔다.
"이사벨!"
"네에?"
"그를 믿습니까?"
"믿고 싶어요."
"그럼 난?"
"역시 믿고 있어요."
레가는 그녀의 함축성 있는 말에 기가 꺾인 듯 더 이상 따지지 않고 부시시 일어섰다.
"비행장에 나가야 할 시간입니다."
이사벨도 따라 일어났고 밖으로 나왔다. 그때였다. 짙은 무대 화장을 한 안젤라가 그녀 앞에 막아섰다.
이사벨은 안젤라를 기쁘게 반겼다.
"안젤라! 오래간만이야. 여기서 일해?"
그러나 안젤라는 대답없이 이사벨을 노려보았다.
"왜 그래, 안젤라?"
"내 이름을 부르지 마!"
"뭐라구?"
"더러운 창녀의 입으로."
"안젤라! 무언가 오해하고 있어."
"창녀를 오해하면 나도 창녀가 되게?"
"왜 그런 끔찍한 소릴……."

"그럼 아니란 말이야? 페론한테 화대를 두둑이 받은 모양이더군. 화대를 주고 라파엘을 사는 걸 보니……."
"안젤라!"
"두 번 다시 그 더러운 입으로 내 이름을 부르지 말라니까. 더러운 년!"
안젤라는 이사벨의 얼굴에 침을 탁 뱉고 돌아서 갔다. 그것을 본 레가가 차 안에서 뛰어나와 안젤라의 뒤를 쫓으려고 했다.
"내버려 두세요."
"도대체 어떤 여자요?"
"상관하지 마세요. 가요."
큰 일과 작은 일을 분별할 줄 아는 이사벨은 안젤라에게 모욕을 당하고서도 아무렇지 않다는 듯이 차에 올랐다.
무대 뒤에서 이사벨을 지켜보던 안젤라는 라파엘에게 수표를 주는 장면을 목격했을 것이다.
이때 누군가가 그녀의 분장실을 요란하게 노크했다.
군 정보 부장 스테파노 대령이었다.
"이사벨과는 어떤 사이입니까?"
"그 앤 창녀예요. 페론에게 화대를 받고 몸을 판……."
"감정적인 얘긴 하지 마시고, 어떤 사이입니까?"
"전에 같은 무용단에 있었습니다."
"그럼 라파엘이란 사람도 잘 아십니까?"
"알고 말고요. 고급 창녀한테 돈에 팔려 간 남자지요."
정열적이고 불덩이 같은 그녀는 감정을 삭일 줄 몰랐다.
"감정적인 말은 하지 마시고…… 어떤 관계입니까?"
"무용단의 무대 감독이었어요."
"이사벨이 라파엘에게 준 돈의 액수를 알고 있습니까?"

"몰라요."
"대략 얼마라는 짐작도 안 갑니까?"
"화대를 받아 봤어야 알죠."
"숨기는 게 아닙니까?"
"대령님께서 더 잘 아실 게 아니에요? 얼굴을 보아하니 화대깨나 뿌렸을 것 같은데……."
안젤라의 막돼먹은 말에 스테파노 대령은 멋쩍은 표정을 지으면서도 계속 추궁을 했다.
"이사벨을 미워합니까?"
"저주해요. 대령님은?"
"마찬가집니다."
"그럼 저와 동지네요."
"반갑습니다. 엉뚱한 일로 해서 동지를 만나다니……."
"저두요."
"우리 서로 협조합시다."
"좋아요."
스테파노와 안젤라는 서로 악수를 나누었다.
스테파노 대령은 안젤라를 포섭해서 정보원으로 만들 생각을 했다. 방법은 하나다. 남자 정보원을 포섭하기 위해서는 돈과 술이면 되고, 여자 정보원은 옷을 벗기고 내 것으로 만들어 버리면 된다.
스테파노 대령은 빙그레 웃으며 분장실을 나왔다. 꿩 먹고 알까지 먹을 수 있기 때문이었다.
한편 비행기에서 페루 공항의 야경을 내려다보던 이사벨은 안젤라가 침을 뱉은 이유를 비로소 알 수 있었다. 그러나 창녀라고 한 그녀의 말은 아직도 귀에 쟁쟁히 울리고 있었다.
이사벨은 갑자기 슬퍼졌다. 보는 사람에 따라서는 창녀로 보는 사람이 얼마든지 있을 수 있다고 생각했기 때문이다. 그녀는 남에게서 그런 오해를 받지 않기 위해서도 페론을 위해 희생하는 여자가 되어야겠다고 결심했다.

그렇게 생각하니 트랩을 내리는 그녀의 발걸음은 한결 가벼워졌다.

이때,

"이사벨!"

하고 부르는 소리가 났다. 페론이 마중나와 있었다.

"각하!"

이사벨은 기쁜 나머지 페론의 품으로 와락 달려들었다.

"이사벨! 고생 많았지요?"

"왜 나오셨어요? 밤이 깊었는데."

"내 귀여운 이사벨이 오는데 마중을 나오지 않을 수 없지."

이사벨은 페론에게 미소로 답하며 차에 올랐다. 호텔로 가는 동안 페론은 마치 보물이라도 쓰다듬듯이 내내 그녀의 손을 어루만지고 쓰다듬었다. 이사벨은 페론의 행위를 고독한 노인의 사랑의 표현으로 받아들였다.

호텔에 도착하자 파스카리도 이사벨을 기다리고 있었다. 그녀와 레가는 페론에게 조직 개편과 선거 대책에 대한 합의 사항을 설명했다.

"잘했습니다. 아주 훌륭히 처리했습니다. 정말 수고했습니다."

페론의 말은 그저 찬사의 연속이었다. 경과 보고가 끝나고 둘이만 남게 되자 그들은 침실로 들어왔다.

잠자리에 들기 전 페론이 으레 마시는 위스키 한 잔을 따라 주기 위해서였다. 그러나 페론의 침실 문을 여는 순간 이사벨은 놀랐다.

장미꽃 다발 속에 얼음을 채운 샴페인이 놓여 있었기 때문이었다.

"어머! 웬 샴페인이?"

"이사벨을 축하하기 위해서······."

"만약 아르헨티나에 갔던 결과가 나빴다면 이 샴페인을 어떻게 하실 생각이셨어요?"

"난 이사벨을 믿으니까 그런 염려는 안했었지."

"감사합니다, 각하!"

페론은 손수 샴페인 마개를 땄다. 그리고 이사벨의 잔에 그득히 부어 주었다.

"이사벨의 행복을 위해서……."

"각하의 건강을 위해서……."

그들은 잔을 비우고 나서 음악을 틀었다. 감미로우면서도 열정적인 아르헨티나의 탱고가 흘러나왔다.

"이사벨! 안 추겠소?"

"각하! 피곤하지 않으시겠어요?"

"이사벨하고라면 이 밤이 새도록……."

"그럼 추어요."

그들은 하나로 엉켜 스텝을 밟아 나갔다. 시종 이사벨의 눈만 바라보던 페론은 그녀의 귀에 대고 속삭이듯 말했다.

"이사벨!"

"네, 각하!"

"이런 얘기하면 날 노망났다고 흉보겠지?"

"말씀하세요."

"몇 번이고 망설였던 얘기요."

"듣고 싶어요, 무슨 말씀인지……."

"이제는 이사벨을 비서나 대변인으로 두어 둘 수만 없다는 것을 깨달았습니다."

"말씀하세요."

하지만 이사벨은 이미 페론이 하는 말과 자기가 대답해야 할 말을 알고 있었다. 페론은 나이답지 않게 부끄러운 말투로 속삭였다.
"결혼해 주시오, 이사벨!"
"황공합니다."
"그럼 승낙하는 겁니까?"
"각하! 하지만······."
"이사벨! 우리가 같이 생활한 지 벌써 3년째가 됩니다. 더 생각할 여유가 있어야 합니까?"
"아녜요, 저도 오래 전부터 생각하고 있었습니다."
"어떤?"
"각하를 평생 모시기로요······."
"모시는 것과 결혼과는 다르지 않습니까?"
"각하! 존경하고 있고, 사랑하고 있습니다."
"이사벨!"
"하지만······."
"하지만?"
"지금은 안 돼요."
"왜지?"
"아직 그럴 때가 아니라고 생각합니다."
"그럼 그 때가 언제지요?"
"곧······."
"그것이 언젭니까?"
"이 달이 지나기 전에······."

이사벨은 에바의 유해 탐색이 이달 안으로 매듭지어질 것으로 판단했다. 그러니까 유해를 찾든 못 찾든 간에 결말을 짓고 나서 그녀는 결혼을 할 생각인 것이다.
"기다리겠소, 그날을······."

페론은 힘주어 그녀를 끌어안았다. 이사벨은 그의 품에 힘껏 안기며 페론에게 아직 남자로서의 힘이 남아 있음을 알고 한 가지 의문이 풀렸다.

연령을 초월한 그들의 사랑을 돋구어 주듯 이때 마침 아르헨티나의 감미로운 탱고 멜로디가 서서히 높아졌다.

───────── ◇ ─────────

　다음 장의 연설문은 1947년 4월 14일, '미국의 날' 기념 행사에서 에바 페론이 라디오를 통해 방송했던 것이다. 그녀가 권력의 자리에 있던 6년 동안 매일같이 그녀의 원고 작성자가 민중의 선동을 위해 써 준 지루한 연설문의 대표적인 예이다. 이 연설문의 내용은 페론의 말과 그들의 행동 간에 얼마나 터무니없는 거리가 있었는가를 잘 보여주는 것이기도 하다. 경찰 국가에서 에바 페론이 국민들에게 행한 연설에서 주장한 '자유'와 '정의'라는 낱말이 얼마나 공허한 것이었는가를 기억시킬 만한 가치를 지니고 있는 것이기도 하다.

───────── ◇ ─────────

미국의 여성들에게

　세계 어느 지역에 사는 사람들에게 있어서나 미국은 인류를 위한 자유와 평화를 상징하며, 희망의 나라임을 의미합니다. 이러한 이유로 해서 미국은 정의로운 행복의 나라인 것입니다. 이와 같은 사회의 이름으로, 그리고 평화와 정의, 자유와 우애를 원리로 하는 기독교의 이름 아래, 미국의 모든 여성들에게 조국의 위대함과 미국의 궁극적인 결속과 전 세계적 복지의 성취를 위해 일하고 있는 아르헨티나 여성들의 희망이 미국의 모든 여성들에게 전해지기를 호소하는 바입니다.
　광대무변한 전역에 걸쳐 하느님의 축복을 받은 미국은 인간의 자유에 대한 살아 있는 상징입니다. 미국은 세대를 거듭하면서 그와 같은 본보기를 자랑스럽게 보여줄 수 있을 것입니다. 또한 미국은 자신의 존엄한 역사, 그리고 고귀한 협조와 아낌없는 노력을 기울였던 위대한 여성들의 삶은 아메리카니즘의 건설자로서 청동에 아로새겨 영원히 기념할 만한 것입니다.
　모든 민족과 모든 나라들이 예나 지금이나 미국의 위대한 여성들에 대한 추억을 소중히 간직하고 있습니다. 이는 마치 미국의 역사를 통해서, 인류의 진보를 위한 투쟁에서, 여성들이 어느 만큼 도움이 될 수 있을 것인가에 대해 그들 자신의 경험과 고귀한 실례로써 증명하였던 여성들의 협력을 통해 그 운명을 달성하려 한 것이 바로 미국이 원하는 바인 듯합니다.

미국의 위대한 여성들은 시민으로서나 군인으로서, 원주민들의 광대한, 그리고 도저히 정복할 수 없는 땅의 주권자로 있던 식민지 시대 이래로 미국의 노예 해방의 영광스러운 날에 이르기까지 역사의 모든 페이지에서, 토착민들을 격려하고, 영웅들의 동반자가 되어 주고, 군인들에게 충고자가 되고, 혁명가들에게 영감을 불어넣어 주고, 정치가들에겐 조력을 하면서 언제나 도움을 아끼지 않았습니다. 먼 훗날 영웅으로 추앙과 존경을 받게 된 이들 뒤에는 언제나 한 여인이, 나라를 위해서 애쓴, 미국의 초창기부터 지칠 줄 모르고 일해 온 여인이 있었던 것입니다.

로키 산맥과 같이 대륙을 가로지른 산들의 이름이 무엇이건, 암석의 빛깔이나 푸른 초목이 드리운 그늘의 색깔이 무엇이건, 산들의 속삭임이나 새들의 노랫소리가 무엇이건, 언제나, 어느 곳에서나, 들에서나, 실험실의 벽 안에서나, 사회 활동의 무대에서나, 격리된 연구실에서나 미국의 남성들 곁에는 언제나 여인들이 있었고, 앞으로도 그러할 것입니다.

따라서, 대륙의 역사에는 언제나 미국의 여인을 위한 자리가 마련되어 왔습니다.

미국의 여성은 뚜렷한 위치를 차지하고 있습니다. 우리는 미국의 여인들이 익명(匿名)으로 가정의 은밀한 곳에서 숨어 지낼 곳을 찾으면서, 인간의 자유를 확립하기 위해서 일하고 있는 것을 보아 왔습니다. 노예 해방의 시절에서나 시민 전쟁의 시절에서 남성들을 충고하고 부상한 병사들의 상처를 치료해 주었습니다.

그러나, 그들은 언제나 평화와 정의를 위해 일하고 있었던 것입니다. 언제나 미국 남성들 곁에서 모든 사람들의 선을 위해서 일했고, 보편적 행복을 추구하며, 그녀들이 하고 있는 일이 대륙의 장엄한 운명을 위한 존엄한 것임을 다짐하고 있습니다.

미국의 영웅들은 미국의 여인들이 낳은 그녀들의 아들들입니다. 어머니들이 나라에 아들을 바치듯이 역사에 이름을 남긴, 그렇게 나라를 위해 애쓴 어머니와 아들의 가정을 상기해 봅시다.

우리는 미국의 아들과 어머니에게서 쓰라림과 정치적, 경제적 어려움을 딛고 일어선 오늘날의 모든 미국의 영광과 성스러움을 돌이켜봅니다. 그것이 곧 우리 인간의 창조의 정신에 의해서 지켜져 온 자유에 대한 신조인 것입니다.

미국을 위해 싸워 온 여성들을 위한 영광의 날에 보내는 이 메시지는 또한 현재와 미래의 여성들에게 보내는 축하와 축복의 메시지이기도 합니다.

이는 미국의 여성들에게 오늘날 인류가 쟁취하여야 할 원칙을 공고히 하는 데 힘써 동참해 줄 것을 촉구하는 부름이기도 합니다.

미국 인구의 반 이상을 차지하는 여성들이지만, 그들은 다만 정의라는 이유 때문에 그들의 권리를 주장하지는 않습니다. 오히려 그들은 남성들의 부담을 함께 나누어 질 수 있는 기회를 주장하며, 그들 곁에서 신앙의 종극적인 승리를 위해서와 관용의 정신에 의해서 지지되는 신념과 이상을 위해서 일할 수 있는 기회를 주장합니다. 그것은 문명화된 도시와 지방의 오늘날의 위대함이 여성들의 노력에 연유하는 때문이기도 한 것입니다.

우리 함께 위협과 공격으로부터 국민을 보호해 주는 평화를 위해서 일합시다. 무모한 투쟁에서 입은 상처를 낫게 해주는 평화를 위해서 인류에서 끊임없이 슬픔과 고통을 가져다 주는 전쟁을 방지하는 평화를 더욱 공고히 하기 위해서 우리 함께 노력합시다.

우리 함께 인종이나 성(性)이나 언어나 종교를 불문하고 증오와 오만에 종지부를 찍고 인간의 기본권에 대한 신념을 강화해 주는 평화를 위해 노력합시다.

우리 함께 증오가 아닌 사랑을 바탕으로 파괴가 아니라 건설을 생각하며, 모든 사람들이 양도할 수 없는 자유와 주체의 권리를 행사할 수 있는 약속의 미래를 성취하기 위해서 노력합시다.

우리 함께 모든 사람들이 평등한 권리와 자유에 의한 의사 결정의 원리를 바탕으로 정의를 위해 일합시다.

우리 함께 미국이 세계에 대해서 바라는 정의, 모든 사람들이 갈구하는 정의, 인간에 의해서 짊어지게 된 무거운 속박으로부터의 해방을 위해 일합시다.

우리 함께 일할 수 있는 권리, 만족할 만한 보수를 받을 수 있는 권리, 교육을 받을 수 있는 권리, 건강한 작업 환경에 대한 권리, 건강 유지에 대한 권리, 신체적 정신적 복지를 향유할 수 있는 권리, 사회적 안전 보장에 대한 권리, 가족을 보호할 수 있는 권리, 보다 나은 경제적 조건에 대한 권리, 그리고 전문 분야에 대한 자유스러운 활동을 법적으로 보장받을 수 있는 권리로 요약될 수 있는, 미국의 노동자들이 추구하는 사회 정의를 위해서, 그리고 그들의 모든 희망과 바람이 성취되기 위해서 힘을 합해 일합시다.

친애하는 미국의 여성들이여, 대륙의 동료 시민들이여!

이웃의 고통을 덜어 주는 일에 우리의 노력과 마음을 함께 모아 세계의 앞날에 다시는 비극이 존재하지 못하도록 합시다. 모든 사람들로 하여금 그들의 피부 색깔이나, 신조나, 이상이나, 지위가 어떠하든 기독교적 이해의 원리 안에서 살아갈 수 있도록 합시다. 온 나라를, 선택된 자와 소외된 자, 풍족한 자와 궁핍한 자의 부류로 분열시키는 행위를 종식시키고 온 세계에 하느님의 축복이 함께 차 있는 세계, 모든 백성들이 형제애로 뭉친 공동체가 되게 합시다.

모든 여성들이 평화와 정의, 법과 복지를 사랑하도록 합시다. 이것이야말로 전쟁의 참화에서 우리의 세대를 보호해 주고, 정의를 확보해 주며, 사회적 자유를 충실하게 지켜 주는 것입니다.

우리들, 미국의 여성들은 인류의 한 부분입니다. 바로 이러한 이유로 해서 인내와 근면으로 사회 건설에 이바지해 온 아르헨티나의 여성들의 이름으로 나는 모든 여성들에게 오늘 미국의 날을 맞이하여, 미국의 여성들이 이룩한 정신적 유대에서 얻는 이익이 무엇인가를 묵상해 볼 것을 바랍니다.

이와 같은 묵상 후에 우리 여성들은 마음을 같이 하는 공동체에 대한 이해와 결속으로 나아가는 길이 무엇인가를 발견하게 될 것을 나는 확신합니다.

나는 우리의 형제애의 순연한 이상(理想)이 지상 최고의 행복을 갈망하는 미국의 시민들에 의해서 지켜져 온 이상에 보탬이 되기를 바라는 것입니다.

미국의 여성들이여, 대륙의 동료 시민들이여!

우리는 힘을 합해서 우리의 이상을 위해 새로운 삶을 바쳐 역사적 운명의 최후의 성취를 위해 싸워 나아가야 할 것입니다. 우리가 처했던 엄청난 싸움에서, 때로는 위대해지거나 영웅이 되기도 하고 때로는 비참해지거나 잊혀지기도 했으며, 때로는 영광을 입거나 불운에 빠지기도 하면서 우리 여성들은 미국이 지향하는 이상을 달성하기 위해 애쓰면서, 분열이 없는 위대한 형제애의 나라를 건설하기 위해 우리의 의무를 다할 자세가 되어 있습니다.

그리하여, 우리는 미국이 인류의 역사에 있어서 새로운 단계로 나아가려는 최선의 노력을 경주하는 이 시점에, 우리의 불멸의 선조들이 우리에게 그들의 희생 정신을, 진정한 국가의 이상이 무엇인가 하는 고원한 본보기를, 우리에게 넘겨주었다는 것을 말할 수 있는 것입니다.

우리의 목소리가, 우리의 기도가, 그리고 우리의 신앙이 인류를 구원하는 노동가(勞動歌)가 되게 합시다.

우리의 미국이라는 가정 안에 자라나는 세대를 위한 애국가로서, 젊음의 노래로서.

에비타

중판 인쇄 ● 1996年 6月 20日
중판 발행 ● 1996年 6月 25日

저　자 ● 폴 L. 몽고메리
역　자 ● 유　성　인
발행자 ● 김　동　구

발행처 ● 명　문　당
　　　　서울특별시 종로구 안국동 17-8
　　　　대체　010041-31-0516013
　　　　전화　(영) 733-3039, 734-4798
　　　　　　　(편) 733-4748
　　　　FAX 734-9209
　　　　등록　1977.11.19 제1～148호

● 낙장 및 파본은 교환해 드립니다.
● 불허복제 · 판권 본사 소유

값 6,000원
ISBN 89-7270-539-X